WILDES BLUT

GEBUNDEN AN DIE FAE
BUCH ZWEI

EVA CHASE

Wildes Blut

Gebunden an die Fae Buch 2

Erste Digitale Ausgabe, 2021

Copyright © 2023 Eva Chase

Übersetzung: Stephanie Kotz

Lektorat: Nadja Uebach

Umschlaggestaltung: Covers by Christian

Ebook ISBN: 978-1-998752-21-8

Paperback ISBN: 978-1-998582-63-1

 Formatiert mit Vellum

1

Talia

Drei Männer liegen schlafend auf dem rot-goldenen Teppich, der sich über die Länge des großen Empfangsraumes erstreckt. Ihre Körper bilden einen lockeren Kreis um die Stelle, die ich vor kurzem verlassen habe. Sie sehen jetzt vollkommen entspannt aus, doch fiese Kratzspuren verunstalten die polierten Dielenbretter zu beiden Seiten von ihnen.

Ich vermute, dass der Boden schon Schlimmeres gesehen hat und Fae-Magie das Holz mühelos reparieren wird. Trotz dieser Anzeichen von Gewalt scheint hoch über uns das warme Licht der Mittagssonne fröhlich durch die Fenster und außer den leisen, rhythmischen, kratzenden Atemgeräuschen der Männer dringt kein Laut an meine Ohren. Die Szene sollte mir ein Gefühl von Frieden vermitteln.

Für diese Männer-die-keine-Männer-sind, für die drei,

die mich aus Jahren grausamer Gefangenschaft befreit und mir ein echtes Zuhause angeboten haben, stellte ich mich meinen tiefsten Ängsten. Mit wenigen Tropfen meines Blutes riss ich sie aus dem Fluch, der sie bei Vollmond in ihre Wolfgestalt zwingt und in hirnlose, gewalttätige Wesen verwandelt. Ich sah zu, wie sie eine Art von Ordnung in das Chaos ihres wild gewordenen Rudels brachten, ehe ich mich zwischen ihre Körper kuschelte, um in absoluter Sicherheit zu schlafen.

Diese Sicherheit war jedoch nur eine Illusion. Sie können mich in dieser fremden, brutalen Fae-Welt nicht vor allem beschützen – und ich habe gerade eine der schlimmsten Bedrohungen, die diese Welt für mich bereithält, in Sichtweite des Bergfrieds herumlungern sehen.

Ich zögere im Türrahmen und Reue windet sich durch meine Brust hindurch. Ich will sie nicht mit schlechten Nachrichten aufwecken. Ich würde alles für einige weitere Stunden an ihrer Seite geben, in denen ich die Freude genießen kann, mit der *ich* aufgewacht bin. Diese Freude ist allerdings verpufft. Ganz gleich, als wie ernst sich diese Gefahr erweisen wird, Sylas wird sofort darüber Bescheid wissen wollen.

Wie sich herausstellt, muss ich sie nicht einmal aufwecken. Bei meinen ersten unrunden Schritten klopfen die Holzbrettchen der Orthese, die um meinen verkrüppelten Fuß angebracht ist, auf den Boden und Sylas regt sich. Er stemmt sich in eine sitzende Position, lässt die Schultern kreisen und dreht den Kopf, sodass er mein Herannahen beobachten kann.

Der Fae-Lord, der über diesen Bergfried und das Rudel herrscht, das im Umkreis lebt, sieht sogar in dem schlichten Hemd und der Hose, die er für die Verwandlung gestern Nacht trug, wie die Verkörperung eines unerschütterlichen Befehlshabers aus. Er mustert mich mit einem dunklen, stechenden Auge und einem, das durch die Narbe, die seine bräunliche Haut von der Augenbraue zum Wangenknochen spaltet, weiß geworden ist. Die lila-braunen Wellen seiner schulterlangen Haare teilen sich um die hohen Spitzen der Ohren, die ihn als einen der wenigen ‚reinblütigen' Fae auszeichnen. Dieser Status verleiht ihm die Autorität über seinen Kader und sein Rudel.

Sogar im Sitzen strahlt seine hochgewachsene, muskulöse Gestalt Autorität aus. Genauso wie die Vielzahl gebogener schwarzer Linien, die auf übernatürliche Art auf seinen Körper tätowiert wurden. Sie erstrecken sich von seinen Schläfen über seinen Hals zu seinen Unterarmen und zieren, wie ich aufgrund vergangener Erfahrungen weiß, unter dem Hemd sogar die wohl geformten Flächen seiner Brust. Jede einzelne dieser Markierungen repräsentiert den wahren Namen einer Pflanze oder eines Tieres oder eines Materials, den er gelernt hat. Mithilfe seiner Kräfte und den wahren Namen kann er die Dinge seinem Willen beugen.

Vor wenigen Tagen fand ich ihn noch einschüchternd. Jetzt wiegen die warme Freundlichkeit, die ich in seinem Blick erkennen kann, und das reservierte Lächeln, das seine Mundwinkel nach oben biegt, seine einschüchternde Aura auf. Sylas war ein wenig frustriert, dass ich seine Anweisung, mich in meinem Zimmer einzuschließen, ignorierte, um sie aus ihrem wilden Zustand zu befreien. Er wusste jedoch das Engagement zu schätzen, das ich mit dieser Geste zeigte. Der größte Dank, den er mir gegenüber ausdrückte, waren nicht die Worte selbst, sondern der Moment, in dem er mich vor den anderen als ‚unsere Lady' bezeichnete.

Ich gehöre diesen Männern nicht, ich gehöre *zu* ihnen und stehe ihnen bei. Das habe ich uns allen gestern Nacht bewiesen.

Und jetzt bringe ich womöglich eine neue Bedrohung an

ihre Türen nach allem, was sie bereits für mich riskiert haben.

Dieser letzte Gedanke muss sich auf meinem Gesicht abzeichnen, denn Sylas' Lächeln verblasst. Als ich den Rand des Teppichs erreiche, steht er auf, wodurch er meine schlanke – vor kurzer Zeit noch halb verhungerte – Gestalt um mehr als einen Kopf überragt. Die Bewegung weckt seinen Kader auf. Whitt rollt sich mit einem unterdrückten Stöhnen auf den Rücken und streckt seine muskulösen Arme aus. August reibt mit einer Hand über sein breites, jungenhaftes Gesicht und schenkt mir ein strahlendes, wenn auch leicht erschöpftes Lächeln.

Sylas' Aufmerksamkeit gilt weiterhin mir. „Was ist los?" Kein ‚Guten Morgen' und auch keine Fragen danach, wie ich geschlafen habe. Wie kann er mit nur einem funktionierenden Auge so viel sehen? Manchmal habe ich das Gefühl, als würde er mir geradewegs in den Kopf schauen.

Ich bleibe einige Schritte entfernt von ihm stehen und die Nachricht, die ich überbringen muss, formt einen Kloß in meiner Kehle. Ich zwinge sie heraus. „Ich glaube, ich habe einen der Männer aus Aeriks Kader auf den Hügeln hinter den Häusern gesehen. Er hat den Bergfried beobachtet."

Sylas' zieht seine Lippen mit einem unterdrückten Knurren zurück und fletscht seine glänzenden Zähne. Als ich ihn das erste Mal sah, bezeichnete ich ihn in Gedanken als Grizzly. Diese Beschreibung war noch nie so treffend wie in diesem Moment. August springt angesichts seiner kräftigen, jedoch bulligen Gestalt mit überraschender Gewandtheit auf. Sein Blick huscht zur Tür und sein Körper ist angespannt, als wäre er bereit, sich in einen Kampf zu stürzen. Whitt richtet sich in seinem typischen trägen Tempo auf, als wäre er trotz der Reaktionen der anderen nicht sonderlich besorgt. In seine ozeanblauen Augen ist jedoch ein stürmischer Ausdruck getreten.

„Er ist gegangen", füge ich rasch hinzu. „Einige Sekunden, nachdem ich ihn sah, ist er gegangen. Er war in seiner Wolfgestalt – ich bin mir nicht hundertprozentig sicher, dass er es war. Aber die Fellfarbe war die gleiche wie seine Haarfarbe, dieses bläuliche Weiß, und die Art und Weise, wie er sich bewegte …"

Als ich mich daran erinnere, dass der Wolf den Kopf leicht schräg hielt, wie es der grausamste meiner Entführer stets tat, schlinge ich die Arme um meine Brust. Sylas macht einen Schritt auf mich zu und legt fest eine Hand auf meine Schulter. Wildheit schwelt noch in seinem unversehrten Auge, doch sie ist *um meinetwillen* da und nicht auf mich gerichtet.

„Er wird dir kein Haar krümmen", verkündet er so energisch, dass ich den Schwur in seinen Worten hören kann. „Weder er noch seine Kader-Kollegen noch dieser degenerierte Dreckskerl Aerik." Er blickt zu seinem Kader. „Ihrer Beschreibung nach war es vermutlich Cole."

Whitt nickt und sein Mund verzieht sich in einem missmutigen Winkel. August fährt mit den Fingern durch die kurzen Strähnen seiner dunklen, rotbraunen Haare und seine goldenen Augen sehen unheimlicher denn je aus, auch wenn der erbitterte Wunsch, sie zu schützen, in ihnen brennt. In seiner Stimme, die normalerweise heiter und enthusiastisch ist, schwingt der Hauch eines Knurrens mit. „Er war unerlaubt in unserem Revier."

Sylas schaut zu mir. „Hat er dich gesehen?"

Ich denke daran zurück, wie ich vor wenigen Minuten neben dem Fenster oben erstarrte. „Ich weiß es nicht. Er war so weit weg, dass ich bezweifle, dass er viel mehr als meine Umrisse und meine Haarfarbe erkennen konnte, falls er mich am Fenster bemerkt hat."

Mit einer Hand fahre ich über die Haarsträhnen, die über meine Schultern fallen. Bei meiner Ankunft im

Bergfried nutzte August in einem Anflug von Güte Magie und Fae-Obstbrei, um meine von Natur aus dunkelbraunen Haare dunkelpink zu färben. An einer Fae-Frau wäre diese Farbe nicht einmal *un*natürlich.

Zum damaligen Zeitpunkt wirkte die Veränderung frivol und wie eine oberflächliche Art, die misshandelte Gefangene hinter mir zu lassen, die ich die vergangenen neun Jahre gewesen war, und etwas von meinem wahren Ich zurückzuerlangen. Jetzt ist sie auch ein Schutzschild – meine ehemaligen Gefängniswärter suchen nicht nach einer pinkhaarigen Frau.

Cole. Ich habe einen echten Namen für den Mann mit den blau-weißen Haaren und den scharfkantigen Gliedern, der solche Freude daran hatte, mir mit den spitzen Teilen seines Körpers Schmerzen zu bereiten. Eine Erinnerung schwebt an die Oberfläche, wie meine Wange auf den harten Metallboden meines Käfigs gepresst wurde und ein harsches Glucksen in meinen Ohren klingelte. Finger gruben sich in meine Wange und Ellenbogen rammten gegen meine Rippen, während Aeriks anderer Kader-Gewählte mein Handgelenk aufschnitt, um mein Blut zu stehlen …

Ich realisiere erst, dass ich zittere, als sich Sylas' Griff um meine Schulter anspannt und ich spüre, dass ich unter seiner Hand erschaudere. Meine Lunge hat sich verengt und meine Kehle bemüht sich angestrengt, Luft in sie zu ziehen. Ich schlinge die Arme fester um mich und kämpfe darum, die Fassung wiederzuerlangen.

Es ist jetzt vorbei. Es ist vorbei und ich gehe nicht zurück zu diesem schmutzigen Käfig oder den schrecklichen Monstern, die wie Männer aussehen.

„Kein einziges Haar", wiederholt Sylas, wobei es sein tiefer Bariton schafft, leidenschaftlich und beruhigend zu klingen. „Ich werde ihnen die Kehlen zerfetzen, wenn sie es auch nur versuchen."

August tritt mit gefletschten Zähnen zu mir, als könnte er mich vor den Schrecken in meinem Kopf abschirmen. „Wenn ich sie nicht vorher erreiche."

Ich ringe um Luft und konzentriere mich auf die beruhigende Wärme von Sylas' Hand sowie das entschlossene Funkeln in Augusts Augen. Das Beben versiegt. Meine Brust schmerzt noch, doch die panische Anspannung lockert sich so weit, dass ich richtig einatmen kann.

Whitt ist geblieben, wo er war, etwas abseits von unserer Dreiergruppe. In der Vergangenheit hat er mich verteidigt – mich allerdings auch beschuldigt, dass ich den Zusammenhalt zwischen dem Kader und seinem Lord gefährden würde. Ich weiß noch immer nicht so recht, woran ich bei ihm bin.

Solange Sylas mich hier haben will, wird Whitt die Befehle seines Lords befolgen – dessen bin ich mir sicher. Doch wird diese neue Entwicklung seine Meinung darüber ändern, ob meine Anwesenheit hier mehr Nutzen als Schaden bringt?

Selbst wenn sie sich ändert, erwarte ich nicht, dass er es sich anmerken lässt. Whitt zeigt selten Emotionen, sondern setzt stets eine Maske der Lässigkeit auf. Er reibt über seinen Kiefer und die Wildheit in seinen Augen weicht zurück, verschwindet allerdings nicht ganz, als seine Miene nachdenkliche Züge annimmt.

„Was auch immer er hier getrieben hat und egal, wie unerwünscht sein Besuch war, Cole kann nichts Belastendes beobachtet haben", stellt er mit seiner trockenen, melodischen Stimme fest. „Da sie nicht von unserem Krümel hier profitieren konnten, haben sich Aerik und sein Rudel letzte Nacht bestimmt wie jeder andere Seelie in der Wildheit des Fluchs verloren. Er wäre nicht dazu in der Lage gewesen, zu beobachten, dass wir drei anscheinend bei Verstand geblieben sind."

Mir kommt ein Gedanke, bei dem mir eiskalt wird. „Was, wenn sie etwas von ihrem ‚Elixier' aufgehoben haben und nicht wild geworden sind?"

Sylas schüttelt den Kopf. „Es hätte nicht funktioniert. Wir haben das einmal versucht bei einer der seltenen Gelegenheiten, an denen Aerik sich dazu herabließ, uns einige Portionen des Elixiers zu geben. Nur ein Teil des Rudels trank es, damit sie die anderen Mitglieder hüten konnten. Den Rest haben wir aufgehoben, da wir damit rechneten, dass wir später kein Elixier mehr bekommen würden. Im nächsten Monat machte er sich nicht die Mühe, uns das Elixier zu bringen, weshalb wir die Reste tranken – und sie hatten keinerlei Wirkung. Es ist anscheinend nicht nur notwendig, dein Blut zu schmecken, sondern es muss auch frisch sein."

Ich schätze, das ist ein kleiner Trost.

Whitt macht eine unbestimmte Handbewegung. „Es ist besorgniserregend, dass Cole überhaupt in unserem Revier herumgeschnüffelt hat. Ich hätte gedacht, dass sie durchs ganze Reich reisen und Fragen stellen. Dass sie ausgerechnet in der Nacht des Vollmondes hier waren, verheißt jedoch nichts Gutes."

August macht ein finsteres Gesicht. „Ja. Warum wir? Du denkst doch wohl nicht, dass Kellan mehr verraten hat, als uns bewusst war …?"

Er blickt fragend zu Sylas. Kellan war das dritte Mitglied von Sylas' Kader, gab sich mit dieser Ehre aber nicht zufrieden. Den Berichten der anderen zufolge, hat er schon lange Zeit vor meiner Ankunft in ihrer Mitte Sylas' Autorität angezweifelt und allgemein Ärger gemacht. Allen voran hegte er einen Hass gegen Menschen und als er diese Feindseligkeit so weit steigerte, dass er mich angriff, sah sich Sylas gezwungen, ihn zu töten, um mich zu retten.

Ich mochte den Mann genauso wenig wie er mich. Beim

Gedanken an ihn rumort es in meinem Magen noch immer vor Schuldgefühlen, denn ich weiß, wie sehr es Sylas mitgenommen hat, dass er gegen einen seiner Sippe solch extreme Maßnahmen ergreifen musste.

Kellan machte keinen Hehl aus seiner Unzufriedenheit, weshalb mindestens ein paar Fae aus anderen Rudeln Bescheid wussten. Es klang jedoch so, als hätte er die jüngsten Entwicklungen im Bergfried nur vage beschrieben. Falls sich herausstellt, dass er erwähnte, dass Sylas ein Menschenmädchen in den Bergfried gebracht hatte, das spezielle Kräfte besitzt – es würde nicht lange dauern, bis Aerik eins und eins zusammenzählt.

Sylas schweigt einen Augenblick lang und sein Daumen streichelt beruhigend meine Schulter hoch und runter. „Es kommt mir unwahrscheinlich vor, dass er etwas gesagt haben könnte, was Aerik darauf aufmerksam gemacht hat, ohne dass unsere letzten Gäste davon wussten. Tristan hat keine Fragen gestellt, die irgendetwas mit Talia zu tun hatten. Allerdings hielten wir uns eine ganze Weile in Aeriks Festung und den umliegenden Ländereien auf. Es ist möglich, dass wir unsere Spuren nicht ganz so gründlich verwischt haben, wie wir es gehofft hatten."

„Wenn er eindeutige Beweise hätte, würde er dich darauf ansprechen", sagt August. „Wenn sie hier nur herumschleichen, vermuten sie womöglich etwas, wissen es aber nicht mit Sicherheit."

„Das wäre auch meine Schlussfolgerung." Whitt dreht sich zu mir. „Was genau hast du gesehen? Erzähl mir jede Einzelheit ab dem Moment, in dem du ihn entdeckt hast."

Ich hole tief Luft und lehne mich in Sylas' Berührung, während ich die Bilder hervorkrame. „Vor weniger als einer halben Stunde ging ich oben zu dem Fenster, das nach Süden gerichtet ist, weil ich mich fragte, wie es dem restlichen Rudel geht. Cole – sein Wolf – befand sich auf dem Gipfel des Hügels, der der Ostseite des Waldes am nächsten ist. Ich konnte *ihn* auch nicht so gut sehen, da er so weit weg war, aber seine Fellfarbe war unübersehbar. Als ich ihn bemerkte, stand er einfach nur da und starrte auf den Bergfried. Es kann nicht länger als eine Minute gewesen sein. Er bewegte sich nicht abgesehen davon, dass er den Kopf neigte – und zwar so, wie ich es ihn als Mann habe tun sehen. Dann rannte er auf der anderen Seite des Hügels hinab und außer Sichtweite."

Whitt tippt sich an die Lippen. Sein Gesicht ist noch ernst, doch ein Funke hat sich in seinen Augen entzündet. „Ich werde mit den Wachen sprechen und einige losschicken, damit sie weiter weg einige diskrete Fragen stellen. Sein Verhalten war ziemlich dreist, weil er sich einfach so gezeigt hat – womöglich bereiten sie sich auf irgendeinen Schachzug vor. Ich werde in Erfahrung bringen, was ich kann, damit wir uns darauf vorbereiten können."

Sylas nickt ihm zu. „Gut. Gib mir Bescheid, sobald du irgendetwas herausfindest." Er wendet sich mir zu, drückt meine Schulter sanft und sein Blick fängt meinen mit seiner ganzen lordhaften Intensität auf. Trotz meiner Furcht setzt mein Herz einen Schlag aus bei der Erinnerung an dieses dunkle Auge, in dem es begehrlich funkelte, als er mich vor mehreren Tagen in seinem Bett berührte und als sein Mund meinen gestern Nacht eroberte.

Er und August sind für mich mittlerweile mehr als Beschützer. Ich weiß nicht genau, was sie sind oder wohin es führen wird, aber der Gedanke sorgt dafür, dass mein Puls schneller schlägt.

„Ich befürchte, wir werden noch mindestens ein paar Tage warten müssen, bis wir dich dem restlichen Rudel vorstellen können", sagt er mit offensichtlicher Reue. „Wir sollten warten, bis wir eine bessere Vorstellung davon haben, wie Aeriks nächste Schritte aussehen – und es wäre am besten, wenn niemand deine Ankunft zu eng mit dem Vollmond in Verbindung bringen würde. Es ist nicht mein Wunsch, dich im Bergfried einzusperren. Sobald wir …"

Ich lege meine Hand auf seine viel größere und schenke ihm das tapferste Lächeln, das in mir steckt. „Es ist alles in Ordnung. Ich *will* den Bergfried nicht verlassen, wenn das bedeutet, dass mich Aerik finden könnte. Und ich will euch auch nicht in Gefahr bringen."

Die Zuneigung, die seinen Blick verdunkelt, jagt ein Flattern der Hitze durch meine Brust hindurch. „Du bist in der Tat unsere Lady." Er hebt die Hand, um über meine Haare zu streicheln. „Ich habe geschworen, dass du hier in Sicherheit bist, Talia, und ich beabsichtige, dieses Versprechen zu halten – komme, was wolle."

2

August

$\mathcal{A}$m Tag nach einem Vollmond bin ich stets am Verhungern. Obwohl ich gestern Nacht nur kurze Zeit in dem wilden Zustand des Fluchs feststeckte, verhält es sich heute nicht anders. Als meine älteren Halbbrüder losziehen, um sich mit der potenziellen Gefahr zu befassen, die Aerik darstellt – eine Angelegenheit, bei der ich Sylas noch nicht von Nutzen sein kann – ist es daher nur natürlich, dass mein erster Impuls darin besteht, in die Küche zu gehen, die ohnehin mein Lieblingszimmer im Bergfried ist.

Ganz egal, was mein Lord und mein Kader-Kollege gerade tun, zu dem ich nichts beitragen kann, sie werden irgendwann etwas essen müssen.

Talia läuft mit mir durch den Gang, wobei sie die Arme locker vor der Brust verschränkt hat. Wenigstens hat sie die Arme nicht mehr so um sich geschlungen, als wären sie das

Einzige, was sie daran hindert, in Stücke zu zerbrechen. Die Sorge, die sich in die Züge ihres blassen, hübschen Gesichts gegraben hat, führt dennoch dazu, dass mein Körper darauf brennt, meine Fangzähne sowie mein Fell zum Vorschein zu bringen und durch die Nebelwelt zu jagen, bis ich Aerik und seinen Kader so zerfleischen kann, dass sie sich nicht mehr davon erholen.

Es war schon schrecklich, sie in dem Zustand zu sehen, in dem sie war, als wir sie in diesem Käfig fanden. Wenn ich mir vorstelle, dass sie diese Behandlung beinahe ein Jahrzehnt lang ertragen musste, seit sie kaum mehr als ein *Kind* war …

Ich ersticke mein Knurren, bevor es meine Kehle hinaufkriechen kann. Mein Temperament geht um ihretwillen mit mir durch. Dem vor ihr nachzugeben, würde ihre Furcht allerdings nur vergrößern. Wir können uns noch nicht mit Aerik befassen. Sie von den Sorgen abzulenken, ist das Beste, was ich für sie tun kann.

Ich verwuschle ihr spielerisch die Haare und genieße die Weichheit ihrer Strähnen und dass sich ihre Laune bei meiner Berührung hebt. „Wir könnten alle ein Frühstück gebrauchen – oder ich vermute, um diese Uhrzeit ist es eher ein Mittagessen. Wird mir meine Lieblingsküchenassistentin dabei helfen?"

Sie strahlt mich an. „Natürlich. Ich bin am Verhungern. Was kochen wir?"

„Ich habe mich noch nicht entschieden. Lass mich einen Blick in die Vorratskammer werfen und schauen, auf welche Ideen mich das bringt."

Bevor ich das tue, verstreiche ich ein wenig Butter auf einer dicken Brotscheibe, damit sie ihren schlimmsten Hunger stillen kann. Es ist nicht gut, eine aufwendige Mahlzeit zuzubereiten, wenn sie zu großen Hunger hat, um sie zu genießen, weil sie sich alles hastig in den Mund schaufelt. Weitere Erinnerungen an ihre Zeit in Gefangenschaft zu wecken, ist zudem das Letzte, was ich will. Ich verschlinge selbst ein Stück Brot, während ich unsere aktuellen Lebensmittelvorräte durchgehe.

Die Seewachteln in der Kältekammer müssen nicht allzu lange gebacken werden. Ich schnappe sie mir zusammen mit den die Zutaten für frische Brötchen sowie Dämmerungsäpfel, die ich zum Nachttisch pochieren möchte.

Als ich mit meiner Beute erscheine, reißt Talia, die auf ihrem üblichen Hocker sitzt, die Augen auf. „Wie viele Leute erwartest du zum Essen?"

Ich lache. Der Laut erschreckt mich, hebt jedoch augenblicklich meine Laune. „Wir haben gestern Nacht hart gearbeitet. Jetzt sind wir dementsprechend hungrig."

Ich werfe die Zutaten so schnell wie möglich in eine Schüssel und lasse Talia den Teig für die Brötchen kneten. Unterdessen fülle, würze und dressiere ich die Wachteln. Mehrere Minuten lang arbeiten wir in einvernehmlichem Schweigen. Als ich ihr immer wieder kurze Blicke zuwerfe, sehe ich, dass sie auf die Bewegung ihrer Hände sowie den sich bildenden Teigklumpen konzentriert ist. Ein kleines, jedoch deutliches Lächeln biegt ihre Lippen nach oben.

Wie mir gefällt es ihr, wenn sie sich nützlich machen kann. Und ich konnte ihr das geben, als sie es wahrscheinlich am dringendsten gebraucht hat.

Der Stolz, der daraufhin durch mich hindurch kitzelt, geht mit einer Erinnerung aus der letzten Nacht einher. Ich denke an den Nebel, der sich in meinem Kopf lichtete, als der Geschmack ihres Blutes meinen wölfischen Schlund erreichte, ich auf ihre entschlossene Gestalt blickte und verstand, was sie getan hatte. Sylas war bei ihr, aber sie musste sich ihm in seinem brutalen, bestienhaften Zustand allein genähert haben. Dieses winzige Mädchen, das mittlerweile nicht mehr ganz so knochig ist, jetzt, da sie anständige Mahlzeiten bekommt, auch wenn sie nach wie vor schlank und zart, jedoch alles andere als zerbrechlich ist, hat das getan.

Irgendwie schmiedeten die Qualen, denen Aerik sie aussetzte, eine Seele, die unfassbar widerstandsfähig ist, ohne sie ihrer Freundlichkeit zu berauben.

Sie sieht auf und erwischt mich dabei, wie ich sie beobachte, woraufhin ihre Mundwinkel etwas höher zucken und sich ihre Wangen röten. Ein Hauch von Sehnsucht sickert in den süßlichen Geruch ihrer Haut. Plötzlich will ich so viel mehr als meinen Blick auf sie legen.

Der ernste Ausdruck, der nur Augenblicke später über ihr Gesicht huscht, erstickt das Aufflammen meines Begehrens im Keim. Ihre Hände halten über dem Teig inne. „Der Großteil der Sommer-Fae wie ihr", sagt sie. „Die ‚Seelie'. Sie denken von Menschen eher so, wie es Aerik tut, und nicht wie Sylas, oder?"

Ich suche nach einer Antwort und schinde etwas Zeit, indem ich die Wachteln in ihren Backformen arrangiere. Ich werde sie nicht täuschen, möchte sie allerdings nicht noch stärker verängstigen, als sie es bereits ist. Nachdem ich das Fett und die Kräuter von meinen Fingern gewaschen habe, nehme ich ihr den Teig ab und beginne, ihn zu Kugeln zu formen.

„Ich denke, am zutreffendsten ist, dass ihre Meinungen irgendwo dazwischen liegen", antworte ich schließlich. „Und es geht nicht nur um die Einstellung Menschen gegenüber. So ziemlich alle Fae betrachten Sterblichkeit als eine Schwäche. Sie schauen auch auf diejenigen von uns herab, die viel Menschenblut in sich tragen." Ich deute auf meine Ohren, deren runde Form viel mehr der meiner Menschenmutter ähnelt als der meines reinblütigen Vaters.

„Ich kann nicht behaupten, dass wir drei immun gegen diese Denkweise sind.“

„Kellan war es definitiv nicht.“ Talia erschaudert.

„Genau. Und er, wie auch Aerik … Viele Fae nutzen dieses Überlegenheitsgefühl als Ausrede, um grausam zu werden. Sie genießen es, jeden, den sie können, mit ihren Kräften zu vernichten. Sie vertreiben ihre Langeweile, indem sie sich um Ländereien und Besitztümer streiten. Sie ruinieren genauso gerne einen anderen reinblütigen Fae wie einen Menschen. Es ist bloß einfacher, die Wesen ohne magischen Schutz zu unterdrücken.“

„Du bist überhaupt nicht so. Sylas und Whitt auch nicht, soweit ich das gesehen habe. Es war nur Kellan.“

„Das war der größte Streitpunkt zwischen ihm und Sylas.“ Ich lege das letzte geformte Brötchen auf ein Backblech und wende mich an sie. „Sylas’ größtes Ziel ist es, so gut er kann für das Rudel zu sorgen – zuzusehen, dass jeder alles hat, was er sich wünschen könnte, einschließlich Frieden. Jeder Ruhm, der darüber hinaus geht, würde unseren Rudelmitgliedern Schmerzen bereiten und sie möglicherweise sogar das Leben kosten. Er wird kämpfen, um das Rudel und die Seelie im Allgemeinen zu beschützen, aber nicht aus Egoismus. Und es gibt andere Lords, die ebenfalls den Frieden Eroberungen vorziehen.“

Talia streicht mit den Händen über ihre Schenkel zu ihren Knien und ihre Schultern krümmen sich leicht. Eine rötliche, hubbelige Narbe, die von reißenden Fangzähnen verursacht wurde, lugt unter dem Ausschnitt ihres T-Shirts oberhalb ihres Schlüsselbeins hervor: eine krasse Erinnerung daran, wie grausam die Lords sein können, die *nicht* wie Sylas sind. „Wenn also herauskommt, dass ich hier bin und was mein Blut tun kann, wird so gut wie jeder Fae denken, dass er mehr Rechte hat als ich, aber manche von ihnen werden mich nicht gleich foltern wollen?“

Diese Worte fassen die Situation viel akkurater zusammen, als mir lieb ist. Ich kann nicht zulassen, dass sie die Bürde dieser Erkenntnis allein trägt.

Ich gehe zu ihr, berühre ihren Arm und neige meinen Kopf über ihren. Meine Stimme senkt sich. „Es spielt keine Rolle, was jemand außerhalb dieser Wände denkt. Du bist jetzt bei uns. Sylas hat das, was er gesagt hat, ernst gemeint. Wir werden nicht zulassen, dass dir Aerik – oder irgendwer anders – wehtut. Wenn sie es versuchen, werde ich nicht zögern, dafür zu sorgen, dass sie es bereuen.“

Meine Stimme wird bei diesem letzten Versprechen leidenschaftlich und meine Fangzähne kribbeln in meinem Zahnfleisch, doch Talia zuckt wegen meiner Vehemenz nicht zusammen. Wenn überhaupt scheint das einen Teil ihres Selbstvertrauens wiederherzustellen. Ihre Schultern straffen sich wieder und ihr Mund presst sich zusammen, ihre Augen bleiben allerdings sanft, als sie zu mir aufblickt.

„Ich weiß, dass er es ernst gemeint hat. Ich weiß, dass *du* es ernst meinst. Deswegen wollte ich gestern Nacht alles in meiner Macht Stehende für euch tun.“

Sie greift nach oben, um ihre Finger an meinen Kiefer zu legen, und mein gesamtes Bewusstsein verengt sich auf die Hitze, die von dieser zaghaften Liebkosung und der Erinnerung daran aufgewirbelt wird, was sie gestern Nacht sonst noch für mich getan hat. Bei der Erinnerung an den Moment, als sie sich von Sylas abwandte, nachdem er sie geküsst hatte, mich sofort an sich zog und ihren Anspruch auf mich geltend machte. Sie zeigte deutlich, dass sie mich genauso sehr wollte wie ihn und dass sie mich nicht am Seitenrand stehen lassen würde.

Ich weiß nicht, wie ich solch großes Glück haben konnte, dass ich mir diese Zuneigung von ihr verdient habe, obwohl sie alles meinem Lord hätte schenken können. Doch ich habe es nicht in mir, sie zurückzuweisen. Ich kann nicht einmal das Begehren verdrängen, das mich jetzt durchströmt, da ihr Körper meinem so nahe ist, ihr Duft in meine Nase steigt und diese zärtlichen Worte in meinen Ohren widerhallen.

Ich beuge mich vor und sie neigt ihr Kinn nach oben, damit sie meinem Kuss entgegenkommen kann. Diese einfache Geste erledigt mich beinahe. Mein Wolf hebt den Kopf und was ich als ein sanftes Küsschen geplant hatte, wird zu einer leidenschaftlichen Verschmelzung unserer Lippen.

Als ich Talias Mund einfange, entwischt ihr ein bedürftiger, atemloser Laut und schickt einen Lustblitz direkt in meinen Schritt. Ihre Hand gleitet auf meine Brust, ihre Lippen teilen sich, um mich willkommen zu heißen, und ich muss sämtliche Willenskraft aufbringen, um die herbe Hitze in ihrem Mund nicht sofort zu plündern.

Es ist schwer, zu glauben, dass dies erst das dritte Mal ist, dass wir uns küssen. Als ich sie näher zu mir ziehe, fühlt sich jeder Zentimeter ihres Körpers vertraut an. Jedes gehauchte Geräusch erklingt im Takt mit dem Hämmern meines Herzens. Ich habe sie beobachtet, mich nach ihr gesehnt und ich *kenne* sie. Und sie heißt diese Sehnsucht mit allem, was sie ist, willkommen.

Ich will sie auf die Mücheninsel heben und mich vollkommen in der Erregung vergraben, die bereits die Luft schwängert. Ich will sie zu einem keuchenden Höhepunkt bringen, der zehnmal so berauschend ist wie der, den sie unter meiner Anleitung im Pool im Keller erreicht hat. Ich will spüren, wie sie um mich herum auseinanderfällt, sich an mich klammert und mir entgegenwölbt, während jegliche Furcht und Sorgen vergessen werden.

Bei den Himmeln, ich will das so sehr.

Doch als ich meine Zunge zwischen ihre Lippen schiebe, schnellt ihre nach vorne, um über meine zu tanzen, und ein Beben durchläuft ihren Körper. Ihre Finger packen mein Hemd, als müsste sie sich an etwas festhalten, damit sie nicht davongefegt wird. Der Eifer verschwindet nicht aus dem Kuss, doch meine Lust schwindet bei der Erinnerung daran, wie neu diese Art der Begegnung für sie ist. Vor zwei Wochen wusste sie kaum, welche Wonne sie selbst ihrem Körper entringen konnte.

Wenn ich meinem Begehren bis zum beabsichtigten Ende folge, würde sie dabei womöglich mitmachen, berauscht von den Empfindungen, die ich in ihr hervorrufe – doch wird sie danach glücklich sein? Wie kann sie wissen, wie viel *sie* will, wenn sie zu überwältigt ist, um diese Frage überhaupt in Erwägung zu ziehen?

Ich werde nicht so sein wie … Ich werde sie nicht benutzen. Ich werde nicht zulassen, dass meine Wünsche ihre mit Füßen treten, so menschlich wie sie ist. Bis sie mehr Raum zum Entscheiden hatte … bis sie sich sicher ist, was das alles bedeutet … bis *ich* mir sicher bin, dass ich alles sein kann, was sie braucht …

Ich stütze mich auf die Kante der Kücheninsel hinter ihr und weiche wenige Zentimeter zurück. In Talias hellgrünen Augen leuchtet Verlangen, ihre Wangen sind gerötet und ihre Lippen dunkler von dem Kuss. Ich schlucke schwer und muss mich stark zusammenreißen.

„Ich würde liebend gern den ganzen Tag so weitermachen, Süße", raune ich und drücke einen federleichten Kuss auf ihre Stirn. „Doch ich habe dir eine Mahlzeit versprochen."

Nach ihrem Lächeln zu urteilen, ist es mir gelungen, meinen Rückzug nicht wie eine Ablehnung aussehen zu lassen. „Es ist wohl besser, wenn ich mich nicht zwischen drei hungrigen Wölfen wiederfinde?", neckt sie und blickt an mir vorbei zur Theke. „Wie lange brauchen die Wachteln im Ofen?"

„Ungefähr zwanzig Minuten."

„Dann sollte ich wahrscheinlich die Gelegenheit nützen,

mir sauber Kleider anzuziehen. Wenn ich die ‚Lady' des Bergfrieds sein werde, sollte ich wenigstens dementsprechend aussehen." Sie zupft an ihrem Oberteil, das vom Schlafen zerknittert ist, allerdings nicht von ihrem Charme ablenkt. Ich zwinge mich, noch weiter zurückzutreten, damit sie von dem Hocker gleiten kann. Ein sehr großer Teil von mir knirscht mit den Zähnen, weil ich die Gelegenheit verpasst habe, ihr die Kleider selbst auszuziehen.

Ich beobachte, wie sie trotz des leichten Humpelns, das die Stütze von Sylas nicht ganz korrigieren kann, flink aus dem Zimmer schlüpft. Anschließend widme ich mich wieder dem Backen. Als ich die Backformen in den Ofen schiebe, bin ich gedanklich noch immer bei Talia. Die Hitze unserer Begegnung summt durch meine Adern und eine feurige Wärme legt sich um mein Herz.

Ich habe noch nie zuvor diese alles verzehrende Hingabe für jemanden empfunden. Es hat nie jemanden in unserem geschrumpften Rudel gegeben, der so viele Gefühle in mir geweckt hat, dass es mir wert gewesen wäre, denjenigen zu umwerben und die möglichen Spannungen zu riskieren, sollte mein Interesse verfliegen. Wenn ich die Nebelwelt verlassen und die Menschenwelt betreten habe, um Dampf der sinnlicheren Sorte abzulassen, bin ich stets zu Frauen gegangen, deren Beruf es war und die ich mit Geld kompensieren konnte, sodass kein Raum für Missverständnisse blieb, dass die Begegnung zu mehr führen könnte.

Was soll ich mit so vielen Empfindungen tun? Wenn ich sie Talia alle in einer Sintflut aus Emotionen anbiete, wird sie *das* willkommen heißen oder vor meiner unausgesprochenen Hoffnung zurückschrecken, dass ich im Gegenzug genauso viel erhalte?

Diese Fragen machen mich ruhelos, doch ich weiß nicht, wo ich Antworten finden kann. Ich weiß nur, dass ich ihr zeigen muss, dass sie für mich viel mehr als ein Objekt der Begierde ist, um das ich mich mit anderen streite. Es muss doch mehr geben, was ich für sie tun kann, als für sie zu kochen, sie zu küssen und meinen Zorn zu entfesseln, wenn eine Gefahr in Erscheinung tritt.

Ein unbestimmtes, jedoch kraftvolles Gefühl der Entschlossenheit packt mich. Als der Duft bratender Wachteln durch die Luft weht, gehe ich hoch zu Sylas' Büro.

„Komm rein, August", antwortet er auf mein Klopfen hin. Gewährt ihm sein totes Auge einen Blick auf denjenigen, der auf der anderen Seite steht, oder kennt er uns so gut, dass er uns am Klang unserer Fingerknöchel erkennt? Das scheint mir eine unverschämte Frage zu sein.

Als ich das Büro betrete und die Tür hinter mir schließe, sitzt mein Lord stirnrunzelnd an seinem Schreibtisch und betrachtet eine Karte und eine Seite mit Notizen, die auf dieser liegt. Er stützt seine Ellenbogen auf die Ecken der Karte und sieht erwartungsvoll zu mir auf. „Ich nehme an, du bist nicht nur hier, um mich zum Mittagessen zu holen."

Seine unerschütterliche Aura verhaltener Autorität befördert mich stets zurück zu den Tagen, in denen ich noch nicht volljährig war, weshalb ich mich seinem Kader nicht anschließen konnte und er den Großteil meiner Bildung übernahm. Beinahe ein Jahrhundert später entzieht sich mir das Maß an erlernter Kontrolle nach wie vor. Allerdings besitze ich eine Menge anderer Fähigkeiten, mit denen ich das kompensieren kann – zumindest bilde ich mir das ein.

Ich straffe die Schultern, um mehr wie ein Kader-Gewählter auszusehen. „Ich weiß, dass meine Hauptaufgabe darin bestanden hat, das Rudel vor realen Gefahren zu schützen, wenn sie aufkommen. Ich würde jedoch gerne mehr in die Planung und Strategiebesprechungen einbezogen werden. Es ist zwar nicht meine größte Stärke, aber ich bin mir sicher, dass ich mittlerweile genug Erfahrung habe, um etwas beizutragen. Außerdem haben du und Whitt jetzt so viel mehr zu tun, da Kellan tot ist."

Sylas betrachtet mich mit nachdenklicher Miene. Ich vermute, dass er erraten kann, dass dieser Vorschlag zumindest teilweise von meinem Wunsch angetrieben wird, Talia auf jede mir mögliche Weise zu beschützen. Immerhin habe ich mich neulich mit ihm geprügelt, um ihr ein besseres Schicksal zu sichern. Er schien mein Engagement zu respektieren, obwohl er mich für die Aufmüpfigkeit rügte. Das könnte sich zu meinen Gunsten auswirken.

„Hattest du etwas Spezielles im Sinn?", erkundigt er sich.

Ich bin in solcher Eile hierhergekommen, dass ich keine Zeit hatte, genauer darüber nachzudenken. „Nun, ich … ich weiß nicht, was du und Whitt bereits besprochen haben oder wie ihr die Situation mit Aerik angehen wollt. Aber ich stehe dir zur Verfügung. Und wenn ich ab jetzt in Diskussionen hinsichtlich dieser Strategien einbezogen werden könnte, würde ich gerne meine Ansichten mit euch teilen."

„In Ordnung. Vielleicht hätte ich dich schon früher einbeziehen sollen." Sylas massiert sich die Schläfe, was ein sehr subtiles Zeichen für die Bürde ist, die er als Lord trägt. Ich war zwar enttäuscht von ihm wegen seiner Pläne für Talia, kann mir allerdings nur ausmalen, wie schwer dieser Drahtseilakt für ihn war, die Bedürfnisse des Rudels gegen ihre Sicherheit abzuwägen. Er fand einen Weg, das alles zu jonglieren, auch wenn es unser Leben zukünftig schwieriger machen wird, und deswegen würde ich mich in jedem Gefecht vor ihn werfen.

Nach kurzem Überlegen deutet er zur Wand und in Richtung der Rudel-Häuser. „Du *bist* eine Art General. Es besteht eine Chance, dass dieser Streit zu einer Schlacht ausartet. Da die meisten unserer Krieger an der Grenze sind, muss *jedes* Rudelmitglied so gut wie möglich darauf vorbereitet sein, zu verteidigen, was uns gehört, unbekümmert seines Alters oder seiner körperlichen Verfassung. Gib ihnen Bescheid, dass du morgen mit ihnen zu trainieren beginnst."

Der Gedanke an eine Schlacht jagt ein unangenehmes Kribbeln durch mich hindurch – der Großteil des Rudels ist *nicht* in der Verfassung, in den Krieg zu ziehen. Doch genau deswegen überträgt er mir diese Verantwortung.

Ich nicke knapp. „Das kann ich tun. Danke, dass du mir diese Aufgabe anvertraust."

„Selbstverständlich. Ich hätte sie dir schon eher übertragen. Allerdings wollte ich unseren Leuten bisher den Stress ersparen, den die Frage nach dem Grund dieser Vorbereitungen mit sich gebracht hätte. Doch so wie die Lage jetzt aussieht ..." Er atmet aus, verzieht das Gesicht und hält inne. „Talia sollte ebenfalls lernen, was auch immer du ihr beibringen kannst. Trainiere vorerst hier im Bergfried mit ihr und später, wenn sie sich dem Rudel vorgestellt hat, mit den anderen zusammen. Sie musste sich schon zu viele Male gegen Krallen und Fangzähne wehren, ohne irgendwelche Mittel, die ihr eine faire Chance gegeben hätten."

Ja. Das Bild eines Wolfes, der sich auf sie stürzt, steigt in meinem Gedächtnis auf und meine Muskeln spannen sich instinktiv an. Alles, was ich tun kann, um ihr beizubringen, wie sie *sich* schützen kann, ist doppelt so gut wie der Schutz, den ich anbieten kann.

Ich verneige erneut den Kopf vor meinem Lord und richte mich auf. „Ich werde mich um beides kümmern. Falls es zu einem Kampf kommt, werden wir bereit sein."

Ob wir bereit genug sein werden, um zu *gewinnen* ... Das wird davon abhängen, wie gut ich diese neue Aufgabe ausführe, die ich verlangt habe.

3

Talia

Eine Hand drückt meinen Kopf nach unten, Finger bohren sich in meinen Schädel und erzeugen fünf scharfe Schmerzpunkte. Das Gewicht des Mannes presst mich mit so viel Wucht auf den kalten Boden, dass ich nicht atmen kann. Meine Beine schlagen instinktiv um sich – nein, *nein* – und urplötzlich weicht er zurück.

Er packt meinen Fuß und seine Fingernägel werden zu scharfen Krallen. Mit einer grausamen Drehung brechen die Knochen. Schmerz flutet mein Bein. Ich kreische und die muffige Luft verstopft meine Kehle mit dem Gestank von Urin und Blut, erstickt mich und schneidet mir die Luftzufuhr ab, als der Schmerz sich immer weiter ausdehnt …

„Talia.“

Ein ruhiges, jedoch entschlossenes Flüstern. Eine viel sanftere Hand, die meinen Arm streichelt. Ich schrecke aus dem Schlaf, kann diese Empfindungen kaum verarbeiten und mein Herzschlag donnert einige Sekunden vor Panik, bevor sich der Schleier vor meinem Blick lichtet und ich Sylas erkenne. Er sitzt auf der Kante meines Bettes und ist über mich gebeugt.

Ein Albtraum. Ich hatte noch einen Albtraum über meine Zeit in Gefangenschaft. Ich habe die Bettdecke bis zu meiner Taille gestrampelt. Der dünne Stoff meines Nachthemdes klebt schweißgetränkt an meinem Rücken, der jetzt klamm wird. Ich habe einen säuerlichen, ätzenden Geschmack im Mund. Ich schlucke schwer und bemühe mich, Herrin über meinen rasenden Puls zu werden.

Die Hand des Fae-Lords hält bei meinem Handgelenk inne. Er blinzelt mit seinen ungleichen Augen auf mich herab und nicht zum ersten Mal frage ich mich, welches mehr sieht. „Du hast geschrien", erklärt er ruhig. „Mehr als einmal."

Mist. Als das Zittern verebbt, rückt die Scham heran, um dessen Platz einzunehmen. „Es tut mir leid, dass ich dich aufgeweckt habe."

Er schüttelt abweisend den Kopf. „Ich habe noch gearbeitet, aber selbst wenn du mich aufgeweckt hättest, wäre es nicht deine Schuld gewesen." Er hält inne und sein Daumen streichelt in einem Bogen über meinen Unterarm. „Du hattest eine ganze Weile keinen so schlimmen Albtraum mehr."

Das stimmt. In dem Monat, den ich nun schon hier bin, verschwanden die Albträume nie vollständig. In der vergangenen Woche verloren sie jedoch einen Teil ihrer Macht. Das Gefühl, dass mich Aerik und sein Kader stalken, muss diese Ängste wieder an die Oberfläche befördert haben.

Ich bin mir sicher, Sylas kann sich das selbst zusammenreimen, weshalb ich einfach nur sage: „Ich weiß, dass ich mir eigentlich keine Sorgen machen muss.

Schließlich bist du sogar jetzt hier und rettest mich vor ihnen, obwohl sie nur in meinem Kopf sind. Danke, dass du mich aus dem Traum befreit hast."

Es ist nicht das erste Mal, dass er mich aus einem dieser Albträume geweckt hat, und ich bezweifle, dass es das letzte Mal sein wird.

Sein Mund verzieht sich. „Ich wünschte, dass es in der Realität genauso einfach wäre, unsere Feinde zu besiegen. Aber wir *werden* dich beschützen. Bist du jetzt okay?"

Mein Herzschlag hat sich beinahe beruhigt und das Erstickungsgefühl in meine Lunge ist verblasst, dennoch zögere ich bei dem Gedanken, wieder allein zu sein. Sylas fasst mein vorübergehendes Schweigen als Antwort auf. Ohne ein weiteres Wort steht er auf und hebt mich vom Bett, woraufhin die Decke von meinen Beinen fällt. Seine Arme ziehen mich dicht an seine breite Brust und sein kräftiger, erdiger, rauchiger Duft wäscht mit seiner Wärme über mich hinweg.

„Mir geht's gut", fühle ich mich genötigt, klarzustellen, obwohl es schwer ist, irgendwo anders sein zu wollen als in seine Arme gekuschelt, jetzt da ich hier bin.

Der Fae-Lord gibt ein leises Brummen von sich, das belustigt klingt. „Es könnte dir allerdings noch besser gehen. Du hast mir zuvor erzählt, dass du dich in meinem Zimmer sicherer fühlst als in deinem."

Als er aus meinem Zimmer in den Gang tritt und mich trägt, als wäre ich schwerelos, verdichtet sich die Wärme zu einer tiefergehenden Hitze bei dem Gedanken an die Dinge, die wir beim letzten Mal in seinem Zimmer getan haben, als ich dort schlief. Die Hitze sammelt sich zwischen meinen Schenkeln, allerdings bin ich noch zu erledigt, um mir zu überlegen, ob ich jetzt einen Schritt auf ihn zu machen möchte, und falls ja, wie der aussehen würde.

Erwartet Sylas etwas? Abgesehen von jener Nacht, in der

er mich streichelte, während er mich dazu ermutigte, mich zu einem Höhepunkt zu bringen, haben wir nicht mehr als einige Küsse geteilt.

Als wir sein Schlafzimmer betreten, blicke ich zu ihm auf und suche sein Gesicht in dem schwachen Mondlicht ab, das durch sein Fenster fällt. Er begegnet meinem Blick.

„Ich möchte, dass du schläfst", sagt er und setzt diesen nervösen Fragen ein Ende. „Schlafe hier, wo du weißt, dass jeder Feind, sei er nun real oder ausgedacht, zuerst mich überwinden muss, um an dich zu gelangen."

„Und nachdem ich geschlafen habe?", frage ich zaghaft.

Seine Lippen, die sich leicht krümmen, sorgen dafür, dass es in meinem Becken ziept, was durch das Rumpeln seines tiefen Baritons noch verstärkt wird. „Wir werden sehen, was der Morgen bringt." Er streift meine Stirn mit den Lippen und legt mich auf die andere Seite des Bettes. „Ich werde keine Forderungen an dich stellen. Wenn du dir sicher bist, was du willst, komme ich deinen Wünschen mehr als gerne nach."

Die Hitze flammt in meinen Wangen auf, doch als mein Kopf das Daunenkissen berührt, kriecht mir der Schlaf bereits wieder in die Glieder. Sylas legt sich einen halben Meter entfernt von mir hin und zieht die Decke über uns. Ich rutsche etwas näher zu ihm, wobei ich ihn nicht berühre, jedoch in seiner rauchigen Wärme bade.

Das Letzte, was ich spüre, bevor ich erschöpft einschlafe, sind seine Finger, die einige verirrte Haarsträhnen aus meinem Gesicht streichen.

Ich wache zu hellem Sonnenschein auf und dem Eindruck, dass die Körperwärme aus der Matratze neben meinem Arm verschwindet. Als ich mir über die Augen reibe, tritt Sylas aus seinem privaten Badezimmer und seine dunklen Haare fallen ihm feucht vom Duschen auf die Schultern. Er bindet die Schleife fertig, die den scharfen V-Ausschnitt seines Hemdes schließt, und hebt den Blick, um meinem zu begegnen. In seinem unversehrten Auge entzündet sich das mittlerweile vertraute Begehren.

„Gehst du schon wieder an die Arbeit?", frage ich und hoffe, dass ich nicht zu enttäuscht klinge. Ich weiß nicht, ob ich auf eine Wiederholung des letzten Morgens gehofft habe, an dem ich in seinem Bett aufgewacht bin, oder sogar auf mehr. Doch ich hätte definitiv nichts dagegen gehabt, mich an seine Muskeln zu kuscheln, während ich wach genug bin, um sie richtig wertzuschätzen.

Sylas' Mund zuckt zu einem Lächeln, in dem eine Entschuldigung liegt. „Eine der Wachen hat Beweise für einen Eindringling in der Nähe der Grenze unserer Ländereien gefunden. Ich will es mir selbst so bald wie möglich ansehen. Bleib hier und schlaf so lange, wie du willst."

Er beugt sich in einer Bewegung über das Bett, die beinahe einem Anpirschen gleicht, und stiehlt sich einen Kuss, der schnell, jedoch so leidenschaftlich ausfällt, dass mir im ganzen Körper heiß wird. Aufgrund der Lust, die der Kuss in mir weckt, bin ich versucht, sein Hemd zu packen und ihn wieder ins Bett zu ziehen. Doch er richtet sich bereits entschlossen auf. Nichts wird den Fae-Lord von einer dringenden Pflicht abhalten – und diese Pflichten dienen teilweise dazu, mich zu beschützen, weshalb ich mich nicht beschweren kann.

Ich liege noch mehrere Minuten ausgestreckt im Bett und bade in Sylas' Duft und dem letzten Kribbeln der Wärme. Nach Jahren, in denen ich nicht mehr als einen Käfig hatte, der nur halb so groß wie dieses Bett war, bin ich allerdings niemand, der seine neu gewonnene Freiheit damit verschwendet, im Bett zu liegen. Ich stehe auf und humple zur Tür in der Absicht, einige Kleider und meine Orthese aus meinem Zimmer zu holen, bevor ich in Erfahrung bringe, was August zum Frühstück geplant hat.

Als ich in den Gang schlüpfe, verlässt eine andere kräftige Gestalt gerade ihr eigenes Zimmer auf der anderen Seite des Flurs. Whitt hält inne und legt den Kopf schief. Die Büschel seiner sonnengeküssten braunen Haare sind wie üblich zerzaust und seine strahlend blauen Augen funkeln. Er ist so unergründlich umwerfend wie eh und je. Er hat sein Hemd mit dem Stehkragen nur bis zur Hälfte seiner Brust zugeknöpft, weshalb ich einen Blick auf die Wahre-Namen-Tattoos erhalte, die sich über die gebräunte Haut seines Brustbeins schlängeln. August hat mir verraten, dass Whitt beinahe so viele wie Sylas hat.

„Guten Morgen, Krümel", sagt er in diesem Tonfall, der stets auf der Grenze zwischen Necken und Hohn balanciert. „Ich schätze, es war auch eine gute Nacht."

Frische Röte brennt auf meinen Wangen. Plötzlich bin ich mir bewusst, wie dünn mein Nachthemd ist und dass ich darunter gar nichts anhabe, obwohl Whitt mir geflissentlich ins Gesicht schaut. Ich verschränke die Arme vor der Brust. „Ich hatte einen Albtraum."

Er zieht die Augenbrauen hoch. „Hmm, lass Sylas bloß nicht hören, dass du Rendezvous mit ihm so nennst."

„Es war kein ..." Ich unterbreche mich, als ich Whitts Grinsen bemerke, und entscheide mich dafür, ihn finster anzustarren. Ich könnte ihm sagen, dass ich nur zum Schlafen dort drin war, doch er würde mir wahrscheinlich ohnehin nicht glauben – und ich *wollte* zumindest etwas mehr als das tun. Was für eine Rolle spielt es also, wenn er denkt, ich hätte es erreicht?

Whitt gluckst und etwas an seinem Gesichtsausdruck wird ein wenig weicher. „Ich mag diese neue Wildheit, die du dir angewöhnt hast. Eines Tages muss ich dich womöglich vom ‚Krümel‘ zur ‚Allkräftigen‘ befördern.“

„Du könntest mich Talia nennen. Das *ist* mein Name.“

„Aber wo wäre dabei der Spaß?“

Er geht den Gang entlang – natürlich in die gleiche Richtung, in die ich gehen muss. Ich könnte mich zurückfallen und das Gespräch ersterben lassen, doch das fühlt sich schrecklich feige an, nachdem er mir gerade ein Kompliment dafür gemacht hat, dass ich wilder werde.

Whitt hat mir vor nicht allzu langer Zeit gestanden, dass er froh über meine Anwesenheit hier ist und will, dass ich bleibe. Ich sollte wegen ihm nicht nervös sein, auch wenn mich etwas an seinem Temperament aus dem Gleichgewicht zu bringen scheint.

„Ist es dir sehr wichtig, Spaß zu haben?“, frage ich und nehme etwas mehr Mut zusammen, während ich ihm folge. „Organisierst du deswegen all die Feiern für das Rudel?“

„Ich organisiere unsere Feiern aus vielen Gründen, Vergnügen ist auf jeden Fall ein bedeutsamer Teil der Partys.“ Er betrachtet mich und das neckende Funkeln in seinen Augen leuchtet heller. „Ich vermute, dir würden sie auch gefallen. Du wirst einmal an einer teilnehmen und herausfinden müssen, worum es bei dem ganzen Trubel geht.“

„Ich *kann* aktuell an keiner teilnehmen“, erinnere ich ihn. „Ich soll mich dem restlichen Rudel noch nicht zeigen.“

„Wie wahr. Das ist etwas, was wir uns für zukünftige Pläne merken müssen. Ich muss dir sagen …“

Ich erfahre nicht, was er mir sagen muss, denn in dem Moment bleibt er abrupt stehen und legt den Kopf wieder schief, als würde er mit diesen leicht spitzen Fae-Ohren aufmerksam auf etwas lauschen, obwohl meine Menschenohren nichts Außergewöhnliches wahrgenommen haben. Sein Lächeln spannt sich an und nimmt eine entschlossenere Form an. „Auch wenn *dieses* Gespräch amüsant war, wirst du mich entschuldigen müssen."

Er marschiert davon und verschwindet in dem Zimmer, von dem ich vermute, dass er dort seiner Arbeit für Sylas nachgeht, auch wenn ich nicht weiß, worum es dabei geht. Das Zimmer, in dem ich ihn einmal mit einem Rudelmitglied reden hörte – einem Rudelmitglied, das irgendwie aus dem Zimmer verschwunden ist, ohne durch die Tür zu treten. Sie besprachen einen Konflikt mit den Fae des Winterreichs, denjenigen, die von den Fae des Bergfrieds Unseelie genannt werden. Hat er diesbezüglich weitere Nachrichten erhalten?

Was, wenn Sylas am Ende zwei Kriege führen muss?

Diese Frage schlängelt sich unangenehm durch meinen Magen. Ich suche mir Wechselklamotten aus den Kleidern aus, die mir die Männer im Laufe des Monats zusammengetragen haben, den ich nun schon hier bin. Sie müssen ab und zu in die Menschenwelt reisen und … sie stehlen? *Könnten* sie sie überhaupt richtig kaufen, wenn sie sich wie ehrliche Menschen verhalten wollten? Anschließend gehe ich ins Bad, um mich zu waschen und anzuziehen.

Obwohl Sylas und ich *nichts* sonderlich Intimes getan haben, hat meine Haut vermutlich viel von seinem Duft angenommen, weil ich in seinem Bett geschlafen habe. August hat zwar zugestimmt, dass sowohl er als auch Sylas eine Art Beziehung mit mir anstreben, allerdings hat es ihn schon einmal so sehr aufgeregt, den anderen Mann an mir zu riechen, dass er in Wolfgestalt davongerannt ist. Ich möchte es lieber nicht riskieren, irgendwelche besitzergreifenden Neigungen zu wecken, wenn ich es vermeiden kann.

Mir ist relativ egal, was Whitt von meinen nächtlichen Aktivitäten hält, aber ich will nicht, dass August denkt, ich würde Sylas ihm vorziehen.

Als ich fertig und in meiner Alltagskleidung weniger

entblößt bin, und meine Haut vom Waschen kribbelt, laufe ich beinahe gegen Whitt, der mit einer entschlosseneren Aura durch den Gang marschiert, als ich es von ihm gewohnt bin.

„Ist alles in Ordnung?", frage ich.

Er bleibt gerade so lange stehen, dass er sagen kann: „Ja. Besser als wir erwartet haben, glaube ich, obwohl ich schauen muss, was Sylas davon hält."

Bevor er weiter eilen kann, deute ich vage zur Treppe. „Er ist gegangen. Er sagte, eine Wache hat etwas berichtet und er wollte sich das anschauen."

Whitt schnaubt leise. „Tja, dann eben nicht. Ich schätze, diese Angelegenheit ist nicht so welterschütternd, dass sie sofort seiner Aufmerksamkeit bedarf. Es besteht kein Grund, ihm hinterherzujagen, wenn ich hier warten und ein ruhiges Frühstück in hübscherer Gesellschaft genießen kann." Er zwinkert mir zu.

Obwohl ich weiß, dass er mich nur aufzieht, kann ich nicht verhindern, dass sich meine Lippen zu einem Lächeln biegen. Ich werfe mein Nachthemd in mein Zimmer und bin gerade die Treppe hinabgehumpelt, als die Eingangstür auf der anderen Seite des Bergfrieds auffliegt. Der Fae-Lord kommt um die Ecke und sieht so gefasst wie immer aus. Was er sich angesehen hat, kann also kein so großes Problem gewesen sein.

Whitt erscheint augenblicklich im Türrahmen des Esszimmers. „Auf ein Wort, mein Lehnsherr?", sagt er mit sarkastischer Stimme.

Sylas bleibt neben der Tür stehen. „Was gibt's?"

Whitt richtet seinen Blick auf mich, als ich mich ihnen nähere, und zögert. Ich wappne mich dafür, dass er seinen Lord beiseite ziehen wird, um unter vier Augen mit ihm zu sprechen, doch dann nickt er knapp. „Du kannst das genauso gut mithören."

Obwohl ich wissen will, was los war, setzt mein Puls eine

Sekunde lang aus, als er andeutet, dass mich diese Nachrichten irgendwie betreffen. Ich schließe mich ihnen an und schiebe die Hände in die Taschen meiner Jeans, damit ich sie aus Nervosität nicht zu Fäusten balle.

Whitt konzentriert sich wieder auf Sylas. „Einer der Leute, die ich losgeschickt habe, damit sie nach Aerik schauen, hat sich gemeldet. Nach dem zu urteilen, was er herausfinden und überhören konnte, haben Aeriks Kader und einige andere aus seinem Rudel recht öffentlich Bemerkungen dazu gemacht, dass wir anscheinend froh darüber sind, dass jetzt niemand das Elixier hat. Er versucht, Motive zu kreieren und den Verdacht auf uns zu lenken."

„Das ist alles?", fragt Sylas. „Nichts Belastenderes als Annahmen bezüglich unserer Einstellung?"

„Das war alles. Es könnte einfach nur ein Versuch sein, die Aufmerksamkeit von ihnen abzulenken, da die Rudel, die sich auf ihre regelmäßigen Elixier-Lieferungen verlassen haben, bestimmt aufgebracht sind. Doch in Kombination mit ihrem Interesse an unseren Ländereien … Aerik hält es sicherlich für sehr wahrscheinlich, dass wir schuld an ihrem Verschwinden sind." Er klopft mir kurz auf die Schulter. „Aber wir sind nicht die Einzigen … diesbezüglich gibt es keine Gewissheit. Allerdings versucht er zweifellos, die Grundlage für einen größeren Fall gegen uns zu legen, für den Fall, dass er gegen uns vorgehen muss. Er hat jedoch nicht annähernd genug Beweise gegen uns, um uns richtig zu attackieren. Wir geben lediglich einfache Sündenböcke ab."

Sylas summt vor sich hin und betrachtet Whitt und anschließend mich. „Wir werden warten, bis die anderen ihre Berichte abgeliefert haben", sagt er. „Aber falls die restlichen Nachrichten zu dem passen … Wir können sie nicht für immer verstecken und es macht auf mich den Anschein, als wäre es im Umgang mit solch haltlosen Sorgen eine bessere Taktik, zu zeigen, dass wir nichts zu verbergen haben."

„Was meinst du damit?", frage ich.

„Wenn morgen noch alles gut ist, werden wir dich dem Rudel vorstellen und zu einem festen Bestandteil ihres Lebens machen. Ist das erledigt, ist es womöglich an der Zeit, dass wir Aerik und seinen Kader zum Abendessen einladen, um zu zeigen, dass wir nicht verstimmt sind wegen ihrer regelmäßigen Vernachlässigung unserer ‚Freundschaft'."

Warte, was?

Whitt grinst. „Wir geben ihm eine Chance, sich alles aus der Nähe anzuschauen und nichts zu finden. Dann kann er es vor niemandem rechtfertigen, uns weiterhin zu verdächtigen. Das gefällt mir." Er grinst mich an. „Mit etwas sorgfältig platziertem Glamour wirst du vor ihren Augen als eine völlig andere Frau durchgehen."

Sylas betrachtet mich mit ernster Miene. „Wenn du dich dazu bereit fühlst, Talia. Wir werden die Angelegenheit nicht überstürzen – und ich würde dich nicht bitten, dich in ihrer Gegenwart aufzuhalten, wenn ich nicht der Meinung wäre, dass es unsere beste Hoffnung ist, sie uns auf Dauer vom Hals zu schaffen."

Ich soll mich erneut meinen Entführern stellen. Ich soll ihnen hier in dem Bergfried, der mein Zufluchtsort geworden ist, gegenübertreten. Ein eisiger Schauder rast über meine Haut.

Es geht nicht nur um mich. Wie vielen Gefahren werden sich die Männer dieses Bergfrieds wegen meiner Anwesenheit stellen müssen? Aerik benimmt sich ihnen gegenüber bereits so feindselig. Sie sollten sich überhaupt nicht mit ihm auseinandersetzen müssen, geschweige denn ihn in ihr Zuhause einladen müssen, wo er sie aus nächster Nähe angreifen kann – ein Angriff, bei dem womöglich nicht nur Worte ausgeteilt werden, sondern auch Zähne und Krallen eingesetzt werden, sollte die Wahrheit ans Licht kommen.

Ich locke sie hierher, genauso wie zuvor … genauso wie …

Bilder von Blut bespritztem Gras und Blättern in der Dunkelheit blitzen durch meine Gedanken. Knurren und Schreie, das erstickte Rasseln eines letzten Atemzugs. Ich zucke zusammen und verkneife mir das Erschaudern so gut, ich kann. *Nein!*

Doch obwohl Panik durch meine Brust fegt, verstehe ich, warum Sylas diese Strategie vorschlägt. Mich zu entführen, hat ihn und seinen Kader bereits auf diesen Pfad geführt. Es macht nicht den Anschein, als könnten wir Aerik für immer aus dem Weg gehen. Wäre es nicht besser, die Konfrontation hinter mich zu bringen und ihn aus meinem Leben zu verbannen, anstatt, ständig angespannt zu sein und darauf zu warten, dass sie uns angreifen?

Wenigstens kann Sylas auf diese Weise die Umstände kontrollieren und auf der Hut sein, anstatt sich überraschen zu lassen.

Ich atme einmal ein und dann noch einmal, erinnere mich daran, wie ich mich gestern Nacht zwischen die drei Fae-Männer gekuschelt habe, und an den warmen Schutz ihrer wölfischen Körper. Als es mir gelingt, etwas zu sagen, klingt meine Stimme leise und etwas heiser, jedoch ruhig. „Seid ihr euch sicher, dass ihr mich so gut tarnen könnt, dass sie mich nicht erkennen?"

„Du siehst sogar ohne Magie kaum noch wie das winzige Mädchen aus, das wir mitgenommen haben", meint Sylas. „Die eindeutigsten Identifizierungsmerkmale werden deine Schulternarben, dein verletzter Fuß und dein Geruch sein. Erstere können mühelos mit Kleidung verdeckt werden und wir werden uns erst mit ihnen in Verbindung setzen, wenn ich mir absolut sicher bin, dass wir die anderen zwei maskieren können."

Mein Körper schreckt dennoch vor der Idee zurück, aber

ich zwinge mich, zu nicken. „In Ordnung. Wenn dies die beste Möglichkeit ist, sicherzustellen, dass sie hier nicht mehr herumschleichen, sollten wir es tun.“

„Dann feierst du morgen dein Debüt.“ Whitt klatscht in die Hände. „Es sieht so aus, als könntest du doch viel früher an einer meiner Feiern teilnehmen, Krümel.“

4

Talia

Ich habe den Bergfried erst einmal zuvor verlassen. Das war vor mehreren Abenden und ich war dabei so sehr in Eile gewesen, dass ich es nicht gewagt hatte, zurückzuschauen. Ich habe den Großteil der Landschaft bereits durch die Fenster gesehen, es ist jedoch anders, alles in Ruhe zu betrachten, wie es mir beliebt, während mich die frische Luft umgibt und die Wärme der Sommerbrise über meine Haut leckt. Und ich konnte den Bergfried selbst noch nicht richtig in Augenschein nehmen.

Ich drehe mich dort im Kreis, wo ich auf dem weichen Gras stehen geblieben bin, das meine nackten Füße kitzelt. Hinter den nahegelegenen Feldern verdunkeln Flecken aus Wald den Horizont in beinahe jeder Richtung abgesehen von den sanft gewellten Hügeln zu meiner Linken. Zu meiner Rechten ragen rosa Steine zwischen den fernen Baumwipfeln in Form dünner Türme empor, die mit limettengrünen Pflanzen gesprenkelt sind. Und hinter mir …

Als ich einen ungehinderten Blick auf das Gebäude erhalte, in dem ich den vergangenen Monat gelebt habe, stockt mir der Atem. Solange man sich im Bergfried aufhält, ist es ein Leichtes, sich vorzustellen, dass man einfach in einem sehr großen Haus lebt, auch wenn die Bauweise ein wenig merkwürdig ist – alle Wände und Decken bestehen aus dem gleichen polierten Holz wie die Böden und die Beleuchtungskörper sehen wie Äste aus. Von außen ist es sowohl das hübscheste als auch das befremdlichste Gebäude, das ich jemals gesehen habe.

Es sieht aus, als wären mehrere gewaltige Bäume aus dem Boden geschossen und zu einem einzigen verschmolzen. Lediglich die Wölbungen, wo sich ein Baum in den nächsten biegt, zeigen, wo sie einst begonnen und geendet haben. Nichts sprießt aus der glatten Rinde der Außenwände, doch über dem Obergeschoss haben sich Äste zu einem komplizierten Muster verwoben, das wie die feinste Spitze aussieht. Zarte Ringe kräuseln sich um die gewölbten Fenster, als wären sie einst Knoten im Holz gewesen.

„Es reicht nicht ganz an Hearthshire heran, aber wir haben es unter grässlicheren Umständen erbaut", erklärt Sylas neben mir, als würde er denken, ich wäre von dem Anblick unbeeindruckt anstatt überwältigt. Er neigt den Kopf zum Rudel-Dorf. „Bist du bereit?"

Stimmt ja. Wir sind aus einem Grund hier rausgekommen. Einen, den ich nicht wirklich vergessen habe und der meinen Magen nervös zum Schlingern bringt. Womöglich habe ich die Aussicht als Ausrede zum Trödeln benutzt. Ich straffe die Schultern. „So bereit, wie ich es je sein werde."

Zu dem Dorf zu laufen, um das große Rudel kennenzulernen, fühlt sich merkwürdig an, als würde ich mitten im Schuljahr in einer neuen Klasse auftauchen. Die Leute, denen mich Sylas gleich vorstellen wird, haben ihre eigenen Freundschaften, vermutlich Konflikte und eine Vergangenheit, die viel weiter zurückliegt als meine Geburt. Wie soll ich in das alles reinpassen?

Tatsächlich ist es eine Trilliarde Mal schlimmer als eine neue Klasse, denn diese ‚Leute‘ sind nicht einmal Leute. Sie sind Fae und ich bin ein Mensch und August hat mir bereits erzählt, dass so ziemlich jeder Fae Menschen für weniger wert erachtet als sich selbst.

Ich humple neben Sylas her, dessen Tempo in Rücksichtnahme auf meines langsam ist, sauge die nach Wildblumen duftende Luft in meine Lunge und zwinge mein Herz, nicht durch meine Rippen zu hämmern. Mehrere Fae bewegen sich bereits zwischen ihren Häusern, die wie kleinere Versionen der Konstruktion des Bergfrieds aussehen: gigantische Baumstümpfe, die so verdreht wurden, dass sie einige Meter über den Köpfen der Fae ein Spitzdach formen.

Eine Frau pflegt einen Garten voll heller Blätter und Beeren, die eine wahre Kakophonie an Farben bilden. Ein paar Männer arbeiten zusammen, um scheinbar mithilfe von Magie mehrere Holzstücke zu einer Art Vorrichtung zu biegen, während kleine perlgraue Hennen neben ihren Füßen im Gras picken. Eine kleine Gruppe marschiert gerade mit Waffen über den Schultern oder an den Hüften zurück in die Dorfmitte. Zwischen sich tragen sie ein großes Reh auf einem Gestell.

Beim Anblick ihres Lords werden alle Aktivitäten eingestellt. Sylas’ Rudel verlässt seine Arbeit, um sich uns zu nähern. Weitere Fae treten aus ihren Häusern, als wäre allein seine Anwesenheit eine Art Signal, das sie alle herbeiruft.

Sylas und ich bleiben am Rand des fleckigen Grases der abgetretenen Pfade zwischen den Häusern stehen und seine Hand hebt sich zu meiner Schulter. Ich vermute, dass er diese Geste hauptsächlich um ihretwillen macht – um zu betonen, dass ich unter seinem Schutz stehe? Dass sie mich mit all dem Respekt behandeln sollen, den er verlangen würde? – doch sein fester Griff hilft mir ebenfalls, aufrecht und ruhig vor all diesen Fremden zu stehen.

Und es sind eine ganze Menge. Nach dem, was mir die Männer des Bergfrieds über ihr Rudel erzählte haben, lässt sich ihre Mitgliederzahl nicht mit der von anderen Rudeln vergleichen. Doch für mich, die sich seit beinahe einem Jahrzehnt nicht in der Gegenwart von mehr als vier anderen Leuten gleichzeitig aufgehalten hat ... Mein Blick huscht so nervös über sie, dass ich sie nicht richtig zählen kann, aber ich würde ihre Anzahl auf ungefähr dreißig schätzen. Und das ist nicht einmal das komplette Rudel. Andere gehen gerade ihren Wachpflichten nach oder kämpfen in dem Konflikt mit den Unseelie.

Ich könnte nicht behaupten, dass sie alle *attraktiv* sind, ihre Gesichter und Figuren besitzen jedoch auffallende, überirdische Merkmale, von denen ich genauso schwer den Blick abwenden kann wie von den atemberaubenden Zügen Sylas' und seines Kaders. Ihre Staturen reichen von spindeldürr zu Oberkörpern, die Fässern gleichen. Manche sind in schlichte Hemden und Hosen gekleidet, andere in Kleider aus einem dünnen, jedoch dicht gewobenen, fließenden Material. Die meisten von ihnen ziehen die erdfarbigen Töne vor, die Sylas und August im Allgemeinen ebenfalls tragen, doch manche, unter denen ich einige regelmäßige Teilnehmer an Whitts Feiern entdecke, tragen kräftige Juwelenfarben, die eher seinen Vorlieben entsprechen.

Sie mustern mich mit unverhohlener Neugier, was Sinn ergibt. Sylas hat mir erzählt, dass er keine menschlichen Bediensteten mehr aufgenommen hat, seit sich Kellan seinem Kader angeschlossen hatte, da dieser nicht gut auf sterbliche

Wesen zu sprechen war. Also haben diese Fae schon eine ganze Weile niemanden mehr wie mich auf ihren Ländereien gesehen. Ob sie *jemals* einen Menschen mit knallpinken Haaren gesehen haben, ist fraglich. Ich bin einfach nur froh, dass ich keine offensichtliche Feindseligkeit oder Abscheu auf ihren Gesichtern bemerke.

„Es ist schön, zu sehen, dass es euch allen gut geht", sagt Sylas in seinem autoritären Tonfall. „Ich möchte euch ein neues Mitglied unseres Rudels vorstellen. Das hier ist Talia. Sie ist von der anderen Seite der Nebelwelt zu uns gekommen. Mein Kader-Gewählter August hat sie als Begleitung – *nicht* als Bedienstete – mitgebracht und sie ist noch dabei, sich an unsere Lebensweise zu gewöhnen. Ich erwarte, dass ihr helft, diesen Übergang für sie einfacher zu gestalten, und dass ihr ihr angemessene Freundlichkeit entgegenbringt."

Die gesamte Menge nickte zustimmend. Ich lächle sie an und hoffe, dass mein Mund nicht so steif aussieht, wie er sich anfühlt. Wie viel Freundlichkeit werden die Fae für ‚angemessen' halten?

Sylas schenkt seinem Rudel ebenfalls ein Lächeln. „Exzellent. Warum nehmt ihr euch nicht kurz von eurer Arbeit frei und erzählt mir, wie es euch dieser Tage geht? Und wenn ihr Talia ein bisschen besser kennenlernen möchtet, bin ich mir sicher, dass sie sehr gerne eure Bekanntschaft machen würde."

Überhaupt kein Druck. Ich trete von einem Fuß auf den anderen und ein schwaches Kribbeln erinnert mich an die Illusion, die meine Orthese und meinen unsteten Gang vor unseren Zuschauern verbirgt. Da körperliche Magie eines von Augusts Spezialgebieten ist, hat er das Glamour gewirkt und mich angewiesen, mich auf einen runden Gang zu konzentrieren anstatt auf Geschwindigkeit. Wenn ich zu stark torkle, wird das Glamour nicht reichen, um meine alte Verletzung zu tarnen.

Sylas blickt zu mir, wahrscheinlich um abzuschätzen, wie gut ich mich schlage. Obwohl die Nervosität meinen gesamten Körper gepackt hat, muss ich ihm zeigen, wie gut ich zurechtkomme. Er nimmt es für mich mit meinen Feinden auf. Ich sollte wenigstens in der Lage sein, unter meinen Verbündeten auf mich selbst zu achten.

Ich recke das Kinn etwas höher und mache einen Schritt nach vorne, um dem Fae entgegenzugehen, der in unsere Richtung kommt. Anscheinend beruhigt, schlendert Sylas in die Menge, bleibt immer wieder stehen und unterhält sich mit seinem Volk.

Viele der Rudelmitglieder versammeln sich um ihn herum, um auf seine Aufmerksamkeit zu warten, doch andere nähern sich mir. Sie mustern mich zaghaft von Kopf bis Fuß, als könnte ich mich als unerwartet gefährlich entpuppen. Eine Frau, die nicht viel älter als ich aussieht, baut sich direkt vor mir auf.

Ihre langen, glatten Haare leuchten in einem so hellen, jedoch warmen Blond, dass man meinen könnte, es bestünde aus Sonnenstrahlen. Sie betrachtet mich aus eng stehenden blaugrauen Augen, die nur eine Spur zu groß sind und ihr ein beunruhigendes, insektenähnliches Aussehen verleihen. Ihr Grinsen ist allerdings breit und, soweit ich das erkennen kann, aufrichtig, als sie ihren Arm in einem merkwürdigen Winkel ausstreckt. Es ist, als hätte man ihr erzählt, dass sich Menschen per Händedruck begrüßen, sie allerdings noch nie Gelegenheit gehabt, es auszuprobieren, weshalb sie nicht weiß, wie es aussehen sollte.

Ich ergreife im Gegenzug ihre Hand, die meine warm und fest packt, und schüttle sie kurz, obwohl ich mir ein wenig albern vorkomme. „Talia", sagt sie mit einer silberhellen Stimme, wobei sie jede einzelne Silbe betont, als würde sie sie kosten. „Du bist einen weiten Weg hierhergekommen. Ich bin Harper von Oakmeet – ich meine, offensichtlich. Ich hoffe, dir gefällt es hier.“

„Mir gefällt, was ich bisher gesehen habe“, antworte ich, was stimmt, wenn wir nichts außerhalb dieser Ländereien oder Kellan oder die Fae aus den anderen Rudeln mitzählen, die hier eingedrungen sind.

Weitere Fae haben sich um sie herum versammelt. „Aus welchem Teil der Menschenwelt kommst du?“, fragt ein stämmiger junger Mann mit barscher Stimme, während seine Augen vor Neugier leuchten.

„Ähm, Amerika.“ Ich weiß nicht, ob ich konkreter werden soll, da ich keine Antworten auf spezifische Fragen über die jüngsten Ereignisse dort liefern kann.

Er summt, als würde ihm das genügen, und eine knöcherne Frau mittleren Alters drängt sich zwischen ihm und Harper hindurch, um mich zu inspizieren. „Dir hat es also unser August angetan, was?“, fragt sie in einem besitzergreifenden Tonfall, als würde sie abschätzen, ob ich seiner würdig bin.

Ich schätze, es ist keine große Überraschung, dass August mit seiner fröhlichen, freundlichen Art und dem angeborenen Beschützerinstinkt viele Fans im Rudel hat. Hitze kitzelt über meine Wangen, als ich daran denke, welche Annahmen sie womöglich bereits hinsichtlich unserer Beziehung haben. Mit etwas Glück sorgt das jedoch nur dafür, dass meine Antwort aufrichtiger klingt. „Es ist schwer, sich seinem Charme zu entziehen.“

„Dann wolltest du also mit ihm gehen?“, fragt Harper begeistert. „Wusstest du, wo er dich hinbringt?“

„Ich … ich wusste ein wenig. Es ist jedoch schwer, sich darauf vorzubereiten, bevor man den Ort tatsächlich gesehen hat.“

Sie summt leise und ihr Blick richtet sich in die Ferne. „Es muss so aufregend sein."

Ein freudiger Aufschrei lenkt die Aufmerksamkeit kurz von mir ab. Sylas streicht mit seiner Hand über die Stirn einer gertenschlanken Frau und macht ein Zeichen, das wie eine Segnung aussieht. Sein Gesicht strahlt vor Begeisterung.

„Ein neues Rudelmitglied", dröhnt er mit solch offensichtlicher Freude, dass sich ein Lächeln auf meine Lippen stiehlt, das ich überhaupt nicht erzwingen muss. „Was für ein Segen. Wir werden dafür sorgen, dass seine oder ihre Ankunft eine sichere und freudige ist."

Mein Blick gleitet über den Körper der Frau und bleibt an der leichten Rundung ihres Bauches hängen. Fae sind beinahe unsterblich, der Nachteil ist jedoch, dass sie Probleme haben, Kinder zu kriegen. Wie lange ist es her, seit dieses Rudel zuletzt ein Kind in seiner Mitte hatte?

Die Frau und der Mann an ihrer Seite, von dem ich annehme, dass er ihr Ehemann – Gefährte? – ist, senken die Köpfe mit einem erfreuten Lächeln. Doch urplötzlich verkrampft sich etwas in meiner Brust. Sylas hat hier so viel zu verteidigen, so viele Leute, die sich auf ihn verlassen und nicht ohne Weiteres kämpfen können, falls Aerik oder irgendein anderer Lord einen Angriff startet. Es sind nicht nur die Männer des Bergfrieds, die ich in Gefahr bringe, sondern das gesamte Rudel.

Er hat ihre Sicherheit für mich aufs Spiel gesetzt. Er hat das alles riskiert, um mir eine Art von Freiheit zu schenken. Ich weiß nicht, wie ich ihm das jemals vergelten kann.

Ich weiß nicht, wie ich es ertragen soll, falls Aerik einem von ihnen schadet.

Bevor diese nagenden Sorgen zu viel von meinem Verstand befallen können, beugt sich eine der Fae-Frauen in meiner Nähe vor und wickelt sich meine Haare um ihren

Finger. „Wie kommt es, dass dein Haar diese Farbe hat? Das kann nicht natürlich sein.“

„August hat sie gefärbt“, antworte ich rasch. „Er fand, dass es so hübsch aussieht.“

Sie gibt einen leicht verärgerten Laut von sich. Soweit ich weiß, haben im Allgemeinen nur die reinblütigsten Fae mit kaum einem Tropfen Menschenblut in ihren Adern eine solch ungewöhnliche Haarfarbe. Sogar Sylas’ kaffeebraune Haare haben nur einen leichten lila Stich. Vielleicht denkt sie, dass ich versuche, mich über den mir zustehenden Rang zu erheben.

Ein korpulenter Mann an meiner anderen Seite pikt meinen Schenkel. „Was ist das für eine Hose? Es ist ein ungewöhnliches Material.“

Ich schaffe es, nicht vor ihm zurückzuschrecken, es fällt mir jedoch schwer. Mein Puls rast, weil sie mich jetzt umzingeln. „Man nennt sie Jeans. Sie sind in Amerika zurzeit sehr beliebt.“

Weitere Fae nähern sich unserer Gruppe und stellen die ein oder andere Frage. „Warst du schon draußen bei den Weiden?“

„Wirst du für immer hierbleiben?“

„Kannst du irgendein Handwerk?“

„Wirst du mit uns auf die Jagd gehen?“

„Was ist mit deiner Menschenfamilie?“

Unter dem Ansturm der Fragen habe ich keine Zeit, mir Antworten zu überlegen, und die letzte Frage durchbohrt mein Herz. Der Anflug von Schmerz schnürt mir die Kehle zu. Bevor es mir gelingt, ein Lächeln zustande zu bringen und meine Stimme zu finden, sucht sich eine drahtige Gestalt unter Einsatz ihrer Ellenbogen einen Weg durch die Gruppe und an meine Seite.

Die Frau, die mich erreicht, ist die erste Fae, die ich gesehen habe, die tatsächlich *alt* aussieht, weshalb sie mir ein paar Jahrtausende voraushaben könnte. Ihre ruhigen waldgrünen Augen mustern mich aus einem blassen, runzeligen Gesicht, das von kleinen Locken aus schiefergrauen Haaren gerahmt wird. Sie ist einen halben Kopf kleiner als ich, steht allerdings nicht gebeugt, sondern gerade da und hat eine so autoritäre Ausstrahlung, dass ich bezweifle, dass sie sich einem anderen als Sylas beugt. Auf ihrem Gesicht zeichnet sich jedoch eine Freundlichkeit ab, die wie Balsam für den Schmerz über meinen Verlust ist.

Sie dreht sich mit finsterer Miene zu den anderen um, die bereits einen Schritt zurückgewichen sind. Ich kann nicht sagen, ob sie das aus Respekt vor ihrem Alter oder ihrem allgemeinen Auftreten getan haben. „Lasst uns das arme Ding nicht piesacken", sagt sie mit lebhafter, wenn auch kratziger Stimme. „Ich kann mir vorstellen, dass sie bereits von euch allen überwältigt war, bevor ihr angefangen habt, sie mit Fragen zu durchlöchern."

„Es ist okay", sage ich, weil ich nicht möchte, dass eines der Rudelmitglieder denkt, ich wäre beleidigt, obgleich ich sehr dankbar für ihre Einmischung bin.

Sie blickt mit einem Funkeln in ihren Augen zu mir und spricht in einem sarkastischen Tonfall, wegen dem ich sie sogar noch lieber mag. „Es ist sehr höflich von dir, das zu sagen. Das zeugt von einer guten Kinderstube. Dennoch ..." Sie wendet sich wieder an die anderen Fae. „Lasst ihr etwas Freiraum. August gehört nicht zur wankelmütigen Sorte. Ich rechne damit, dass sie mehr als lang genug hier sein wird, damit ihr alle eure Neugier nach und nach befriedigen könnt, anstatt sie in einer Flut aus Fragen zu ertränken."

Die anderen beginnen, zu gehen, wobei sie mir anbieten, sie aufzusuchen, wenn ich gerne den Garten des einen oder die Webereien des anderen sehen möchte. Am Ende bleiben nur die runzelige Frau und Harper zurück, die mit einer Aura unerschütterlichen Selbstvertrauens geblieben ist, als wäre ihr nie in den Sinn gekommen, dass die Anordnungen der Frau auch für sie gelten könnten. Ich habe nichts dagegen. Zwei sind viel einfacher zu bewältigen als ein Dutzend.

Ich senke die Stimme in der Hoffnung, dass die anderen Fae es nicht hören. „Dankeschön.“

Die neu hinzugekommene Frau tätschelt meinen Arm. „Mach dir nichts draus, meine Liebe. Unsere Tage hier neigen dazu, immer gleich abzulaufen, weshalb es keine Überraschung ist, dass sie übereifrig werden, wenn jemand Neues erscheint. Das ist allerdings kein Grund, dass du dich einem Verhör unterziehen musst.“ Sie tritt beiseite. „Ich bin oft draußen und im Wachdienst eingeteilt, aber wenn ich hier bin und du eine helfende Hand brauchst, kannst du immer nach Astrid fragen.“

„Dankeschön“, wiederhole ich, als sie davongeht.

Harper streicht eine seidige Haarsträhne hinter ihre Ohren, als wäre sie erpicht darauf, selbst einen guten Eindruck zu hinterlassen. „Falls es irgendetwas in unserem Revier gibt, was du gerne sehen würdest – ich weiß nicht, was für Dinge dir Spaß machen – zeige ich dir gerne die Gegend. Ohne *zu* viele Fragen zu stellen.“ Ihr schüchternes Grinsen deutet an, dass sie zumindest einige Fragen hat, die sie mir gerne stellen würde.

Die Ländereien erkunden – mehr von dieser Welt erleben, in der ich die letzten neun Jahre verbracht habe, von der ich jedoch so wenig gesehen habe. Meine Laune hebt sich bei dieser Vorstellung, aber ein Anflug von Furcht versetzt dieser Freude einen Dämpfer. Wie sicher ist es für mich, außerhalb des Bergfrieds auf Erkundungstour zu gehen, vor allem ohne Sylas oder seinen Kader, die sich bereithalten, falls uns ein falscher Fae über den Weg läuft?

„Ich … ich weiß nicht“, stottere ich. Ich will ihre Freundlichkeit nicht zurückweisen. Wenn ich eine Weile –

vielleicht sogar für immer – hier leben werde, werde ich wahrscheinlich glücklicher sein, wenn ich mich mehr in das Rudel integriere. Und Harper scheint eine der Freundlichsten zu sein und zeigt keinerlei Anzeichen, dass sie meine Sterblichkeit stört. „Ich sollte mit August reden, bevor ich irgendwelche Pläne mache. Ich denke, er würde sich Sorgen machen, wenn er nach mir sucht und feststellt, dass ich spazieren gegangen bin, ohne es ihm zu erzählen."

Er würde sich wahrscheinlich tatsächlich sorgen und Harper scheint an der Ausrede keinen Anstoß zu nehmen. „Nun, wann immer du losziehen möchtest, gib einfach Bescheid." Sie hält inne, stellt sich näher zu mir und senkt die Stimme zu einem Flüstern. „Was Astrid eigentlich sagen wollte, ist, dass das Leben hier unfassbar *langweilig* sein kann. Aber ich denke, du wirst das womöglich ändern."

Sie sieht aus, als wollte sie noch mehr sagen, Sylas kehrt jedoch zurück, weshalb sie sich dafür entscheidet, mich noch einmal anzugrinsen und in den Wald zu schlendern. Der Fae-Lord legt seine Hand erneut auf meine Schulter, sieht ihr hinterher und blickt anschließend mit leichter Belustigung auf mich herab. „Schließt du schon Freundschaften, Kleines?"

Ich fühle mich bei ihm mittlerweile so wohl, dass ich die Nase über seinen alten Spitznamen für mich rümpfe, obwohl ich ihn irgendwie mag – oder zumindest die Zärtlichkeit, mit der er ihn ausspricht. „Vielleicht. Sie hat den Eindruck gemacht, als würde sie gerne meine Freundin werden."

Er schubst mich in Richtung Bergfried und wir schlendern über das Gras zur Eingangstür. In der Eingangshalle bleibt er stehen und dreht sich zu mir um. „Es könnte dir und Harper guttun, etwas Zeit miteinander zu verbringen. Sie ist eines der wenigen Rudelmitglieder, das in Oakmeet geboren wurde und keine Gelegenheit hatte, die Gegend außerhalb dieser Ländereien zu erkunden ... Sie hat sich uns verpflichtet und ist bei uns geblieben, obwohl sie allein hätte losziehen können. Allerdings merke ich, dass sie ruhelos ist. So wie du es vermutlich auch bist, nachdem du so lange eingesperrt warst."

„Ich kann mich nicht über die Behandlung beschweren, die ich hier erhalten habe." Mein Blick wandert zurück zur Tür. „Aber es war wirklich schön, rauszukommen. Denkst du … Sie hat vorgeschlagen, dass sie mir mehr von eurem Revier zeigen könnte … Wäre das sicher?" Und da ist auch noch die Sache mit meinem Fuß. Getarnt hin oder her, mit den verformten Knochen und dem ständigen Schmerz bin ich längeren Wanderungen nicht gewachsen.

Sylas hält inne und denkt nach. „Bis wir uns um die drängendste Sorge, nämlich Aerik, gekümmert haben, würde ich es vorziehen, wenn du in Hörweite bleibst – auf den Feldern um den Bergfried herum, auf dieser Seite der Hügel und nicht weiter weg als einige Schritte in den Wald. So kann dich einer von uns nach einem einzigen Schrei schnell erreichen und es ist unwahrscheinlich, dass dich jemand in so großer Nähe zum Bergfried drangsaliert. Vielleicht können wir ein Abenteuer in abgelegenere Gebiete mit einem angemessenen Transportmittel sowie mit August als Begleiter arrangieren, wenn es zeitlich passt."

„Okay", stimme ich zu. „Das macht Sinn."

Er blickt auf mich herab, streichelt mit den Fingern über meine Haare und hinterlässt dabei eine lodernde Spur. „Ich möchte, dass du ein so normales Leben führen kannst, wie ich es dir hier bieten kann, Talia. Ich weiß, wie es ist, ein Zuhause zu verlieren, das man geliebt hat und zu dem man nicht zurückkehren kann … Du wirst bekommen, was auch immer in meiner Macht steht, um diesen Verlust wettzumachen."

Die Intensität in seinem Tonfall bringt eine Saite tief in mir zum Klingen. Ein Zuhause, das er liebte – das

Hearthshire, das er noch immer in seinem Titel benutzt, obwohl er und sein Rudel dort seit Jahren nicht mehr gelebt haben. Der Ort, von dem sie verjagt wurden, nachdem seine seelenverbundene Gefährtin wegen der Verbrechen getötet wurde, die sie begangen hatte.

Ich schlucke schwer. „Du vermisst deine alten Ländereien noch sehr, oder?"

Er zuckt mit den Schultern, auf denen jedoch ein Gewicht zu lasten scheint, das verhindert, dass die Geste auch nur annähernd lässig aussieht. „Es war das erste Revier, das wahrhaftig mir gehörte, und wir bauten unser Zuhause dort mit unserer eigenen Macht von Grund auf mit jeder Besonderheit, die ich mir hätte wünschen können. Der Gedanke daran, dass es verfällt, vernachlässigt wird, verwahrlost ..." Ein Knurren schleicht sich in seine Stimme. Er verjagt es mit einem Kopfschütteln. „Wir werden es zurückbekommen. Egal, wie viele Jahrhunderte es dauert, ich werde es uns zurückverdienen."

Und jetzt wird es womöglich noch einige Jahrhunderte länger dauern, da er beschlossen hat, mich nicht als Druckmittel zu benutzen. Emotionen steigen in meiner Brust auf wegen der Opfer, die er erbracht hat – dieser mächtige und hingebungsvolle Mann, der mich erst seit knapp einem Monat kennt und dennoch etwas in mir sah, was es wert ist, beschützt zu werden. Ich packe sein Handgelenk. „Dankeschön."

Als sich unsere Blicke erneut treffen, gehe ich auf die Zehenspitzen und er senkt den Kopf, um meinen Kuss anzunehmen. Der leidenschaftliche Druck seiner Lippen lässt keinen Zweifel daran, dass er mit seiner Entscheidung zufrieden ist. Als ich wieder auf meine Fersen sinke, kribbelt Freude durch mich hindurch.

„Ich wollte dich nicht so lange von deinen neuen Freunden wegholen", sagt er, wobei seine Stimme nach dem

Kuss eine Spur rauer ist. „Geh nicht zu weit weg. Innerhalb der Grenzen, die ich dir vorhin aufgezählt habe, kannst du jedoch alles nach Herzenslust erkunden. Dieser Ort ist jetzt genauso sehr dein Zuhause wie unseres.“

Ich drücke seinen Arm, lasse ihn los und trete zur Tür. Doch als ich ins Sonnenlicht hinausschlüpfe, sinkt eine Frage schwer in meinen Magen, die ich nicht auszusprechen wage.

Was *wird* aus Sylas und seinen Leuten werden, falls Aerik bemerkt, dass sie mich gestohlen haben? Werden sie sogar diese abgeschiedenen Ländereien an den Rändern der Nebelwelt verlieren, die sie zu ihrem Zuhause gemacht haben?

Wie viele weitere Leben werden wegen meines Blutes und der Monster ruiniert werden, die sich danach verzehren – weil ich zu schwach bin, mich ihnen allein zu stellen?

5

Sylas

„Auf den ersten Blick würde man es nicht erkennen, aber sie hat Mumm in den Knochen." Astrid blickt zu dem abnehmenden Mond und richtet ihre Aufmerksamkeit wieder auf mich, während wir am Rand des nördlichen Waldes stehen. „Ich schätze, den braucht sie, wenn sie sich hier eine feste Stellung erarbeiten will. Sie erwarten, dass sie eine ganze Weile hier sein wird, mein Lord."

Es ist keine Frage. Astrid ist schon so lange bei mir, dass sie diese Dinge erkennt, ohne danach zu fragen.

„August hegt bereits viel Zuneigung für sie – und sie für ihn", antworte ich mit wohlüberlegten Worten. „Sie hat wenig, zu dem sie zurückkehren kann." Nicht, nachdem Aerik und sein Kader ihre Familie niedergemetzelt haben. Es bereitet ihr zu großen Kummer, uns Einzelheiten zu verraten, doch aufgrund ihrer Erzählungen und Reaktionen, wenn das

Thema angesprochen wird, kann ich mir die Szene nur allzu lebhaft vorstellen. Das Bild sorgt dafür, dass ein Knurren in meiner Kehle aufsteigt.

Vielleicht bemerkt Astrid diese Abwehrhaltung oder vielleicht hat mich etwas an meinem Verhalten verraten, als ich Talia heute Morgen vorstellte. Wie auch immer, in dem Lächeln, das sie mir schenkt, liegt großmütterliche Belustigung zusammen mit angemessenem Respekt. „Ich schätze, nicht nur August empfindet Zuneigung für sie."

Ich nehme diese Andeutung hin – sie ist immerhin so alt wie meine tatsächliche Großmutter und seit meiner Geburt ein Teil meines Lebens. Ich betrachte es als Ehre, dass sie die Ländereien meiner Familie verlassen hat, um mir nach Hearthshire zu folgen und anschließend hierher. Das heißt jedoch nicht, dass ich ihren Verdacht bestätigen muss.

„Sie ist eine recht angenehme Gesellschaft", sage ich in dem gleichen ruhigen Tonfall. „In einer so unbekannten Umgebung ist sie allerdings ein wenig unsicher. Ich würde es vorziehen, wenn ihr Übergang in dieses Leben ohne Trauma verläuft." Zumindest sollte sie nicht noch mehr Traumata erleiden als die gewaltige Menge, die sie bereits durchlebt hat. „Hat das restliche Rudel sie gut aufgenommen? Gab es Murren oder abfällige Bemerkungen?" Ich hielt die Ohren gespitzt, nachdem Talia ins Dorf zurückgekehrt war. Ohne ihr ständig über die Schulter zu schauen und jede Interaktion zu überwachen, kann ich jedoch nicht wissen, was leise gemurrt oder in einem feindseligen Blick übermittelt wurde.

Astrid schüttelt den Kopf. „Nicht, dass ich es bemerkt habe. Sie haben Ihre Erwartungen deutlich gemacht – und das Mädchen hat es nicht schwer gemacht, sie zu befolgen. Es dauerte keine halbe Stunde, bis Brigid sie so weit hatte, dass sie unbekümmert Farben für ein neues Wandgemälde anmischte, das im Haus von Brigids Familie entsteht. Danach führte eine ganze Gruppe sie von einem Garten zum nächsten, damit sie ihr ihre bevorstehende Ernte zeigen konnten. Sie sah nicht aus, als wäre sie unglücklich darüber, die Arbeit der anderen zu loben."

Erleichterung durchflutet mich intensiver, als ich es erwartet hätte. Sie passt bereits ins Rudel und knüpft Kontakte – es ist nicht das Leben, das sie gehabt hätte, wenn Aerik nie in ihre Kindheit geplatzt wäre, doch es kommt einem normalen Leben so nahe, wie ich es ihr bieten kann.

Ich neige den Kopf vor Astrid zum Zeichen meines Danks für ihren Bericht. „Es freut mich, das zu hören. Falls sich irgendwelche Schwierigkeiten ergeben, auch nur eine Andeutung …"

„Ich werde sicherstellen, dass Sie davon erfahren, mein Lord. Allerdings möchte ich, mit Verlaub, anmerken, dass das Mädchen, meiner Meinung nach, ein oder zwei scharfen Bemerkungen standhalten könnte. Sie wird mehr Anerkennung gewinnen, wenn jeder, der Zweifel an ihr hegt, sieht, dass sie für sich selbst einsteht und Sie sich nicht um ihretwillen einmischen müssen."

Damit hat sie zweifelsohne recht. Ich kann jedoch nicht vermeiden, dass sich mir die Nackenhaare sträuben, wenn ich mir vorstelle, dass Talia von meinem Rudel auch nur die kleinste Gemeinheit ertragen muss. Es ist schon schlimm genug, dass sie Kellans Bösartigkeit hinter meinem Rücken tolerieren musste. Wenn er nicht der Verwandte-meiner-Gefährtin gewesen wäre …

Nun, das Thema ist jetzt erledigt, auch wenn ich wünschte, es wäre auf bessere Art geregelt worden, und die Fae meines Rudels entsprechen viel mehr meiner Wahl.

„Dein Dienst und deine Weisheit werden wie immer sehr geschätzt", sage ich zu Astrid.

Sie deutet eine Verbeugung an und schlüpft in die dichteren Schatten des Abends, um ihren Wachdienst anzutreten. Ich gehe zurück zum Bergfried. Als mein Blick über den Horizont schweift, beschwört mein totes Auge eine kurze Andeutung einer Vision herauf: drei verschwommene Gestalten auf Pferderücken, die zu uns galoppieren. Sie sind einen Augenblick da und verschwinden wieder in dem Äther, aus dem sie aufgestiegen sind.

Ein kurzer Blick auf unsere Zukunft oder einer in unsere Vergangenheit? Es könnte beides sein. Da wir keine Nachrichten erhalten haben, die darauf hindeuten, dass Aerik echten Grund hat, uns irgendwelcher Verbrechen zu verdächtigen, hat Whitt eine Nachricht an ihn und seinen Kader geschickt. Womöglich habe ich ein Echo ihrer zukünftigen Ankunft erhalten.

Mein Spionagechef hat sich ebenfalls auf die Copperweld-Ländereien geschlichen, um ihre Reaktionen so gut wie möglich mit eigenen Augen zu beobachten, weil er keinem anderen diese Aufgabe anvertrauen wollte. Es lässt sich nicht sagen, ob Whitt später am Abend zurückkehren wird oder erst in ein oder zwei Tagen, falls er sich Sorgen macht und bleibt, um die Situation zu überwachen.

Dadurch ist der Bergfried noch ruhiger als üblich. Ich muss den gesamten Gang durchschreiten, bis meine Ohren das Rumsen und Grunzen von Aktivität im Keller-Fitnessstudio auffangen.

Anscheinend hat es Talia nicht sonderlich erschöpft, sich ins Rudel zu integrieren. Als ich nämlich durch die Tür des Fitnessstudios trete, finde ich sie und August auf den Matten vor, wo sie einander umkreisen. Schweiß glänzt auf ihrer Stirn und verrät, wie lange sie bereits miteinander trainieren. Ihr schlanker Körper ist in ihrem T-Shirt und der Jogginghose angespannt, die ihr mein jüngerer Bruder für das Training besorgt hat. Ihr Gleichgewicht ist trotz ihres beschädigten Fußes in der Orthese beeindruckend stabil.

Ich bleibe auf der Seite in den Schatten stehen, doch August bemerkt meine Anwesenheit, wie ich es von ihm erwartet habe. Er nimmt mich mit einem kurzen Blick zur Kenntnis, konzentriert sich jedoch ansonsten vollkommen auf seine Schülerin. Seine Zähne glänzen, als er begeistert grinst. Talia scheint mich nicht zu bemerken, da sie vollkommen auf ihren Gegner konzentriert ist.

„Bereit?", fragt er.

Sobald sie nickt, springt er nach vorne und packt sie an der Taille. Talia duckt sich und versucht, zur Seite auszuweichen, doch er erwischt sie und schwingt ihren Rücken mit einer Kraft vor sich, die meine Beschützerinstinkte aufleben lässt, obwohl ich weiß, dass er vorsichtig mit ihr umgehen wird.

Ihr Fluchen bringt August zum Glucksen. „Du kannst nicht immer entkommen. Wie würdest du einen Angreifer dazu bringen, dich loszulassen?"

Sie müssen zuvor schon ein paar Strategien besprochen haben, denn das ist der einzige Hinweis, den Talia braucht, um ihren Ellenbogen in Richtung seiner Nase zu rammen. Als er den Kopf aus dem Weg zieht, tritt sie mit ihrem unversehrten Fuß gegen sein Knie. August lässt sie los und fällt mit einem *Uff* zurück, das nur teilweise vorgetäuscht ist. Talia dreht sich um und kauert wie ein Tier auf der Matte, strahlt jedoch wegen ihres Erfolgs.

Eine eigenartige Mischung aus Emotionen flutet meine Brust. Zuneigung, ja – Astrid hat sich diesbezüglich nicht geirrt. Diese wird jedoch von einem Anflug von Bewunderung begleitet. Bewunderung für die Kraft, die diese winzige Frau irgendwo in diesem winzigen sterblichen Körper heraufbeschwören kann. Es kann nicht leicht für sie sein, diese Bewegungen mit einem Gegner zu üben, der doppelt so groß wie sie ist, während sie zudem von einer dauerhaften Verletzung zurückgehalten wird. Doch sie widmet sich ihrem Training mit ganzem Herzen.

Isleen hätte einen Menschen ausgelacht, der sich

einbildete, er könnte mit einem Fae kämpfen und nicht zu Brei geschlagen werden. Allerdings hätte Isleen selbst niemals eine so große Herausforderung in Angriff genommen. Meine verstorbene Gefährtin, das Herz hab sie selig, empörte sich jedes Mal, wenn eine Aufgabe schwierig für sie wurde. Sie hatte viele Talente, das stimmt, aber das führte auch dazu, dass sie erwartete, dass ihr *alles* leichtfallen müsste. Daher fand sie die Schuld bei allem anderen, wenn etwas nicht klappte, anstatt zu versuchen, ihre eigenen Fähigkeiten zu verbessern.

Ich hatte nicht erwartet, ein Gemüt in einem Menschen zu finden, das diesen Aspekt von ihr dermaßen in den Schatten stellt.

Und durch die Zuneigung und das Staunen schlängelt sich eine Empfindung, die zu stachelig ist, um Beschützerinstinkt genannt zu werden. Nein, das ist reine Besitzgier, der Drang in mir, August von dieser Frau wegzuschubsen, die mich immer wieder aufs Neue überrascht, und sie in die Arme zu nehmen, wo er sie nicht mehr berühren kann.

Nicht, weil ich befürchte, dass er ihr wehtun wird – oh, ganz im Gegenteil. Es war nicht zu übersehen, dass Begehren in seinen Augen aufflammte, als er sie in den Armen hielt. Genauso wenig kann ich die Röte auf Talias Wangen ignorieren, die nun von mehr als der Anstrengung herrührt. Ein Hauch von Erregung durchzieht den Schweißgeruch in der Luft.

Ich ringe den scharfen Drang, sie zu beanspruchen, nieder und spanne meinen Kiefer an. Sie gehört nicht mir. Wenn ich versuche, die Angelegenheit zu erzwingen, würde sie zweifelsohne ab diesem Moment nichts mehr mit mir zu tun haben wollen.

Warum sollte sie August *nicht* ebenfalls haben? Es ist ja nicht so, als könnte ich ihr all die Aufmerksamkeit schenken, die ihr ein hingebungsvoller Liebhaber bieten sollte. Mich ziehen zu viele Verpflichtungen in zu viele Richtungen … Ich sollte mich freuen, dass sie mir so sehr vertraut und mir zu den Zeiten Intimität erlaubt, in denen ich an ihrer Seite sein kann.

Wenn ich ihr hier wirklich das bestmögliche Leben bieten möchte, dann gehört es dazu, ihre Zuneigung zu teilen.

Talia richtet sich auf und ich fange Augusts Blick mit einem leichten Zucken meiner Augen auf, damit er sich zurückhält. Wir sollten herausfinden, wie unsere Lady reagiert, wenn man ihr keine Gelegenheit gibt, sich auf einen Angriff vorzubereiten.

Mit schnellen Schritten marschiere ich in den Raum und lege meine Arme von hinten um Talias Schultern. Dass sie zusammenzuckt, verrät mir, dass sie meine Ankunft inmitten ihres Kampfes eindeutig nicht bemerkt hat.

Sie schreit auf, doch anstatt zusammenzusacken, schlägt sie mit ihren Gliedern um sich. Ihr Ellenbogen sticht in meine Rippen und ihre Ferse kracht gegen mein Schienbein in der Sekunde, bevor sie realisiert, wer sie festhält und wie sachte. Die Schläge treffen mich so hart, dass sie brennen.

„Sylas!", keucht sie und zuckt zusammen, während eine dunklere Röte auf ihrem Gesicht erblüht. „Es tut mir leid … ich wollte nicht …"

Ich kann mir die Gelegenheit nicht entgehen lassen, ihr die Haare zu verwuscheln. „Das hast du gut gemacht, Talia. Deine Abwehrreflexe werden bereits besser." Ich lächle August wohlwollend über ihre Schulter hinweg an, weil ich mir bewusst bin, dass er jetzt womöglich die gleiche Eifersucht erlebt, die ich noch vor einem Augenblick empfunden habe. Ich hoffe, dass ich sie damit schmälern kann. „Du machst dir und deinem Lehrer alle Ehre."

Augusts Grinsen kehrt mühelos zurück. „Sie ist eine fleißige Schülerin."

Als ich sie loslasse, neigt sich Talias Kopf bescheiden. Sie blickt von mir zu August und ein Hauch von Stolz legt sich auf ihr Gesicht, allerdings umwölkt Sorge ihre hellgrünen Augen. „Für wie wahrscheinlich haltet ihr es, dass ich diese Lektionen in der Realität einsetzen muss?"

„Du hast bereits ein paar aggressive Konfrontationen überstanden", sagt August. „Ich denke, es ist besser, wenn wir vom Schlimmsten ausgehen. Und falls du nie wieder angegriffen wirst, werden wir alle diese Tatsache feiern."

Ihre Lippen zucken zu einem weiteren Lächeln, das ihre verängstigten Augen nicht erreicht. „Aber ganz gleich, wie viel du mit mir trainierst, ich werde nie einen Fae abwehren können, oder?"

Wenn ich ihr bloß eine bessere Antwort geben könnte. „Das ist nicht deine Schuld. Keinem Menschen würde das leichtfallen. Doch jede zusätzliche Sekunde, die du rausschinden kannst, um schlimmere Verletzungen oder eine Gefangennahme zu verhindern, verschafft uns eine Sekunde mehr Zeit, dich zu erreichen und den Kampf für dich zu beenden."

„Es geht nicht einmal um körperliche Kraft", fügt August hinzu. „Wir können Magie anwenden. Da du die nicht besitzt, ist es unvermeidbar, dass du im Nachteil bist." Er gluckst rau. „Wenn ich dir *diesen* Teil eines Kampfes beibringen könnte ..."

Etwas an Talias Zögern nach dieser Aussage lässt mich aufmerken. Sie blickt auf ihre Hände hinab und wischt mit einer über ihren Mund. Ihr Körper spannt sich erneut an, obwohl der Übungskampf vorbei ist. Ich will sie gerade fragen, was los ist, als sie den Kopf mit einer entschlossenen Miene hebt.

„Ich … ich denke, es gibt da etwas, was ich euch erzählen sollte. Über mich und Magie.“

6

Talia

Nachdem ich meinen Bericht darüber beendet habe, wie ich meine Käfigtür mithilfe des magischen wahren Namens für ‚Bronze‘ aufschloss und später den Dolch einer Angreiferin auf gleiche Art verbog, starren mich Sylas und August in verblüfftem Schweigen an. Ein nervöses Jucken rast meine Arme hinauf.

Ich hatte Angst davor, ihnen von dieser zusätzlichen Kuriosität zu erzählen, durch die ich noch mehr Eigenschaften besitze, die ein typischer Mensch, der ins Reich der Fae geschleppt wurde, nicht besitzen würde. Wird mich meine scheinbare Fähigkeit, Magie zu benutzen, zu einem noch begehrteren Ziel machen als zuvor, als meine einzige unerklärliche Gabe das Fluch-heilende Blut war?

Diese Männer haben mir jedoch mehr als einmal das Leben gerettet – Sylas hat für mich *getötet*, und zwar keinen Geringeren als ein Mitglied seines Kaders. Das Geheimnis vor ihnen zu bewahren, wenn das Thema direkt angesprochen wurde, fühlte sich für mich zu sehr nach Lügen an. Ich sollte ihnen diesbezüglich vertrauen können. Ich will ihnen zeigen, dass ich ihnen vertraue.

Ganz zu schweigen davon, dass es so klingt, als könnte mein unerwartetes Talent ein entscheidender Faktor sein, wenn es darum geht, ob ich einen weiteren Angriff überlebe.

Sylas erholt sich als Erster und blickt eindringlich auf mich herab. „Du bist dir absolut sicher, dass du diese Wirkung selbst und unter Einsatz von Magie erzielt hast? Aerik hat vielleicht versäumt, den Käfig anständig zu sichern ..." Er verstummt, weil ihm offensichtlich keine vernünftige Erklärung dafür einfällt, wie die Klinge der Fae-Frau verbogen wurde.

„Ich versuchte an jenem Tag mehrere Male, das Schloss zu öffnen", erkläre ich, „bevor ich es schaffte. Und ich *spürte*, wie das Wort arbeitete, als besäße es eine Art Macht, sobald ich es richtig aussprach."

August wirft seinem Lord einen verdutzten Blick zu. „Hast du jemals von einem Menschen gehört, der wahre Namen nutzen konnte – nicht in Legenden, sondern zu unseren Lebzeiten?"

Sylas schüttelt den Kopf. „Von keinem einzigen. Sogar in den Legenden – in denen ein Körnchen Wahrheit stecken könnte – sind es immer Männer und Frauen, die zumindest ein wenig Fae-Blut in sich haben." Er runzelt die Stirn, während er mich noch gründlicher mustert, sich vorbeugt und tief einatmet – meinen Geruch testet. „Bei allen Tests, die ich zuvor durchführte, habe ich keine Anzeichen dafür bemerkt, dass du etwas anderes als ein Mensch bist. Doch falls es ein ganz kleines Element ist und es die andere Macht deines Blutes übertüncht, könnte es beinahe unbemerkbar sein."

Ich könnte ein winziges bisschen Fae sein? Ein Schauder

durchläuft mich, der zu gleichen Teilen Furcht und Aufregung ist. Ich weiß nicht, ob das meine Situation verbessert oder verschlimmert. „Kommt es häufig vor, dass Leute in der Menschenwelt Fae-Vorfahren haben?"

„Nein. Angesichts unserer Probleme bei der Empfängnis und Vererbung passen wir besonders gut auf mögliche und tatsächliche Kinder auf. Ganz selten fällt allerdings mal eines durchs Raster und ist so ein schwacher Mischling, dass er während seines sterblichen Lebens nicht bemerkt wird, wodurch er sein Erbe an seine Kinder weitergibt. Es müssten jedoch mehrere Generationen zwischen der Quelle und dir liegen, damit du keine körperlichen Anzeichen des Erbes zeigst." Sylas' Stirn ist nach wie vor gerunzelt. „Ich finde es schwer vorstellbar, dass es dir mit so einer schwachen Verbindung gelungen ist, dir nicht nur einen kleinen Trick, sondern einen ganzen wahren Namen anzueignen, ohne dass dich jemand angeleitet hat."

„Was könnte es sonst sein?", fragt August.

„Wer kann das schon sagen? Wir verstehen auch nicht, welche Wirkung Talias Blut auf unseren Fluch hat. Vielleicht sind die zwei Faktoren irgendwie miteinander verbunden. Vielleicht entspringen sie einer gemeinsamen Eigenschaft, die wir noch nicht identifiziert haben." Sylas reibt sich über den Kiefer. „Mir fällt keine andere Möglichkeit ein, nach der Ursache zu forschen, die wir in unserer aktuellen Situation ohne Weiteres ausprobieren könnten. An anderen Orten in unserer Welt gibt es Ressourcen, die vielleicht helfen könnten, doch damit würden wir das Risiko eingehen, Talias Geheimnis unseren Brüdern zu verraten."

Ich schlinge die Arme um mich. Der Gedanke an das unerklärliche Rätsel, das in meinem Inneren lauert, überschattet jede Befriedigung, die ich verspüre, weil ich diesen beiden Männern mein Geheimnis anvertraut habe. „Doch selbst wenn wir nicht wissen, wie es passiert, ist es eine gute Sache, oder? Du hast gerade gesagt, dass ich mich nie allein gegen einen Fae wehren kann, weil ich keine Magie besitze. Wenn ich weitere wahre Namen oder andere Zauber lernen kann …"

Sylas scheint sich aus seinen Gedanken zu reißen. „Ich nutze nur ungern Dynamiken, die ich nicht kenne, aber es geht nicht anders. Du hast recht – das sollte sich zu unserem Vorteil auswirken, solange du es weiterhin vor allen anderen außer meinem Kader und mir geheim hältst. Wenn sich herumspräche, dass wir einen Menschen bei uns haben, der Magie wirken kann, würden sie uns wahrscheinlich genauso unter die Lupe nehmen, wie wenn sie wüssten, welche Eigenschaften dein Blut bietet."

Kälte rieselt mir übers Rückgrat. „Natürlich." Ich erhalte mehr Übung darin, Geheimnisse zu wahren, als in allem anderen, was mir diese Männer beibringen.

August geht zur Tür und seine übliche fröhliche Energie kehrt zurück. „Du musst uns zeigen, was du schon kannst. Daran können wir dann anknüpfen. Ich habe einige Bronzeutensilien in der Küche, bei denen es kein großer Verlust wäre, wenn sie verbogen werden."

Als ich ihm folge, verknotet sich mein Magen. Was, wenn ich es nicht schaffe? Was, wenn ich mich trotz der zwei Beweise irgendwie *irre*?

Es wird keine Rolle spielen. Ich denke nicht, dass mich Sylas und August für einen derartigen Fehler verurteilen würden. Ich will sie einfach nicht enttäuschen jetzt, da ich ihre Erwartungen geweckt habe.

Sylas begleitet uns. Seine Haltung ist jedoch reservierter. Ich glaube nicht, dass das daran liegt, dass er an mir zweifelt, sondern daran, dass er Bedenken wegen der Konsequenzen hat, zu denen diese Enthüllung führen könnte. Auf meinem Rücken prangt wegen meines Blutes bereits eine riesige Zielscheibe, weshalb ich es nicht bedauere, dass es mir eine zweite Kuriosität ermöglichen könnte, die Leute abzuwehren, die mich wegen der ersten benutzen wollen.

Die Düfte unseres Abendessens – gebratener Fisch in Weinsauce und ein Auflauf aus gemischten Beeren und Blattgemüse, was eine verblüffend köstliche Kombination war – sind noch in der Küche zu riechen. August geht schnurstracks zu den Schubladen unter den Arbeitsplatten und wühlt darin herum, bis er eine leicht verbeulte, bronzene Schöpfkelle hervorzieht. Er legt sie auf die größere der zwei Kücheninseln und winkt mich zu sich. „Gib dein Bestes."

Was genau soll ich damit tun? Ich trete an die Arbeitsplatte und mustere die einsame Kelle. Dabei stelle ich mir vor, wie sie sich in der Mitte verbiegt, so wie es der Dolch der Frau getan hat. Es ist schwer, viel Entschlossenheit für eine Tat aufzubringen, die so willkürlich wirkt. Ich kaue auf meiner Unterlippe und spreche im Kopf die Silben, die ich mir so lange ins Gedächtnis eingeprägt habe. *Fee-doom-ace-own.*

Ich strecke meine Hand aus, um den Griff der Kelle zu packen, so wie ich das Schloss an meinem Käfig umklammerte. Das kühle Metall erwärmt sich an meiner Handfläche. Während ich all meine Aufmerksamkeit darauf richte, stoße ich den wahren Namen aus: „*Fee-doom-ace-own.*"

Die zwei Fae-Männer schauen erwartungsvoll und angespannt zu, doch die Kelle liegt einfach nur in meinem Griff und sieht genauso aus wie zuvor. Mir sinkt das Herz. Ich versuche, sämtliche Energie in mir zu sammeln, und spreche erneut das Wort: „*Fee-doom-ace-own!*"

Nichts. Kein Kribbeln auf meiner Zunge, keine Veränderung an der Schöpfkelle, die ich in der Hand halte. Ich schlucke schwer und ein lächerliches Brennen bildet sich hinter meinen Augen.

Ich weiß, dass es mir schon einmal gelungen ist. Dazu

waren zwar eintausend Versuche nötig gewesen, aber irgendwann habe ich es bei dem Käfigschloss geschafft. Und die Frau, die mich angegriffen hat, ihr Dolch – ich verbog ihn bei meinem ersten Versuch.

Dabei strömten Panik und Wut durch meine Adern. Ich schaffte es erst, den Käfig zu entriegeln, als der Mann aus Aeriks Kader – der eisige Cole – vorschlug, mir auch meinen anderen Fuß zu brechen und mich durch ihre Festung krabbeln zu lassen, damit ich wie eine Sklavin Zimmer putzen konnte.

„Talia", beginnt Sylas so freundlich, dass mir erneut Tränen in den Augen brennen. Doch ich schüttle den Kopf, bevor er beenden kann, was er sagen wollte.

„Lass es mich noch mal versuchen. Ich denke … ich denke, ich muss in den gleichen Gemütszustand wie damals schlüpfen, als ich es geschafft habe. Vielleicht entspringt ein Teil der Kraft meinen Emotionen."

Er verstummt und gibt mir den Raum, den ich brauche, ohne Ungeduld zu verströmen. Ich gehe meine Erinnerungen durch, bis ich bei dem Entsetzen über den Angriff der Fae-Frau ankomme. Das war jedoch ein scharfer Ruck angesichts einer plötzlichen Bedrohung, der sich nur schwer erneut heraufbeschwören lässt, während ich hier an einem der wenigen Orte bin, an denen ich mich sicher fühle.

Meine Jahre unter Aeriks Kontrolle – diese sind viel tiefer in mir verwurzelt, die Schrecken sind so eng mit meinem Geist verbunden, dass sie sogar in meine Träume sickern und mich nur bei der Erwähnung meiner Familie packen. Ich hasse die qualvolle Kälte, die mich erfüllt, wenn ich an meine Gefangenschaft denke, aber falls ich sie benutzen kann, falls sie mir Kraft verleihen kann nach allem, was mir Aerik gestohlen hat …

Mein Herz schlägt schneller und die ekelhafte Kälte dehnt sich in meinem Bauch aus, doch ich zwinge meine

Gedanken, zu der schmutzigen, verhungerten Existenz meiner Gefangenschaft zurückzukehren. Zu den endlosen Stunden, in denen ich nichts hatte, außer einigen harschen Worten, die mir entgegengespuckt wurden, etwas Essen und Wasser, das durch die Gitterstäbe geschoben wurde, und meine Vorstellungskraft, die mir eine viel zu kurzlebige Flucht bot. Zu den Tagen, an denen Aerik und sein Kader kamen, um mir das Handgelenk aufzuschneiden und eine Phiole mit meinem Blut zu füllen. Zu Cole, der mich so schmerzhaft wie möglich unter seinem Körper fixierte, während sie alle lachten und mich verspotteten. Zu den schrecklichen Schmerzen und dem Knacken der Knochen in meinem Fuß, als ich es einmal wagte, mich zu wehren.

Zu den wölfischen Bestien, die in jener Nacht aus den Schatten sprangen, in der ich Jamie dazu brachte, mich durch den Wald zu jagen. Fangzähne und Blut und gutturales Kreischen.

Meine Beine zittern unter mir. Meine Lunge hat sich zusammengezogen, doch ich schaffe es, die Silben hervorzukramen, während ich mir vorstelle, dass ich erneut diesen Bestien gegenüberstehe und mich bereit mache, alles in meiner Macht Stehende zu tun, um meine Familie und mich zu verteidigen. Ich kann sie jetzt nicht mehr retten, aber vielleicht kann ich Sylas und sein Rudel vor weiterer Gewalt bewahren.

Meine Finger spannen sich um die Kelle an. *„Fee-doom-ace-own. Fee-doom-ace-own!"*

Als ich es zum zweiten Mal ausspreche, bebt eine fast elektrische Energie über meine Zunge. Die Kelle erzittert und ruckt nach vorne, das gerundete Ende zieht sich in die Länge und verjüngt sich zu einer Spitze, die so scharf ist, dass sie jemanden aufspießen könnte.

August atmet erschrocken und scharf ein. Sylas fährt mit den Fingern über meinen Handrücken und ich reiße meine

Hand von der provisorischen Waffe, die ich mit einer Magie geformt habe, die ich kaum verstehe. Der Fae-Lord nimmt die Schöpfkelle, die nun ein Spieß ist, in die Hand, dreht sie und mustert sie von allen Seiten.

„Du hast es wirklich getan", sagt August und in seinen Augen leuchtet Bewunderung. Ein Grinsen breitet sich auf seinem Gesicht aus. „Du hast den wahren Namen gesagt und es hat geantwortet. Hast du das Mal?"

Ich blicke an mir hinab, als wäre eines der geschwungenen schwarzen Tattoos auf meinem Körper erschienen. „Ich habe es bisher nicht entdeckt. Ich habe überall nachgeschaut, wo ich allein und mit einem Spiegel nachschauen konnte, nachdem du mir erzählt hast, was die Zeichnungen sind."

Sylas senkt die Kelle. „Die Magie hinterlässt ihren Stempel bei Menschen womöglich nicht auf die gleiche Weise wie bei Fae. Es ist unmöglich, das zu wissen, da wir keine anderen Beispiele kennen. Und ungeachtet dessen, hast du das Wort noch nicht vollständig gemeistert. Wenn du erst einmal richtig im Einklang mit ihm bist, sollte es dir nicht so viel abverlangen."

„Wenn sie ein Fae wäre", wirft August ein. „Vielleicht ist das auch anders bei Menschen, die Magie wirken können."

Das Donnern von Schritten an der Tür lenkt unsere Aufmerksamkeit von meinem Werk ab. Whitt bleibt auf der Türschwelle stehen. Seine Haare sind vom Wind zerzaust und seine Augenbrauen hochgezogen. „Was können Menschen wirken?"

August deutet auf den Kelle-Spieß. „Talia kennt den wahren Namen von Bronze – sie hat ihn gerufen und er hat sich ihrem Willen gebeugt. Das war einmal eine Schöpfkelle."

Whitt blinzelt und ein Teil seiner üblichen Lässigkeit

verblasst hinter einem Anflug von Erstaunen. „*Was?* Seid ihr euch sicher, dass es sie war, und nicht …“

„Wir haben ihr beide dabei zugeschaut“, unterbricht ihn Sylas bestimmt. „Ich war ebenfalls sehr skeptisch, es lässt sich allerdings nicht leugnen, was ich sah. Es war jedoch ein Kampf für sie.“

„Mit etwas Übung wird sie allerdings besser werden.“ August sieht aus, als könnte er sich kaum davon abhalten, vor Freude im Kreis zu springen. „Wir können anfangen, dir weitere Worte beizubringen … Ich schätze, wir sollten mit den einfachsten beginnen …“

„Die, die relativ einfach sind, aber auch nützlich zur Selbstverteidigung“, fügt Sylas hinzu. „Nicht mehr als ein oder zwei für den Anfang. Wir wollen ihre aufkeimenden Fähigkeiten nicht überstrapazieren.“

Werde ich mich *jedes* Mal, wenn ich Magie wirken will, in diese schrecklichen Momente meiner Vergangenheit zurückversetzen müssen? Ein Schauder durchfährt meinen Magen, der jedoch von Freude begleitet wird.

Ich habe es bewiesen. In mir steckt etwas Magisches. Was auch immer ich tun muss, um diese Macht zu nutzen, wird es wert sein, um eine Chance zu haben, mich unseren Feinden gegenüber zu behaupten.

Whitt starrt mich noch eine Sekunde lang an, bevor sein Gesicht eine für ihn typischere gleichgültige Miene annimmt. Er räuspert sich. „Wir haben noch eine andere, drängendere Angelegenheit zu besprechen. Aerik hat deine Einladung angenommen, mein Lord. Wir können ihn und seinen Kader in drei Tagen zum Abendessen erwarten.“

7

Whitt

Ich genieße Ralyns Besuche von der Unseelie-Grenze nie. Er hat mir selten Nachrichten gebracht, die es wert waren, gefeiert zu werden – im Allgemeinen war das Gegenteil der Fall. Doch dieser Bericht verspricht noch beunruhigender zu sein, da Ralyn nicht über den versteckten Eingang in mein Büro gekommen ist, um sich mit mir zu treffen. Stattdessen hat er ein Blatt auf einer heraufbeschworenen Brise durchs Fenster zu mir geschickt. In seiner Botschaft bat er lediglich darum, dass ich mich am südwestlichen Waldrand mit ihm treffe.

Gibt es einen Grund dafür, dass er Angst hat, dabei gesehen zu werden, wie er sich dem Bergfried nähert? Er hätte bis zum Einbruch der Nacht warten können, um mit der Dunkelheit zu verschmelzen. Stattdessen hat mich das Blatt, das beharrlich gegen mein Gesicht wehte, viel früher aus dem Bett geholt, als mir lieb war, vor allem nachdem ich den Großteil des gestrigen Tages damit zugebracht hatte, Aeriks Ländereien zu durchstreifen. Das Licht der Vormittagssonne scheint direkt in meine trüben Augen.

Als ich den Wald erreiche, blähen sich meine Nasenflügel. Zwischen den scharfen Düften von Kiefern und Zedern nehme ich den Geruch des Mannes etwas weiter südlich wahr – vermischt mit dem metallischen Geruch von frischem Blut.

Mein Puls beschleunigt sich und all meine Sinne springen in Alarmbereitschaft. Ich marschiere in die kühleren Schatten zwischen den Bäumen. Ralyns schlanke Gestalt, die ungefähr sechs Meter entfernt im Unterholz kauerte, erhebt sich.

Er steht auf und schwankt. Ich eile nach vorne und packe ihn am Ellenbogen, kurz bevor er zusammenbricht. Als ich die Augen zusammenkneife, kann ich einen dunklen, feuchten Fleck erkennen, der sich an seiner Taille von dem dunkelgrünen Stoff seiner Tunika abhebt.

„Was machst du hier?", will ich wissen, während ich ihn nach anderen Wunden absuche und die Kratzer an seinen Handgelenken und Fingerknöcheln erfasse, sowie den Bluterguss an seinem Kiefer und die krallenartigen Kratzer an seiner Schläfe, die ungeschickt geheilt wirken. „Du solltest in einem der Zelte der Heiler sein und nicht hier herumwandern. Und wehe du erzählst mir, dass die Erzlords die Heiler entlang der Front abgezogen haben."

Ralyn bringt bei meinem verächtlichen Tonfall ein heiseres Glucksen zustande. „Ich hab einen Heiler aufgesucht. Er hat anscheinend keine gute Arbeit geleistet. Hat sich beeilt, weil so viele da waren. Ich habe versucht, es von allein heilen zu lassen. Kam, als ich dachte, ich wäre fit genug zum Reisen. Die Wunde hat sich allerdings auf dem Weg hierher wieder geöffnet. Ich dachte … es wäre nicht gut für die Moral, wenn mich das Rudel so zum Bergfried taumeln sähe."

Er hat Glück, dass ich da war und seine Nachricht erhalten habe. Er ist so verflixt loyal, dass er lieber hier im Wald verblutet wäre, als auf direktem Weg Hilfe zu suchen. Ich atme mit einem wütenden Zischen ein, das hauptsächlich auf den Unseelie-Mistkerl gemünzt ist, der ihm seine Verletzungen zugefügt hat. „Es ist besser, wenn wir das von August untersuchen lassen. Leute zu flicken, ist sein Spezialgebiet, nicht meines, vor allem wenn die Heiler am Schlachtfeld der Aufgabe nicht gewachsen waren."

Das letzte bisschen Farbe weicht aus Ralyns bereits bleichem Gesicht. „Ich bin mir nicht sicher, ob ich den Weg momentan überhaupt schaffe."

Ich winke seine Bedenken ab, bevor er weitere Proteste einlegen kann. „Wenn ich den Weg über die Felder auf mich nehmen konnte, kann mein Kader-Kollege ebenfalls hierherkommen." Ich pflücke ein Blatt von einer Eiche – möglicherweise von dem gleichen Baum, den Ralyn benutzt hat – und flüstere ihm meine Absicht zu. Es flattert zum Bergfried, wo der Welpe zweifellos in der Küche herumwerkelt, wie er es so gerne tut.

„Was machst du überhaupt hier?", frage ich und helfe Ralyn, sich zu setzen. „Ein regulärer Bericht hätte warten können, bis du eine Gelegenheit hattest, dich zu erholen. Hat sich das Blatt gewendet? Brauchen die anderen weitere Vorräte?"

Ralyn verzieht das Gesicht. „Die verfluchten Raben haben uns vor einigen Tagen doppelt so stark angegriffen – am Morgen nach dem Vollmond. Wir waren nach der Wildheit noch durcheinander. Keines der Geschwader war richtig vorbereitet. Wir ... wir haben Filip und Ashim verloren. Die Scheißkerle haben sie in Stücke gerissen. Ein paar der anderen haben ebenfalls schlimme Verletzungen erlitten, schlimmer als meine." Seine Stimme wird noch zittriger. „Es kam gerade rechtzeitig Verstärkung aus dem Süden, um die Federhirne zurückzudrängen. Allerdings glaube ich, dass nur noch drei oder vier von uns aus Oakmeet dort draußen sind, die zukünftig mit aller Kraft kämpfen können. Das reicht kaum, um uns selbst zu verteidigen. Keines der anderen Geschwader wird uns den Rücken decken."

Mein Kiefer mahlt. Natürlich nicht. Sie dürfen schließlich nicht vergessen, die Rudelhierarchie aufrechtzuerhalten, selbst wenn wir alle von unseren gemeinsamen Feinden abgeschlachtet werden. Mögen die Maden all diese räudigen Mistkerle fressen.

„Sie haben *nach*, nicht während des Vollmonds angegriffen?" Ich muss das einfach klarstellen. Falls die stinkenden Raben diese Schwäche entdeckt haben …

Doch zu meiner Erleichterung nickt Ralyn. „Ich möchte nicht einmal daran denken, was geschehen wäre, wenn sie so mutig gewesen wären, in der Nacht zuzuschlagen, und uns in den Fängen des Fluches gefunden hätten. Der übliche Glamour und alles andere muss sie davon überzeugt haben, dass wir zu dem Zeitpunkt standhaft geblieben sind." Er hält inne. „Ich dachte, du solltest es so schnell wie möglich wissen. Sobald diese Wunde verheilt ist …"

Ich unterbreche ihn erneut. „Du gehst nicht zurück, bis *du* mit aller Kraft kämpfen kannst. Bleib hier und ruh dich mindestens noch ein paar Tage aus, nachdem dich August zusammengeflickt hat. Und betrachte das als einen Befehl."

Der Mann sieht nicht glücklich darüber aus, widerspricht jedoch nicht. „Ich weiß nicht, wie wir einen Vorteil erringen können, wenn sie uns weiterhin so erbittert angreifen. Es scheint immer mehr Raben zu geben und sie verstärken ihre Bemühungen nur. Dabei können wir uns ohnehin kaum behaupten …"

„Quäl dich nicht damit. Darüber muss ich mir Gedanken machen.“

Mit trommelnden Pfoten stürmt August als Wolf auf uns zu. Er richtet sich in seiner gewöhnlichen Gestalt auf und sein Gesichtsausdruck wirkt bereits besorgt. „Was ist passiert?“

Ich erkläre Ralyns Situation in so wenigen Worten wie nötig. Mein jüngerer Halbbruder kniet neben ihm, bevor ich den zweiten Satz ausgesprochen habe. Beim Anblick der wiederaufgegangenen Wunde grunzt er missbilligend.

„Sieh zu, dass seine Innereien sicher in seinem Bauch bleiben und er es zu seinem Haus schafft, damit er seine dringend benötigte Ruhe findet“, weise ich August an, als ich fertig bin, und blicke zu Ralyn. „Ich werde heute Abend nach dir sehen.“

Als ich die Felder überquere, um zum Bergfried zurückzukehren, gleitet mein Blick über die Ansammlung von Häusern, die unsere Rudelmitglieder ihr Zuhause nennen. Instinktiv zähle ich, wer noch da ist und wie fit diejenigen sind, um sich eventuell dem Kampf gegen die Unseelie anzuschließen. Mein Magen verkrampft sich, weil die Auswahl so spärlich ist.

Wir haben noch einige gute Kämpfer hier und eine Handvoll vernünftiger Krieger unter denen, die den Wachdienst absolvieren. Diese Truppe ist jedoch so klein, dass wir kaum darauf hoffen können, jemanden wie Aerik abzuwehren, falls er beschließt, unsere Ländereien zu stürmen. Ich habe bereits zugelassen, dass unsere Ressourcen geringer sind, als ich es gerne hätte. Wenn ich noch mehr von ihnen an die Grenze schicke, stehen wir beinahe wehrlos da.

Doch ohne ein Heilmittel für den Fluch, durch das wir bei den Erzlords wieder an Ansehen gewinnen könnten, ist ein bemerkenswerter Triumph auf dem Schlachtfeld unsere beste Chance, ihre Gunst wiederzugewinnen und diese abgelegenen Ländereien zu verlassen. Ich verspüre zwar nicht den gleichen Besitzanspruch auf Hearthshire wie Sylas, aber ich vermisse den stärkeren Puls der Energien des Herzens sowie die Leichtigkeit, mit der jede magische Handlung vollzogen werden konnte, als wir so viel näher an seinem Licht lebten.

Und wenn wir Hearthshire zurückgewinnen, können wir dort vielleicht echten Frieden finden zumindest für eine Weile. Nach mehreren Jahrzehnten geht einem das Leben in einer ewigen Warteschleife und in Ungnade auf die Nerven.

Dieses Geschenk kann ich Sylas noch nicht anbieten. Womöglich werde ich es ihm nie geben können, wenn wir weiterhin in dem Konflikt mit den Unseelie versagen. Ich bin das Gehirn dieses Kaders, der Intrigant – ich sollte ihm diese eine Sache schenken können.

Stattdessen sind wir jetzt noch weiter davon entfernt, dieses Ziel zu erreichen. Zwei Rudelmitglieder haben wir verloren, andere sind schlimm verwundet – ich kann mir bereits ausmalen, wie sehr ihn die Nachricht schmerzen wird.

Bevor ich *diese* grässliche Botschaft überbringe, will ich ein wenig Inspiration finden, die zumindest etwas Grund zu Optimismus liefern wird. Eine verbesserte Strategie für unsere Präsenz an der Grenze. Eine andere Herangehensweise, um uns vor den Erzlords zu beweisen. Es könnten Informationsfitzelchen in all meinen Notizbüchern und Aufzeichnungen sein, die ich zuvor nicht miteinander in Verbindung gebracht habe.

Im Bergfried gehe ich zu meinem Büro, anstatt Sylas aufzusuchen. Ich gebe mir eine Stunde, um diese Inspiration zu finden, und dann kann ich nichts mehr daran ändern. Wenn er merkt, dass ich ihm nicht sofort Bericht erstattet habe, wird er nicht erfreut sein.

Ich marschiere um die Biegung im oberen Flur – und

finde unseren menschlichen Eindringling vor meiner Bürotür. Sie steht einige Schritte entfernt, mustert sie jedoch mit offensichtlichem Interesse. Ihr Kopf ist zur Seite geneigt und einige Wogen dieser absurd pinken Haare wehen über ihre Wange.

Bei meiner Ankunft erschrickt Talia und weicht mit schuldbewusster Miene einen Schritt zurück. Vor einigen Wochen hätte ich das vermutlich dahingehend aufgefasst, dass sie etwas ausheckt. Jetzt, nach allem, was ich von ihr gesehen und gehört habe … Ich muss mir eingestehen, dass sie höchstwahrscheinlich nervös ist, weil sie sich noch immer wie ein Eindringling *fühlt*, obwohl sie offiziell im Rudel aufgenommen wurde. Vermutlich denkt sie, dass sie kein Recht hat, den Eingang zu einem Zimmer auch nur zu betrachten, zu dem ihr kein Zugang gewährt wurde.

Das letzte Mal, als ich sie hier draußen beim Lauschen erwischte, habe ich sie so barsch angefahren, dass sie eine Panikattacke erlitt.

Die Schuldgefühle, die diese Erinnerung hervorruft, vertreiben jeglichen Groll, den ich jetzt empfinden könnte. Wie kann ich es ihr vorwerfen, dass sie neugierig ist? Die meisten Geheimnisse, die wir Fae vor ihr hatten, wirkten sich zu ihrem Nachteil aus. Wenn überhaupt muss ich ihre Hartnäckigkeit bewundern.

„Sogar Sylas könnte eine Tür nicht aufschließen, indem er sie nur anstarrt", sage ich in einem neckenden Tonfall. „Du wirst schrecklich ehrgeizig mit deinen unerwarteten Kräften."

Der Krümel errötet, strafft jedoch zugleich die Schultern und lässt sich von meinen unbeschwerten Neckereien nicht mehr halb so sehr einschüchtern wie zuvor. Vielleicht sollte sie gar nicht eingeschüchtert sein, denn immerhin haben wir nun entdeckt, dass sich ihre Besonderheit sogar auf übernatürliche Talente erstreckt, von denen ich dachte, dass nur Fae sie besitzen könnten. *Diese* Erinnerung, als ich Sylas, August und sie gestern Abend mitten bei ihrem kleinen Experiment überraschte, jagt erneut einen Anflug von Unbehagen durch meine Brust, den ich allerdings ignoriere.

Sylas hat beschlossen, dass sie bei uns bleibt, und solange das der Fall ist, sind wir alle besser dran, wenn sie sich selbst verteidigen kann. Selbst wenn sie dadurch eine weitere unerklärliche Variable wird, auf die ich mich in meinen Plänen nicht verlassen kann.

„Ich habe nicht versucht, einzubrechen", erklärt sie. „Ich bin nur kurz stehen geblieben. Ich … habe mich nur gefragt, was du dort drin machst."

Sie hat mich zuvor im Büro mit Ralyn sprechen gehört. Ich vermute, dass Sylas ihr nicht erklärt hat, welche Aufgaben ich für ihn und das Rudel übernehme.

Ich neige den Kopf zum anderen Ende des Ganges. „Unser glorreicher Anführer hat ein Büro. Warum sollte ich keines haben?"

„August hat kein Büro oder so etwas." Sie hält inne. „Zumindest hat er nie eines erwähnt."

Daraufhin kann ich mir ein Grinsen nicht verkneifen. „Man könnte sagen, dass Augusts Büro das Fitnessstudio im Keller ist, wo er deine Kampfkünste verbessert. Sich darauf vorzubereiten, die Führung unserer Truppen zu übernehmen, sollte es zu einem Kampf kommen, erfordert nicht viel Papierkram."

„*Du* hast neulich über eine Art Krieg gesprochen mit … einem der Rudelmitglieder?"

„Mein Gebiet ist eher die Logistik und nicht das Austeilen von Schlägen, allerdings werde ich die Krallen ausfahren, sollte es nötig werden. Glaub mir, August würde es sehr glücklich machen, dort draußen zu sein und die Unseelie anzugreifen, würde Sylas ihn nicht hier haben wollen für den Fall, dass das restliche Rudel bedroht wird."

Als ich nach dem Türgriff greife, dessen Schutzzauber ausschließlich auf meine Berührung reagiert, tritt Talia von einem Fuß auf den anderen. „Warum muss *irgendjemand* gegen die Unseelie kämpfen? Warum greifen sie euch an … oder greifen die Seelie sie an?"

„So viele Fragen", ziehe ich sie auf. Die Wahrheit ist jedoch, dass ihr Wunsch, so viel wie möglich von diesem Ort zu verstehen, eine Saite in mir berührt. Sie ist nicht aus freien Stücken hierhergelangt, wurde beinahe ständig misshandelt oder sogar richtig verletzt, und trotzdem ist sie entschlossen, so viel zu lernen, dass sie ihre Frau stehen kann. Ich habe viele Fae mit weniger Motivation kennengelernt.

Ich lasse mir die Frage durch den Kopf gehen, bevor ich sie ausspreche. „Möchtest du reinkommen?"

Ihre Augen weiten sich leicht, jedoch mit einem begierigen Funkeln, das diese grasgrünen Iriden erhellt, sodass sie wie polierte Jade strahlen. Es reicht, um sie von einem recht erfreulichen Anblick zu einer wahren Augenweide zu machen. Es reicht, damit eine andere Art von Empfindung durch mich fegt: ein Anflug von Verlangen, der sich tief in meinem Magen niederlässt.

Kurz bereue ich mein Angebot, doch ich habe es bereits ausgesprochen. Jetzt muss ich das Beste daraus machen.

Ich drücke die Tür weit auf und marschiere hindurch, da ich annehme, dass mir Talia ohne eine weitere Einladung folgen wird. Sie tritt vorsichtig über die Türschwelle. Ihre vorübergehende Rückkehr zur Schüchternheit verebbt, als sie die Schreibtische, das Bücherregal, die Schubladen, die in die Holzwände gebaut wurden – vielleicht wäre es treffender, zu sagen, dass sie aus den Wänden herauswuchsen – und die Karte der Nebelwelt betrachtet, die sich über ihnen erstreckt.

Es ist nicht überraschend, dass Letztere ihre Aufmerksamkeit auf sich zieht. Sie läuft zu der Karte und ihre Hand hebt sich, als wollte sie die Linien unserer Welt mit ihrer zackigen Grenze nachzeichnen.

Sie deutet auf das Mal in der Mitte des unebenen Kreises, das wie eine Lichtexplosion aussieht. „Das ist das Herz der Nebelwelt. Befindet sich das gesamte Sommerreich auf der westlichen Seite? Und die Unseelie leben im Osten … Herrscht dort immer Winter?"

„Das Wetter ist milder oder rauer je nach dem, wie nahe am Herzen man sich aufhält, aber ja. Mir wurde gesagt, dass es ihnen so gefällt. Doch angesichts unseres aktuellen Konflikts wurde ich womöglich hinters Licht geführt."

Sie blickt zu mir. „Versuchen sie, Teile des Sommerreichs zu stehlen?"

Ich nicke. „Soweit wir das beurteilen können. Sie haben keine Forderungen gestellt. Sie haben einfach angefangen, unsere Ländereien entlang der Grenze anzugreifen, und versuchen, diese für sich zu beanspruchen. Sie haben die ersten Ländereien eingenommen, bei denen sie das ausprobierten, doch nachdem unsere Erzlords Wind davon bekamen, was los war, riefen sie so viele Krieger herbei, dass wir sie zurückdrängen konnten. Seitdem führen wir Krieg gegeneinander. Sie versuchen, Boden gutzumachen, und wir sind darauf aus, unseren zu halten."

„Wie lange herrscht dieser Krieg schon?"

Mein Blick sinkt auf meinen Schreibtisch und den Stapel ledergebundener Notizbücher auf einer Seite sowie die Rollen alter Berichte auf der anderen. Ich habe das genaue Datum ihres ersten Angriffs irgendwo notiert, das ist allerdings nichts, womit ich mich in letzter Zeit viel beschäftigt habe.

„Knapp drei Jahrzehnte", antworte ich. „Länger, als du am Leben bist. Ab und zu gab es Ruhephasen, doch in den vergangenen Jahren haben sie angefangen, besonders brutal vorzugehen."

„Hat schon mal jemand versucht, sie zu *fragen*, warum sie das tun?"

Ich werfe ihr einen unheilvollen Blick zu. „Ich bin mir sicher, dass unsere Erzlords bis zu einem gewissen Grad Kontakt zu ihren Pendants auf der Gegenseite aufgenommen haben. Der Inhalt und das Ergebnis dieser Versuche werden einem Rudel wie uns, das an die Ränder der Nebelwelt verbannt wurde, nicht mitgeteilt. Allerdings gab es häufig Spannungen zwischen den zwei Reichen – es liegt in unserer Natur, dass wir nicht miteinander klarkommen – und ich wäre nicht überrascht, wenn sie nicht gewillt waren, viel über ihre Motive zu verraten. Sie nehmen sich lieber, was sie wollen, anstatt zu verhandeln."

„Selbst wenn das dreißig Jahre Krieg bedeutet?"

„Dreißig Jahre sind für einen Fae kaum ein Blinzeln, Krümel."

Talia verzieht das Gesicht wegen des indirekten Verweises auf ihre menschliche Sterblichkeit und dreht sich zu mir um. Ich stehe hinter meinem Schreibtisch und habe die Arme auf meinen Stuhl gelegt. „Und Leute aus diesem Rudel sind dort draußen und helfen im Kampf gegen die Unseelie. Ich hätte nicht gedacht, dass Sylas das Leben von *irgendjemandem* riskieren möchte, denn er hat erzählt, dass das Rudel bereits viel kleiner ist als davor … bevor ihr alle hier gelandet seid."

„Ah, nun, wir hoffen, dass wir mit ein wenig geschickt platzierter Hilfe die Erzlord wieder für uns gewinnen und diese ganze ‚hier landen'-Situation umkehren können. Das ist der Punkt, an dem ich ins Spiel komme." Ich deute auf das Durcheinander auf meinem Schreibtisch. „Ich überlege, wie wir die Front am besten mit den Kriegern unterstützen, auf die wir verzichten können – und wie viele von ihnen wir vernünftigerweise erübrigen *können* angesichts der Wahrscheinlichkeit, dass uns andere Probleme bevorstehen. Ich habe Kontaktpersonen in verschiedenen Ländereien stationiert oder lasse sie durch diese reisen. Sie liefern mir Informationen und helfen mir so, die Wahrscheinlichkeiten einzuschätzen."

Ich kann nicht leugnen, dass es mich freut, zu sehen, wie Verstehen auf ihrem Gesicht dämmert, als sie die Puzzleteile zusammensetzt. „So hast du herausgefunden, was Aerik über Oakmeet erzählt – durch diese Kontakte."

Ich zucke bescheiden mit den Achseln. „Jeder Lord, der etwas auf sich hält, will auf dem Laufenden über die Handlungen seiner Brüder bleiben. Selbst unter den Seelie kämpfen wir häufig um unsere Reviere und was wir uns sonst noch in den Kopf setzen und haben wollen."

Jetzt, da sie kurze Zeit in dem Zimmer war, ohne dass es zu einer Katastrophe geführt hat, fühle ich mich wohl genug, um auf meinen Stuhl zu sinken. Mich nach hinten lehnend, lege ich meine Hände auf die Armlehnen und lasse meinen Blick einmal abschätzend über sie gleiten. „Denkst du, dass du bereit für Aeriks Besuch bist? Ich weiß, du musst … Vorbehalte haben, ihn und seinen Kader wieder zu sehen."

Meine Formulierung ist höflich. Eigentlich meine ich damit, dass sie zweifellos schreckliche Angst hat – eine Angst, die ihre Haltung versteift und ihre Lippen anspannt in dem Moment, in dem ich seinen Namen erwähne. So temperamentvoll diese Frau auch ist, ich habe gesehen, wie sie nur bei einer Erinnerung an ihre Entführer in Panik verfiel. Ihnen in Fleisch und Blut gegenüberzutreten, wird nicht besser für ihre Nerven sein.

„Wenn dieser Besuch in ein paar Tagen bedeutet, dass ich mich nie wieder in ihrer Gegenwart aufhalten oder mir Sorgen darum machen muss, dass sie mich erneut holen, werde ich ihn durchstehen", antwortet sie und bringt eine aufmüpfige Haltung zustande, obwohl sie plötzlich flach atmet. Sie schluckt hörbar und fügt hinzu: „Ich werde besser darin, mit allem klarzukommen. Ich habe mich euch dreien gestellt, als ihr Wölfe und von der Vollmond-Wildheit besessen wart, oder?"

Das hat sie getan. Ich hätte das nicht erwartet – es hätte mich nicht mehr verblüffen können, aus dem brutalen Nebel aufzutauchen und sie mit meinen Halbbrüdern vor mir stehen zu sehen, während ich den Geschmack ihres Blutes im Mund hatte. Dafür verdient sie Anerkennung.

Als ich sie weiterhin mustere, bahnt sich plötzlich eine Idee für einen möglichen Plan kitzelnd einen Weg an die Front meiner Gedanken. In dem Moment, in dem ich sie greifen kann, weiß ich, dass der Plan perfekt ist, aber ein Teil von mir sträubt sich.

Ich werde sie bitten, so viel mehr Qualen zu ertragen als die, auf die sie sich wahrscheinlich vorbereitet hat. Womit verdient sie *das*?

Doch sie will ein richtiges Mitglied dieses Rudels sein und ich sollte ihr wenigstens die Wahl lassen. Es wird auf lange Sicht auch zu ihrem Vorteil sein. Das hier ist mein Job und im Moment kann ich ihn gut machen, ganz gleich, wie sich der Vorschlag für sie anhört.

„Was, wenn du sie länger als kurz im Vorbeigehen sehen müsstest?", frage ich.

Talia runzelt die Stirn. „Warum? Denkst du, sie würden darauf bestehen …"

„Nein, überhaupt nicht. Aber ich denke, die beste Möglichkeit, jeglichen Verdacht auszulöschen, weil sich ein Mensch in unserer Mitte befindet, besteht darin, diesen Menschen zu präsentieren, anstatt den Eindruck zu erwecken, wir würden ihn verstecken. Du bist angeblich Augusts Geliebte, die er vor kurzem zu sich geholt hat. Dass er darauf besteht, dass du dich uns zum Abendessen anschließt, würde diese Geschichte untermauern."

Ihre Arme heben sich und halten inne, kurz bevor sie sie um sich schlingt. Die Furcht, die über ihr Gesicht huscht, erzeugt ein stärkeres Schuldgefühl in mir. Allerdings richtet sie sich gerade auf. „Ich müsste während der gesamten Mahlzeit bei ihnen am Tisch sitzen?"

„Ja. Am gleichen Tisch. Wir können ihnen sagen, dass du schüchtern bist, sodass du eine Ausrede hast, nur wenig mit ihnen zu sprechen oder sie anzuschauen. Und du wärst bei *uns* – wir könnten dich zwischen Sylas und August setzen. Du hättest beide während der gesamten Mahlzeit neben dir."

Ich werde mich keinen Illusionen hingeben, dass sie irgendeinen Trost aus meiner Anwesenheit ziehen würde. Allerdings sorgt der Gedanke, dass sie das nicht tun würde und dass ihr meine Brüder stattdessen so viel Trost spenden könnten, dafür, dass meine Fangzähne unter meinem Zahnfleisch jucken.

Das ist nicht meine Rolle. Warum sollte sie es auch sein? Ich kann meine Tatzen von etwas lassen, was mir nicht gehört.

Talia kaut auf ihrer Unterlippe herum, was meine Aufmerksamkeit auf ihren reizenden, rosaroten Mund lenkt. Sie scheint sich zusammenzureißen. „In Ordnung. Ich werde üben, die Panik zu beherrschen – ich denke, ich werde bereit sein. Ich werde mich einfach auf August konzentrieren. Und wenn … wenn ich das Gefühl habe, dass ich doch nicht damit klarkomme, halten wir uns dann an den ursprünglichen Plan?"

„Absolut." Und mein Herz verkrampft sich definitiv nicht schmerzhaft, weil ich weiß, wie viel ich von dieser sanften Seele verlange.

„Okay. Okay." Sie atmet tief durch und schenkt mir ein angespanntes Lächeln. „Es tut mir leid … ich sollte dich arbeiten lassen. Ich wollte dich nicht mit Fragen belästigen."

„Belästige mich, wann immer du willst", sage ich lässig und hoffe trotz allem beinahe, dass sie mein Angebot sofort annimmt. Ein Gespräch mit ihr klingt viel erfreulicher als das, welches ich mit Sylas führen muss.

Doch der Krümel verlässt das Zimmer und lässt mich im Büro mit all dem Gekritzel und den Berichten allein. Wenn ich ehrlich bin, weiß ich bereits, dass mir diese Dinge keine geniale Lösung liefern werden, die ich meinem Lord präsentieren kann. Ich sitze da und starre die Stapel auf meinem Schreibtisch noch einige Minuten lang an, ehe ich mich seufzend aus meinem Stuhl hieve und mich auf die Suche nach ihm begebe. Es macht keinen Sinn, das Unvermeidbare noch länger hinauszuzögern.

8

Talia

Das Fitnessstudio im Keller fühlt sich in der Dunkelheit größer an, als hätten sich die Wände mit den dichter werdenden Schatten zurückgezogen. Ich kauere auf der Moosmatte, deren Oberfläche unter meinen Füßen ein wenig nachgibt, und richte meinen Blick auf meine Hand, die kaum mehr als eine Silhouette ist, obwohl sie nur Zentimeter von meinem Gesicht entfernt ist.

„*Sole-un-straw*", raune ich meinen Fingern zu und versuche, irgendeine Kraft in meine Stimme zu legen. „*Sole-un-straw*."

Hinter mir verlagert August sein Gewicht mit einem Rascheln seiner Kleider. „Die letzte Silbe musst du etwas mehr betonen."

Ich probiere es noch einmal. „*Sole-un-STRAW!*"

Nichts entzündet sich. Nach Augusts Tonfall zu urteilen,

als er erneut spricht, verkneift er sich seine Belustigung. „Nicht *ganz* so betont."

Ich verziehe das Gesicht, schaue in seine Richtung und atme zittrig aus. Ich habe Jahre gebraucht, um Bronze richtig hinzukriegen. Vielleicht macht es keinen Sinn, zu versuchen, weitere wahre Namen zu meistern. Wenn ich diesen endlich gelernt habe, könnten unsere Schlachten bereits alle geschlagen sein – ob nun als Sieger oder Verlierer.

Doch ich habe gesagt, dass ich es lernen würde – ich *will* es lernen – weshalb ich es richtig versuchen muss. Alles, wodurch ich mich etwas mächtiger fühlen werde, bevor ich mich erneut Aerik und seinem Kader stellen muss, ist etwas Gutes.

Wenigstens habe ich dieses Mal einen Lehrer und muss es nicht allein probieren.

„*Sole-un-straw*", sage ich mit etwas mehr Nachdruck am Ende. Die Luft um meine Hand herum bleibt dunkel.

August tritt näher und streichelt mit den Fingern über meine Haare. „Das klang perfekt in meinen Ohren. Du kriegst das noch hin. Hast du schon mal versucht, deine Emotionen zu nutzen, so wie du es zuvor tun musstest?"

Ich denke wieder an Aeriks Festung, an den Käfig. Die Verzweiflung, die mich daraufhin durchfährt, passt allerdings nicht so recht zu meinen Absichten. Ich versuche, Licht heraufzubeschwören, doch dieser schreckliche Raum war stets beleuchtet, wenn er und sein Kader mich besuchten. Wenn überhaupt hätte ich mir während dieser Male mehr Dunkelheit gewünscht, um ihren verächtlichen Blicken zu entfliehen.

Wie kann ich Licht heraufbeschwören, wenn ich mir einen Raum vorstelle, der bereits hell ist?

Mein verkniffener Gesichtsausdruck entspannt sich ein wenig und ich versuche es trotzdem. Wenn ich eine richtige

Lichtexplosion hätte heraufbeschwören können, die direkt vor Aeriks oder Coles Gesicht erschienen wäre ...

Die Vorstellung verschafft mir ein wenig Befriedigung, es entzünden sich jedoch keine Funken, als ich den wahren Namen wiederhole. Seufzend setze ich mich auf meinen Po und stütze die Hände auf der Matte ab. „Hast du nicht gesagt, dass dies einer der leichten Zauber ist?"

Auf eine Geste von August hin, die ich mehr spüre als sehe, gehen die Kugeln an, die den Raum normalerweise beleuchten. „Es ist einer der ersten wahren Namen, den die meisten Fae-Kinder lernen", antwortet er. „Aber sie brauchen normalerweise Wochen oder sogar Monate, um ihn zu beherrschen."

„Wenn sie Kinder sind."

„Wenn sie *Fae* sind und es ihnen im Blut liegt. Vergiss nicht, dass es praktisch ein Wunder ist, dass du überhaupt Magie wirken kannst." Er setzt sich neben mich und legt seine Hand um meine. „Du wirst nicht innerhalb von ein paar Tagen so weit sein – keiner von uns erwartet das von dir."

Doch je länger es dauert, bis ich das hier lerne, desto mehr Zeit werden wir in der Ungewissheit schmoren, ob ich nur ein One-Hit-Wonder bin. Ich drücke die Fingerspitzen auf die Matte, als könnte ich die Kraft, die ich brauche, aus der dicken Moosschicht graben.

„Wir sollten jetzt eine Pause machen", sagt August. „Wenn du frustriert bist, wird es nur schwieriger, dein Ziel zu erreichen. Was hältst du davon, wenn wir einen Teil deines Frusts mit etwas körperlichem Training verbrennen?"

Ich ziehe die Augenbrauen hoch. „Das möchtest du ohnehin lieber tun, oder?"

Sein Grinsen ist verschmitzt. „Hey, ich habe nie geleugnet, dass Nahkampf meine Stärke ist. Wenn du denkst, dass es besser wäre, wenn du Magie mit Sylas oder Whitt übst …"

„Nein", widerspreche ich schnell. „Du bist auch gut darin, mir das beizubringen." Die Tattoos, die sich auf seinen Armen und seinem Hals abzeichnen – und unter seinen Kleidern – beweisen, dass er selbst schon eine Menge Magie gemeistert hat, auch wenn es nicht die Lösung ist, auf die er sofort zurückgreift. Sylas noch eine Pflicht aufzubürden, ist das Letzte, was ich tun will, und Whitt …

Würde dieser unberechenbare Mann überhaupt einwilligen, mich zu unterrichten? Vielleicht, wenn Sylas es ihm befehlen würde. Einen widerwilligen Lehrer zu haben, vor allem einen, der für bissige Bemerkungen bekannt ist, klingt nicht gerade verlockend.

Ich stemme mich auf die Füße und dehne meine Arme und Schultern in Vorbereitung auf den Übungskampf. Mein Blick wandert zu der gegenüberliegenden Wand und ich stelle mir die Landschaft sowie die Häuser des Dorfs dort draußen vor. „Wann denkst du, werde ich mich deinem Training mit dem restlichen Rudel anschließen können? Du würdest Zeit sparen, wenn du mich nicht einzeln in den Kampftechniken unterrichten müsstest."

„Zeit, die ich mit dir verbringe, ist nie verschwendet, Süße", entgegnet August und sein Grinsen nimmt freche Züge an. Er zupft an einer meiner Haarsträhnen und seine goldenen Augen leuchten so begeistert, dass ein freudiges Flattern durch meine Brust huscht. „Außer du hast es satt, so viel von meiner Aufmerksamkeit zu erhalten."

„Nein, überhaupt nicht." Die Worte kommen mir so schnell über die Lippen, dass mir die Hitze in die Wangen steigt. Die Art und Weise, wie August bei meinem Enthusiasmus strahlt, nimmt meiner Scham jedoch die Schärfe. „Aber wenn ich ein echter Teil des Rudels sein soll – wenn sie sich an mich gewöhnen und mich akzeptieren sollen, obwohl ich ein Mensch bin … Ich dachte, es wäre gut, wenn sie sehen, dass ich auch an diesen Dingen arbeite.“

„Das werden sie sehen“, verspricht August. „Ich … ich will einfach sichergehen, dass *sie* bereit sind, mit dir zu trainieren. Keiner von ihnen hat in letzter Zeit Erfahrungen darin gesammelt, mit Menschen zu arbeiten … Sie müssen wissen, was sie tun, damit sie sich an deine Unterschiede anpassen können.“

„Meine Schwächen, meinst du“, sage ich nüchtern – ich weiß, dass die Fae von Natur aus stärker sind. Ich will auch nicht, dass mich einer von ihnen angreift, als wäre ich einer von ihnen. Allerdings ist das das Endziel: die übernatürlichen Wesen trotz meines zerbrechlicheren Menschenkörpers abzuwehren.

August zuckt zusammen. „Es könnte sich herausstellen, dass du ein oder zwei Vorteile hast. Ich will vorsichtig sein, das ist alles.“

„Das weiß ich zu schätzen“, erwidere ich und meine es ernst. Dennoch würde ich mich besser fühlen, wenn ich wüsste, dass ich irgendeine Chance habe, falls Aerik während seines Besuchs auf uns losgeht. Natürlich kann ich allein mit August genug auf dieses Ziel hinarbeiten.

Ich lasse meinen Kopf kreisen und hebe die Hände so, wie er es mir gezeigt hat. So bin ich bereit, einen Schlag abzuwehren oder selbst einen auszuteilen je nach dem, was mein Gegner tut. „Womit sollen wir beginnen?“

August legt den Kopf schief und denkt nach. „Wir sind viele Strategien durchgegangen für die Momente, in denen du Platz zum Schlagen oder Treten hast. Wie wäre es, wenn wir heute Grappling üben?“

„Grappling?“

Sein Grinsen kehrt zurück. Bevor ich eine Gelegenheit habe, zu reagieren, hat er sich auf mich gestürzt. In einer schnellen Bewegung reißt er mich von den Füßen und ringt mich zu Boden. Seine Arme fangen mich ab, damit ich nicht zu hart auf der Matte aufschlage. Er ist so sanft, dass mich nur der kleinste Anflug von Panik durchströmt, der mit einem Blick in seine liebevollen Augen erstickt wird.

„Wenn du auf dem Boden landest und wie ein Wolf kämpfst", erklärt er, wobei er mir so nahe ist, dass sein warmer Atem mein Gesicht kitzelt. „Dann musst du dir keine Sorgen um dein Gleichgewicht machen, weshalb dich dein verletzter Fuß nicht zurückhalten wird, aber du hast viel weniger Platz zum Manövrieren. Wie denkst du, könntest du mich dazu bringen, mich zurückzuziehen, zumindest so weit, dass du Gelegenheit hast, dich zu befreien?"

Ein richtiger Angreifer würde nicht so höflich vorgehen und mit seinem Körper einen respektvollen Abstand zu meinem einhalten. Das weiß ich aus Erfahrung. Deswegen stelle ich mir wahrscheinlichere Szenarien vor, falls ich auf den Boden gestoßen werden würde …

„Dir die Augen auskratzen?", schlage ich vor. Das war eine Technik, die wir bereits durchgegangen sind für den Fall, dass mich jemand packt, während ich stehe. Das Gesicht meines Angreifers könnte in einer solchen Situation jedoch leichter zu erreichen sein. „Und ein Knie in, äh, den Schritt, wenn ich das schaffe."

August lacht. „Du zielst gleich auf die empfindlichen Stellen. Gut. Noch eine Option, die überraschend effektiv ist: Wenn es jemand auf *dein* Gesicht abgesehen hat, pack dessen Finger und drehe sie so fest, du kannst. Diese Gelenke kann man leicht ausrenken, was deinem Angreifer eine Menge Schmerzen zufügt, während es ihm zugleich erschwert, dich zu packen. Eine Faust auf die Nase kann auch schrecklich ablenkend sein, wenn du ihre Augen nicht erreichen kannst. Versuch das mal, damit du ein Gefühl für die Bewegungen erhältst."

Ich fahre mit gekrümmten Fingern in der Nähe seiner

Augen durch die Luft, ziele mit den Fingerknöcheln auf seine Nase und hebe mein Knie – *sehr* vorsichtig, damit ich keinen richtigen Treffer lande. Als August so tut, als würde er nach meinen Haaren greifen, packe ich seinen Zeigefinger und biege ihn leicht zur Seite, um abzuschätzen, wie viel Kraft ich in die Bewegung legen müsste, würde ich wirklich etwas brechen wollen.

Mir fällt eine unangenehme Möglichkeit ein, als er über mir aufragt, während ich so auf dem Boden liege. „Was, wenn sich mein Angreifer als Wolf auf mich stürzt?"

August hält inne und leichtes Unbehagen zeichnet sich bei dieser Vorstellung auf seinem Gesicht ab. „Es ist unwahrscheinlich, dass jemand, der dich einfach nur gefangen nehmen oder überwältigen will, diese Taktik bei einem Menschen anwenden würde, der nicht mit ihm mithalten kann. Wir haben uns in unserer Wolfgestalt natürlich unter Kontrolle, es ist jedoch schwieriger, einen Biss oder einen Hieb mit den Krallen zu mäßigen, als einen Schlag in Menschengestalt zu regulieren. Außerdem kann dich ein Wolf nicht in die Arme nehmen und davontragen … Falls dich ein Fae so angreift, ist er vermutlich darauf aus, dich zu töten."

Meine Kehle schnürt sich zu. „Gut zu wissen. Wie stelle ich sicher, dass er das *nicht* schafft?"

„Die Augen und Nase sind nach wie vor verletzliche Stellen. Und die Kehle, falls du einen guten Treffer landen kannst." Er rutscht auf seinen Knien zurück und reibt sich über den Kiefer. „Wir werden dir einen kleinen Dolch besorgen, den du bei dir tragen kannst … Ich werde dir die besten Stellen zeigen, an denen du jemandem am meisten Schaden zufügen kannst."

An seinem Zögern kann ich ablesen, was er nicht ausspricht. Ganz gleich, was er mir beibringt, er glaubt nicht, dass ich einen Angriff überleben würde, wenn mich ein Fae in Wolfgestalt angreift, es sei denn, ich hätte außergewöhnliches Glück. Andererseits ist das nicht sonderlich überraschend, oder? Ich weiß nicht, ob es eine Möglichkeit gibt, wie ich einen gewöhnlichen Wolf abwehren könnte, der entschlossen ist, mich zu zerfleischen, geschweige denn einen Fae-Wolf, der zu komplexen Strategien fähig ist.

„Okay", sage ich und unterdrücke ein Zittern. Es besteht kein Grund, jetzt darüber nachzudenken. „Konzentrieren wir uns fürs Erste auf die Angreifer in Menschengestalt."

Seine Haltung entspannt sich. „Dann mach dich bereit."

August gibt mir einige Sekunden und dann stürzt er sich auf mich. Er wehrt meinen ersten Schlag auf sein Gesicht mit einem Hieb seiner Hand gegen meinen Unterarm ab, aber mir gelingt es, meine Faust unterhalb seiner Nase zu platzieren. Er weicht mit einem Nicken zurück. „Das ist ein guter Anfang. Schau mal, ob du es schaffst, den ersten Schlag anzubringen."

Wir gehen dieses Szenario mehrere Male durch, bis ich seine Bewegungen so gut vorausahnen kann, dass ich eine gute Chance habe, seine Augen zu erreichen. Anschließend probieren wir anspruchsvollere Situationen aus, in denen ich mich wehren muss, während er mich angreift.

Ungefähr beim zwanzigsten Durchgang gerate ich ins Schwitzen und der Atem entweicht mir pfeifend. Nachdem ich mit Händen und Knien auf die Arten um mich geschlagen habe, die wir geübt haben, sinke ich mit einem erschöpften Schnauben auf die Matte.

August gluckst. „Du machst das super. Geh und mach eine Pause."

Er beugt sich vor, um seine Nase an meiner Wange zu reiben. Die liebevolle Geste weckt sehr viel mehr von meinem Körper auf. Das Hochgefühl der Übung vertieft sich zu einem berauschenderen Kick und Verlangen kribbelt tief in meinem Bauch. Plötzlich bin ich mir seines Beines, das sich zwischen meinen befindet, seines Armes, der neben meinem Oberkörper abgestützt ist, und seines Handgelenks, das die Seite meines Busens streift, doppelt so stark bewusst.

August atmet rau ein und noch bevor er spricht, erkenne ich, dass er meine Reaktion bemerkt hat. „Talia", murmelt er und dann, als wäre er von einem Magnet angezogen worden, senkt er den Kopf, um seine Lippen an die Seite meines Halses zu pressen.

Mir stockt der Atem und eine schärfere Hitzewelle durchströmt mich. Sehnsucht wirbelt von meinem Brustbein durch meinen Oberkörper bis hinab zu der Stelle zwischen meinen Beinen, die nun in Flammen steht. Augusts Zunge schnellt hervor, um den Schweißfilm entlang meines Kiefers abzulecken, und ein begehrliches Wimmern entwischt meinem Mund.

Es gibt so vieles, was ich mit diesem Mann tun wollte. Ich wollte entdecken, wie sich sein Körper an meinem anfühlt, noch bevor ich ganz verstand, wonach ich mich sehnte. Jetzt habe ich eine bessere Vorstellung davon. Die eindeutigen Anzeichen, dass er sich genauso sehr danach verzehrt, elektrisieren mich.

Meine Hände heben sich wie von selbst, um seine kurz geschnittenen Haare zu packen. August brummt zufrieden. Er verteilt Küsse an meinem Kiefer und knabbert daran, was wohlige Schauder über meine Haut sendet. Meine Hüften heben sich instinktiv zu ihm, wodurch meine empfindlichste Stelle seinen Schenkel streift. Als Lust in mir aufflammt, kann ich ein Keuchen nicht mehr unterdrücken.

Mit einem Stöhnen drückt August seinen Mund auf meinen. Ich schmiege mich an ihn, verliere mich in seinem herben Duft und treibe auf der Woge der Leidenschaft, die sich anfühlt, als könnte sie mich bis zu dem strahlend blauen Himmel über dem Bergfried heben. Unser Atem vermischt sich heiß und zittrig vor Verlangen und in diesem Moment will ich mich ihm einfach nur hingeben und endlich die Sehnsucht nach einer körperlichen Verbindung stillen, auf die weder er noch Sylas bisher richtig eingegangen sind.

Es gibt nichts, was uns hier und jetzt daran hindert, oder? Es gibt keine Pflichten, denen August jetzt nachgehen muss, kein Frühstück läuft Gefahr, zu verbrennen, Unterbrechungen sind unwahrscheinlich und er muss sich keine Sorgen machen, dass er irgendwie seinen Lord verrät, indem er seinem Verlangen nachgibt.

Eine leichte Nervosität huscht durch meine Brust hindurch. Was, wenn es wehtut? Was, wenn ich ihn nicht auf die Weise befriedigen kann, wie es die Frauen getan haben, mit denen er zuvor zusammen war? Frauen, die besser als ich wussten, was sie taten.

Dann verlagert August sein Gewicht so auf seinen Armen, dass er mit einer Hand über meinen Busen streicheln kann. Eine frische Woge begehrlicher Aufregung sowie das besitzergreifende Knurren, das sich aus seiner Kehle löst, als er mich noch inniger küsst, spülen meine Sorgen davon. Dieser Mann, der kein richtiger Mann ist, wird nicht zulassen, dass mir ein Leid geschieht, nicht solange er das Sagen hat. Außerdem zeigt er nichts als Freude über das, was ich ihm zu bieten habe.

August zerrt mein Oberteil hoch, sodass er mich Haut auf Haut streicheln kann. Seine Fingerspitzen umkreisen meine Brustwarze. Sie huschen über meinen Nippel und massieren ihn zu einer steiferen Spitze, bis ich wimmernd um Erleichterung bettle.

Mein Körper windet sich unter seinem, da ich mir nicht ganz sicher bin, wie ich mich bewegen soll. Einen Augenblick lang hält er in seiner neckenden Erkundung meiner Brust inne, um mit der Hand über die Seite meines Körpers zu meiner Hüfte zu gleiten, wodurch er seinen Schenkel noch fester zwischen meine Beine drückt. Meine Mitte wird an sein Bein gepresst, woraufhin mich Wonne durchflutet. Meine Finger wandern seinen Rücken hinab, um sich an die spielenden Muskeln dort zu klammern.

Als sich August von meinem Mund löst, schreie ich beinahe protestierend, doch in der nächsten Sekunde schließen sich seine Lippen um meinen aufgerichteten Nippel. Ein ganz anderer Schrei entwischt mir. Mein Rücken wölbt sich, er saugt fester und leckt mit der Zunge über mich, woraufhin ich wie eine gespannte Bogensehne bebe. Ich will, ich will, ich *will* – so viel, dass es beinahe furchterregend ist.

Meine Hand gleitet unter seinem Hemd nach oben und zeichnet die heißen Flächen seines Rückens nach. August senkt den Kopf tiefer, gleitet mit der Zunge die Mitte meiner Brust hinab zu meinem Bauch – und hält über meinem Bauchnabel inne. Sein ganzer Körper erstarrt dort, wo er über mir aufragt.

Seine Stimme klingt erstickt. „Wir können nicht … wir können das nicht tun."

Er hätte genauso gut einen Eimer Eiswasser auf mich schütten können. Mein Rücken versteift sich auf der Matte.

„Warum?", frage ich. Die Frage ist ein schüchternes Flüstern, von dem ich gedacht hatte, dass ich es in Gegenwart dieser Männer nicht mehr benutzen würde. Stimmt etwas nicht mit mir … Hat er realisiert, dass er eigentlich mit niemandem intim sein möchte, der so …?

Bevor sich die Sorgen in meinen rasenden Gedanken fertig bilden können, schaut August auf und begegnet meinem Blick. Seine Miene ist angespannt, die Wärme in seinen goldenen Augen ist jedoch unübersehbar. „Du hast nichts falsch gemacht, Talia. Beim Herzen, ich will dich. Aber ich kann … dein Geruch ist verändert … du bist momentan fruchtbar. Kinder werden nicht einmal zwischen einem verblassten Fae und einem Menschen leicht gezeugt, allerdings besteht eine gewisse Wahrscheinlichkeit. Das will ich nicht riskieren."

Die Kühle verfliegt und ich entspanne mich so weit, dass ich an ihm ziehe, sodass er sich neben mich legt. Der Gedanke, schwanger zu werden – mit *Augusts* Kind – jagt eine eigenartige, zittrige Empfindung durch meinen Bauch hindurch. Ihr haftet eine winzige Portion Begeisterung an, hauptsächlich ist es allerdings das Bewusstsein, wie unvorbereitet ich mich für das Konzept einer Mutterschaft fühle.

„Also haben Fae keine magischen Verhütungsmittel?" Ein lächerliches Bild eines leuchtenden Kondoms kommt mir in den Sinn – auch wenn es nicht so ist, als hätte ich jemals gesehen, wie ein gewöhnliches benutzt wurde außer an einer Banane im Biologieunterricht.

„Nein. Es ist so schwer für uns, ein Kind zu empfangen, dass ein Versuch, das zu verhindern, während man den Akt genießt, im Grunde genommen als frevelhaft betrachtet wird. Eine Missachtung des Herzens."

Okay. Ich überdenke seine Zurückweisung zusammen mit der Tatsache, dass er mich nicht nach meiner Meinung zu Kindern gefragt hat, und komme nicht umhin, zu fragen: „Willst du gar keine Kinder?"

August drückt mir mit einer Zärtlichkeit einen Kuss auf die Schläfe, die mein Verlangen von neuem weckt. „Eines Tages schon. Aber nicht ... es würde dich komplett an diesen Ort binden. An mich und den Rest des Rudels. Wir haben dir gerade erst eine winzige Entscheidungsfreiheit bezüglich deines Schicksals gegeben. Ich werde dir das nicht rauben."

Eine Emotion, die so viel mehr als Sehnsucht ist, steigt so schnell in mir auf, dass sie mir den Atem raubt. Sie windet sich um mein Herz, bis meine ganze Brust davon schmerzt.

Dieser Mann bedeutet mir so viel. Ich bewundere ihn so

sehr. Möglicherweise bin ich bereits auf Arten an ihn gebunden, die er nicht kontrollieren kann. Ich denke ... ich denke, so fühlt sich Liebe an.

Mein Puls setzt bei diesem Gedanken einen Schlag aus. Wäre ich gewillt, August jetzt zu verlassen, selbst wenn es mein Leben in Gefahr bringen würde, hierzubleiben? Selbst wenn ich mich an seiner Seite so viel mehr Qualen stellen müsste? Ich weiß es nicht. Ein beachtlicher Teil von mir schreckt bereits vor der Vorstellung zurück, nur einen Tag lang von ihm getrennt zu sein.

Ich weiß nicht, was ich mit all diesen Gefühlen tun soll. Es laut auszusprechen und so viel realer zu machen, verunsichert mich noch mehr. Also schlucke ich die Sehnsucht und fahre mit den Fingern über seine dunklen, rotbraunen Haare. *Er* sieht noch immer unruhig aus, obwohl ich nicht gegen seine Entscheidung protestiert habe.

„Manche Menschen wollen am Ende bleiben, Kinder haben und ...“ Ich zögere und realisiere, dass ich eigentlich nicht weiß, ob Fae Menschen jemals offiziell als Gefährten nehmen. Augusts Mutter hatte offensichtlich eine Beziehung mit seinem Vater, aber dieser ist auch Sylas’ und Whitts Vater, allerdings haben sie unterschiedliche Mütter. Nur Sylas war das Kind seiner seelenverbundenen Gefährtin.

„Im Allgemeinen ist es keine Entscheidung.“ August sinkt neben mir auf den Rücken und unsere Schultern berühren sich. „Wenn sie es wollen, liegt das für gewöhnlich daran, dass das Glamour sie dazu überredet hat – oder die Fae, die sie festhalten, machen sich nie die Mühe, nachzufragen, ob die Menschen bleiben wollen oder nicht. Das ist nicht das Schicksal, das ich für dich möchte.“

Deswegen hat er gezögert, sich überhaupt auf mich einzulassen. Er hat mir vor Wochen erzählt, dass er gesehen hat, wie schlimm die Lage oft für Menschen wird, die Liebhaber der Fae werden. Die Inbrunst in seiner Stimme erregt einen Verdacht, den ich nicht abschütteln kann – der beste Grund, der mir einfällt und der erklären würde, warum er mich so erbittert verteidigt hat, seit ich in den Bergfried gebracht wurde.

„Ist es deiner Mutter so ergangen?"

Er schweigt so lange, dass ich beginne, mir Sorgen zu machen, dass ich irgendwie zu weit gegangen bin und mehr Fragen gestellt habe, als ich sollte. „Es tut mir leid", entschuldige ich mich. „Ich …"

August nimmt meine Hand und drückt sie dicht an seine Wange. „Nein, entschuldige dich nicht. Es ist eine gute Frage. Ich überlege mir nur die beste Möglichkeit, wie ich dir antworten kann. Das ist kein Thema, über das ich jemals richtig gesprochen habe. Nicht einmal Sylas kennt die ganzen Einzelheiten."

Der Schmerz um mein Herz verschärft sich bei dem Kummer, der sich bereits in seine Stimme schleicht. „Du musst auch nicht mit mir darüber sprechen."

„Vielleicht sollte ich es tun, damit du es verstehen kannst. Ich … ich schäme mich einfach so sehr, dass ich es nicht unterbunden habe …"

Er schließt die Augen, öffnet sie wieder und blickt zur Decke hoch. „Als ich noch nicht alt genug war, um als erwachsen betrachtet zu werden, machte meine Mutter eine Bemerkung oder einen kleinen Fehler bei ihren Aufgaben. Niemand hat sich jemals die Mühe gemacht, mir zu erklären, was es war, da es eine so geringfügige Rolle spielte. Mein Vater war allerdings besonders schlechter Stimmung und beschloss, dass er genug von ihrer Anwesenheit im Palast hatte. Ich war bei ihr, als er mit drei seiner Krieger hereinstürmte. Er befahl mir, mich hinzusetzen und zuzuschauen, während sie … während sie sich in Wölfe verwandelten und sie in Stücke rissen."

Mein Magen schlingert. Augusts Hand hat sich fest um

meine geschlossen und ich drücke mit all dem Gefühl zurück, das in mir steckt. „Das ist schrecklich. Warum war er so grausam ... und nicht nur zu ihr, sondern auch zu dir?"

August zuckt mit den Achseln und seine Schultern sind jetzt so steif wie sein Kiefer. „Er strengte sich nicht besonders an, das menschliche Personal zu foltern, hielt ihr Leben jedoch auch nicht für wertvoller als das einer Maus. Er empfand nie echte Zuneigung für sie. Sie kam ihm gelegen, um seine sinnlichen Dränge zu befriedigen, als er seine Gefährtin nicht mehr hatte. Und dann war sie ein nützliches Wesen für ihn, an dem er seine gewalttätigen Dränge ausleben konnte.

Was mich angeht ... er dachte, es würde mir helfen, härter zu werden. Dass ich verstehen müsste, wie entbehrlich jedes Leben, aber besonders die sterblichen Leben, sein können. Er hielt es für die beste Herrschaftsform, allen Untertanen stets vor Augen zu führen, dass er nicht zögern würde, sie zu töten, sollte ihnen der kleinste Fehler unterlaufen."

Ich erschaudere. „Das ist schrecklich."

„Und ich saß einfach nur da ..."

„Wenn du nur ein Kind warst und dich gegen vier von ihnen hättest wehren müssen ... du hättest es *nicht* verhindern können."

„Ich weiß nicht. Ich bin aufgesprungen, als sie sie angriffen, woraufhin mein Vater den Stuhl verzauberte, damit er mich festhielt. Hätte ich mich mehr angestrengt, hätte ich den Zauber womöglich brechen können. Ich hätte *etwas* tun können ..." Seine Stimme ist so rau geworden, dass es schmerzt, ihm zuzuhören. „Ich hatte Angst vor ihm, davor, entgegen seiner Wünsche zu handeln, und davor, was er mit *mir* tun würde, wenn ich seine Wut zu stark provozierte."

Ich ließ seine Hand los, um meinen Arm über seine Brust zu legen und meinen Kopf an seine Schulter zu kuscheln. „Das klingt für mich vollkommen verständlich. *Er* war derjenige, der die Befehle erteilte – du kannst keinem anderen als ihm die Schuld geben."

August atmet harsch aus. „Er hat mich öfter gut behandelt als schlecht, weißt du. Obwohl ich nicht sein reinblütiger Sohn war. Er bezahlte gute Lehrer und ließ mich bei offiziellen Mahlzeiten wie ein echter Teil der Familie bei ihm sitzen. Wenn er gute Laune hatte, kam er manchmal vorbei und lud mich auf eine Jagd ein oder trainierte mich selbst. Es wäre einfacher, zurückzublicken und ihn zu hassen, wenn er die ganze Zeit schrecklich zu mir gewesen wäre. Manchmal denke ich, dass ich so große Probleme habe, meine Wut zu zügeln, weil ich die gesamte Zeit, in der ich unter seiner Herrschaft lebte, all meine Selbstbeherrschung aufgebraucht habe, damit ich meine Wut nicht an ihm ausließ."

„*Ich* habe deine Wut nur gesehen, wenn sie gerechtfertigt war." Ich stemme mich auf einen Ellenbogen, damit ich ihm in die Augen schauen kann. Die Liebe, die ich vor wenigen Minuten zu fühlen meinte, ist bei seinem Geständnis irgendwie noch größer geworden. „Und ich weiß, dass du mich *niemals* so behandeln würdest, wie er deine Mutter behandelt hat. Ich habe nicht das kleinste bisschen Angst, dass du mir jemals wehtun würdest. Also solltest du auch keine Angst davor haben. Okay?"

August starrt mich einen Moment lang an und Kummer zeichnet sich nach wie vor deutlich auf seinem Gesicht ab, zieht sich jedoch hinter ein Licht zurück, das mehr wie Hoffnung aussieht. Urplötzlich gibt er einen erstickten Laut von sich, rollt sich zu mir und drückt mich an sich, während seine Lippen meine suchen.

Irgendwie sind diese Küsse zärtlicher, aber auch drängender als die vorhergehenden, als würde er sterben, wenn er mir nicht zeigen kann, wie sehr er mich wertschätzt.

Die Flammen der Leidenschaft, die während unseres Gesprächs erloschen sind, flackern erneut auf. Ich erwidere den Kuss immer wieder so hart wie möglich, bis jeder Teil meines Körpers vor Verlangen vibriert.

„August", raune ich an seiner Wange, als ich kurz Luft hole. „Ich … ich will jetzt ohnehin nicht schwanger werden … aber es gibt andere Dinge, die wir tun könnten, die sich fast so gut anfühlen, ohne dass wir das Risiko eingehen, oder nicht? Gemeinsam?" Ich möchte nicht allein meine Wonne finden, wozu mich er und Sylas zuvor angeleitet haben. Ich will das *mit* ihm tun.

„Ja", knurrt er, nachdem er zittrig ausgeatmet hat. „Beim Herzen, ja."

Er lässt seine Hand meinen Körper hinabwandern und umfängt mich zwischen den Beinen an der Stelle, von der er mir erzählt hat und die eine so wundervolle Wirkung hat. Als ich seine forschenden Finger jetzt dort spüre, lässt mich das doppelt so heiß brennen. Ein Stöhnen entwischt meinen Lippen.

Doch es reicht nicht. Hier kann es nicht nur um mich gehen. Ich greife nach der Wölbung, die sich durch seine Hose hindurch an meine Hüfte presst, und genieße deren schockierend harte Länge, als sich meine Hand darum krümmt.

August stöhnt und küsst mich leidenschaftlich. Als unsere Münder immer wieder aufeinanderprallen, bewege ich die Hüften im Takt mit seinen Fingern und streichle ihn so geschickt, wie ich es kann. Als ich zu zittern beginne, zieht August meine Trainingshose nach unten und schiebt seine Finger in mein Höschen. Sie streicheln in einer Liebkosung über die Feuchtigkeit meiner Erregung, die uns beide zum Stöhnen bringt.

„Du fühlst dich so gut an", murmelt August, dessen Stimme leise, jedoch so begehrlich ist, dass ich praktisch in

Flammen aufgehe. „Es ist wundervoll, dich zu berühren und von dir berührt zu werden. Du bist perfekt, Talia.“

Die Worte senden ein freudiges Beben durch meine Brust hindurch. Ich drücke mich fester an ihn und hake instinktiv eines meiner Beine über seine.

Als sich unsere Körper aneinanderklammern, stößt August einen Finger in mich. Oh, Gott. Ich hätte nicht gedacht, dass sich irgendetwas besser anfühlen könnte als damals, als ich mich selbst so zum Höhepunkt gebracht habe. Doch zu wissen, dass er mich so füllt, wie er es gerne mit der Erektion tun würde, die ich noch streichle, hebt mich auf eine Woge aus Empfindungen, die mit nichts vergleichbar sind, was ich jemals erlebt habe.

Meine Hüften wiegen sich, um seinen vorsichtigen Stößen entgegenzukommen, passen sich ihm an und treiben ihn an, bis er noch einen Finger hinzufügt und sie schneller bewegt. Sein Atem weht heiß und zittrig gegen meine Lippen. Sein Daumen wirbelt über die empfindliche Perle direkt über meiner Öffnung.

Es ist so viel, so gut. Bevor ich mich zusammenreißen und versuchen kann, ihn mit mir zu nehmen, bin ich bereits über die Klippe gestürzt und mein Sichtfeld glüht vor Wonne. Meine Hand schließt sich fest um seine Härte und August presst sich in meine Berührung, während er seine Nase an mir reibt und ich zur Erde zurückkehre.

Meine Glieder erschlaffen und ich will als knochenloser Haufen auf der Matte zusammenbrechen. Allerdings macht mich die Ekstase, die er mir gerade verschafft hat, noch entschlossener, ihm das Gleiche anzubieten. Ich fummle am Bund seiner Hose herum und schiebe meine Hand unter den Stoff, bis ich auf die überraschend weiche Haut treffe, die seine steife Länge umgibt.

„Talia“, flüstert August, als ich meine Finger um ihn schließe. Ich habe Angst, dass er versuchen wird, mir zu sagen, dass ich das nicht tun muss, dass er mich sogar aufhält, doch nach einer kurzen Pause zieht er mich stattdessen zu sich. Sein Mund verbrennt meinen mit einem leidenschaftlichen Kuss nach dem anderen, während sich seine Hüften gegen meine Hand drücken. Feuchtigkeit sammelt sich an der Spitze seiner Erektion und gleitet mit meinen Fingern seine Länge hinab.

Ich weiß nicht so recht, was ich tue, doch mein ungeübter Versuch bringt ihn dazu, in meiner Hand zu zucken. Als ich ihn fest von der Wurzel zu der dicken Spitze streichle, entweicht ihm ein Brummen. Es lässt sich nicht übersehen, dass seine Reaktionen aufrichtig sind. Allein, in dem ich ihn mit meiner Hand umfasse, rufe ich die tiefste Wonne in diesem kräftigen Mann hervor.

In dem Mann, den ich liebe.

Ich bin vielleicht noch nicht bereit, diese Worte laut auszusprechen, aber ich kann ihm mit der Verbindung zwischen unseren Körpern zeigen, wie sehr ich ihn vergöttere. Ich orientiere mich an seinen Reaktionen, umklammere ihn fester und bewege meine Hand schneller. Seine Brust hebt und senkt sich heftig, seine Muskeln verkrampfen sich und dann erbebt er an mir und verspritzt eine feuchte Hitze auf meinem Handgelenk.

„Oh, meine Süße", sagt er und nimmt mich in seine Arme. Er umarmt mich so fest, dass ich das Gefühl habe, ich könnte mit ihm verschmelzen.

Freude erblüht schimmernd und flatternd in dem Schleier aus Liebe, der mein Herz umgibt. Sie geht mit einem Kribbeln einher, das einen plötzlichen Anflug von Gewissheit durch mich hindurch jagt.

Ich weiche gerade so weit zurück, dass ich deutlich sprechen kann, und hebe meine Hand zwischen unseren Oberkörpern. „*Sole-un-straw.*"

Das Kribbeln tanzt über meine Zunge und ein Funke

schimmert zwischen meinen Fingern. Es ist nur ein schwacher Funke und er hält bloß eine Sekunde lang, bevor er verpufft, doch er ist so klar, dass August erstarrt. Dann strahlt er mich an und seine Miene ist so voller Stolz und Bewunderung, dass jegliche Furcht wegen der Tiefe meiner Gefühle für ihn hinfort gefegt wird.

9

Talia

Es ist eigenartig, andere Leute als August in der Küche arbeiten zu sehen. Einige der Rudelmitglieder haben den Raum übernommen und eilen hin und her, während sie die letzten Vorbereitungen für das Essen des heutigen Abends treffen. Denn es wäre nicht angemessen, wenn jemand aus Sylas' Kader für die Gäste kochen oder sie bedienen würde. Obwohl sich mein Magen bei dem Gedanken an diese Gäste zu einem festen kleinen Ball verknotet hat, läuft mir bei den herzhaften Gerüchen des gerösteten Wildschweins und des gebratenen Wurzelgemüses das Wasser im Mund zusammen.

August tritt hinter mich, legt seine Hand um meine Taille und drückt mir einen Kuss auf den Kopf. Er späht an mir vorbei in den Raum und seine Muskeln spannen sich an, als würde er sich davon abhalten, hineinzumarschieren und die Kontrolle an sich zu reißen. Sein Geruch nach frisch gebackenen Keksen mit einem moschusartigen Aroma ist köstlich.

Ich erlaube mir, mich an seine Brust zu lehnen, und ziehe Trost aus diesem Geruch und seinem Arm, der sich um mich gelegt hat. Seit wir neulich im Fitnessstudio so intim miteinander waren, fällt es mir noch leichter, mich in seiner Gegenwart zu entspannen. Jetzt weiß ich nämlich, wie viel von meiner Zuneigung er erwidert und wie sehr er die Verbindung zwischen uns schätzt. Wenn mir irgendjemand dabei helfen kann, diese Konfrontation zu überstehen, dann er.

August drückt mich fester an sich, als wollte er mich vor dem abschirmen, was er gleich sagen wird. „Wir haben von einer Wache die Nachricht erhalten, dass Aeriks Leute in den nächsten zehn Minuten hier sein werden." Er blickt auf mich herab und eine Sorgenfalte gräbt sich auf seine Stirn. „Bist du dir sicher, dass du das durchziehen willst? Wir können noch immer …"

Ich lege meine Hand auf seine. „Ich bin mir sicher. Es ist besser, das jetzt zu tun, ich mich darauf vorbereiten konnte, als wenn sie einen Überraschungsangriff starten, weil sie beschließen, dass er gerechtfertigt ist."

Ich werde dieses Abendessen überstehen, ohne zusammenzubrechen. Das *werde* ich.

Ich drehe mich in Augusts Armen, neige den Kopf nach hinten und breite die Arme aus. „Bin ich bereit für meine Rolle?"

Er weicht zurück, um mich mit ungewöhnlicher Nachdenklichkeit zu betrachten. Er und Sylas arbeiteten zusammen, um die subtilen Glamour zu weben, die meine Augen eher braun als grün aussehen lassen und die Flächen meiner Nase sowie Wangen verändert haben. Die verformte

Knochenerhebung auf meinem rechten Fußrücken wird ebenfalls von einem Glamour bedeckt.

Sie haben auch meinen natürlichen Duft verändert, auch wenn ich mir nicht sicher bin, wie sehr sich Aerik noch daran erinnern wird, nachdem er mich den Großteil der Zeit in meinem eigenen Dreck sitzen ließ. Solange ich nicht offen blute, wird er nicht in der Lage sein, den Aspekt von mir zu riechen, der für ihn am wichtigsten war.

Whitt bestätigte, dass er die Magie, die mir anhaftet, nicht wahrnehmen kann, außer er kommt bis auf wenige Zentimeter an diese Stellen heran, was Sylas weder Aerik noch seinen Männern erlauben wird. Sie würden ihre Gastgeber beleidigen, würden sie einer Frau, die August für sich beansprucht hat, derartig auf die Pelle rücken. Allem Anschein nach sollte ich davor sicher sein, entdeckt zu werden.

Heute Abend bin ich für die Rolle einer Liebhaberin gekleidet. Am Nachmittag brachte mir August ein wadenlanges Kleid aus dem gleichen dünnen, fließenden Material, dass die meisten Rudelmitglieder tragen. Der Kragen ist so eng und die Ärmel sind so lang, dass die Narben an meinen Schultern vollständig bedeckt sind. Das Kleid ist himmelblau, was fantastisch zu meinen dunkelpinken Haaren passt, und der Stoff muss aus einer Substanz bestehen, die wir in der Menschenwelt nicht haben, weil ich noch nie etwas so Weiches und Luftiges gespürt habe. Ich verbrachte die ersten Minuten, nachdem ich es angezogen hatte, damit, mich hin und her zu drehen, nur um zu spüren, wie es um meine Waden strich.

Ich wünschte, die Männer des Bergfrieds wären die Einzigen, die es an mir bewundern dürfen. An dem Begehren, das Augusts goldene Augen gefärbt hat, erkenne ich, dass er es sehr zu schätzen weiß. Im Vergleich zu meinen üblichen Jeans und T-Shirts fühle ich mich in diesem Kleid wie eine Dame, allerdings auch entblößter, obwohl das Kleid theoretisch gesehen fast genauso viel Haut bedeckt. Meine Beine sind darunter nackt bis zu meinen Füßen, an denen ich nicht einmal meine Orthese trage. Es war einfacher, die Illusion eng um den Fuß zu legen, ohne dabei auch noch den Holzrahmen verbergen zu müssen. Wir haben vor, zu vermeiden, dass ich vor unseren Gästen viel laufen muss.

„Du siehst spektakulär aus", schwärmt August und seine Augen leuchten, als sie wieder meinen begegnen. „Jeder Mann, Fae oder anderes Wesen, wäre geehrt, dich an seiner Seite zu haben. Und die Glamour scheinen zu halten."

Seine Schmeichelei lässt Hitze von meinem Schlüsselbein meinen Hals hinaufkriechen. August streichelt mit einem Finger diesen Pfad entlang, als würde er ihn nachverfolgen, und die Hitze verstärkt sich. Er ist ebenfalls formell gekleidet – in einer fein gewobenen Tunika mit einem V-Ausschnitt, wie sie Sylas oft trägt, und einer maßgeschneiderten Hose, die die Muskeln darunter betont. Das Outfit steht ihm definitiv.

Ich ringe nach Worten. „Gut. Dann ist alles an Ort und Stelle. Abgesehen von mir. Ich soll im Esszimmer warten, richtig?"

August nickt und läuft mit mir durch den Gang. „Ich muss bei Sylas und Whitt sein, um die Gäste zu begrüßen, wenn sie reinkommen, aber wir werden schnell wieder bei dir sein. Ich werde zusehen, dass ich das Zimmer vor ihnen betrete, damit du mich die ganze Zeit an deiner Seite hast. Wenn es zu viel für dich wird, drücke meine Hand einfach ein paar Mal hintereinander und ich finde einen Weg, um dich dort rauszuholen."

„Alles klar." Ich atme ein und aus und zwinge mich, so ruhig wie die Magie zu werden, die mich tarnt.

Das Esszimmer ist eleganter geschmückt, als ich es gewohnt bin. Eine saphirblaue Tischdecke, die mit

Silberfäden bestickt ist, die schimmern, als bestünden sie aus Sternenstaub, ziert den Tisch. Die üblichen bernsteinfarbenen Kugeln, die von astähnlichen Gebilden an der Decke hängen, sind passend gefärbt worden, sodass sie an Mondlicht erinnern. Silberne Teller, Kelche und Besteck mit komplizierten floralen Mustern stehen bereits vor jedem Platz, der gemäß unseren Erwartungen besetzt werden wird.

Hinter mir gluckst August wegen meines staunenden Zögerns. „Bei Tristans Besuch war es sogar noch schicker. Nach dem, was Sylas für den Cousin eines Erzlords aufgefahren hat, habe ich Probleme, mir vorzustellen, wie wir das bei einem tatsächlichen Erzlord toppen wollen. Aerik verdient nicht halb so viel Respekt."

Ich schlüpfe in den Raum und laufe langsam, um mein Humpeln auszugleichen. „Aber ihr wollte ihn trotzdem beeindrucken."

„Nicht so sehr beeindrucken, als ihm vielmehr den Respekt erweisen, von dem *er* glaubt, dass er ihn verdient. Er soll denken, dass wir kein Hühnchen mit ihm zu rupfen haben." Augusts Lächeln wird grimmig. „Das soll er glauben, bis wir eine Gelegenheit haben, den ganzen Haufen wie die Köter niederzustechen, als die sie sich herausgestellt haben."

Whitt fegt herbei und tippt August auf die Schulter. „Sie kommen. Zeit, adrett auszusehen, Auggie." Er erübrigt mir einen kurzen Blick und ein Lippenzucken, um mich zur Kenntnis zu nehmen.

„Wir stehen das durch", verspricht mir August und tritt beiseite.

Ich habe noch nicht einmal gehört, dass sich die Eingangstür geöffnet hat, aber mein Puls stockt trotzdem. Als ich um den Tisch laufe, schlägt mein Herz weiterhin in einem nervösen Tempo.

Der Plan sieht vor, dass ich hier an der Tischecke neben meinem Stuhl warte. Aerik und sein Kader werden mich aufrecht stehen sehen und anschließend beobachten können, wie ich Platz nehme, ohne dass ich vor ihren Augen laufen muss.

Natürlich hängt das auch davon ab, dass ich trotz meiner zunehmenden Panik einen kühlen Kopf bewahre. Ich dachte, ich wäre auf diesen Moment vorbereitet, aber jetzt, da er mir tatsächlich bevorsteht, ist meine Haut klamm geworden und der Knoten, zu dem sich mein Magen gekrümmt hat, rumort vor Übelkeit.

Stimmen dringen von der anderen Seite des Bergfrieds zu mir. Die Eingangstür knallt zu. Mein Rückgrat versteift sich und ich muss mehrere Atemzüge machen, um es zu entspannen.

Warum habe ich dem zugestimmt? Warum habe ich mir eingeredet, dass ich damit zurechtkäme, meine ehemaligen Peiniger erneut zu sehen? Was, wenn sie einen Blick auf mich werfen und die magische Tarnung sofort durchschauen?

Ich schließe die Augen und zwinge meine aufsprudelnde Panik nieder. Sylas hätte diesem Plan nicht zugestimmt, wenn er sich nicht sicher wäre, dass er mich beschützen kann. Solange ich bei ihrem Anblick nicht zu einem zitternden Häufchen zusammenbreche, wird alles glattgehen.

Wenn sich das momentan nur nicht wie eine so schwierige Aufgabe anfühlen würde.

Die Stimmen hallen durch den Gang und werden mit ihrem Herannahen lauter. Ich versuche, mich auf Sylas' bedächtigen Bariton und Whitts kecke Zwischenbemerkungen zu konzentrieren, kann jedoch das flache Krächzen nicht ausblenden, das zu dem Mann gehört, den ich jetzt als Aerik kenne. Der Mann, der mit dauerhafter Verachtung dabei zusah, wie mich sein Kader folterte. Ich höre auch den scharfen, nasalen Tenor des gleichermaßen scharf-gliedrigen Fae mit den blau-weißen Haaren.

Cole. Allein der Gedanke an seinen Namen dreht mir den Magen erneut um.

Ein Schweißtropfen rinnt über meinen Nacken. Meine Finger krümmen sich um die Tischkante, bis ich sie zwinge, loszulassen. August hat mir versprochen, dass er vor ihnen reinkommen würde. Ich werde August sehen – ich kann mich auf ihn konzentrieren und so tun, als wären die anderen nicht einmal da.

Ja, klar.

Tatsächlich ist es Sylas, der als Erster ins Esszimmer stolziert und in seiner bestickten Weste über einem Hemd mit steifem Kragen geradezu majestätisch aussieht. Er bleibt im Türrahmen stehen, um die anderen hereinzubitten, und das Selbstbewusstsein in seiner Haltung verstärkt mein eigenes. Dann drängt sich August an ihm vorbei. Er lächelt mir zu und stellt sich neben mich, gerade als die Besucher eintreten.

Ich kann nicht verhindern, dass mein Blick direkt zu Aeriks Gesicht zuckt, über dem ein Schopf osterglockengelber Haare thront. Ein leicht spöttisches Grinsen, das sich bei meinem Anblick verhärtet, umspielt bereits seine Lippen.

Mein Herz schlägt noch schneller und eine Woge der Benommenheit schwappt von meinem Magen hoch zu meiner Stirn. Mein Kopf ist wie leergefegt abgesehen von der Erinnerung daran, wie er über mir aufragte, während ich am Boden kauerte, Schmerzen hatte und dreckig war, in diesem schrecklichen Käfig …

Kräftige Finger schließen sich um meine Hand, die sich unter dem Tisch zur Faust geballt hat, und halten sie fest. Augusts Arm ruht vom Handgelenk bis zur Schulter an meinem. Meine Gedanken neigen sich und zerfallen und ich packe seine Hand genauso fest, um mein Bewusstsein zurück in die Gegenwart zu reißen. Zurück zu den Männern, die geschworen haben, mich zu verteidigen, und von denen ich weiß, dass sie nichts lieber tun würden, als den Bösewichten, die sie in ihr Haus gelassen haben, die Kehlen aufzureißen, wenn sie jetzt mit dieser Rache davonkommen könnten.

Sylas' Stimme dringt an meine Ohren, als käme sie von viel weiter weg als der anderen Seite des Zimmers. „Das ist Talia, ein neuer … Erwerb von August. Momentan hängt er sehr an ihr. Ich versichere euch, sie wird unser Gespräch nicht stören."

Meine Entführer fragten mich nie nach meinem Namen oder benutzten ihn, weshalb sie ihn unseres Wissens nach nicht mit dem Mädchen in Verbindung bringen würden, das sie gestohlen haben. Ich starre so lange auf Augusts muskulöse Brust in seinem edlen Hemd, bis ich mich zusammenreißen und einen weiteren Blick zu unseren Feinden wagen kann.

Alle drei sind jetzt reingekommen. Cole und der korpulente Fae-Mann, der immer das Schneiden und Sammeln übernahm, wenn sie mir Blut abließen, flankieren ihren Lord. Ich schaffe es, meine gesamte Aufmerksamkeit auf Aerik zu richten, um die noch heftigeren Anflüge von Furcht zu vermeiden, die die Gesichter der anderen vermutlich provozieren würden. Seine Nase hat sich gerümpft und seine spöttische Miene ist noch an Ort und Stelle, als wäre ich ein Hundehaufen, den jemand auf dem Esszimmertisch liegen gelassen hat.

Trotz seiner offenkundigen Abscheu erkenne ich auf seiner Miene keine Anzeichen dafür, dass er mich erkennt. Mit einem Schauder der Erleichterung zwinge ich meinen Mund zu einem kurzen Lächeln und schaue wieder zu August.

Mein Liebhaber legt kurz mit einem breiten Grinsen, das so erzwungen ist wie mein Lächeln, seinen Arm um meine Schultern. „Sie ist ein schüchternes Ding. Hat in der ersten

Woche mit keinem anderen als mir gesprochen. Ich lasse sie nur ungern längere Zeit allein."

Aerik schnaubt, als könnte man diese Art von abweichendem Verhalten nur von einem Kader wie Sylas' erwarten, und geht auf die Geste des anderen Lords hin zu seinem Platz gegenüber von August. „Ich bin mir sicher, sie wird unerheblich für uns sein."

Aus dem Augenwinkel meine ich Coles durchdringenden Blick auf mir liegen zu sehen. Zum Glück führt ihn Sylas um den Tisch herum, damit er sich neben August setzt, von wo er mich nicht so leicht mustern kann. Er gibt dennoch eine bissige Bemerkung von sich: „Ihre Haare so zu färben, wird sie auch nicht zu einem Fae machen."

August lacht, was nur ein wenig steif klingt, und hält noch immer meine Hand fest. „Oh, ich habe diese Farbe nicht für sie ausgewählt. Sie hatte ihre eigenen Vorstellungen von Mode, lange bevor ich sie fand."

Die Fae meiden es um jeden Preis, zu lügen – Sylas erklärte mir, dass es ihre Verbindung zum Herz der Nebelwelt beschädigt, das ihnen ihre magischen Kräfte verleiht – doch August lässt es absichtlich so klingen, als hätte ich meine Haare bereits gefärbt, als er mich kennenlernte, ohne etwas Unwahres zu sagen. Falls Aerik glaubt, dass mich August wirklich erst vor einer Weile aus der Menschenwelt geholt hat, wird er noch weniger dazu neigen, mich mit seinem verschwundenen Blutspender in Verbindung zu bringen.

August zupft sachte an mir, damit ich mich ebenfalls setze, und erst, als ich auf meinen Stuhl sinke, bemerke ich, wie sehr meine Beine zittern und wie stark ich meine Wadenmuskulatur angespannt habe, damit ich nicht sichtbar schwanke. Sobald mein Hintern auf den hölzernen Stuhl trifft, werden diese Muskeln zu Wackelpudding. Ich starre auf mein verschwommenes Spiegelbild im Silberteller und frage mich, wie ich es schaffen soll, irgendetwas von dem köstlichen Essen zu schlucken, das das Rudel vorbereitet hat.

Gerade als ich das denke, gleiten die Küchenhelfer in den Raum und bringen Platten mit der Vorspeise. Aerik betrachtet sie bloß mit etwas weniger Abscheu, als er mir zeigte, und ein kleiner Teil von mir, der nicht vor Furcht erstarrt ist, empört sich um Sylas' – um *meines* – Rudel willen.

„Ich habe hier keine anderen Menschen gerochen", sagt er zu Sylas. „Ich habe gehört, du ziehst es vor, keine in deinem Revier zu haben."

„Nicht aufgrund von persönlichen Abneigungen", erklärt Sylas. „Mein anderer Kader-Gewählter, Kellan, ist Menschen besonders feindselig gesinnt, sodass es für uns alle am besten war, ihn nicht zu provozieren."

„Aber für die Kleine schlägst du einen anderen Ton an? Wo *ist* Kellan?"

Noch ein heikles Thema, bei dem die Männer vorsichtig sein müssen. Sylas kann nicht ohne Weiteres erklären, warum er Kellans Leben beenden musste. Ich starre auf den gebratenen Knödel und den frisch gepflückten Salat, den August auf meinen Teller gibt, anstatt es zu riskieren, den Gesprächsverlauf zu beobachten. Mein Herz hämmert so laut, dass es ein Wunder ist, dass es mich nicht taub macht.

Sylas spießt mit beiläufiger Gelassenheit einige Salatblätter auf. „Er ist auf meine Entscheidung hin vor ein paar Wochen abgereist. Er hatte viele Bedenken darüber, wie ich unsere Angelegenheiten handhabe, und wollte andere Optionen erkunden. Ich rechne nicht damit, ihn bald wieder zu sehen, und wenn er zurückkehrt, hatte das Mädchen wenigstens Gelegenheit, sich hier einzuleben, sollte sie dann noch bei uns sein."

Falls wir seinen Tod als eine metaphorische Abreise betrachten, entspricht alles der Wahrheit. Kellan hatte

Bedenken und falls er irgendwie zurückkehrt, habe ich mich hier mittlerweile eingelebt. Das Geschick, mit dem der Fae-Lord die Neugier seines Feindes befriedigt, beruhigt meine Nerven so weit, dass ich den Knödel zu meinem Mund führe. Wenn ich gar nichts esse, werden sie sich fragen warum.

Der andere Lord glaubt die Geschichte anscheinend, hat jedoch noch nicht genug neugierige Fragen gestellt. „Dann ist sie also noch immer der einzige Mensch, den ihr hier haltet?"

Wenigstens scheint er nicht zu denken, dass *ich* der spezielle Mensch bin, nach dem er sucht.

Sylas nickt. „Vorerst. Ich versprach August einen Probelauf, nachdem er mir seine Argumente dargelegt hatte. Falls der gut läuft, ziehen wir eventuell in Erwägung, einige Bedienstete herzuholen, die uns bei der Führung des Bergfrieds helfen können."

Ritzer grunzt. „Es macht den Anschein, als wäre dein Rudel bereits überbeansprucht so klein, wie es geworden ist."

Sylas lässt nicht zu, dass sich die milde Spitze gegen ihn auf seine Selbstsicherheit auswirkt – er nimmt die Worte nicht einmal zur Kenntnis. Er blickt weiterhin zu Aerik. „Bist du auf der Suche nach weiteren Menschen, die du zu deinem Personal machen kannst?", fragt er in einem leicht sarkastischen Tonfall, der andeutet, dass er es merkwürdig findet, dass der andere Lord so sehr auf seinen Umgang mit Sterblichen fixiert ist.

Aeriks Achselzucken sieht nicht im Entferntesten lässig aus. „Ich habe kein Problem damit, wenn man Quantität vor Arbeitskraft stellt", erwidert er, was sich wie eine weitere Spitze gegen das Oakmeet Rudel anfühlt. Andererseits lässt er, zu meiner großen Erleichterung, das Thema Menschen danach komplett fallen, als wäre er bereits überzeugt, dass er auf dem Holzweg ist, wenn er Sylas verdächtigt.

„Die Unseelie-Mistkerle sind wirklich tief gesunken, oder?", fragt er in einem Tonfall, der andeutet, dass sich der Ausgang dieser Schlachten ohnehin nur geringfügig auf ihn auswirkt, und die Männer stürzen sich in eine Diskussion über den andauernden Konflikt.

Ich will diesem Gespräch folgen, um die Spannungen besser zu verstehen, die Whitt mir skizziert hat, doch es ist schwer, einen klaren Gedanken zu fassen. Alle ein oder zwei Minuten macht einer meiner Entführer eine Bemerkung, irgendeine Geste oder lacht krächzend, was mich mehrere Wochen zurückbefördert zu dem knochenweißen Raum, in dem sie meinen Käfig aufgestellt hatten. Die Panikattacken treffen mich immer wieder ohne Vorwarnung, rauben mir den Verstand und pressen meine Lunge zusammen.

Also schaue ich auf meinen Teller oder zu August, dessen Finger ich noch immer umklammere, ohne dass er sich beschwert, obwohl er normalerweise nicht mit der linken Hand essen würde. So esse ich mein Abendessen Stück für Stück. Als das Küchenpersonal schließlich unsere Teller in Vorbereitung auf den Nachtisch abräumt, können nicht einmal die honigsüßen Düfte, die durch die Luft schweben, meine Nervosität lindern. Ich bin so erschöpft, dass ich den Kopf auf den Tisch legen würde, wären keine Gäste hier.

August streichelt beruhigend über meine Fingerknöchel. Diese Mahlzeit zu überleben, war das Einzige, was ich tun musste, um den Sieg zu erringen, und das habe ich mit Hängen und Würgen geschafft. Noch mehr zu erreichen, war vermutlich zu viel verlangt von meinen erschütterten Nerven, die in der Anwesenheit dieser monströsen Männer erneut freigelegt wurden.

Aerik stützt seine Ellenbogen auf den Tisch und betrachtet Sylas mit einem eindringlicheren Blick als zuvor. „Ich weiß das Essen und das Gespräch zu schätzen, aber lass uns nicht mehr um den heißen Brei herumreden. Du musst einen Grund gehabt haben, um mich einzuladen, die Gastfreundschaft deines Rudels zu genießen."

Mein Puls setzt aus, doch Sylas lächelt ihn nur reserviert an, als hätte er mit der Frage gerechnet. Nun, das hat er vermutlich auch.

„Die Spannungen in den Sommerlanden waren in den letzten Wochen hoch", erwidert er. „Ich möchte Brücken lieber reparieren, als sie niederbrennen. Es war mir wichtig, euch zu zeigen, dass wir keinen Groll hegen wegen vergangener … Versehen."

Damit meint er, dass sie bei der Verteilung des Elixiers ignoriert wurden. Danach zu urteilen, wie Aerik die Lippen angewidert verzieht, weiß er das offensichtlich auch. „Wir mussten unsere Entscheidungen treffen, wie wir es für angemessen hielten", entgegnet er, als hätten sie mir nicht jeden Vollmond geringfügig mehr Blut ablassen können, um eine etwas größere Menge des Elixiers zu produzieren. „Und ich musste in Erwägung ziehen, wie jede Bevorzugung eures Rudels vor den Erzlords aussehen würde, nachdem ihr zu diesen fernen Ländereien geschickt wurdet."

Whitt lehnt sich auf seinem Stuhl zurück. „Nach all diesen Jahren würde ich meinen, dass die Erzlords gesehen haben, dass es keinen Grund zur Sorge gibt, wenn es um unsere Loyalität geht."

Cole lacht so schallend und harsch, dass sich meine Nackenhaare aufrichten. „Erzlord Ambrose und Lord Tristan sprechen nach wie vor nicht sonderlich wohlwollend von euch."

Aeriks Blick schnellt nur kurz zu Whitt, bevor er wieder Sylas fixiert. „Wenn man einen derartig schwerwiegenden Fehler begeht, ist es ein Wunder, dass sich überhaupt jemand die Mühe macht, sich an eure Existenz zu erinnern. Außer natürlich derjenige hat es sich in den Kopf gesetzt, das Reich komplett von eurem Rudel zu befreien."

Er spricht mit einer eigenartigen Leichtigkeit, als würde er die grausamen Worte wie einen Scherz meinen, doch ich kann die Säure darunter schmecken. Sein abfälliger Tonfall sorgt dafür, dass ich nicht mehr vor ihnen kauere, sondern mich um Sylas' willen empöre.

„Falls die Erzlords der Meinung waren, dass unsere Verbrechen so schwerwiegend waren, dass eine derartige Sanktion angebracht wäre, hätten sie sie sicherlich gleich am Anfang verhängt", sagt Sylas ruhig und mit dem Hauch eines Knurrens, als die sanfteste aller Warnungen.

„Es ist zweifellos praktisch, Umstände so wie du zu betrachten, wenn man darauf aus ist, jeden Gefallen zusammenzukratzen, den man in den Krümeln finden kann, die einem zugeworfen werden", fügt Whitt hinzu.

Aerik funkelt ihn eine Weile finster an, bevor er seinen Blick wieder auf Sylas richtet. „Ich vertraue darauf, dass es uns niemand in deinem Rudel übelnimmt, dass wir die Ressourcen genutzt haben, die uns zur Verfügung standen, um unser Ansehen zu steigern. Es wäre lächerlich gewesen, diesen Segen nicht zu teilen und die Vorteile zu ernten."

Der Segen meines Blutes. „Die Vorteile ernten", sagt er – wie viel Ansehen haben diese Monster gewonnen, indem sie mich *benutzt* und gequält haben, während Sylas' Rudel so weit weg von seinem echten Zuhause dahinsiecht? Und dieser Dreckskerl denkt, das wäre etwas, worauf er stolz sein kann und was er sich *verdient* hat, obwohl es nicht mehr als ein wenig schreckliches Glück war, dass er über mich gestolpert ist?

Echte Wut regt sich irgendwo zwischen der Enge in meiner Brust und dem Knoten in meinem Magen. Bei dem Gedanken, dass irgendein Teil von mir geholfen hat, diesen schrecklichen Fae Ruhm zu bringen, will ich mich übergeben – und Aerik den selbstgefälligen Ausdruck aus dem Gesicht schlagen.

Er ist nicht einmal annähernd so ein guter Anführer wie Sylas. Wenn jemand hätte verbannt werden sollen, dann er und sein Volk. Doch nein, sie sind hier und erwarten, dass der rote Teppich vor ihnen ausgerollt wird, während sie sich über die Strapazen meines Rudels lustig machen.

Meine freie Hand, die auf meinem Schenkel ruht, ballt sich zur Faust. Ich beiße mir auf die Zunge. Es gibt nichts, was ich sagen könnte, selbst wenn ich es wagen würde, den Mund zu öffnen, was die Lage für die Männer, die mir so am Herzen liegen, noch verschlimmern würde.

„Von dir hätte ich gewiss nichts anderes erwartet", sagt Sylas mit unergründlicher Stimme zu Aerik und dann kommen die Küchenhelfer mit glänzendem Gebäck, das mit einer pfirsichfarbenen Creme verziert wurde. Daraufhin beschäftigen die Männer ihre Münder für eine Weile mit etwas anderem als Sprechen.

Während ich in dem Dessert herumstochere, brodelt die Wut in mir und gewinnt mit jeder Sekunde an Kraft. Als ich schließlich so viel von dem köstlichen Nachtisch heruntergewürgt habe, wie ich kann, pulsiert die aufgebrachte Energie so kräftig durch mich hindurch, dass ich beinahe glaube, dass ich ohne ein Humpeln die Länge des Bergfrieds durchqueren könnte, sollte es nötig sein.

Und vielleicht muss ich es tun, denn die Art und Weise, wie Aerik die Küchenhelfer aufmerksam mustert, deutet an, dass seine Vermutungen noch nicht ganz zur Ruhe gelegt wurden. Er leckt den letzten Rest der Sahne von seiner Gabel und sagt spontan: „Ihr habt dieses Gebäude von Grund auf erbaut, oder? Ich hätte nichts dagegen, mich einmal umzusehen."

Er bittet nicht einmal um eine Führung, sondern erwartet einfach, dass Sylas eine anbieten wird. Noch mehr Empörung entzündet sich in mir – und dann stützt Cole seine knöchernen Ellenbogen auf den Tisch und seine schlanke Gestalt neigt sich unweigerlich in mein Blickfeld. Sein Mund biegt sich zu einem bösartigen Grinsen, das er stets aufsetzte, bevor er mich auf den Käfigboden rammte.

„Ja, schauen wir uns an, was ihr aus *euren* Krümeln gemacht habt", sagt er und knallt einen Ellenbogen so fest auf den Tisch, dass sein Teller scheppert.

Wie das Scheppern der Gitterstäbe, wenn er hinter mir in den Käfig kletterte. Der dumpfe Schlag seines Ellenbogens, während er mich nach unten drückte. Der Laut hallt durch meinen Rücken und löst Schmerzen zwischen meinen Rippen aus, als hätte er mich dort erneut verletzt, und ein stummer Schreckensschrei erstickt augenblicklich die Kraft meiner Wut.

Ein Beben durchläuft meine Glieder, bevor ich sie versteifen kann. Augusts Hand schließt sich fest um meine. Ich ziehe Luft durch leicht geöffnete Lippen und versuche verzweifelt, ohne zu hyperventilieren, meine Lunge zu füllen, die sich vor Schreck zusammengezogen hat. Ich bemühe mich, meine Reaktion vor den Besuchern zu verbergen, doch das Abendessen hat mich dermaßen erschöpft, dass die Kontrolle, die ich bis jetzt fest im Griff hatte, ins Wanken geraten ist …

August steht auf und verneigt respektvoll den Kopf vor seinen Gästen, während er mich von meinem Stuhl hebt. Mein Körper lehnt sich an seine harte Brust, seine Wärme wäscht über mich hinweg und sein Geruch flutet meine Lunge. Da mein Gesicht von ihnen abgewandt und in sein Hemd gedreht ist, schlucke ich gerade so viel Luft, dass ich nicht ersticke.

„Ich werde mich euch bei dieser Führung anschließen, nachdem ich die hier dort untergebracht habe, wo sie hingehört", erklärt er und setzt eine fröhliche Miene auf. „Es wird leichter sein, wenn sie uns nicht am Rockzipfel hängt."

Er muss eine überzeugende Show hinlegen, denn die

einzige Antwort, die ich höre, ist Aeriks Glucksen gefolgt von: „Ja, und ich bin mir sicher, du willst, dass sie für später gut ausgeruht ist."

„Beeil dich", befiehlt ihm Sylas mit einem verärgerten Gesichtsausdruck, als wollte er sagen, dass dies alles jugendlicher Unsinn sei. Daraufhin marschiert August mit mir in den Armen aus dem Raum und lässt meine ehemaligen Peiniger zurück.

In dem Moment, in dem wir den Gang erreichen, senkt er seinen Kopf nah neben meinen und die Anspannung, die meine Muskeln gepackt hat, beginnt, sich zu lockern. Ich bin mir plötzlich meiner nackten Füße bewusst, die über seinem Arm baumeln – sie waren vor allen drei der monströsen Fae-Männer gut sichtbar – doch vielleicht ist das etwas Gutes. Sie sind nicht aufgesprungen und haben Anschuldigungen von sich gegeben, weshalb der Glamour sie erfolgreich in die Irre geführt haben muss. August hat ihnen noch einen Grund für die Annahme geliefert, dass ich nur ein gewöhnliches, beliebiges Menschenmädchen bin.

Wir haben die Hälfte der Treppe bereits erklommen, als er es riskiert, etwas mit der leisesten ihm möglichen Stimme zu sagen: „Du warst fantastisch, Süße. Ich kann mir nicht einmal ausmalen, wie schwer es gewesen sein muss. Sei stolz auf dich."

Unerwartete Tränen brennen in meinen Augen angetrieben von der aufwallenden Zuneigung, die mir die Kehle zuschnürt. Ich krümme meine Finger in sein Hemd, kuschle mich noch fester in seine Umarmung und fühle mich vollkommen beschützt. Doch zugleich gehen mir die höhnischen Worte unserer Feinde noch einmal durch den Kopf. Die Wut, die sie entfacht haben, flammt von neuem auf und breitet sich mit einem steten Brennen in meinem Bauch aus.

Niemand wird mich jemals wieder so wie Aerik

benutzen. Ich entscheide ab jetzt, für wen ich ein ‚Segen' sein werde. Und ich werde alles in meiner Macht Stehende tun, um sicherzustellen, dass Sylas, sein Kader und der Rest des Rudels zu dem Zuhause zurückkehren können, das sie verdienen. Außerdem möchte ich dafür sorgen, dass ihr Ruf so gut wiederhergestellt wird, dass Fae wie Aerik es nie wieder wagen werden, sie zu beleidigen.

10

Sylas

Als ich die Küche betrete, trifft mich die veränderte Energie zwischen August und unserer geteilten Liebhaberin erneut wie ein Blitz. Ihre Haltungen, ihre Mienen, als sie Lächeln und Bemerkungen bei den Vorbereitungen für das Mittagessen austauschen, haben eine gewisse Synchronität an sich. Als ich es vor ein paar Tagen zum ersten Mal bemerkte, ist mir auch eine Wolke ihrer vermischten Düfte aufgefallen, die unbestreitbar miteinander verbunden waren. An jenem Tag war, abgesehen von Training und Übungskämpfen, noch etwas anderes zwischen ihnen passiert.

Bei meinem Anblick halten sie in ihrem Gespräch inne und ein Bild entsteht in meinem toten Auge: Hände, die durch die Haare des anderen fahren, Münder, die leidenschaftlich aufeinandergepresst werden. Es ist bloß ein kurzes Aufflackern, doch mein Wolf regt sich augenblicklich.

Ich bleibe stehen, lächle sie an und hoffe, dass ich genug aufrichtige Wärme heraufbeschworen habe, um zu verbergen, dass hinter diesem Lächeln meine Fangzähne im Zahnfleisch jucken. Ich wollte eigentlich sofort zum Grund meiner Anwesenheit hier kommen, brauche jedoch einen Augenblick, um die wölfische Besitzgier zu zähmen, die in mir anschwillt.

Ich werde sie nicht beanspruchen. Sie wird sich mir komplett entziehen, wenn ich mein Wort breche und einen Streit darüber vom Zaun breche, wer ihr wann nahegekommen ist.

Doch bei den Himmeln, der Drang ist beinahe überwältigend – sie jetzt in die Arme zu nehmen, wie es August gestern am Esstisch getan hat, und geradewegs zu meinem Schlafzimmer zu tragen, damit ich ihr jede intime Freude demonstrieren kann, die *ich* ihr verschaffen könnte.

Dafür wird später noch Zeit sein. Und ich bin mehr Lord als Tier, dem Herzen sei Dank. Ich verkneife mir das aufsässige Heulen und widme mich meinem eigentlichen Anliegen.

„Du wolltest an unseren Strategie-Besprechungen beteiligt werden", sage ich zu August. „Ich würde gerne einige Dinge mit dir besprechen. Aber falls du bereits beschäftigt bist, kann es bis nach dem Essen warten." Es ist noch früh für das Mittagessen, aber mein Kader-Gewählter wird bei seiner Essensplanung manchmal recht ehrgeizig.

Augusts Augen funkeln begeistert wegen der Gelegenheit, obwohl er keine Ahnung hat, was ich von ihm will. Er hat sich wirklich mehr nach dieser Art der Anerkennung gesehnt, als ich realisiert habe, oder? Vielleicht war Kellans Präsenz der ständige Dorn in all unseren Augen, der mich daran hinderte, schon früher zu bemerken, wie fähig das jüngste Mitglied meines Kaders geworden ist. Seine Loyalität und Entschlossenheit nun auf jede mögliche Weise zu ehren, ist das Einzige, was ich tun kann, um diesen Fehler wiedergutzumachen.

Er klopft sich Mehl von den Händen und blickt auf den Brotlaib, den er gerade geformt hat. „Es ist nichts allzu Aufwendiges. Ich musste nur jetzt anfangen, damit Zeit zum Backen bleibt. Gib mir fünf Minuten und dann können wir reden, während der Ofen die restliche Arbeit übernimmt."

„Exzellent. Ich werde in meinem Büro warten." Ich nicke Talia zum Gruß zu, will gerade auf dem Absatz kehrtmachen und gehen, als sie entschlossen und wie der Blitz von ihrem Hocker rutscht und sich aufrichtet.

„Kann ich … wäre es in Ordnung, wenn ich auch mitkomme?" Sie zögert, ihre Schultern ziehen sich hoch und nehmen die defensive Haltung ein, die ich während ihrer frühen Tage hier so oft sah und von der ich mir gewünscht habe, ich müsste sie nie wieder sehen. Sie ist sich ihres Platzes hier nach wie vor unsicher und noch immer nervös, wenn sie um etwas bittet, was man ihr nicht bereits angeboten hat. „Ich meine, ich würde gerne wissen, was los ist. Auch wenn es nichts gibt, wobei ich helfen kann, ist es furchterregender, nicht zu wissen, mit welchen Problemen ihr es zu tun habt."

Wie könnte ich ihr die Bitte abschlagen, wenn sie so formuliert wird, selbst wenn ich es wollte? Mir wäre es lieber, wenn sie sich keine Sorgen wegen der Konflikte machen müsste, denen wir uns außerhalb dieser Ländereien stellen müssen, und wenn sie einfach durch das Dorf streifen und sich im Rudel entspannen könnte. Sie hat allerdings zu viel von unserer Welt gesehen, um noch aus ganzem Herzen an den Schein von Frieden zu glauben. Wenn es ihr mehr Ruhe beschert, an unseren Debatten teilzunehmen, werde ich mich ihr nicht in den Weg stellen.

Ich nicke ihr erneut zu, um ihre Bitte zur Kenntnis zu nehmen. „In Ordnung. Ich habe keine Pläne, die ich vor dir geheim halten möchte. Ich bitte dich nur, dass du jegliche

Fragen zurückhältst, bis wir uns überlegt haben, was wir tun müssen."

„Natürlich. Ich werde mich nicht einmischen." Sie strahlt mich an, die Furcht verfliegt und es ist schwer, mir vorzustellen, sie *nicht* an meiner Seite zu wollen egal, wo ich bin und was ich gerade tue. Ich kann nicht widerstehen, ihre Wange kurz zu streicheln, bevor ich gehe.

Diese kleine Menschenfrau hat sich so viel tiefer in mein Herz geschlichen, als ich es vor einem Monat für möglich gehalten hätte.

Als ich zu meinem Büro laufe, klopfe ich an Whitts Zimmertür, um ihm Bescheid zu geben, dass das Meeting, das ich ihm bereits angekündigt habe, bald beginnen wird. Er kam in der Morgendämmerung mit einem Bericht von einem unserer wenigen Krieger zu mir, die noch an der Grenze sind, und soweit ich das erkennen kann, ist er schnurstracks zurück ins Bett gegangen – falls er davor überhaupt schon im Bett war.

Trotz der späten Stunde, zu der er ins Bett ist, schlendert er nur wenige Schritte vor August und Talia in mein Büro. Seine Augen sind vielleicht etwas trüb, seine Haltung ist jedoch wachsam. Da er weiß, dass er hauptsächlich da ist, um Zeuge meines Gesprächs mit August zu werden und, wenn nötig, seine Meinung kundzutun, lässt er sich in den Sessel in der Ecke fallen und legt die Fingerspitzen vor seiner Brust aneinander. Seine Augenbrauen wölben sich, als Talia hereinkommt, er sagt jedoch nichts.

August bleibt direkt vor meinem Schreibtisch stehen, den Kopf hoch erhoben und die Schultern steif, als würde er sein Bestes geben, den Eindruck zu erwecken, er wäre für jeden Zweck bereit, zu dem ich ihn brauchen könnte. Talia drückt sich in der Nähe der Tür herum und ihr Kopf dreht sich, während sie das Zimmer betrachtet, das sie noch nie zuvor gesehen hat. Nach einem Augenblick entspannt sie sich so weit, dass sie sich gegen einen Schrank in der Nähe lehnt und ihre schlanken Arme locker vor der Brust verschränkt.

Ich konzentriere mich auf August. „Du weißt, dass unser Beitrag am Konflikt mit den Unseelie nicht … gut gelaufen ist.“

Er verzieht das Gesicht. „Ja. Es sieht so aus, als würde sich Ralyn wenigstens relativ schnell von seinen Verletzungen erholen. Heute Morgen hat er sogar bei einem Teil der Übungen mitgemacht, die ich für das Rudel organisiert habe – natürlich hat er sie in seinem eigenen Tempo durchgeführt.“

„Ich habe mich gefreut, dass er überlebt hat. Er hat viel für das Rudel getan – er verdient eine Gelegenheit, sich auszuruhen.“ Ich atme tief ein. „Aber deswegen und wegen unserer Verluste während der letzten Schlacht haben wir kaum genug Leute in unserem ohnehin schon kleinen Geschwader, um irgendeinen Einfluss auf den Konflikt zu nehmen. Es macht keinen Sinn, auch nur *einen* unserer Leute dieser Gefahr auszusetzen, wenn ihr Tun uns nicht dabei helfen wird, unser Zuhause zurückzugewinnen.“

August reibt sich über den Mund und denkt eindeutig über das Problem nach. Sein Blick ist unsicher, allerdings ruhig, als er mir wieder in die Augen sieht. „Wobei denkst du, kann ich helfen? Wolltest du nur wissen, ob ich Ideen habe, um unseren Wert im Kampf gegen die Unseelie zu beweisen?“

„Ich bin definitiv offen für Ideen im Allgemeinen“, sage ich. „Aber da du mit unseren Rudelmitgliedern gearbeitet hast, habe ich mich vor allem gefragt, ob du bemerkt hast, dass einer von ihnen eine besondere Begabung und Enthusiasmus für den Kampf gezeigt hat, was zuvor womöglich nicht der Fall war. Ich frage mich, ob wir mit ihnen, unseren bestehenden Wachen und anderen Kriegern genug Leute haben, um noch einige an die Grenze zu schicken.“

Ich frage ohne große Hoffnung. Viele Fae sind nicht für den Kampf geschaffen, vor allem nicht für die Art von langanhaltendem Konflikt, bei dem wir es mit den Unseelie zu tun haben. Wir haben bereits jedes fähige Rudelmitglied geschickt, von dem Whitt und ich dachten, dass wir es erübrigen können. Doch Einstellungen und Fähigkeiten können sich ändern und weiterentwickeln – und es ist möglich, dass August aus seiner Perspektive Dinge gesehen hat, die uns entgangen sind.

August wippt mit einer nachdenklicheren Miene als üblich auf seinen Fußballen vor und zurück, der Eifer in seinen Augen ist jedoch nicht erloschen. „Ich könnte das leichter beantworten, wenn ich eine bessere Vorstellung davon hätte, womit es unsere Krieger dort draußen zu tun haben. Was für Taktiken haben die Unseelie in letzter Zeit angewendet?“

Eine vernünftige Frage. Ich blicke zu Whitt, der den Großteil der direkten Berichte erhalten hat. Er beugt sich auf dem Stuhl nach vorne. Seine Miene ist entschlossen, doch er antwortet mit seiner typisch trockenen Stimme und langgezogenen Sprechweise.

„Die stinkenden Raben halten uns gerne auf Trab. Meinen Informationen zufolge gibt es kein klares Angriffsmuster. Die Truppen, die entlang der Grenze stationiert sind, müssen die Ländereien manchmal eine Woche lang jede Nacht verteidigen oder ein oder zwei Monate mit Warten verbringen und Wache halten. Jedes Mal, wenn sie in ihrer Wachsamkeit nachgelassen *haben*, weil sie dachten, die Mistkerle hätten vielleicht aufgegeben, haben sie es bereut. Die Mistkerle haben versucht, uns zu überrennen und uns aus der Ferne einen nach dem anderen auszuschalten. Sie fliegen über unsere Köpfe, um die

Patrouillen zu meiden, sie nehmen schutzlose Rudelmitglieder als Geiseln ...“ Seine Lippen verziehen sich vor Abneigung. „Es gibt wenig, zu dem sie sich nicht herablassen. Soweit wir das sagen können, werden sie tun, was sie können und was in dem Moment wie eine vernünftige Herangehensweise wirkt.“

„Dann wollen wir Leute, die viel Erfahrung haben und sich schnell an unterschiedliche Angriffe anpassen können.“ August runzelt die Stirn. „Ich glaube nicht, dass eines der Rudelmitglieder, die noch nicht zur Truppe gehören, dafür bereit wäre. Wir würden sie in den sicheren Tod schicken. Es tut mir leid.“

Die Reue in seiner Stimme, als würde er mich irgendwie enttäuschen, indem er ausspricht, was seines Wissens wahr ist, sendet einen scharfen Stich durch meine Brust. „Ich weiß deine Aufrichtigkeit zu schätzen, August. Wenn du die Entscheidungen treffen würdest ... Würdest du die wenigen Krieger abziehen, die wir bereits in den Kampf geschickt haben?“

„Sie konnten sich nicht darauf verlassen, dass eines der anderen Geschwader mit ihnen kooperiert“, fügt Whitt in einem düsteren Tonfall hinzu. „Da ihre Zahl geschrumpft ist, sind sie selbst leichte Opfer.“

Talia war so still, dass ich aufgehört habe, auf sie zu achten, doch jetzt gibt sie einen verärgerten Laut von sich, der beinahe einem Wolfknurren würdig ist. „Die anderen Fae lassen wirklich lieber eure Leute *sterben*, anstatt mit ihnen zusammenzuarbeiten, damit sie gemeinsam die Unseelie abwehren können?“

Ihre Heftigkeit entlockt mir ein angespanntes Lächeln. „Unsere Politik ist ... komplex. Aber im Grunde genommen geht es darum, dass die anderen Rudel nicht von unserem Pech beschmutzt werden wollen – sie wollen es nicht riskieren, dass jegliche Siege, die sie erringen, wegen der Hilfe unserer Krieger nicht anerkannt, oder dass jegliche Verluste auf ihre Zusammenarbeit mit uns geschoben werden. Bis wir selbst beweisen können, dass wir genauso viel Ehre besitzen wie zuvor, wird jede Aktion, an der wir teilnehmen, als verdächtig angesehen werden."

„Das ist nicht fair", schimpft sie, allerdings sehr leise, da ihr offensichtlich klar ist, dass Fairness selten etwas damit zu tun hat. Sie hat am eigenen Leib erfahren, dass viele Fae ihre eigenen Interessen über das Wohlbefinden jedes anderen Wesens stellen.

Während wir uns unterhalten haben, hat August über meine letzte Frage nachgedacht. Er tritt von einem Fuß auf den anderen. Dann atmet er geräuschvoll aus. „Es gibt jemanden, den du schicken könntest, der unseren Beitrag an der Schlacht zum Guten wenden könnte."

Whitts Augenbrauen schnellen noch höher als zuvor und ich kann kaum verhindern, dass ich mir meine Überraschung anmerken lasse. „Wen?", frage ich.

„Mich." August hält seine Hand hoch, bevor mir auch nur eine Antwort einfällt. „Ich weiß, du wolltest nicht, dass ich die Ländereien verlasse – aber wenn es darauf hinausläuft, dass entweder ich gehe, oder wir diese Chance komplett aufgeben müssen, denke ich, dass wir das Risiko eingehen müssen. Kellan ist nicht mehr hier, um Ärger zu machen. Aerik scheint sich zurückgezogen zu haben. Uns droht aktuell keine Gefahr abgesehen davon, die Gelegenheit zu verlieren, den Respekt zurückzugewinnen, den wir verdienen."

Meine instinktive Reaktion ist, seinen Vorschlag abzulehnen, aber ich kann die Argumente, die er angeführt hat, nicht entkräften. Ich verkneife mir die Argumente, die ich gerne vorbringen würde, und bedeute ihm, weiterzusprechen. „Ich bin noch nicht überzeugt, aber du kannst gerne weiter argumentieren."

„Ich habe genügend Training – du weißt, dass ich die bestmöglichen Lehrer hatte – und ich habe im Lauf der Jahre genug Scharmützel überstanden, um zu wissen, was ich in einer Schlacht tun muss. Ich werde einfach rausgehen und selbst mit unserem Geschwader sprechen. Wenn ich genau sehen kann, womit wir es zu tun haben, werde ich unsere beste Herangehensweise planen – oder ihnen sagen, dass sie mit mir zurückkommen sollen, falls es das Beste für uns zu sein scheint. Falls es einen Angriff gibt, während ich dort draußen bin, umso besser. Vielleicht gewinne ich uns ein paar Verbündete, indem ich zeige, dass unser Kader gewillt ist, sich dem Kampf anzuschließen."

Er könnte in der Lage sein, die Situation von einem absoluten Desaster zu etwas zu machen, das eher an einen Sieg grenzt. Und solange uns niemand direkt angreift, während August fort ist, sollten wir ohne ihn zurechtkommen.

Der ältere Bruder in mir will nicht zustimmen, aber der Lord weiß, dass ich es tun sollte. Ich fange erneut Whitts Blick auf und obwohl er genauso unglücklich darüber aussieht, wie ich mich fühle, neigt er kaum merklich den Kopf.

Ich richte den Blick wieder auf August und zwinge mich, den Mann, den bewährten Krieger und Kader-Gewählten zu sehen, nicht den Jungen, dessen Fortschritt ich vor so vielen Jahrzehnten angeleitet habe.

Er kann damit umgehen. Dass er in Aeriks Gegenwart ruhig bleiben konnte trotz all des Grolls, den er wegen Talias Qualen für ihn empfindet, ist der beste Beweis für die Kontrolle, die er über sein hitziges Temperament erlangt hat. Und etwas Feuer könnte genau das sein, was sie dort draußen an der ewigen Front brauchen.

„In Ordnung", sage ich. „Du wirst noch etwas Zeit darauf verwenden, die Kampfkünste des restlichen Rudels zu verbessern, und wenn Ralyn bereit ist, an die Front zurückzukehren, wirst du dich ihm anschließen. Ich gebe dir zehn Tage, aber wenn du das Gefühl hast, dass ihr alle zurückkehren solltet, könnt ihr natürlich schon früher nach Hause kommen. Ich will dich weit vor dem Vollmond wieder bei uns haben."

August verbeugt sich kurz, wobei er stolz und erleichtert aussieht, dass ich ihn als würdig erachte, und ich hoffe aus ganzem Herzen, dass ich keinen Fehler mache.

11

Talia

Theoretisch habe ich mich bereits verabschiedet. Dann dreht sich August um, bevor er in das heraufbeschworene Gefährt steigt, das ihn zum Schlachtfeld tragen wird, und winkt dem versammelten Rudel ein letztes Mal zu. Ich kann nicht anders, als so schnell, wie es mein Fuß erlaubt, zu ihm zu eilen, um ihn in eine letzte Umarmung zu ziehen.

Alle wissen, dass wir Liebende sind. Es sollte nicht merkwürdig aussehen. Mein Gesicht wird trotzdem ein wenig heiß wegen der öffentlichen Zuneigungsbekundung, sogar als sich seine Arme ebenfalls um mich legen.

„Es sind nur zehn Tage", raunt er dicht neben meinem Ohr. „Ich verspreche, dass ich zu dir zurückkehren werde, und zwar in einem Stück, Süße."

Ich weiß, dass es nicht so lange ist. Ich habe fast zehn

Jahre darauf gewartet, aus Aeriks Gefängnis auszubrechen – zehn Tage sind nichts.

Zugleich fühlt es sich wie eine Ewigkeit an. Ich habe diesen Mann jeden Tag gesehen, seit unsere Leben aufeinandergeprallt sind. Ich werde keine Ahnung haben, was dort draußen an der Grenze mit ihm geschieht und ob andere Rudelmitglieder bereits durch Unseelie-Hände gestorben sind.

Ich verstehe jedoch, warum er es tut, und falls er eine Möglichkeit findet, die Erzlords zu beeindrucken, wird es das mehr als wert sein. Das Letzte, was ich tun will, ist, ihm deswegen Schuldgefühle einzureden. Also zwinge ich mich, mit dem besten Lächeln zurückzutreten, das ich für ihn zustande bringe. „Ich werde dich beim Wort nehmen", sage ich erleichtert, dass meine Stimme nicht zittert.

Als er neben den Mann namens Ralyn in das schwebende Gefährt steigt, tritt Sylas hinter mich und legt eine beruhigende Hand in mein Kreuz. Ich atme aus und erlaube ihm, mir ein wenig von meiner Bürde abzunehmen. Er muss sich ebenfalls Sorgen um August machen und hat es geschafft, nichts als Vertrauen in seinen jüngeren Halbbruder zu zeigen. Wenn er und Whitt beide der Meinung sind, dass es ein vernünftiger Plan ist, kann August nicht in *zu* großer Gefahr schweben, richtig?

Ich weiß nicht, ob ich die Antwort auf diese Frage wirklich wissen will.

Das Gefährt gleitet davon und die Rudelmitglieder schlendern zu ihren Häusern abgesehen von den zwei Fae, die den Küchendienst im Bergfried übernehmen, während unser üblicher Koch fort ist. Meine Beziehung mit Sylas ist *nicht* öffentlich bekannt, weshalb er mir die Haare zerzaust, anstatt mir einen Kuss zu geben. Seine Stimme klingt leise und sanft. „Hast du genug, um dich zu beschäftigen, Talia?"

Das habe ich nicht, aber ich weiß, dass ich etwas finden

muss, was ich tun kann. Andernfalls werden die Fragen und Sorgen meinen Verstand vollständig übernehmen. „Ich werde trainieren – August hat mir einige Moves gezeigt, die ich allein üben kann." Vielleicht fühle ich mich nicht mehr so hilflos, sondern Respekt einflößend, wenn ich mir vorstelle, dass ich unseren Feinden in den Hintern trete.

Im Fitnessstudio im Keller zu trainieren, lenkt mich eine Weile ab, doch als ich verschwitzt und keuchend auf die Matte sinke, nachdem ich mich so richtig verausgabt habe, steigen Erinnerungen an mein Intermezzo mit August in meinem Gedächtnis auf. Ein Kloß bildet sich in meiner Kehle. Ich rapple mich auf und humple zu meinem Zimmer, um meine feuchten Klamotten abzulegen.

Die Sonne scheint warm durch mein Fenster. Ich genieße deren Strahlen eine Minute lang, bevor mir einfällt, dass ich jetzt so lange, wie ich möchte, nach draußen in den Sonnenschein gehen kann. Ich bin noch immer etwas schüchtern und will nicht einfach in das Dorf des Rudels eindringen, obwohl alle schlimmstenfalls desinteressiert und bestenfalls freundlich waren. Harper hat mich allerdings ermutigt, sie zu besuchen, wann immer ich möchte. Vielleicht wird mich ihre fröhliche Neugier länger ablenken.

Harper hat mir beim letzten Mal, als ich Zeit mit dem Rudel verbracht habe, das Haus ihrer Familie gezeigt. Obwohl sie mit ihrer gewaltigen Abgedrehter-Baumstamm-Form alle sehr ähnlich aussehen, können sie anhand kleiner Details leicht unterschieden werden. Sie teilt sich ihr Zuhause mit ihren Eltern und einem Paar Großeltern und passend zu ihrem Namen, der Harfe bedeutet, scheint die Familie einen eindeutigen Hang zur Musik zu haben. Jemand hat ein elegantes Bild einer Flöte, die von einer Geige umarmt wird, in die Tür geschnitzt.

Ihr Vater hockt vor dem Haus und pflegt den Garten. Als ich mich nähere und realisiere, dass ich seinen Namen vergessen habe, schäme ich mich. „Hi", sage ich zaghaft. „Ist ... ist Harper da?"

Er nickt mit einem sanften Lächeln und winkt mich zum Haus. „Sie ist tief in ihre Arbeit versunken, aber ich vermute, dass sie nichts dagegen hat, wenn du sie unterbrichst."

Weil sie im Allgemeinen nichts gegen Unterbrechungen hat, oder weil sie mich nicht abweisen will? Ich bin noch nicht dahintergekommen, was Harper so faszinierend an mir findet, abgesehen davon, dass sie anscheinend noch nie zuvor mit einem Menschen geredet hat. Ich vermute, dass das eine einleuchtende Erklärung ist. Vielleicht liegt es auch daran, dass ich wie ein Neuankömmling aussehe, der ungefähr in ihrem Alter ist, auch wenn ich weiß, dass ihr jugendliches Äußeres täuscht. Sie hat womöglich erst die Pubertät hinter sich gelassen, in Fae-Begrifflichkeiten bedeutet das, dass sie trotzdem mehrere Jahrzehnte alt ist.

Vorsichtig betrete ich das Haus. Hinter der Tür begegnen mir von links ein eigenartig zischender Laut und ein verärgertes Brummen. Ich zögere und klopfe. „Harper? Ich bin's Talia."

„Oh! Komm rein."

Ich stoße die Tür auf und entdecke, dass sie mit einem Tuch aus samtigem, lavendelfarbigem Stoff kämpft, das über einen Tisch drapiert ist. Sie zieht ein letztes Mal daran, schnappt sich ihre Schere und lächelt mich fröhlich an. „Sorry. Manchmal benimmt sich Spinnengespinst einfach nicht."

Eine Holzpuppe steht auf der anderen Seite des Tisches und einige Stoffstücke sind bereits um sie herum fixiert worden, sodass sie ein Mieder und den Anfang einer Gürtellinie formen. Es ist ein ausgefalleneres Design als das schlichte Kleid, das Harper aktuell trägt – die Sorte, die die meisten Rudelmitglieder zu bevorzugen scheinen. Vielleicht findet bald eine Feier statt.

„Machst du ein besonderes Outfit?", frage ich. „Zu welchem Anlass?"

„Oh, kein Anlass." Sie steckt sich einen Stecknadelkopf in den Mund, schneidet ein Stück Stoff ab – der zischende Laut, den ich von draußen gehört habe, war die Schere, wie mir nun bewusst wird – und steckt es mit einem flachen Falz an die Puppe. „Das ist nur … Übung. Ich denke mir, je mehr Beweise ich für meine Fähigkeiten habe – und je mehr ich sie verbessern kann – desto besser bin ich dran, wenn ich sie wirklich nutzen will. Ich habe bereits eine ziemlich gute Kollektion."

Sie winkt mich weiter in den Raum, damit ich den Kleiderständer an der anderen Wand begutachten kann. Der Ständer bietet mindestens einem Dutzend Kleider in jeder Farbe von leuchtendem Rubinrot bis hin zu dunklem Erdbraun Platz. Sie sind alle im Stil formeller Abendkleider geschneidert mit langen Röcken und enganliegenden Miedern, die mit Schärpen, durchscheinenden Stoffstücken oder zarten Blumen und Blättern geschmückt sind, die aus Stoff gefertigt wurden. Ich trete näher und fahre mit den Fingern über eine Ranke, die beinahe wie eine echte Pflanze aussieht und sich um einen Rock windet. Dabei stelle ich fest, dass sie seidig weich ist.

„Die sind fantastisch", schwärme ich.

Harper legt ihre Schere ab und eilt zu mir. „Du solltest eines anprobieren! Ich finde hier nur wenige willige Models – die Einzigen, denen es Spaß macht, sich herauszuputzen, würden am Ende Wein auf dem Kleid verschütten. Hier, ich glaube, das würde dir stehen."

Nachdem sie mich von oben bis unten gemustert hat, pflückt sie ein Kleid vom Ständer, das Einsätze aus abwechselndem grasgrünem und fichtengrünem Stoff hat, wodurch es wie eine Landschaft aus fernen Baumwipfeln aussieht, in denen hier und da goldene Stickereien angebracht wurden, die wie Sonnenlicht wirken. „Und es wird perfekt zu deinen Augen passen."

Mein Herz setzt aus bei dem Gedanken, etwas so Hübsches anzuziehen – und etwas so Wertvolles. Doch es ist nicht so, als wäre hier etwas in der Nähe, was ich darauf verschütten könnte, und Harper sieht begeistert von der Idee aus.

„Bist du dir sicher?", frage ich trotzdem.

Sie schubst mich leicht zu einem Bereich in der Ecke, der mit Vorhängen abgetrennt wurde und als Umkleide dienen soll. „Mach schon, mach schon. Das wird mir dabei helfen, zu sehen, ob ich irgendwelche kleineren Fehler übersehen habe. Es ist schwer, so etwas mit Sicherheit an der Puppe oder an mir zu erkennen."

Nun, wenn es ihr *helfen* wird … Ich hebe den zarten Stoff in meine Arme und verschwinde hinter dem Vorhang. Ich bin so sehr darauf bedacht, es nicht zu zerreißen, dass ich einige Minuten brauche, das Kleid anzuziehen und an meinem Oberkörper und Hüften an Ort und Stelle zu rücken. Dabei passe ich besonders bei den flattrigen Ärmeln auf, die sich an den Erhebungen meiner Narben verfangen könnten. Das Glamour hindert Harper daran, sie zu sehen, wird den Stoff aber nicht davon abhalten, an ihnen hängen zu bleiben.

„Hast du vor, dir dein Geld mit dem Verkauf dieser Kleider zu verdienen oder so etwas in der Art?", frage ich, während ich den Stoff auf meiner Haut glattstreiche.

„Das ist der Sinn des Ganzen." Harper hält inne und einen Augenblick lang ist nichts außer dem Zischen ihrer Schere zu hören, die den Spinnenfaden durchtrennt. Ihre nächsten Worte kommen in einem Schwall heraus. „Ich will nicht undankbar gegenüber Sylas und allem, was er hier für uns getan hat, klingen. Ich weiß, wie hart er gearbeitet hat, um das Rudel zu beschützen und uns trotz allem ein gutes

Zuhause zu bieten. Aber … ich konnte nie irgendwo anders leben als hier. Und hier ist es irgendwie … langweilig. Keines der anderen Rudel will uns besuchen. Das Herz weiß, dass sie *uns* niemals zu sich einladen. Ich will mehr sehen, mehr tun.“

Die Sehnsucht in ihrer Stimme bringt eine Saite tief in mir zum Klingen. Meine Stellung in der Welt der Fae ist momentan viel zu heikel, als dass ich mir mehr Aufregung wünschen würde, als ich bereits bekommen habe. Doch ich erinnere mich an die Sehnsucht, die ich als Kind empfand, während ich an all die unglaublichen Städte und Landschaften dachte, die ich nicht hatte erleben können. Daher klebte ich ausgedruckte Fotografien in mein Reisealbum, als würde es mir helfen, diese Träume real zu machen, wenn ich eine konkrete Repräsentation von ihnen hatte.

Zur damaligen Zeit war ich ohnehin viel zu jung, um allein zu reisen. Womöglich wären diese Träume wahr geworden, hätte Aerik mein Leben nicht zerrissen. Harper sitzt schon mehr Jahre am gleichen Ort fest, als ich am Leben bin. Ich denke nicht, dass Sylas ihr ihre Rastlosigkeit übelnehmen würde.

„Und die Kleider werden dir helfen, öfter rauszukommen?“, frage ich.

„Ich hoffe es. Die Damen aus angeseheneren Ländereien – sie veranstalten alle Bälle und Bankette und derlei Dinge. Sie wollen damit angeben, dass sie hübschere Kleider als alle anderen haben. Zumindest habe ich das aus den Geschichten der älteren Fae herausgehört.“ Sie lacht leise. „Falls sie recht haben, dann könnte das Angebot eines Kleides mein Ticket zu einem freundlichen Empfang an anderen Orten sein, wenn es spektakulär genug ist.“

„Sie sind alle ziemlich spektakulär.“ Ich trete hinter dem Vorhang hervor, wobei ich noch immer darauf achte, dass ich mit dem Kleid nirgendwo hängen bleibe. Der Stoff bewegt sich mit meinen Schritten wie der sanfteste Atemzug und fließt über meine Glieder. Ich kann nicht sagen, wie es an mir aussieht, doch als ich zu Harper aufschaue, schlägt sie die Hände vor die Brust und ihre Augen glänzen.

„Es ist sogar besser, als ich es mir vorgestellt habe. Oh, so wundervoll. Hmm, aber ich glaube, ein paar der Stücke hier brauchen ein paar zusätzliche Nähte."

Sie eilt mit einer Nadel und einem Goldfaden herbei und näht ein Stück an meiner Taille zusammen. Ich hebe die Arme, damit ich nicht gegen ihren Kopf stoße. „Es fühlt sich gut an – es zu tragen", sage ich. „Ich hätte nicht erwartet, dass so ein hübsches Kleid bequem ist."

„Das ist das Beste an Spinnengespinst. Es bewahrt seine Form sehr gut, bleibt jedoch zugleich weich." Sie lehnt sich nach hinten, legt den Kopf schief und zwickt noch eine Stelle näher am Rücken zusammen. „Fast perfekt. Denkst du ..." Sie schaut zu mir auf. „Denkst du, Menschen würde so etwas auch gefallen? Ich meine, den meisten von ihnen. Ich bin froh, dass es dir gefällt."

Ich habe keine Ahnung vom Modegeschmack erwachsener Menschen, vor allem im aktuellen Jahrzehnt, kann ihr das allerdings nicht sagen. Was ich weiß, ist: „Ich bin mir sicher, es gäbe einige Leute, die Kleider wie dieses *vergöttern* würden allein, weil sie so einzigartig sind. Wir haben kein Spinnengespinst oder so etwas in meiner Welt. Und jeder könnte erkennen, dass diese Kleider umwerfend sind."

„Oh, gut." Sie kichert erneut und eine leichte Röte färbt ihre Wangen. „Ich habe darüber nachgedacht, all die versnobten Seelie zu vergessen, die näher am Herzen leben, und stattdessen in die andere Richtung zu reisen, um die Welt der Sterblichen zu erkunden ... Aber ich weiß weniger darüber, wie man sie beeindrucken kann. Wenn du jemals einen Ausflug dorthin unternimmst, könnte ich dich vielleicht begleiten und du könntest mir ein paar Dinge beibringen?"

Sie sagt den letzten Teil so schüchtern, dass jegliche anhaltende Schüchternheit in mir verfliegt. Deswegen war sie so freundlich – weil sie ehrlich von allen Dingen fasziniert ist, die ich erlebt habe und sie nicht. Obwohl sich mein ehemaliges Zuhause im Vergleich zu diesem Ort so banal anfühlt.

Der Gedanke, dorthin zurückzukehren und allein mit allem klarzukommen, was sich verändert hat, verunsicherte mich zuvor. Mit einer enthusiastischen Touristin an meiner Seite wäre es womöglich gar nicht so schlimm, sondern könnte ein echtes Abenteuer werden.

„Ich weiß nicht, wann ich dorthin zurückgehen werde oder ob ich es überhaupt tun werde", erkläre ich. „Falls ich es jedoch tue, sehe ich keinen Grund, warum ich dich nicht herumführen könnte. Der Ort, an dem ich lebte, war allerdings nicht so erstaunlich."

„Für mich wird alles neu sein! Und ganz anders als hier. Aber kein Druck, kein Druck. Du bist gerade erst hier angekommen. Du solltest Spaß haben. Ich bin mir sicher, es ist viel interessanter, wenn du es nicht gewohnt bist."

Interessant ist definitiv ein Wort dafür. Mein Mund zuckt zu einem bittersüßen Lächeln – und dann erstarre ich, als eine unerwartete, jedoch vertraute Gestalt durch die Tür schlendert.

Whitts Schritte sind lässig, doch ich habe mich mittlerweile lang genug in seiner Gegenwart aufgehalten, um die Anspannung seines Kiefers zu sehen. Bei meinem Anblick bleibt er stehen, blinzelt und reißt die Augen leicht auf, weshalb meine Wangen heiß werden. Dieser verblüffte – und vielleicht sogar bewundernde? – Ausdruck verschwindet eine Sekunde später. Sein Blick schnellt nach unten, nicht um ein aufreizendes Körperteil von mir zu betrachten, sondern zu meinen Füßen, die unter dem Saum des Kleides kaum sichtbar sind.

Macht er sich Sorgen, dass Harper die Orthese unter der Illusion entdeckt haben könnte, während sie so nahe bei mir stand? Hätte *ich* mich deswegen sorgen sollen? Sie hat meine Füße oder Knöchel nicht berührt. Bei Whitts Eintreten ist sie aufgesprungen und hat den Kopf geneigt.

Bevor ich wegen der Möglichkeit in Panik geraten kann, dass ich meine Tarnung habe auffliegen lassen, wedelt Whitt mit der Hand in unsere Richtung. „Talia, wir brauchen dich im Bergfried. Beende, was auch immer du hier treibst, und geh so bald, du kannst, zu Sylas."

Er marschiert so schnell nach draußen, wie er gekommen ist. Harper starrt ihm hinterher und blickt anschließend zu mir. „Worum, denkst du, ging es dabei?"

„Ich weiß es nicht." Das stimmt, aber ich habe etwas mehr Ahnung von den verschiedenen Möglichkeiten als sie, da sie nicht weiß, dass ich mehr als Augusts Liebhaberin bin. Ich packe den Rock des Kleides. „Ich schätze, ich ziehe das hier besser aus und bringe es so schnell wie möglich in Erfahrung."

Als ich in meinen gewöhnlichen Kleidern hinter dem Vorhang hervortrete und Harper das grüne Kleid entgegenstrecke, schüttelt sie den Kopf. „Du solltest es behalten", sagt sie mit einem verschmitzten Lächeln. „Ich habe genügend. Überrasche August damit und betrachte es als Geschenk an euch beide."

Daraufhin brennt mein Gesicht geradezu. Ich stolpere über meine Worte. „Bist du dir sicher? Es ist so wundervoll … ich hätte dich nicht gebeten …"

„Du hast mich nicht gebeten. Ich schulde es dir mittlerweile vermutlich für all meine Fragen. Geh schon, bevor unser Lord oder sein Kader noch einmal kommen, um dich einzufangen."

Ich haste zurück zum Bergfried, wobei ich das Kleid an meine Brust presse. Der Gedanke, August in diesem Schatz eines Kleides zu Hause willkommen zu heißen, begeistert mich so sehr, dass ich meine Befürchtungen verdränge, bis ich das Kleidungsstück in meinen Kleiderschrank gehängt habe und durch den Gang zu Sylas' Büro laufe. Was hat nicht nur ihm, sondern auch Whitt so große Sorgen gemacht, dass sie mich von meinem Besuch bei Harper zurückgeholt haben?

Da er wahrscheinlich meine herannahenden Schritte hört, öffnet Sylas die Bürotür, bevor ich sie erreicht habe, und führt mich hinein. Whitt steht an einer Seite des Schreibtisches und seine Haltung ist ungewöhnlich angespannt. Meine Haut kribbelt doppelt so stark vor Unbehagen als zuvor, weil ich nun weiß, dass das, worum es hier geht, sogar seine unbeschwerte Art erschüttern konnte.

„Was ist los?", frage ich und blicke von ihm zu Sylas, während dieser neben meinen Beinen in die Hocke geht. Er inspiziert meinen Fuß und die Orthese, wie Whitt es getan hat.

„Ich stimme zu, das Glamour scheint gut zu halten", sagt der Fae-Lord zu Whitt, geht zu seinem Stuhl und richtet seine Aufmerksamkeit auf mich. „Whitt hat heute Nachmittag eine kleine, jedoch beunruhigende Beobachtung gemacht."

Der Mund des anderen Mannes verzieht sich. „Das ist eine Art, es auszudrücken. Seit Aeriks Besuch habe ich persönlich eine zusätzliche Patrouille absolviert. Zuvor habe ich dabei nichts entdeckt, doch heute nahm ich einen Hauch von Magie entlang der südöstlichen Grenze unserer Ländereien wahr, die einen markanten Geruch hatte. Ich würde eine beachtliche Summe darauf setzen, dass Cole den Zauber gewirkt hat, der diese Spur hinterlassen hat – und das in den letzten vierundzwanzig Stunden."

Ein Schauder, den ich nicht unterdrücken kann, durchfährt meinen Körper. „Er schleicht noch immer hier herum?"

„Es scheint so", antwortet Sylas. „Es könnte sein, dass Aerik ihn nur geschickt hat, damit er uns schnell überprüft, nachdem sich der Staub des Besuchs gelegt hat. Und da es auch für ihn nichts Schockierendes zu bemerken gab, ist das womöglich das Letzte, was wir von ihnen gesehen haben."

Whitt macht ein noch säuerlicheres Gesicht. „Oder er könnte es sich zu einer Angewohnheit machen."

„Nichts davon spielt eine Rolle, solange er nichts sieht, was den Verdacht erhärten könnte, den wir aus der Welt zu schaffen hofften." Sylas schenkt mir ein kleines, angespanntes Lächeln. „Sie *können* nicht wissen, dass du ihre verschwundene Gefangene bist."

Ich reibe mir über die Arme, da mir trotz der Sommerwärme in der Luft kalt ist. „Aber ihr habt erwartet, dass sie uns nach diesem Abendessen in Ruhe lassen würden. Sie sind anscheinend doch nicht überzeugt." Was wird nötig sein, damit mich diese Monster in Frieden lassen?

„Leider ist das die einzige Schlussfolgerung, zu der ich gelangen kann, obwohl wir noch immer hoffen können, dass es nur ein kurzes und vorübergehendes Aufflammen ihres Interesses war."

„Ich werde meine Patrouillen verstärken", sagt Whitt. „Und allen Wachen befehlen, dass sie, ohne zu zögern, jeden unbekannten Fae auf unserem Gelände angreifen sollen, auf den Aeriks Beschreibung oder die seiner Kader-Gewählten zutrifft. Wenn wir sie dabei erwischen, wie sie hier unerlaubt eindringen, sind wir in der überlegeneren Position."

„Oder vielleicht stellst du fest, dass es keine weiteren Eindringlinge gibt." Sylas seufzt. „Doch falls es welche gibt — ist das schlechtes Timing, da August gerade erst abgereist ist."

Ein Ruck, den ich nicht erwartet hatte, erschüttert meine

Nerven. „Du wirst ihn nicht zurückrufen, oder? Er wird gerade erst an der Grenze angekommen sein!"

Sylas' Augenbrauen heben sich bei meiner Vehemenz. „Wäre es *dir* nicht lieber, wenn er hier wäre? Falls Aerik uns tatsächlich angreift, würden wir alles in unserer Macht Stehende tun, um dich zu verteidigen, aber unser Rudel gegen seines … So sehr ich es auch hasse, das zuzugeben, es wird ein schwieriger Sieg werden, selbst wenn August bei uns ist."

Was bedeutet, wenn ich Sylas bitten würde, ihn zurückzurufen … würde ich ihn womöglich nur in den sicheren Tod rufen.

Erinnerungsfetzen tauchen vor meinem inneren Auge auf – der sengende Schmerz in meiner Schulter, die Äste, die sich über meinem Kopf zu drehen schienen, das erstickte Schreien meines Bruders. Meine Stimme, die meine Kehle mit einem Schluchzen zerreißt. *Mom! Dad! Hilfe!* Das Trommeln ihrer Schritte, Knurren und das Rascheln von monströsen, haarigen Körpern, die sich umdrehen …

Mein Magen verkrampft sich. Ich schlinge die Arme um mich und stoße die Bruchstücke der Vergangenheit mit all der Kraft von mir, die ich aufbringen kann. Stattdessen konzentriere ich mich auf das feste Holz des Bodens unter meinen Füßen. Auf meine Arme, die fest an meine Brust gepresst sind. Die Bilder weichen zurück, doch die Übelkeit, die mit ihnen kam, bleibt.

„Talia?", sagt Sylas sanft.

Ich schüttle mich und blicke zu ihm auf. Die Entschlossenheit, die meinen Protest ausgelöst hat, packt mich aus so vielen Gründen nur noch fester, von denen ich wenigstens ein paar laut aussprechen kann. „Nein. Er ist aus gutem Grund gegangen, um den Krieg gegen die Unseelie zu beaufsichtigen. Ich … ich will nicht, dass ihr das aufs Spiel setzt wegen eines kleinen Risikos für mich. Es *ist* ein kleines

Risiko, oder? Dass Aerik aus heiterem Himmel einen Angriff auf eure Ländereien startet?"

Ich habe bereits unbeabsichtigt zur Verbesserung des Ansehens des Schurken beigetragen. Auf keinen Fall werde ich der Grund dafür sein, dass Sylas und sein Rudel ihre Gelegenheit verlieren, ihren rechtmäßigen Platz in der Gesellschaft wiederherzustellen.

Whitt mustert mich und ein verwirrter Ausdruck huscht über sein Gesicht. Ich kann nicht erkennen, wie viel von dieser Emotion auf mich gemünzt ist.

„Ich würde sagen, es ist ziemlich klein", antwortet er. „Aber nicht unmöglich. Noch geringer, wenn ich es schaffe, mich davon abzuhalten, zu tun, was ich gerne tun würde, wenn ich diesen räudigen Scheißkerl aus seinem Kader in die Krallen kriege." Er bleckt die Zähne und schenkt mir das erbittertste aller Grinsen.

Sylas stützt seine Ellenbogen auf den Schreibtisch. „Du bist diejenige, die von seinem Interesse an unserem Rudel am meisten bedroht wird, Talia. Ich habe dir geschworen, dass du hier in Sicherheit sein würdest. Unbekümmert der Umstände, falls du dich sicherer fühlen würdest ..."

Ich schüttle nachdrücklich den Kopf und ignoriere den Schmerz in meinem Herzen, der bei dem Wissen einsetzt, dass ich die Gelegenheit aufgebe, August so viel früher als geplant wieder zu sehen – und ihn vor den Waffen und Klauen der Unseelie, in Sicherheit zu wissen. Der einzige Grund, aus dem ich ihn wirklich hier bräuchte, würde ihn zugleich in noch größere Gefahr bringen.

„Ich werde schon klarkommen. Tut, was auch immer ihr tun würdet, wenn ich nicht hier wäre und ihr mich nicht berücksichtigen müsstet. Das würde mich am glücklichsten machen."

Und wenn ich diese Entscheidung später bereue, werde ich die Einzige sein, die deswegen leidet.

12

Talia

Ich dachte, Augusts Videospiele zu spielen, könnte beruhigend sein und mir den Eindruck verschaffen, dass er bei mir ist, aber das Gegenteil ist der Fall. Wie kann ich mich in das Spiel vertiefen, wenn mir etwas so Simples wie die digitalisierte Musik akut bewusst macht, wie leer der Platz neben mir ist? Er hätte mich neckend mit dem Ellenbogen angerempelt und darüber gescherzt, wer am Gewinnen ist. Anschließend hätte er mir jedes Mal, wenn er die Führung übernahm, tröstend die Haare verwuschelt.

Nach nur wenigen Minuten schalte ich das Spiel aus und lasse mich auf das Sofa des Unterhaltungszimmers fallen. Ich habe bereits einen Film angeschaut. Nach dem Abendessen sind Sylas und Whitt gegangen, um neue Pläne mit ihren Wachen zu besprechen. Sie haben in den vergangenen Tagen keine weiteren Anzeichen dafür gefunden, dass Cole sich in der Nähe herumtreibt, aber es könnte auch sein, dass er einfach raffinierter vorgeht. Ich bin froh, dass sie kein Risiko eingehen, obwohl sich mein Magen bei der Vorstellung verknotet, was mit dem Rudel passieren würde, falls Aerik doch herausfindet, wer ich bin.

Ein belustigter Bariton ertönt von der Tür her. „Wirst du zu einem Faulenzer, hm?"

Ich stemme mich nach oben und sehe Sylas, der mit müdem Gesicht, jedoch einem Lächeln auf den Lippen im Türrahmen steht. Er ist müde, weil er den Überblick über all die Schritte behalten muss, die er unternimmt, um *mich* zu beschützen. Die Knoten in meinem Magen ziehen sich fester zusammen.

„Falls es etwas gibt, was ich tun kann, um dem Rudel zu helfen …"

Er gibt einen ablehnenden Laut von sich und tritt heran, um meinen Kopf liebevoll zu streicheln. „Du tust schon genug. Ivy hat mir erzählt, wie viel du in der Küche hilfst. Ich will dich noch einmal daran erinnern, dass du hier keine Bedienstete bist."

„Ich weiß. Es hat irgendwie angefangen, mir Spaß zu machen, nachdem ich August so viel geholfen habe. Und es sorgt dafür, dass ich beschäftigt bin." In der Küche zu arbeiten, fühlt sich allerdings nicht so an, als würde es reichen, da ich weiß, dass Ivy und der Fae-Mann, der ihr ebenfalls hilft, die Mahlzeiten problemlos alleine zubereiten können. „Du hast begonnen, einige Mitglieder des Rudels zu trainieren, wie es August getan hat. Er war der Meinung, dass ich mich ihnen bald anschließen könnte."

Sylas schüttelt den Kopf. „Falls Aerik unsere Aktivitäten hier noch immer im Auge behält, würde es Verdacht erregen, wenn die angebliche Liebhaberin meines Kader-Gewählten Kämpfen lernt, selbst wenn er keine Ahnung hat, wer du wirklich bist." Als ich das Gesicht verziehe, tippt er mir ans Kinn. „Aber ich habe mir gedacht, dass wir ein anderes

Gebiet deines Trainings nicht vernachlässigen sollten. Wie klappt es mit deiner Magie?"

„Ich denke, ich werde besser darin, die Emotionen schneller heraufzubeschwören, die ich brauche, um Bronze zu befehligen." Ich habe mehrere Male am Tag geübt und mir vorzustellen, wie Feinde August auf dem Schlachtfeld angreifen, schürt sofort meine Angst und Wut. „Ich bringe diese Schöpfkelle dazu, sich in unterschiedliche Formen zu verbiegen, da ich bezweifle, dass August es zu schätzen wüsste, wenn ich alle Küchengeräte aus Bronze verbiege."

Sylas gluckst. „Nein, ich vermute nicht. Er hat auch versucht, dir den wahren Namen für Licht beizubringen, stimmt's?"

„Ja." Ich blicke hinab auf meine Hände und erinnere mich an den kurzen Funken, den ich heraufbeschwor, während ich in Augusts Armen von Freude und Liebe erfüllt war. Seit er fort ist, war ich nicht in der Lage, *dieses* Gefühl erneut hervorzurufen, zumindest nicht so stark, dass ich einen weiteren Lichtblitz damit erzeugen konnte. Jede glückliche Erinnerung an ihn wird von dem Wissen verdorben, dass er sich außerhalb meiner Reichweite befindet, wo ihn Feinde daran hindern könnten, jemals zurückzukehren. „Damit hatte ich nicht viel Erfolg. Aber er sagte, dass sogar Fae normalerweise eine Weile brauchen, um neue wahre Namen zu lernen, vor allem wenn sie gerade erst den Umgang mit Magie lernen."

„Das stimmt." Sylas senkt sich neben mir auf das Sofa und streckt seine beeindruckenden Beine aus. „Warum versuchst du es jetzt nicht und ich schaue, ob ich irgendetwas bemerke, an dem du arbeiten kannst?"

Zweifel füllen meinen Magen, doch er hat mich gebeten, es zu versuchen, also werde ich es tun. Laut August ist er der geschickteste Magier unter den Männern des Bergfrieds. Vielleicht gibt es etwas, was mir entgangen ist und was dafür sorgen könnte, dass mir der Prozess leichter fällt, sodass ich nicht ganz so viel, äh, Inspiration brauche.

Ich spreche mir die Silben in Gedanken vor, bevor ich sie mit all der Energie, die ich in sie legen kann, von meiner Zunge rollen lasse. *„Sole-un-straw."*

Noch während ich spreche, kann ich erkennen, dass keine Magie durch mich vibriert. Ich halte inne, um mich zu sammeln, und denke an den einen Moment, in dem es funktionierte, an die nachhallende Wonne, die durch meinen Körper schwappte, und die Anbetung in Augusts Stimme, als ich ihn zum Höhepunkt brachte. Werden wir einander jemals wieder so nahe sein – oder noch näher?

Ein Beben durchläuft meine Brust, zu dem sich ein Anflug von Sorge gesellt. *„Sole-un-straw"*, sage ich und befehle dem Wort in Gedanken, Licht aus der Luft zu rufen, doch nichts flackert um meine gespreizten Finger herum auf.

Sylas reibt sich über den Kiefer, mustert meine Hände und mein Gesicht. „Für mich hört sich der Klang des Wortes richtig an. Ich bin überrascht, dass du nicht wenigstens eine kleine Wirkung erzeugst. Ich nehme an, du greifst so auf deine Emotionen zu, wie es bei Bronze funktioniert. Ist es dir während deiner vorherigen Übungen gelungen, irgendein Licht zu erzeugen, oder verläuft es normalerweise so?"

Hitze kriecht meinen Hals hinauf. „Nun, ich … ich konnte einmal ein winziges Licht heraufbeschwören. Es macht den Anschein, als würde das Licht womöglich andere Emotionen als Bronze brauchen."

„Interessant. Welche Art von Emotionen?"

„Nun, glücklichere. Ich weiß nicht, ob es genau das sein *muss*, aber …" Hitze kitzelt über mein Gesicht. „Als es mir zuvor gelang, geschah das, nachdem August und ich … wir hatten miteinander rumgemacht." Das wäre das richtige Wort dafür, oder? Selbst wenn sich das, was wir gemeinsam getan hatten, beinahe so intim angefühlt hatte, wie ich mir vorstelle, dass es tatsächlicher Sex ist.

Daraufhin leuchtet Begehren in Sylas' unversehrtem Auge auf. Kurz habe ich Angst, dass er bei dem Gedanken daran, dass August und ich zusammen waren, einen Hauch von Aggression rauslassen wird. Zu meiner Erleichterung dehnen sich seine Lippen allerdings lediglich zu einem breiteren, wissenden Lächeln. Er legt seinen Arm auf die Rückenlehne des Sofas und streichelt mit dem Daumen über die Seite meiner Wange, woraufhin die Temperatur der Haut dort von heiß auf sengend heiß steigt. „Ich verstehe. Und du hast erfolglos versucht, dir *diese* Emotionen zunutze zu machen?"

„Bisher hat es nicht funktioniert. Ich meine, es ist schwer, zu wissen, da ich jedes Mal, wenn ich an ihn denke, nicht umhinkomme, mich daran zu erinnern, wohin er gegangen ist. Dann bekomme ich Angst ..." Ich ziehe den Kopf ein. „Und es wird offensichtlich nicht sehr nützlich sein, wenn ich nur mit dem Licht sprechen kann, wenn ich gerade erst mit jemandem intim war."

„Nein, aber du hast in deiner Arbeit mit Bronze Fortschritte gemacht und wirst besser darin, auf die Macht zuzugreifen, die du brauchst, selbst wenn du nicht in Gefahr schwebst. Ich nehme an, du könntest das Gleiche bei Licht erreichen." Sylas hält inne. „Wärst du offen dafür, herauszufinden, ob du etwas von dieser Macht mit mir heraufbeschwören kannst?"

Seine Stimme ist so tief geworden, dass sie ein begehrliches Beben durch meinen Körper sendet. Ich schaue erneut auf und begegne seinem intensiven, ungleichen Blick. Dabei erinnere ich mich lebhaft daran, wie gut sich seine fähigen Hände anfühlten, als sie über meine Kurven wanderten und sein Mund meine Haut markierte. Die atemlose Antwort gleitet meine Kehle, ohne zu zögern, hinauf. „Ja.“

Der Fae-Lord gibt ein wohlwollendes Knurren von sich und fährt mit den Fingern meinen Kiefer entlang, um mich in einen Kuss zu ziehen.

Die Art und Weise, wie sein Mund auf meinen trifft, ist so aufregend wie mit August, zugleich ist sie jedoch so unterschiedlich wie das Gemüt der zwei Männer. Sylas' Kuss ist kontrollierte Macht. Er fängt meine Lippen mit dem schwindelerregenden Eindruck ein, dass er die gesamte Kraft seiner Leidenschaft zügelt und die wilderen Impulse zurückhält, die mich zerdrücken oder zerquetschen würden. Als sich mein Mund auf seinem bewegt und sich mit einem herrischen Bohren seiner Zunge teilt, gibt er einen gierigen Laut von sich, der beinahe ein Knurren ist. Doch ich habe keinen einzigen Augenblick lang Angst, dass er irgendetwas mit mir tun würde, dem ich nicht ausdrücklich zugestimmt habe.

Sein anderer Arm legt sich um mich und zieht mich näher. Anschließend wandert er über meine Hüfte, um meine Beine über seinen Schoß zu ziehen, ehe er mein Knie umkreist. Ich hätte nie gedacht, dass meine Waden so empfindsam sind, doch sie wachen mit einem kribbelnden Rausch auf, der geradewegs zwischen meine Schenkel schießt.

Meine Finger krallen sich in sein Hemd und streifen die straffen Muskeln seiner Brust. Sylas weicht nur einen Zentimeter zurück, sodass sich sein Atem noch mit meinem vermischt.

„Du verdienst etwas Besseres als ein hastiges Stelldichein auf einem abgenutzten Sofa“, sagt er rau. „Kommst du mit mir?“

Sobald ich nicke, hebt er mich in seine Arme, so wie es August tat, als er mich von unserem Abendessen mit Aerik wegtrug, was nun Jahre her zu sein scheint. Ich lehne mich an Sylas' muskulösere Gestalt, woraufhin sein rauchiger, erdiger Duft meine Lunge füllt und mich der Drang überkommt, mit ihm zu verschmelzen, wenn ich das könnte.

Die Lichter im Gang des Erdgeschosses waren bereits gedimmt. Die Küchenmannschaft ist für die Nacht zu ihren Häusern zurückgekehrt. Als Sylas die Treppe zu den Schlafzimmern erklimmt, bildet sich inmitten der Hitze, die zwischen unseren Körpern lodert, ein warmer Schmerz in meiner Brust.

Dieser Mann hat mir so viel angeboten und so viel für mich aufgegeben. Er hat meine Sicherheit über die seines Rudels gestellt. Er hat mir so viel Freiheit, wie er kann, auf Kosten der Wiederherstellung der Ehre geschenkt, die er so unfair verlor und jahrzehntelang zurückzugewinnen versuchte. Ich habe gesehen, wie wichtig ihm das Rudel ist — ich weiß, dass es nicht einfach für ihn gewesen ist. Ich weiß, dass er für jeden von uns bis zum Tod kämpfen würde.

Ich habe ihm gesagt, dass ich nicht ihm gehöre, und trotzdem hat er mich zur Seinen gemacht.

Ich weiß nicht, wie ich all dieses Mitgefühl und die Großzügigkeit verdient habe, die er mir entgegengebracht hat, aber ich kann nicht anders, als sie zu genießen und von innen heraus zu strahlen, weil ich mir dessen bewusst bin. Gleichzeitig brenne ich darauf, ihm genauso viel zurückzugeben, als gäbe es eine Möglichkeit, wie ich das tun könnte.

Wie kann ich so viel für ihn empfinden, wenn ich gerade erst erkannt habe, dass ich mich in August verliebt habe? Die Sehnsucht kann allerdings nicht geleugnet werden. Es ist nicht nur Verlangen, das durch meine Adern strömt, sondern auch eine knochentiefe Zuneigung, die mit einem nervösen Schauder einhergeht.

Ich habe ihnen *beiden* erzählt, dass ich nicht zu ihnen

gehöre, und dennoch tut es mein Herz bereits. Wohin wird das auf lange Sicht führen? Auch wenn ich ihnen wichtig bin und sie *mich* begehren, bin ich trotzdem nur ein Menschenmädchen und noch dazu ein beschädigtes.

Wie lange kann das hier andauern? Wie viel können sie über die Zuneigung hinaus, die sie mir bereits gezeigt haben, überhaupt für mich empfinden?

Was für eine schreckliche Ironie es doch wäre, wenn mich am Ende nicht Aeriks Quälereien, sondern die Freundlichkeit meiner Retter bricht.

Als Sylas sich durch seine Zimmertür schiebt, bemühe ich mich, all diese Sorgen beiseitezuschieben. Er legt mich aufs Bett und seine Augen leuchten beide in ihrem unterschiedlichen Licht. Daraufhin wallt so viel Verlangen zwischen meinen Beinen und meinem Brustbein auf, dass ich ihn praktisch auf mich reiße und meinen Kopf hebe, um seinem Kuss entgegenzukommen. Nach kurzer Zeit, zwischen schwindelerregenden Küssen und den sengenden Liebkosungen, die meine Bluse entfernen, verliere ich mich wie zuvor in der Glückseligkeit des Moments.

Doch als sich Sylas' Mund um meinen Nippel schließt und die Wonne schürt, die bereits in mir gebrannt hat, drückt sich mein Kopf mit einem Keuchen nach hinten in die Kissen. Der frische Waldgeruch der Bettwäsche steigt mir schärfer als zuvor in die Nase – und ich erinnere mich daran, wie ich hier neben ihm kuschelte und er mich vor meinen Albträumen abschirmte.

Ich schiebe meine Finger in die dichten Wogen seiner Haare, kann jedoch die widerstreitenden Emotionen nicht abschütteln – das Gefühl, auf Ungewissheit zuzurasen, steht im Kontrast zu dem Trost, den ich hier zuvor von ihm erhielt, dem Feuer meines Begehrens nach ihm und dem Schmerz meiner Liebe für ihn sowie der Furcht, die sich durch das alles windet.

Ich könnte mich in diesem Mann verlieren und was wird dann aus mir werden?

Ich muss mich angespannt haben, ohne es selbst zu bemerken. Sylas hält inne und hebt den Kopf, um in meine Augen zu blicken. Mein Mund ist weich, meine Atmung zittrig vor Verlangen, doch er sieht mehr als das, vielleicht mit seinem geisterhaften Auge.

„Ist es zu viel?", fragt er. „Du musst es nur sagen, Talia. Ich werde dir niemals etwas aufzwingen."

Aus heiterem Himmel steigt ein Kloß in meiner Kehle auf. Wieso ist mir plötzlich nach Weinen zumute? „Ich weiß", erwidere ich und bemühe mich, das Krächzen aus meiner Stimme zu vertreiben. „Ich *will* das hier. Ich ... es macht nur keinen Sinn."

Er summt. „Meiner Erfahrung nach ist ‚Sinn machen' selten eine Eigenschaft, die man den eigenen Gefühlen zuschreiben kann." Er senkt den Kopf und haucht einen sanfteren Kuss auf meine Wange. „Wenn du versuchen möchtest, mir davon zu erzählen, werde ich zuhören."

Wie kann ich ihm das abschlagen, wenn er so liebenswürdig fragt? Die Worte toben in mir und wollen herauspurzeln, doch es sind zu viele – ich kann nicht alles sagen. Für wie wahnsinnig würde er mich halten, wenn ich anfinge, aus heiterem Himmel Liebeserklärungen von mir zu geben, wenn er mir eindeutig keine Ewigkeit anbietet?

Ich konzentriere mich auf die Teile, die nicht den Wunsch in mir wecken, mich in meiner Haut zu winden. „Es ist ... es ist ein wenig furchteinflößend, das Gefühl zu haben, als wäre ich so stark von dir abhängig. Du beschützt mich und kümmerst dich um mich und ich will so viel mehr mit dir, als ich jemals mit irgendjemandem hatte." Ich stelle fest, dass ich die dunklen Stoppeln entlang seines Kiefers anstarre, anstatt ihm in die Augen zu schauen, weil ich mir Sorgen mache, dass ich ihn mit meinem Geständnis unbeabsichtigt beleidigt habe. „Es ist nicht deine Schuld. So vieles davon ist neu für mich.“

„Kleines.“ Sylas spricht den alten Spitznamen voller Zuneigung aus und neigt mein Kinn nach oben. „Ich habe dir zuvor schon gesagt, dass deine Situation hier nicht davon abhängt, was du mit mir in diesem Bett tust – oder irgendwo anders im Bergfried, was das angeht. Das gilt, solange du bei uns bist. Ich werde dir mein Verlangen nicht wie eine andere Art von Käfig aufdrängen. Du hast ohnehin schon zu viel Zeit in dem Letzten verbracht. Das Herz weiß, dass ich dich will, aber nur, solange es dich in jeder Hinsicht wirklich glücklich macht.“

Ich atme zitternd ein und Erleichterung lindert einen Teil meiner Nervosität, wenn auch nicht die gesamte. „Okay. Das wird es. Ich weiß nicht … ich muss einfach einen klaren Kopf kriegen.“

Er nickt. „Nimm dir so viel Zeit, wie du brauchst. Du entscheidest, wie weit wir gehen und wozu du bereit bist. Und wenn es Dinge gibt, für die du nie bereit bist …“ Sein Mund biegt sich zu einem untypisch neckenden Grinsen. „Ich kann nicht behaupten, dass ich nicht enttäuscht sein werde, aber ich werde mich freuen, dass du die Grenzen gezogen hast, die du ziehen musstest.“

Und einfach so liebe ich ihn noch mehr. Ich lächle trotz des Schmerzes, der mein Herz zusammendrückt. „Dankeschön. Für alles.“

„Glaub mir, ich genieße jedes bisschen davon … dich zu beschützen … und den Rest.“ Er gibt mir noch einen zarten Kuss auf die Lippen und sinkt neben mir auf seine Seite. Anscheinend hat er beschlossen, dass es an der Zeit ist, unsere intimen Aktivitäten für heute zu beenden. Obgleich der sehnsüchtige Teil in mir noch immer tief in meinem Bauch pocht, kann ich nicht behaupten, dass er damit falschliegt, fürs Erste zu warten. Meine Emotionen sind noch immer zu verworren.

Ich kann mir nicht vorstellen, ihn zu fragen, ob er denkt, er könnte mich jemals lieben oder ob es überhaupt möglich wäre, irgendeine Form einer öffentlichen Beziehung zu führen. Ich komme allerdings nicht umhin, über die eine Frau nachzudenken, mit der er bereits eine Bindung hatte. Seine seelenverbundene Gefährtin, die vom Schicksal für ihn bestimmt war, deren Geist im Einklang mit seinem war. Wie weit außer Reichweite ist diese Art der Verbindung für mich?

„Wie hat es sich angefühlt, eine seelenverbundene Gefährtin zu haben?", frage ich zaghaft. „Wie erkennen Fae – die Reinblütigen, die eine bekommen – wenn sie ihre kennengelernt haben?"

Sylas schiebt seinen muskulösen Arm über meine Taille und zieht mich enger an sich. Es dauert eine Weile, bis er antwortet.

„Die Verbindung festigt sich erst, wenn beide das Erwachsenenalter erreicht haben", erklärt er. „Du lernst sie womöglich schon davor kennen und weißt nicht, dass sie deine Gefährtin ist. Doch das erste Mal, wenn man sich sieht, nachdem sich die Bindung vollständig gebildet hat – das erste Mal, wenn sich eure Augen treffen oder eure Körper berühren – es trifft einen wie ein Blitz direkt in die Körpermitte. Als würde man plötzlich von einem Energieblitz verbrannt werden, und dieses Loch wird sofort mit Eindrücken und Gedanken gefüllt, die deiner Gefährtin gehören. Ab diesem Moment bist du nicht mehr nur du selbst. Sie ist ein Teil von dir und du ein Teil von ihr."

Dass sich ein Fremder einen Weg in die Mitte des eigenen Wesens sprengt, hört sich für mich eher beunruhigend als romantisch an, aber ich schätze, für jemanden, dem nicht jahrelang jedes bisschen seiner

Privatsphäre und Freiheit geraubt wurde abgesehen von dem, was in seinem Kopf vorging, wäre es nicht so entsetzlich. Trotzdem ... „Es muss schwer sein, sich daran zu gewöhnen."

„Nun, wir rechnen damit. Alle reinblütigen Fae wissen, dass es irgendwann geschehen wird – und es ist besser, wenn es früh passiert, sodass man sich gemeinsam ein Leben aufbauen kann."

„Also weiß man einfach immer, was die andere Person denkt und fühlt? Es gibt überhaupt keine Trennung?"

„Es gibt eine gewisse Trennung. Wenn man sich nicht zielgerichtet Gedanken schickt, nimmt man nur vage Empfindungen und Geistesblitze wahr. Und man kann sogar diese bis zu einem gewissen Grad ausblenden, wenn man muss."

Sylas hält inne und sein Daumen streichelt meine nackte Seite hoch und runter, der Rest von ihm ist jedoch so reglos geworden, dass die Streicheleinheiten mein Verlangen nicht erneut entzünden. Als er wieder spricht, tut er das in einem so bedächtigen Tonfall, dass ich merke, dass er seine Worte extrem vorsichtig wählt.

„Das ist einer der Gründe, aus denen ich es den Erzlords nicht vorwerfen kann, dass sie mir einen Teil der Verantwortung – und der Strafe – für die Taten meiner Gefährtin gegeben haben. Ich hätte wahrnehmen *sollen*, dass sie etwas so Verräterisches plante, bevor sie Gelegenheit hatte, zu versuchen, es durchzuführen. Wir stritten uns jedoch längere Zeit und als Rache für meine Weigerung, sie zu unterstützen, benahm sie sich auf eine Weise, von der sie wusste, dass sie mich verletzen würde. Es verletzte mich so sehr, dass ich mich zurückzog, damit ich nicht mehr darüber erfahren musste, als mir bereits aufgezwungen wurde. Das bedeutete allerdings, dass mir auch anderes Wissen entging."

Ich mache ein finsteres Gesicht und lege meinen Arm über Sylas', da mein Beschützerinstinkt plötzlich aufflammt –

als ob *ich ihn* vor irgendeiner Bedrohung beschützen könnte. „Was hat sie getan?"

Noch ein langes Schweigen. Ich will die Frage gerade zurücknehmen, als Sylas scharf einatmet. „Es wird oft erwartet, dass sich Fae-Lords außerhalb ihrer Ehe vergnügen. Wenn Kinder in einer reinblütigen Paarung so selten sind, ist es die typische Methode, sicherzustellen, dass Erben Blutsverwandte haben, die sie für ihren Kader wählen können. Allerdings können wir auch Fae wählen, die keine Verwandten sind, wenn wir müssen."

„So bist du zu Whitt und August gekommen." Ich unterdrücke einen Schauder bei der Erinnerung an die Geschichte, die mir August über ihren gemeinsamen Vater erzählt hat.

„Nun, nicht ganz. Unser Vater hat mehr als genug Fehler, war meiner Mutter jedoch treu ergeben, solange er sie hatte. Whitt wurde geboren, bevor sie einander fanden, und August … nachdem sie ging. Ich übernahm diese Einstellung, vor allem weil man von reinblütigen *Ladys* erwartet, dass sie ihren Gefährten treu bleiben, da eine Schwangerschaft mit einem anderen Wesen jede blockieren könnte, die man sich am meisten wünschen sollte. Als ich Isleen heiratete, schwor ich ihr, dass sie meine ungeteilte Zuneigungen haben würde so wie ich ihre."

Das passt zu dem gerechten und hingebungsvollen Lord, den ich kennengelernt habe. Doch er hat meine Frage noch immer nicht beantwortet. „Das klingt fair", wage ich mich vor.

„Ja, wir waren uns einig, dass es das war. Sie wusste, wie ernst ich meinen Schwur nahm und wie viel mir unsere gegenseitige Treue als Fundament bedeutete, sodass unsere Beziehung einen sicheren Stand hatte, selbst wenn wir unterschiedlicher Meinung waren. Und dann zerstörte sie das alles innerhalb einer Stunde." Sein Arm spannt sich an mir an. „Sie suchte sich einen Liebhaber. Ich spürte ihre Wonne während des Geschlechtsakts mit dem anderen Mann – und ihre *Schadenfreude*, weil sie wusste, dass ich es spüren würde – und ich hatte Angst, dass ich unsere Partnerschaft noch mehr zerstören würde, als sie es bereits getan hatte, wenn ich weitere dieser Eindrücke zuließ und Wind davon bekam, mit wem sie ihre Schwüre gebrochen hatte." Ein harsches Lachen entwischt ihm. „Natürlich stellte sich heraus, dass ich nicht mehr Zerstörung hätte verursachen können, als sie geplant hatte."

Mein Arm spannt sich um seinen an. Mir vorzustellen, dass jemand, diesen noblen, leidenschaftlichen Mann so schrecklich verletzt hat – und nicht einfach irgendjemand, sondern die Person auf der ganzen Welt, die ihm am *meisten* den Rücken hätte stärken sollen – weckt den Wunsch in mir, jemanden zu schlagen. Vorzugsweise sie, wenn sie nicht schon lange tot wäre.

Dann breitet sich Kälte in meiner Brust aus. Meine Stimme bebt. „Hast du deswegen … du warst aufgebracht, dass ich etwas mit August getan hatte …"

„He, nein, *du* hast nichts Falsches getan." Sylas umarmt mich innig und küsst meine Schläfe. „Ich hatte keinen Anspruch auf dich. Du hast mir keine Versprechen gegeben. Teilen liegt mir nicht im Blut, aber unter diesen Umständen bin ich zufrieden mit der Entscheidung, die ich getroffen habe."

„Okay." Ich kuschle meinen Kopf an seine Schulter. „Warum *wolltest* du mit ihr zusammenbleiben nach all dem Streiten und nachdem sie dich so betrogen hatte? Ist es unmöglich, eine seelenverbundene Gefährtin zu verlassen?"

„Nein. Es passiert von Zeit zu Zeit. Doch die Bindung verwelkt über die Entfernung und wird oft zu etwas Verdorbenem. Ich habe dir erzählt, dass meine Mutter meinen Vater verlassen hat. Er war ihr hingebungsvoll ergeben, aber auf so viele Arten grausam, dass sie es nach einer Weile nicht mehr ertragen konnte, ihn weiterhin zu unterstützen. Also ging sie, um sich einem anderen Rudel in einem fernen Revier anzuschließen – und das war der Moment, in dem er wirklich kaltherzig wurde."

„Sie hat dich zurückgelassen?"

„Oh, ich war zu diesem Zeitpunkt bereits erwachsen. Ich konnte auf mich aufpassen. Und sie musste auf sich achten, weshalb ich es ihr nicht vorwerfen kann, dass sie gegangen ist. Doch nachdem ich gesehen hatte, dass dadurch etwas in meinem Vater zerbrochen war … Ich hatte Angst davor, was mit Isleen passieren würde, wenn ich sie im Stich ließ." Er verzieht das Gesicht. „Im Grunde genommen wählte ich den Weg eines Feiglings und dafür wurden mein Rudel und ich bestraft."

Nach allem, was ich bisher über seelenverbundene Gefährten gehört habe, denke ich allmählich, dass es gut ist, dass sich ‚verblasste' Fae wie Whitt und August damit nicht rumschlagen müssen. Ich drücke einen Kuss auf Sylas' Schulter. „Ich finde nicht, dass du ein Feigling warst. Du warst in einer schrecklichen Lage. Jeder hätte Probleme gehabt, die richtige Vorgehensweise zu finden."

„Die meisten hätten allerdings nicht so viele an ihrer Seite gehabt, die mit ihnen den Preis dafür bezahlten. Ich weiß deine Aufmunterung jedoch zu schätzen."

Fae leben so lange Zeit. Wenn man nach dem Äußeren urteilen kann, bezweifle ich, dass Sylas überhaupt schon im mittleren Alter ist. Ich hätte ihn allerhöchstens auf Ende dreißig geschätzt. „Könntest du dir jemals eine andere Gefährtin nehmen? Keine seelenverbundene, das weiß ich, sondern eine gewöhnliche, wie du erzählt hast, dass es Whitt oder August tun könnten? Oder ist es Fae nur erlaubt, einmal zu heiraten?"

„In dieser Hinsicht gibt es keine Einschränkungen",

antwortet Sylas. „Natürlich hatte ich es nicht besonders eilig die Stelle zu füllen, die auf so grausame Weise frei wurde."

Warum sollte er das auch tun? Während ich seine Wärme und kräftige, jedoch sanfte Umarmung genieße, fällt mir auf, dass ich Isleen auf eine eigenartige Art dankbar sein sollte. Wäre sie keine Verräterin gewesen, würde sie womöglich noch leben und sie würden noch immer in Hearthshire wohnen. Sylas hätte nie nach Aeriks Heilmittel gesucht und mich gefunden. Und wenn sie in ihrer Verbitterung nicht so rachsüchtig gewesen wäre, hätte er vielleicht bereits einer anderen Fae-Frau seine Zuneigung geschenkt und es wäre nichts mehr für ein beschädigtes Menschenmädchen wie mich übrig.

Was ich erhalte, mag nicht an die qualvolle Verbindung heranreichen, die er mit ihr teilte, doch ich werde jedes bisschen nehmen, ohne mich zu beschweren.

13

Talia

lles ist dunkel. Metall ächzt.

Der Käfig – der Käfig bricht um mich herum zusammen.

Ein Gitterstab fällt auf meinen Bauch. Ich kann ihn kaum sehen, sondern spüre nur das Metall, das auf meinen Körper kracht, und den Schmerz, der in meinem Magen aufwallt.

Ich schlage um mich und drehe mich in dem Versuch, mich zu schützen, doch meine Arme sind bleischwer und mein Rücken klebt an dem harten Untergrund …

Und dann wache ich auf. Es ist noch dunkel und das Zimmer wird von dem schwachen Sternenlicht hinter dem Fenster erhellt. Zudem befindet sich eine Matratze an Stelle des harten Bodens meines ehemaligen Käfigs unter mir. Nur weiche Decken sind um mich gewickelt – da ich wegen meines Albtraums so gezappelt habe, sind sie verheddert und feucht von Schweiß.

Alles ist sicher. Alles ist so, wie es sein sollte ... abgesehen von einem kribbelnden *Schmerz*, der erneut meinen Bauch durchfährt.

Ich spanne mich unter der Decke an. Der scharfe Schmerz bohrt sich einen Moment lang in mich und verblasst zu einem stumpferen Stechen, verschwindet allerdings nicht.

Meine Hand gleitet unter die Decke, um meinen Bauch zu berühren, doch die Haut dort ist glatt und unversehrt. Der Schmerz strahlt von einem Punkt tiefer in mir aus.

Ist das nur meine Furcht? Ist so viel von dem Schrecken aus meinem Albtraum in die Realität gesickert, dass ich ihn nicht komplett abschütteln kann?

Ich verlagere mein Gewicht auf dem Bett und erstarre. Meine Haltung versteift sich noch mehr als zuvor. Die Betttücher unter mir sind nicht nur schweißfeucht. Sie sind *nass* von einer Feuchtigkeit, die über meine Beine kriecht. Und als ich das bemerke, erreicht meine Nase ein säuerlicher Geruch, der viel zu sehr den rohen, ekelerregenden Gerüchen der Tierkadaver ähnelt, die August normalerweise zu Braten verarbeitet.

Panik blubbert am Ansatz meiner Kehle auf. Ich schiebe mich zum Kopfteil des Bettes und hebe meine Hand zu der Laternenkugel, die an der Wand über meinem Lesesessel befestigt ist. Nachdem ich einige Male verzweifelt herumgefuchtelt habe, flutet das bernsteinfarbene Licht das Zimmer. Ich reiße die Bettdecke zurück und ein erstickter Schrei entwischt meiner Kehle.

Blut. Blut überzieht meine Schenkel und sickert in den hellen Stoff der Bettlaken.

Der Geruch wird stärker und mein Magen schlingert. So viel Blut ... ich muss am *Sterben* sein ... oh Gott ...

Die Schlafzimmertür fliegt auf und Whitt stürmt herein. Sein Gesicht ist gerötet und in seinen Augen leuchtet ein eigenartiges unkontrolliertes Licht, als er meine zusammengekauerte Gestalt auf dem Bett entdeckt. Er bleibt hinter der Türschwelle stehen und wirkt plötzlich unsicher.

„Geht es dir gut?", fragt er. „Ich bin die Treppe hochgekommen ... Ich hörte einen Schrei."

Von dort, wo er steht, kann er das Blut nicht sehen. Ich verspüre den absurden Impuls, ihn wegzuscheuchen, zu behaupten, dass alles in Ordnung sei, und nicht zuzugeben, dass ich mich irgendwie beim *Schlafen* tödlich verwundet habe, als wäre diese Peinlichkeit schlimmer, als zu verbluten.

Selbst wenn ich diese Taktik versucht hätte, Whitt besitzt wölfische Sinne. Bevor ich überhaupt Worte bilden kann, atmet er scharf ein und marschiert geradewegs an die Seite des Bettes. Doch als er neben mich tritt, verfliegt die Sorge, die seine Züge angespannt hat. Er betrachtet die Sauerei und dann mich.

„Ich ... ich weiß nicht wie ...", stammle ich und mir fällt auf, dass ich mich ziemlich gut fühle für jemanden, der kurz vor dem Verbluten ist. Abgesehen von dem dumpfen Knoten in meinem Bauch empfinde ich nirgends Schmerzen.

Whitt blinzelt, gluckst leise und streichelt mit der Hand über meine Haare, um sie auf meine Schulter zu legen. „Das ist deine monatliche Blutung. Hattest du noch keine? Ich hatte den Eindruck, dass sie in der Menschenwelt allgemein bekannt ist."

Oh. Eine Woge der Scham, die doppelt so stark brennt, spült die Kälte meiner Angst fort. Natürlich. Natürlich. Die Krämpfe, das Blut an dieser speziellen Stelle ...

Ich lasse mein brennendes Gesicht in meine Hände sinken. „Es ist so lange her, seit ich eine hatte ... ich habe es vergessen." Und da ich erst aus einem Albtraum aufgewacht war, habe ich vermutlich nicht besonders klar gedacht.

Zuhause hatte ich ein paarmal meine Periode, bevor mich Aerik entführte. Doch nachdem er mich in diesen Käfig gesteckt hatte, hatte ich nie wieder eine. Ich würde mich an die Scham erinnern, die ich empfunden hätte, wenn ich im Käfig mit einer einzigen Periode hätte klarkommen müssen.

Whitt gibt einen rauen Laut von sich, der beinahe ein Knurren ist. „Ein Körper, der ausgehungert ist oder dem zu viel Trauma widerfährt, bekommt keine Blutungen. All diese Jahre …" Seine Hand fällt an seine Seite und er fletscht die Zähne, als würde er Aerik in Stücke reißen, wenn der Mann jetzt vor ihm stehen würde. Mit sichtlicher Mühe zügelt er seine Wut. „Dass du sie jetzt bekommen hast, ist ein gutes Zeichen. Es zeigt, dass du heilst. Alles funktioniert so, wie es das soll."

Das ist in gewisser Weise eine Erleichterung, doch trotzdem dreht sich mir der Magen um, als ich die Bettwäsche erneut betrachte. „Ich habe so eine Sauerei gemacht."

„Die ist schnell beseitigt", sagt Whitt rasch. Er ist wieder sein übliches gleichgültiges Selbst. „Ich glaube menschlichen Dienern – nun, den Frauen – werden Tücher mit ungefähr dem gleichen Zauber gegeben, den wir an Verbänden benutzen, damit sie das Blaut aufsaugen. Ich sollte das hinkriegen. Und Magie wird deine Bettwäsche auch problemlos reinigen. Warte kurz."

Er eilt aus dem Zimmer und kehrt eine Minute später mit einem gefalteten Tuch zurück, das er aus der Küche geholt haben muss. Anscheinend ist es schon verzaubert, da er es mir sofort gibt. „Ich nehme an, du kannst selbst herausfinden, wo du das hintun musst."

Ich krabble aus dem Bett und schwanke, als ich meinen krummen Fuß zu stark belaste. „Ich … ja." Ich blicke zu dem Schrank und weiß nicht, ob ich vor seiner Nase an meiner Unterwäsche herumfummeln möchte.

Er deutet zur Tür. „Ich vermute, du willst dich waschen. Du kannst deine Sachen zum Bad bringen, während ich mich um das Bett kümmere.“

Er wird …? Andererseits wäre es mir lieber, wenn er die anderen aufwecken oder jemanden aus dem Rudel rufen würde, damit er hinter mir her putzt? Es ist ja nicht so, als besäße ich irgendeine Magie, mit der ich mich darum kümmern könnte. Whitt muss ziemlich viel Erfahrung mit anderen Arten von Blut haben, weshalb es für ihn vielleicht nicht so unangenehm ist.

Ich bin zum Schrank gehumpelt und habe ein frisches Nachthemd und eine Unterhose geholt, als ich eine plötzliche Eingebung habe. Ich wirble herum.

„Könnte das Blut von dem hier … wenn ich *ohnehin* jeden Monat bluten werde …“

Whitt kann meinem Gedankengang offenbar folgen, auch wenn ich Schwierigkeiten habe, die ganze Idee auszusprechen. Er legt den Kopf schief und beugt sich dichter ans Bett. Sein Mund verzieht sich. „Ich befürchte, die Antwort ist wahrscheinlich nicht so einfach, Krümel. Selbst wenn wir die beiden Ereignisse in Einklang miteinander bringen könnten, ist diese Art der Blutung nicht mit dem reinen Blut aus deinen Adern zu vergleichen. Der Geruch ist anders. Ich vermute, dass wir das gleiche Ergebnis sehen würden wie damals, als wir versuchten, das Elixier zu horten und zu benutzen, als es älter war.“

Ein Anflug von Enttäuschung trifft mich, ich hatte jedoch keine Zeit, mir besonders große Hoffnungen zu machen. Es ist nicht so, als hätte ich etwas dagegen, diesen Männern zu erlauben, meinem Arm Blut zu entnehmen, solange ich so behandelt werde, als hätte ich das Recht, zu entscheiden, ob ich es tun will. Es auf diese Weise zu beschaffen, hätte Sylas' Gewissen jedoch weniger belastet.

Ich eile durch den Gang zum Bad und wasche mich dort

so gut, ich kann. Beim Anblick der rötlichen Schlieren, die von dem Schwamm in den Abfluss der Wanne fließen, zucke ich zusammen. Das gefaltete Tuch passt problemlos in meine Unterhose. Ich ziehe sie an und schlüpfe in mein frisches Nachthemd. Anschließend spüle ich die roten Streifen so gut wie möglich aus dem Nachthemd, das ich zuvor anhatte.

Als ich in mein Zimmer zurückkehre, scheint Whitt die Magie, die er gewirkt hat, beendet zu haben. Der metallische Geruch ist verschwunden. Meine Bettwäsche liegt ordentlich und ohne Flecken auf dem Bett. Als ich meine Hand auf die Stelle lege, an der es am schlimmsten war, ist sie nicht einmal feucht.

„Ein Hurra auf die Magie", sage ich mit einem Lachen, das leicht zittrig klingt.

Whitt grinst, was sein markantes, gut aussehendes Gesicht atemberaubend macht. „Sie macht sehr viele Dinge sehr viel einfacher."

„Dankeschön." Ich reiße den Blick von ihm los und steige wieder ins Bett. Als ich dort sitze und die Decke zu meiner Taille ziehe, werde ich plötzlich schüchtern. Der Fae-Mann ist im besten Fall schwer zu lesen, mit mir ist er jedoch geduldig und zwischen seinen sarkastischen Bemerkungen sogar *nett*. Nicht nur jetzt, sondern auch während der vergangenen Wochen, selbst als ich ihn bei seiner Arbeit störte – er beantwortete mir meine Fragen und ging locker mit meinem Unwissen und meinen Unsicherheiten um.

Ich wünschte, ich könnte ausdrücken, wie sehr ich das zu schätzen weiß, aber ich weiß nicht wie, zumindest nicht auf eine Weise, die nicht komisch rüberkommen würde. Ich entscheide mich dafür, mich auf den vorliegenden Moment zu konzentrieren. „Dankeschön ..., dass du nach mir geschaut hast und alles andere. Ich wollte dich nicht bei dem unterbrechen, was du gerade getan hast. Ich hätte realisieren sollen, was los war, anstatt in Panik zu geraten."

Whitt winkt meinen Entschuldigungsversuch mit einer Handbewegung ab. „Ich war nach unserer Feier nur auf dem Weg ins Bett. Ich hätte vermutlich ohnehin mindestens so lange gebraucht, um den Kopf zum Schlafen freizukriegen. Auf diese Weise konnte ich die Zeit produktiv nutzen." Er hält inne und seine Miene wird wieder sanfter. „Wirst *du* jetzt wieder schlafen können?"

Mir kommt das Bild in den Sinn, dass er mich aus dem Bett hebt und zu seinem trägt, wie es Sylas nach anderen Albträumen getan hat. Ein eigenartiges Kitzeln durchfährt mich, da mich der Gedanke gleichermaßen nervös macht und begeistert. Vielleicht fragt sich ein kleiner Teil von mir, wie es sich anfühlen würde, in der Umarmung dieses unergründlichen Mannes gefangen zu sein, aber das ist definitiv eine Neugier, der ich nicht nachgehen werde.

Ich atme langsam aus und lasse so viel von meiner anhaltenden Anspannung ziehen, wie ich kann. „Ich glaube schon." Und dennoch fühle ich mich noch nicht bereit, in die Dunkelheit und zu den Träumen zurückzukehren, die aus dieser auftauchen könnten. Ich fummle am Saum der Bettdecke herum. Ich könnte wenigstens etwas freundlicher sein. „War es eine gute Feier?"

„Ich würde sagen, das war es. Es wurde viel Liebe gemacht und nur wenig Krieg. Die Stimmung war gut, die Beschwerden gering."

Sein Tonfall ist so unbeschwert, dass das letzte, unbehagliche Kribbeln weicht. Wie könnte irgendetwas nicht stimmen, wenn er so ruhig ist? Ich stelle fest, dass ich ihn unerwartet anlächle.

Ein durchtriebenes Funkeln erhellt Whitts Augen. „Einige meiner Rudelkollegen haben nach dir gefragt. Ich habe ihnen gesagt, dass du damit beschäftigt bist, August hinterher zu schmachten."

Ich schaue ihn halbherzig finster an und er gluckst.

„Keine Sorge. Ich bin mir sicher, der Welpe wird schon bald wieder zu Hause sein, wo er hingehört." Whitt wendet sich zum Gehen ab und macht über seine Schulter hinweg eine letzte Bemerkung. „Es ist keine Schande, die Laterne anzulassen. Manchmal besteht die beste Möglichkeit, die Dunkelheit abzuwehren, darin, sie auf wortwörtliche Art in Schach zu halten."

Er verlässt das Zimmer, schließt mit einem leisen Klicken die Tür und lässt mich mit der Frage zurück, welche Dunkelheit *er* abwehren musste, dass er das so zuversichtlich sagen konnte.

14

August

Eine feuchte Brise schlägt mir entgegen, als ich aus dem Gefährt steige. Das Gras unter meinen Stiefeln ist feucht. Ich ziehe die kühle Luft der Dämmerung in meine Lunge, schmecke Gänseblümchen und Klee, und lasse sie einen Augenblick auf meine Haut sinken, bevor ich zum Bergfried laufe.

Oh, wie froh ich bin, zu Hause zu sein. Und oh, wie sehr ich mir wünschte, ich würde bessere Nachrichten bringen.

Wie nicht anders zu erwarten, ist im Bergfried noch niemand wach. Ich zögere am Fuß der Treppe und ringe mit mir, ob ich Sylas aufwecken soll, um ihm meinen Bericht sofort zu überbringen. Wenigstens ist die schlechte Nachricht nicht *dringend.* Ich möchte sie ihm lieber mitteilen, wenn er ausgeruht ist.

In der letzten Woche habe ich selbst nicht sonderlich viel Schlaf erhalten und nur ein paar Stunden während der Fahrt hierher geschlafen. Obwohl ich deswegen hundemüde bin, pulsiert zu viel unbehagliche Energie durch mich hindurch, als dass ich bald einschlafen könnte. Ich gehe in die Küche, um mich wieder mit dem Teil des Bergfrieds vertraut zu machen, der vor allen Dingen mein Geltungsbereich ist.

Die Rudelmitglieder, die den Küchendienst übernommen haben, haben sie sauber und ordentlich zurückgelassen – fast zu ordentlich. Ein wenig Unordnung hätte mir etwas gegeben, worauf ich mich hätte konzentrieren können. Es hätte mir das Gefühl gegeben, dass ich vermisst wurde. Nun, ich werde meine Familie einfach daran erinnern müssen, wie gut das Essen ist, wenn *ich* hier bin. Ein dekadentes Frühstück könnte womöglich dabei helfen, dass mein Bericht besser aufgenommen wird. Ich kann es jedenfalls hoffen.

Ich verfalle in einen vertrauten Rhythmus, als ich Mehl abmesse und Eier aufschlage. Diese Bewegungen erden mich. Draußen an der Grenze war die Essenssituation sogar ohne Angriffe ziemlich grässlich. Im Allgemeinen kochten wir über einem offenen Feuer und aßen, was auch immer die Krieger erlegen oder bei ihren kurzen Wanderungen entfernt von der Verteidigungslinie ergattern konnten. Als sich mir eine Gelegenheit bot, suchte ich einige herbe Kräuter zusammen, um dem Ganzen etwas Geschmack zu verleihen. Bei all den Opfern, die meine Rudelkollegen dort draußen für uns erbringen, konnte ich wenigstens sicherstellen, dass sie einige gute Mahlzeiten erhielten.

Ich schiebe gerade die erste Ladung Pfannkuchen in die Wärmeschublade, um sie warm zu halten, als Sylas im Türrahmen erscheint. „Ich dachte, ich hätte hier unten etwas Ungewöhnliches gehört. Angesichts dessen, dass du es bist, ist es allerdings kein so ungewöhnliches Verhalten, schätze ich. Willkommen zu Hause, August."

Sein Lächeln ist wie immer zurückhaltend, aber die

Freude – und vielleicht auch ein wenig Erleichterung – in seinem Tonfall sind nicht zu überhören. „Ich bin froh, zurück zu sein", erwidere ich. „Ich nehme an, es ist niemand in meiner Abwesenheit verhungert."

Er gluckst. „Wir haben es überstanden, was jedoch nicht heißt, dass wir deine kulinarischen Talente nicht wertschätzen werden, jetzt, da du zurückgekehrt bist. Warst du schon oben und hast Talia besucht?"

Mein Herz macht einen Satz und schmerzt zur gleichen Zeit, als ich mir das süße Gesicht meiner Liebhaberin vorstelle und wie sie sich in meinen Armen anfühlen wird, wenn ich sie wieder umarmen kann. „Ich wollte sie nicht aufwecken."

„Sie hat sich Sorgen um dich gemacht. Irgendwie bezweifle ich, dass sie etwas gegen die Störung hätte."

Ich stelle mir vor, wie ich nach oben laufe und neben ihr ins Bett schlüpfe, sie in meine Arme ziehe und ihren süßen Duft einatme. Ja, das werde ich tun – doch zuerst muss ich die Pflicht meinem Lord gegenüber erfüllen. Ich darf nicht zulassen, dass mich mein Verlangen davon ablenkt.

„Ich nehme an, du willst auch meinen Bericht", sage ich.

Er kommt herein und lehnt sich mir gegenüber an die Kücheninsel. „Natürlich. Allerdings scheint die Situation nicht unfassbar furchtbar zu sein, da du allein zurückgekehrt bist, anstatt unsere restlichen Krieger mitzubringen."

Ich nehme mir einen Moment, um die nächste Ladung Pfannkuchen zu wenden, sammle mich und ziehe Trost aus der Leichtigkeit, mit der sich der Pfannenwender nach meinem Willen bewegt. Dann schaue ich wieder zu Sylas. „Es war nicht so schlimm, um die ganze Sache abzublasen, aber … es war auch nicht gut. Ringsum, nicht nur für unser Rudel."

Sylas' Lächeln verblasst. „Erzähl weiter."

„Was Whitt über unsere Lage gehört hat, entspricht der

Wahrheit. Die neun Krieger, die wir dort draußen haben, werden im Grunde genommen von den Rudeln gemieden, die in der Nähe stationiert sind. Ich erlebte keine Unseelie-Angriffe, während ich bei ihnen war, aber es ist eindeutig, dass sie auf sich allein gestellt sind, sollte es einen geben. Und sollte der Feind an der Stelle durchbrechen, die sie schützen, würden sie die Schuld an dem Versagen kriegen nicht die anderen, die sich weigern, sie zu unterstützen."

„Das ist schade, allerdings keine Überraschung. Gab es noch etwas?"

Ich denke, er weiß bereits, dass es noch etwas gibt. Ich schrecke instinktiv davor zurück. Mein Charakter verlangt, dass ich meine Loyalität den Erzlords gegenüber – den Fae, die über *alle* Rudel herrschen – sogar über die gegenüber meines eigenen Lords stelle. Doch ich werde die Wahrheit nicht für sie verschleiern, nicht vor dem Mann, dem ich direkt diene.

Ich drehe mich um, um einen Blick in die Pfanne zu werfen. „Die Erzlords kamen, um die Geschwader entlang der nördlichen Strecke zu überprüfen, während ich dort war. Ihre Führung … war nicht das, was ich mir erhofft hatte."

Sylas summt vor sich hin. „In welcher Hinsicht?"

In jeder Hinsicht? Ich verkneife mir eine Grimasse. „Sie wirkten sehr angespannt, und zwar so stark, dass sie es nicht verbergen konnten, was auch die Anführer der Geschwader ruhelos machte. Ich habe nicht direkt mit ihnen gesprochen – keiner von ihnen hatte ein besonderes Interesse an unserer kleinen Gruppe – aber ich verfolgte die Vorgänge so gut wie möglich, um mehr herauszufinden. Unter anderem überhörte ich einige Streitereien zwischen ihnen darüber, wie man am besten vorgehen sollte. Dabei waren sie auch in Hörweite vieler anderer. Ich hätte erwartet, dass sie wenigstens in der Öffentlichkeit eine vereinte Front präsentieren."

Als ich über meine Schulter zu Sylas schaue, macht er ein

finsteres Gesicht. „Genauso wie ich. Das verheißt nichts Gutes. Worüber haben sie sich gestritten?"

„Das konnte ich nicht eindeutig ausmachen. Sie haben keine Einzelheiten verraten und Teile des Gesprächs führten sie im Flüsterton. Das Einzige, was ich verstand, ist, dass sie glauben, sich bald eine neue Strategie überlegen zu müssen. Vielleicht haben sie Wind von einer neuen Entwicklung bekommen, die sie noch nicht an die große Glocke hängen wollen. Nachdem sie ihre Inspektion beendet hatten, ließ jedenfalls jeder von ihnen einen ihrer Kader-Gewählten zurück, damit er die gesamte Strecke im Norden patrouillierte und die Tätigkeiten der Geschwader überwachte."

Sylas' Augenbrauen heben sich. „Sie haben Kader-Gewählte dauerhaft auf einen Posten abseits ihrer Ländereien abgestellt? Whitt hat nicht erwähnt, dass er von einer derartigen Präsenz gehört hat."

„Es ist noch nie vorgekommen. Unsere Krieger berichteten, dass dies das erste Mal seit Jahren war, dass die Erzlords persönlich zu diesem abgelegenen Teil der Grenze gekommen sind, und das erste Mal *überhaupt*, dass sie jemanden so Hochrangiges dorthin entsendet haben." Ich werfe die Pfannkuchen auf eine neue Platte und greife nach der Schüssel mit dem restlichen Teig. „Es gefiel mir nicht."

„Nein, das kann ich dir nicht übelnehmen. Es klingt definitiv so, als würden sie einen neuen, größeren Angriff erwarten. Hast du unser Geschwader so zurückgelassen, wie es war, oder ist dir ein Rat eingefallen, um ihre Lage zu verbessern?"

Das Zischen des Teiges, der in die heiße Pfanne fällt, verschafft mir eine kurze Galgenfrist, bevor ich antworten muss. „Ich habe eine ziemlich große Veränderung an ihrer Herangehensweise vorgenommen. Eine, über die du womöglich nicht so glücklich sein wirst ... Ich hielt es für recht unwahrscheinlich, dass wir eine große Wirkung haben würden oder, um ehrlich zu sein, etwas anderes als Leichen oder Sündenböcke werden würden, indem wir so tun, als könnten wir einen ganzen Bereich der Grenze halten. Also befahl ich unseren Kriegern, sich hinter einige der anderen Geschwader zurückzuziehen, wo sie eine unterstützende Funktion einnehmen können. Die anderen Rudel wollen zwar nicht zu *unserer* Hilfe eilen, aber es ist unwahrscheinlich, dass sie mitten in einem Angriff unsere Hilfe ablehnen werden."

Ich grinse Sylas kurz zu. „Ich habe ihnen gesagt, dass sie vor allem auf Gelegenheiten achten sollen, einen der Kader-Gewählten der Erzlords zu schützen. Das könnte uns ein paar Pluspunkte einbringen."

Er knurrt scheinbar zustimmend, doch sein Gesichtsausdruck bleibt düster. Als ich mich an die nächste Ladung Pfannkuchen mache, verkrampft sich mein Magen. „Falls du der Meinung bist, dass das nicht die richtige Entscheidung war …"

„Nein, das klingt nach einer weisen Entscheidung. Möglicherweise sogar weiser, als ich es von dir erwartet hätte, weshalb ich dir eindeutig nicht genug zugetraut habe." Sylas' Lächeln kehrt zurück, jedoch nur für einen Augenblick. „Ich denke nur darüber nach, wie wir jetzt fortfahren sollen … und mir gefällt keine der Optionen."

Die böse Vorahnung in seiner Stimme wirft einen Schatten auf den Stolz, den ich wegen seines Kompliments empfand. „Denkst du, wir *müssen* sofort noch etwas anderes tun?"

„Bald, auf alle Fälle. Wenn sich die Erzlords so engagieren, könnten wir kurz vor einer großen Wende in diesem Krieg stehen – es könnte darauf hinauslaufen, dass wir all unsere Kräfte investieren müssen, um nicht nur unseren guten Ruf wiederherzustellen, sondern um das gesamte Sommerreich zu schützen."

Unbehagen durchläuft mich bei seinen Worten. Könnten die Unseelie wirklich so viele von unseren Ländereien einnehmen, dass es einen Unterschied machen würde? Was würden sie mit uns tun – uns abschlachten? Uns versklaven?

Es ist schwer, diese Vorstellung zu verdauen. In meiner Lebzeit habe ich kaum einen der Winter-Fae gesehen, die sich in Raben verwandeln können. Dass sie so plötzlich zu einem unvermeidbaren Teil unserer Leben werden, scheint unmöglich zu sein, aber Sylas glaubt eindeutig an die Möglichkeit, dass sie es so weit treiben könnten.

Bevor ich ihn fragen kann, was er damit meint, dass wir all unsere Kräfte investieren müssen, erreicht meine Ohren ein leises Klopfen auf der Treppe. Mein Kopf schnellt herum und mein Herz setzt vor Freude einen Schlag aus. Ich würde das Klacken von Talias Schritten überall erkennen.

Ich stelle die Schüssel auf die Arbeitsplatte und eile an Sylas vorbei in den Gang. Mein süßes Mädchen erreicht gerade den Fuß der Treppe. In dem Moment, in dem sie mich sieht, erhellt sich ihr Gesicht so sehr, dass es beinahe magisch wirkt.

„Du bist zurück!", sagt sie und alles, was sie womöglich noch hinzugefügt hätte, geht verloren, als ich sie in meine Arme ziehe. Sie erwidert meine Umarmung mit einer Kraft in diesen schlanken Armen, die mich noch immer überrascht. Ihr Gesicht presst sich an meine Schulter und sie seufzt zittrig, was mir eindeutig verrät, wie erleichtert sie ist. Eine eigenartige Mischung aus Begeisterung und Schmerz erfüllt meine Brust. Schmerz bei dem Gedanken, wie viele Sorgen sie sich um mich gemacht haben muss, doch ich bin unleugbar glücklich, dass ihr meine sichere Rückkehr so wichtig war.

Wie kann es sein, dass ich vor weniger als zwei Monaten

nicht einmal wusste, dass diese Frau existiert, und jetzt kann ich mir mein Leben ohne sie nicht mehr vorstellen?

„Und mir geht es prima, wie versprochen", informiere ich sie. „Ich habe während der ganzen Zeit, die ich dort draußen war, nicht einmal einen Unseelie-Krieger gesehen."

Ihre Arme spannen sich um mich herum an und dann lockert sie ihren Griff, damit ich sie wieder auf ihre Füße stellen kann. Als sie zu mir aufsieht, verzieht sich ihr Mund nach unten. „All die Rudelmitglieder, die noch dort draußen sind, werden allerdings gegen sie kämpfen müssen. Wie viel länger wird dieser Krieg dauern? Ich verstehe noch immer nicht, warum die Unseelie nicht einfach mit euch darüber *reden*, was sie wollen."

Whitts träge Stimme erklingt hinter ihr. „Vermutlich, weil ihnen bewusst ist, dass wir ihnen das, worauf sie es mit Federn und Klauen abgesehen haben, niemals freiwillig geben werden." Mein ältester Bruder bleibt auf der untersten Stufe stehen und lehnt sich ans Geländer. „Wie es scheint, habt ihr alle beschlossen, hier unten eine Party zu feiern, ohne mich einzuladen. Ich bin verletzt."

„Wir wissen, wie gerne du ausschläfst", erwidere ich und verdrehe die Augen. „Es ist auch schön, dich zu sehen."

Whitt grinst mich an. „Oh, keine Sorge, du wurdest sehr vermisst, Auggie." Er schnuppert in der Luft. „Genauso wie deine genialen Frühstücke. Es gibt ein *paar* Dinge, für die ich mich zu dieser Stunde freiwillig aus dem Bett quäle, und Fahlwurzelpfannkuchen gehören definitiv dazu."

Ich bin zu Hause, umringt von den drei Leuten, die mir am wichtigsten auf der ganzen Welt sind, und für einen Augenblick schmilzt dieses Wissen jegliche Furcht in mir. Ich erwidere sein Grinsen. „Ich schätze, dann fange ich besser an, aufzutischen."

Talia ist bereits auf dem Weg in die Küche. „Ich hole die Teller!"

„Wie ist dein Training gelaufen?", frage ich sie, als ich ihr folge. „Das körperliche und magische?"

Sie stellt sich mit den Knien auf einen Hocker, um die Teller zu erreichen, die auf einem Regal über der Arbeitsplatte gestapelt sind. „Ich denke, ich habe die meisten der Moves gut drauf, auf die ich mich deiner Meinung nach konzentrieren sollte. Du wirst mich bei einem Übungskampf testen müssen, um sicherzustellen, dass ich für dich gut genug in Form bin." Sie wirft mir einen verschmitzten Blick zu, der mir mehr einheizt als der Herd, über den ich mich gerade gebeugt habe. „Und die Magie ... Ich habe noch immer keine großen Fortschritte mit dem Licht gemacht, aber Bronze kann ich mittlerweile ziemlich mühelos verbiegen."

„Das würde ich gerne sehen." Ich wühle in einer der Schubladen herum und suche nach einem anderen Bronzeutensil, das so alt ist, dass ich es ohnehin nicht mehr oft nutze, und reiche ihr einen leicht angesengten Spieß. „Du hast eine Kelle in einen Spieß verwandelt. Denkst du, du kannst aus dem hier eine Kelle machen?"

Ich meine den Kellen-Teil eigentlich scherzhaft, doch Talia richtet ihren Blick voller Ernst und ohne Protest auf den Spieß. Das letzte Mal, als ich sie bei der Arbeit mit ihrer unerklärlichen Magie beobachtete, brauchte sie einige Minuten, um die Macht in sich heraufzubeschwören. Jetzt können es nicht mehr als zehn Sekunden sein, in denen sich ihr Kiefer anspannt und ihre Augen auf eine Weise schmal werden, die ihr Aussehen von hübsch zu wahnsinnig umwerfend steigert, bevor sie den wahren Namen wie einen Befehl ausspuckt: *„Fee-doom-ace-own!"*

Die obere Hälfte des Spießes erschaudert, wird flacher und nimmt eine breitere, kreisrunde Form an. Es ist nicht *haargenau* eine Schöpfkelle, eigentlich eher ein schmaler Spachtel, aber ich bin mir nicht sicher, ob ich aus dem Teil eine bessere Kelle hätte machen können. Talia sieht mit zaghaftem Stolz zu mir auf und ich kann nicht widerstehen, mich für einen Kuss vorzubeugen.

„Das war wundervoll. Du hast wirklich gelernt, es zu kontrollieren."

„Nicht genug", erwidert sie, obwohl mein Kuss ihr die Röte in die Wangen getrieben hat, und sie lächelt. „Wenn ich etwas schnell aus Bronze machen muss und nicht schon verängstigt oder wütend bin, könnte es sein, dass ich es nicht rechtzeitig schaffe. Allerdings werde ich definitiv besser!"

„Das wirst du tatsächlich", sagt Whitt, der mit locker vor der Brust verschränkten Armen von der Tür aus zugeschaut hat. „Weißt du, mit all diesen Fähigkeiten, bist du womöglich sogar bereit, dich auf der nächsten Feier, die ich ausrichte, zu behaupten. Du kannst dir relativ sicher sein, dass du dort niemanden aufspießen musst."

Talia lächelt ihn ebenfalls an, allerdings schüchterner. „Das würde mir gefallen."

Bei dem Blick, den sie wechseln, kribbelt eine schärfere Empfindung in meinem Magen. Er ist vertraut und beinahe liebevoll. Andererseits warum sollten sie nicht liebevoller miteinander umgehen, je länger sie zusammenleben? Ich sollte mir das für sie wünschen.

Und das tue ich. Ich kann nur das Flüstern in mir nicht komplett ausblenden, das sich fragt, wie viel Platz für mich übrigbleiben wird, wenn sie auch noch die Zuneigungen meiner beiden älteren Brüder genießen kann.

Talia

Der Sonnenuntergang färbt die fernen Wolken lila und golden. Die Farben wandern über die Türme aus hellem Stein, die sich über dem westlichen Wald erheben. Es ist ein hübsches Bild, als wäre die Welt in ein Aquarell verwandelt worden. Ich komme jedoch nicht umhin, an all die Ungewissheiten zu denken, die sich hinter dieser Szene verbergen. Ich ging nach dem Abendessen nach draußen, um die frische Luft einzuatmen, aber das sanfte Pfeifen der Brise beruhigt meine Nerven nicht so, wie ich gehofft habe.

Astrid schlendert vom Dorf herbei, bleibt neben mir stehen und folgt meinem Blick. Als ich mich zu ihr drehe, meine ich Traurigkeit auf ihrem runzeligen Gesicht zu erkennen.

„Die Kämpfe sind weit weg von hier", sagt sie. „Es ist unwahrscheinlich, dass einer von uns mit ihnen in

Berührung kommt, während wir hier sind. Falls es das ist, wegen dem du so ernst aussiehst jetzt, da dein Mann zurück ist."

August ist zurück, doch das, was er an der Grenze gesehen hat, sucht ihn noch heim. Über seinem normalerweise fröhlichen Auftreten hing den ganzen Tag ein Schatten. Andererseits hatte er es noch nie mit so einem Konflikt zu tun, oder?

Wie viele andere Kriege hat Astrid in all den Jahrhunderten ihres bisherigen Lebens gesehen? Ist dieser wirklich der schlimmste?

Ich kann mich nicht ganz dazu überwinden, sie das zu fragen, weshalb ich stattdessen eine einfachere Frage entwischen lasse. „Musstest du jemals gegen die Unseelie kämpfen?"

Ihre dünnen Lippen ziehen sich zurück und sie fletscht kaum merklich die Zähne. „Ein oder zweimal, als einige von ihnen in ihre Schranken verwiesen werden mussten. *Früher* kannten sie diese im Allgemeinen so gut, dass sie sich an ihr eigenes Revier hielten und unseres in Ruhe ließen. Es sind die Murk, die den größten Ärger gemacht haben, wenn wir ihre kleinen Aufstände nicht schnell genug unterbanden."

„Die Murk?", wiederhole ich und versuche, mich zu erinnern, ob die Männer des Bergfrieds diese erwähnt haben.

Astrid verfällt in eine knarzige Singsangstimme.

„Wölfe des Sommers, Winterraben,

wo sie hausen, wirst du keine Ruhe haben.

Doch hüte dich vor den murkischen Ratten,

die Zwietracht säen und lauern in Schatten."

Ein Schauder durchläuft mich bei den trällernden Worten. Als sie fertig ist, blickt Astrid zu mir. „Ich schätze, die jungen Leute in der Menschenwelt singen diesen Reim nicht mehr. Als *ich* jung war, wussten genügend Menschen, wovor sie auf der Hut sein mussten. Doch alles, was in

Verbindung mit der Nebelwelt steht, verblasst schnell aus den sterblichen Köpfen."

Ich schüttle den Kopf. „Ich habe den Reim noch nie gehört. Wo ist Murk? Ist es ein Teil der Nebelwelt?"

Ein rauer Laut dringt aus ihrer Kehle. „Die Fae der Murk leben nirgends und überall. Sie versammeln sich in den schmutzigen Schatten der Menschenwelt und entlang der Randgebiete unserer Welt, wo auch immer sie etwas Platz stehlen und ihre Fäulnis verbreiten können. Sie sind immerhin Ratten." Sie zeigt erneut ihre Zähne, dieses Mal bei einem schwachen Grinsen. „Einem Wolfsmaul sind sie nicht gewachsen, sehr zu ihrem Missfallen. Sie plagen hauptsächlich die Menschen, nicht uns."

„Also haben sie kein eigenes Reich, wie ihr das Sommerreich habt und die Unseelie das Winterreich haben."

„Nein. Sie waren immer der Abschaum, die Fae, die nirgends so richtig hinpassten. Und sie nehmen es uns übel, dass wir einen Ort haben, an den wir gehören." Astrid schnaubt. „Aber zerbrich dir nicht den Kopf über sie. Dieses Mal sind es die Raben, die für Unfrieden sorgen. Ich erwarte, dass wir ihrer schon bald Herr werden."

Ich verkneife es mir, anzumerken, dass der Krieg bereits seit Jahrzehnten andauert. Aus Astrids betagter Perspektive wäre ein Jahrhundert wahrscheinlich ‚bald'.

Die ältere, jedoch rüstige Fae tätschelt mir leicht den Arm. „Wirklich, du solltest dir über *nichts* davon den Kopf zerbrechen. Ich kann dir mit der Weisheit von viel Erfahrung sagen, dass nichts jemals wahrhaft endet; es verändert sich bloß."

Mit dieser Aussage läuft sie über das Feld zu den Hügeln davon. Sie muss heute Nacht Wachdienst haben.

Ihre Bemerkung ist nicht unbedingt tröstlich – es gibt eine Menge Dinge, von denen ich nicht möchte, dass sie sich ändern – aber ich schlüpfe beruhigter zurück in den Bergfried, als ich ihn verließ, was immerhin mein Ziel war.

Sylas und sein Kader stehen im Gang vor dem Esszimmer und sind in eine hitzige Diskussion vertieft. Als ich mich nähere, seufzt Sylas und macht eine Geste, als wollte er das Thema verscheuchen. „Ich muss noch mehr darüber nachdenken, aber ich weiß eure Perspektiven zu schätzen."

Er dreht sich zu mir um und seine Düsterkeit verschwindet mit einem stillen Lächeln. „Talia, da bist du ja. Es gibt etwas, was ich dir zeigen wollte. Und du solltest auch kommen, August."

Der Fae-Lord führt uns beide zur Treppe, woraufhin sich Whitt zurückzieht. Als ich in seine Richtung blicke, verschwindet er gerade im Keller und befindet sich bereits zu tief in den Schatten, als dass ich sein Gesicht erkennen könnte. Es fühlt sich merkwürdig an, ihre Gruppe zu trennen, indem wir drei gehen und ihn allein lassen.

Ich habe mich so sehr angestrengt, keinen Keil zwischen Sylas und August zu treiben. Habe ich den Kader stattdessen auf eine völlig andere Art gespalten?

Andererseits schien Whitt schon immer seine Unabhängigkeit zu genießen und er hat definitiv kein Interesse daran gezeigt, Teil unserer sorgfältig verhandelten Vereinbarung zu werden. Wenn er ein Problem damit hätte, wo er bei seinen Halbbrüdern steht, würde er sicherlich nicht zögern, ihnen das zu sagen.

„Worum geht es hier?", frage ich Sylas, da die Neugier an mir nagt.

„Geduld, Lady des Bergfrieds", sagt er lässig. „Ich habe eine kleinere … Renovierung vorgenommen, könnte man sagen. Es lässt sich am besten erklären, wenn du es siehst."

August zuckt mit den Achseln, womit er ausdrückt, dass er auch keine Ahnung hat, was Sylas im Schilde führt. Auf der obersten Treppenstufe angelangt, führt uns der Fae-Lord durch den Gang zu dem Bereich, der die Schlafzimmer der Männer beherbergt. Er bleibt vor einer Tür stehen, an die ich mich nicht erinnern kann. Sie befindet sich direkt neben seinem und Augusts Zimmer. Als er sich zu mir umdreht, legt er eine Hand auf den Türgriff.

„Ich habe über die Dinge nachgedacht, die du neulich gesagt hast, Talia, und darüber, wie stark du bereits mit unseren Leben verwoben bist … Wie schwierig es für dich sein könnte, Grenzen zu ziehen, wenn du dich in so vielen Dingen auf uns verlassen musst. Also denke ich, dass das hier helfen könnte, damit wir alle einfacher mit diesen Grenzen umgehen können.“

Er stößt die Tür auf und enthüllt einen kleinen, jedoch gemütlichen Raum. Ein großes Oberlicht in der hohen Decke zeigt, dass die Sterne am dunklen Himmel zu funkeln beginnen. Bernsteinfarbene Kugeln am Rand der Decke fluten den Raum mit einem weitreichenderen, wärmeren Licht und glühen über dem Himmelbett, das den Großteil des Raums einnimmt. Die silberne und blaue Bettdecke, die über das Bett drapiert ist, sieht so kuschelweich aus, dass allein ein Blick darauf den Wunsch in mir weckt, gleich hineinzutauchen. Ein kleiner Schminktisch und eine spanische Wand stehen in einer Ecke.

„Ich habe versucht, mir einen angemessenen Namen für dieses Zimmer zu überlegen, und das Beste, was mir eingefallen ist, war ‚Rendezvous-Raum‘“, erklärt Sylas und einer seiner Mundwinkel verzieht sich zu einem schiefen Lächeln. „Dein Schlafzimmer kann dein eigenes Zimmer bleiben, in dem du Zuflucht suchen kannst. Und wenn du in der Nacht aus Sicherheitsgründen zu einem von uns in unsere Schlafzimmer kommen musst, solltest du dir keine Sorgen darum machen müssen, ob darüber hinaus andere Erwartungen an dich gestellt werden. Ich denke, wir können es schaffen, unsere Pfoten bei uns zu behalten, außer du lädst uns in dieses Zimmer ein."

Er blickt mit einem leicht fragenden Gesichtsausdruck zu August und der jüngere Mann lacht. „Dem kann ich zustimmen. Alles, was es Talia erleichtert, sich unter uns Bestien zu behaupten, ist für mich in Ordnung."

„Ihr seid keine *Bestien*", protestiere ich automatisch, während ich nach wie vor das Zimmer betrachte. Dessen Anblick und Sylas' Erklärung erfüllen mich mit einem Leuchten, das so warm und hell ist wie die Laternen, die über dem Bett glühen.

Das ist genau das, was ich brauchte, diese Klärung der Erwartungen und zu wissen, dass ich nicht mehr anbieten werde, als mir bewusst ist, oder dass ich jemanden enttäusche, indem ich kein Angebot ausspreche. Sylas hat das verstanden, ohne dass ich in der Lage war, es für mich selbst richtig zu formulieren.

Ich richte meinen Blick wieder auf ihn und greife nach seiner Hand. „Dankeschön. Es ist perfekt. Ich habe nicht erwartet … du hast mir bereits ein ganzes Zimmer gegeben …"

„Nun, dieses ist immerhin für uns alle drei." Er drückt meine Hand sanft und macht dann Anstalten, als wollte er sie loslassen.

Etwas in mir begehrt scharf dagegen auf. Ich packe seine Finger, bevor er meine komplett loslassen kann. Die Worte stecken eine Sekunde lang in meiner Kehle fest, bevor ich sie aussprechen kann. Zur gleichen Zeit brennen meine Wangen. „Vielleicht … sollten wir einen Probelauf machen?"

Wegen der heraufziehenden Bedrohung durch die Unseelie und des ungewissen Waffenstillstands mit Aerik weiß ich nicht, was in Zukunft aus uns werden wird. Doch im Moment, während ich zwischen diesen zwei Männern und vor diesem Beweis ihrer Hingabe stehe … kann ich mir nicht vorstellen, mich sicherer oder wertgeschätzter zu fühlen.

Was für eine Rolle spielt es, ob sie mich nie als eine ganz so gültige Gefährtin sehen wie jemanden ihrer Art? Ich kann sie trotzdem aus ganzem Herzen lieben und das Beste aus dem machen, was sie mir anbieten – was bereits mehr ist, als ich mir jemals erträumt hätte. Sie haben mich in vielerlei Hinsicht zu einem Teil ihrer Welt gemacht und ich … ich will alles erleben, was damit einhergehen kann. Bevor einer oder beide wieder gehen müssen und womöglich nie wieder zurückkommen.

Begehren blitzt in Sylas' dunklem Auge auf. Er streichelt mit dem Daumen in einer kribbelnden Liebkosung über meinen Handrücken. „Ich vermute, du kannst jegliche Einladungen, die du gerne aussprechen würdest, aussprechen wann du willst, Talia. Ich habe nichts Dringendes, das mich anderweitig beschäftigt."

Auf meiner anderen Seite beginnt August, sich mit gesenktem Kopf zurückzuziehen. Nein. Das ist nicht – ich will mehr, etwas, was keinen von beiden ausschließt.

Ich weiß nicht, ob sie das akzeptieren werden, ich weiß nicht, wie es überhaupt aussehen wird, aber mein Blick zuckt zu dem anderen Mann und die Frage purzelt nur mit einem leichten Stottern aus meinem Mund. „Was, wenn … was, wenn ich euch beide einladen will? Zur gleichen Zeit?"

In dem Moment, in dem ich es sage, wird mein ganzer Körper heiß und Scham über meine Unbeholfenheit brennt unter meiner Haut. Doch keiner von ihnen lacht oder schnaubt. Sylas zögert kurz und blickt August in die Augen. Eine subtile Anspannung der Muskeln und eine Veränderung der Haltung weisen darauf hin, dass sie ein stummes Gespräch führen. Vielleicht sogar eine Diskussion.

Miteinander? Mit sich selbst? Habe ich um mehr gebeten, als ich sollte?

August senkt als Erster den Blick, um stattdessen mich zu betrachten. Etwas Leidenschaftliches und Begieriges schimmert in seinen goldenen Iriden. „Wenn es dich glücklich macht, würde ich gerne herausfinden, was wir gemeinsam für dich tun können.“

Sylas gluckst und ein Teil der Anspannung, die sich kaum merklich in seiner Haltung aufgebaut hat, lockert sich. „Ja. Eine Zusammenarbeit für unsere Lady. Vielleicht ist das für uns alle gut.“ Er deutet mit dem Arm zum Bett. „Führ den Weg an.“

Meine vorübergehende Freude über meinen Sieg gerät ins Schwanken, während ich zum Bett humple. Das Klopfen meiner Orthese klingt in der Stille des Raumes so laut. Da ich diese Erinnerung an meine menschliche Zerbrechlichkeit loswerden will, setze ich mich auf die Kante der Matratze – wo die Bettdecke wirklich weich und fluffig wie eine Wolke ist – und greife nach unten, um die Vorrichtung zu entfernen.

Die Männer folgen mir. Sylas schließt die Tür und murmelt leise ein Wort, das sie vermutlich verriegelt, sodass wir nicht unterbrochen werden. Mein Puls beschleunigt sich erwartungsvoll. Mein Mund ist ein wenig trocken geworden. Ich lehne die Orthese an die Seite des Bettes und schaue zu meinen Liebhabern auf. Plötzlich bin ich schüchtern trotz der dreisten Bitte, die ich gerade ausgesprochen habe.

„Ich weiß nicht so recht, was ich jetzt tun soll“, gestehe ich.

August sinkt neben mir auf das Bett und küsst meine Wange. „Warum lassen wir es nicht langsam angehen und schauen, wie es läuft?“ Er blickt zu Sylas und erneut erhalte ich den Eindruck einer stummen Verhandlung, obwohl diese nur einen Augenblick dauert.

Sylas nickt und setzt sich zu meiner Rechten. „Zeig es uns, wenn du möchtest, dass wir weitermachen – oder sag uns, wenn wir aufhören sollen. Wir werden nur so weit gehen, wie es dir gefällt."

Als ich zwischen ihre Körper gekuschelt bin, beruhigen sich meine Nerven. „Okay. Das klingt gut."

August schiebt sich über das Bett zur gegenüberliegenden Seite und zupft sachte an mir, damit ich ihm folge. Er streckt sich mit dem Kopf auf den Kissen aus und als ich mich neben ihn lege, tut es mir Sylas auf meiner anderen Seite nach.

Als ich zu August schaue, lässt er seine Finger meinen Kiefer hinauf wandern und drückt seinen Mund auf meinen. Zur gleichen Zeit küsst mich Sylas auf den Kopf und seine Hand legt sich auf meine Taille. Ich fühle mich geborgen zwischen ihnen und Begehren entzündet sich überall, wo sie mich berühren.

Es ist gut, dass wir es langsam angehen lassen, denn diese ersten Empfindungen überwältigen mich bereits so sehr, dass mir schwindlig wird.

Während Augusts Lippen meine erobern, fährt Sylas' Daumen eine geschwungene Linie unterhalb meiner Rippen nach. Dann senkt August den Mund, um meinen Hals und meine Schulter zu küssen. Unterdessen drehe ich den Kopf und suche instinktiv nach dem anderen Mann. Sylas ist da und neigt sein Gesicht so, dass er meinen Lippen entgegenkommen kann. Die Berührung seines Mundes versengt mich. Ich packe seine Haare und ziehe ihn tiefer in den Kuss.

Allein das ist so gut. Ich dachte, ich befände mich in einer Art Paradies, als ich nur von den Händen und dem Mund eines dieser Männer verwöhnt wurde, doch alle beide – ich habe keine Worte dafür. Ganz gleich, wie ernst sie dieses Arrangement nehmen, ich bedeute ihnen so viel, dass ihnen ihr Wunsch, mich zu befriedigen, wichtiger ist als die instinktive Besitzgier, die ich zuvor in beiden gesehen habe.

Was zwischen uns passiert, fühlt sich nicht mehr wie zwei getrennte Beziehungen an, sondern wie etwas, was wir gemeinsam aufbauen.

Mehrere glückselige Minuten lang liegen wir so da. Die zwei Männer zügeln ihre Liebkosungen, als sie abwechselnd meine Lippen erobern. Sobald ich mich an den Rausch aus Empfindungen gewöhnt habe, pulsiert ein wachsendes Verlangen durch meine Adern hindurch. Als August mit der Hand zum ersten Mal über meinen Busen streichelt, bin ich so bereit für seine Berührung, dass sich mein Rücken aufmunternd aufbäumt.

„Hmm", raunt Sylas neben meinem Ohr und sein Atem ist wunderbar heiß, als er über meinen Hals weht. „Ich glaube, unsere Lady braucht mehr Aufmerksamkeit, als wir ihr geschenkt haben."

Seine Hand hebt sich, um meinen anderen Busen zu umfangen. Ein Blitz aus Lust schießt durch meine Brust hindurch, als sein Daumen über deren Spitze streicht. Ich keuche und mache einen ermutigenden Laut in meiner Kehle für den Fall, dass noch irgendein Zweifel besteht, dass ich den Verlauf dieses ‚Rendezvous' nicht *sehr* genieße.

August erobert erneut meinen Mund. Die Bewegung seiner Zunge an meiner ahmt die Bewegung seiner Finger nach, die über meine Kurven wandern. Ich erwidere den Kuss hart und wende mich anschließend wieder Sylas zu, während mit jeder geschickten Berührung immer mehr Hitze durch mich hindurch schwappt. Jedes Mal, wenn ihre Finger über die Spitzen meiner Brüste gleiten, versteifen sich meine Nippel mit einem berauschenderen Kribbeln.

Wonne bebt durch meinen Bauch hindurch und sammelt sich zwischen meinen Beinen. Ich bin unsagbar dankbar, dass meine erste Monatsblutung nach meiner langen Hungerperiode nur wenige Tage andauerte und ich in der Lage war, das verzauberte Tuch, das mir Whitt gegeben hatte, heute Morgen wegzulassen. Es besteht kein Grund zur Sorge, dass ich *diese* Laken vollbluten werde, egal, ob es meine Liebhaber stören würde oder nicht.

Sylas schiebt seine Hand unter meinem Oberteil nach oben und ich unterbreche unseren Kuss, um mich in eine aufrechtere Position zu stemmen. Er versteht meinen Hinweis und zieht die lockere Bluse von meinem Körper, wobei ihm August auf seiner Seite hilft. Das Zimmer ist so warm, dass meine nackte Haut nicht auf Kälte trifft. Die zwei Männer zu betrachten, die noch vollständig bekleidet sind, fühlt sich allerdings nicht richtig an.

„Ihr auch", sage ich und zupfe zaghaft an Sylas' Hemd. Ich blicke zu August, um deutlich zu machen, dass meine Bitte auch für ihn gilt. Grinsend entledigt er sich seines typischen T-Shirts und enthüllt all die muskulösen, tätowierten Flächen seiner Brust. Als ich mit den Fingern die gebogenen Linien der wahren Namen nachfahre, die seine blasse Haut zieren, öffnet Sylas die Schnürung am V-Ausschnitt seines formelleren Hemdes und legt es ab.

Seine Muskeln sind genauso beeindruckend und seine dunklere Haut sprenkeln noch mehr ineinander verflochtene Linien. Als ich ihn so betrachte, verspüre ich plötzlich den Drang, diese harten Muskelwölbungen zu lecken.

Als ich mich näher beuge, steigt mir der kräftige erdige Geruch des Fae-Lords mit der leichten Holzrauchnote in die Nase. Ein leises, gieriges Knurren entwischt ihm, als ich ihn vorsichtig mit den Lippen streife. Er schmeckt noch rauchiger, als er riecht, wie ein mitternächtliches Lagerfeuer in den Tiefen eines dichten Waldes.

Ich teste Sylas' Haut mit meiner Zungenspitze und ein Grollen erklingt tief in seiner Brust. Seine Finger verfangen sich in meinen Haaren und wandern auf eine Weise über meine Kopfhaut, bei der meine Haut lustvoll erschaudert. August verteilt eine Spur sengender Küsse von meinem

Nacken bis zur Hälfte meiner Wirbelsäule und massiert meinen Busen mit seiner warmen, breiten Hand. Daraufhin wallt Gewissheit in der Sehnsucht auf, die sich in mir windet.

Das hier ist der Ort, an dem ich sein soll. Das hier sind die Personen, mit denen ich zusammen sein soll. Es waren zwar die schrecklichsten Wege nötig, um mich hierherzubringen, doch ich kann mir nicht vorstellen, mich glücklicher zu fühlen als in diesem Moment, in dem ich mit der Zuneigung von zwei unterschiedlichen, jedoch gleichermaßen ehrfurchtgebietenden Männern überschüttet werde.

Ich hebe den Kopf, damit ich Sylas auf den Mund küssen kann, und schmiege meine nackte Haut an seine. Das Pochen zwischen meinen Beinen verstärkt sich. Ich rolle mich herum, wobei ihre Hände Pfade der Wonne auf meinem Körper hinterlassen, und greife nach August. Sein Mund prallt genauso leidenschaftlich auf meinen und entlockt mir ein bedürftiges Wimmern.

Unser Atem vermischt und teilt sich immer wieder. Ich verliere mich in beiden, bis sich mir der Kopf dreht. Jeder Zentimeter meiner Haut, der ihren streift, wird von einer schärferen Flamme der Lust erhellt.

August senkt sich, um die Spitze meines Busens in seinen Mund zu saugen. Als sich mein Kopf mit einem atemlosen Stöhnen nach hinten neigt, ist Sylas da und kommt mir entgegen. Sein Mund verteilt brennende Küsse auf meinem Kiefer und Hals. Ich schiebe meinen Arm in einer halben Umarmung um ihn, ziehe ihn an mich und streichle mit der anderen Hand über Augusts gewölbten Arm. Meine Hüften wiegen sich zwischen ihnen, angetrieben von mehr Verlangen, als ich beherrschen kann.

Ich will nicht mehr langsam machen. Ich habe wochenlang gewartet, um all dieses Verlangen zu seinem natürlichen Ende zu bringen, und mein Körper ist so bereit, dass mein Blut vor Bereitschaft singt.

Doch zuerst möchte ich, dass sie wissen, wie viel mir das hier bedeutet.

August gleitet noch einmal mit der Zunge über meinen Nippel und lässt mich los. Ich wandere mit den Fingern seinen Kiefer entlang, damit er seinen Blick hebt und meinem begegnet. Sämtliche Emotionen in mir kochen über.

„Ich liebe dich", sage ich leise, jedoch bestimmt, und drehe mich, sodass ich auch Sylas' ungleichen Augen begegnen kann. „Und ich liebe dich. Euch beide. So sehr."

Augusts Stimme klingt heiser, vielleicht sogar schockiert. „Talia ..."

Sylas umfängt mein Gesicht, sein dunkles Auge ist so eindringlich, wie ich es noch nie gesehen habe. „Du bist ein Schatz und ich werde dich schätzen, wie du es verdienst."

Es ist nicht unbedingt die gleiche Empfindung, die ich ausgedrückt habe, aber es ist mehr, als ich erwartet habe. Ich lehne mich an ihn, als er meinen Mund einfängt, und packe Augusts Hand, als er seinen Arm um meine Taille schlingt. Ich bin nicht zwischen den beiden verloren, sondern wurde so unfassbar gründlich *gefunden*.

August lässt Küsse auf meine Schulterblätter regnen. Seine Hand gleitet meinen Bauch hinab zum Hosenschlitz meiner Jeans. Mein Atem weht zittrig über Sylas' Mund und ich drücke Augusts Unterarm, um ihn zu ermutigen.

Als er den Reißverschluss aufzieht und mir die Jeans von den Beinen schält, drehe ich mich um und küsse ihn hart. Sylas' Hände streicheln über meine Hüften und helfen August dabei, meine Beine zu befreien. Ich greife nach Augusts Hose, rucke an deren Hosenbund und er knurrt an meinen Lippen, als er sie zur Seite tritt. Anschließend dreht er mich wieder zu Sylas, und sein Mund brennt dort, wo er an meinem Ohrläppchen knabbert, während sich seine Härte unverkennbar an meinen Schenkel drückt.

Ich lasse eine Hand auf Augusts Schulter liegen, klammere mich fest an ihn und fahre mit der anderen über Sylas' Brust, wobei ich sein Gesicht beobachte. Das Begehren in seinem unversehrten Auge vertieft sich, als er seine Hose auszieht. Er streift meine Lippen mit einem neckenden Kuss, ehe seine zu meiner Kehle und dann meinem Schlüsselbein wandern und die Spitze meines Busens verschlingen.

August senkt seine Finger zwischen meine Beine und berührt mich über meinem Höschen, womit er einen Lustblitz entzündet. Ich bocke mich seiner Berührung entgegen und der Druck seiner Finger zeigt mir, wie feucht ich bereits bin.

Seine Berührung erzeugt noch mehr Wonne, die durch meine Glieder und Lunge kribbelt. Er streichelt mich dort, während Sylas meine Brüste mit großer Aufmerksamkeit verwöhnt, bis ich mich zwischen ihnen winde und in den Strömungen hitzigen Verlangens gefangen bin.

„Bitte", murmle ich. „Ich will … ich will alles." Meine Mitte schmerzt vor Leere. Jeder Partikel in mir will wissen, wie es sich anfühlt, wahrhaftig gefüllt zu werden.

August atmet bebend an meinem Rücken aus. Er reißt mein Höschen nach unten und schiebt seine Finger in meine feuchten Falten. Seine Berührung entzündet mich.

Auf mein Wimmern hin stöhnt er. Dann hebt er den Kopf, um über meine Schulter zu schauen, während er seine Hand mein Bein entlang zu meinen gespreizten Schenkeln wandern lässt.

„Ich glaube, sie ist bereit für dich, mein Lord", sagt er. Er klingt nicht enttäuscht bei dem Gedanken, mich Sylas anzubieten – nicht mit diesem Krächzen der Begierde in seiner Stimme.

Sylas gibt meinen Busen frei, betrachtet Augusts Miene

und dann meine. Seine Finger zeichnen sanft eine Spur über meine Wange. „Stimmst du zu, Talia?"

„Ja", seufze ich. Ich lasse meine Hand auf die seidigen Boxershorts des Fae-Lords sinken und keuche beinahe wegen der harten Länge, die sich so fest gegen den Stoff presst. Ich will alles von ihm.

Sylas küsst mich leidenschaftlich, streichelt meinen Bauch und meine Mitte, während meine Finger seine steife Erektion entlanggleiten. August neckt meinen Innenschenkel noch etwas länger, bevor er sich meinen Brüsten widmet. Irgendwo mitten in diesem Wirbelwind aus Empfindungen zieht Sylas seine Boxershorts aus. Ich schlinge meine Finger um seine Länge, erschaudere vor Freude, als er stöhnt, und führe ihn zu mir.

Er packt meine Hüfte und gleitet mit der Spitze seiner Erektion von meiner empfindlichsten Stelle zu meiner Öffnung und zurück, bis es in meinem Becken doppelt so stark wie zuvor pocht. Indem er mein Bein über seinen Schenkel zieht, schiebt er sich vorsichtig in mich.

Der erste Moment geht mit einem Brennen einher, das sowohl Schmerz als auch Lust ist. Ein Seufzen entwischt mir und Sylas verharrt reglos. Er bleibt dort, nicht weiter als zwei Zentimeter in mir, kreist mit dem Daumen über die empfindliche Perle darüber und küsst mich zärtlich. August zwickt meine Nippel und knabbert meine Schulter entlang, wobei er immer wieder mit der Zunge gegen meine Haut schnalzt.

Das Brennen wird zu einer berauschenderen Hitze. Ich bewege meine Hüften leicht und Sylas ächzt. Er presst sich etwas tiefer in mich und noch ein wenig tiefer, bis die Dehnung nichts als ein herrlicher Schmerz ist. Ich klammere mich an ihn. „Das ist gut. Das ist gut."

Ich kann die Kontrolle spüren, die sich durch die Muskeln des Fae-Lords windet, als er sich zurückzieht und immer wieder in mich rammt, wobei er jedes Mal etwas tiefer eindringt als zuvor. Die Lust, die in mir explodiert, bringt mich zum Schreien. Ich schaukle ihm entgegen und unser vorsichtiges Tempo gewinnt an Fahrt.

Irgendein ferner, wilder Teil von mir verlangt, dass er jedes bisschen seiner Leidenschaft entfesselt, aber ich weiß nicht, ob ich schon bereit dafür bin. Das hier allein ist bereits viel.

Er wertschätzt mich mit jeder Bewegung seines Körpers, so wie er es versprochen hat. Die sich ausdehnende Fülle in mir habe ich so noch nie zuvor empfunden. Es ist, als würde er mich in zwei Hälften spalten allerdings auf eine Weise, die unerklärlich befriedigend ist, als hätte ich mein ganzes Leben lang darauf gewartet, gespalten zu werden.

Sylas' Mund verschmilzt mit meinem, bevor er wieder zurückweicht und hektisch atmet. August setzt seine schwindelerregende Liebkosung meiner Brust fort. Er hebt den Kopf, um meinen Kiefer zu küssen, und ich schaffe es, meinen so weit zu drehen, dass ich seinen Lippen begegnen kann. Seine Zunge windet sich um meine, als sich sein Lord in mich rammt.

Wir sind alle ein Wesen, ein Akt, bewegen uns gemeinsam und brennen gemeinsam. Das Glühen, das ich spürte, als ich dieses Zimmer betrachtete, versengt mich und bringt meine Haut zum Leuchten.

Irgendwie nimmt mein Verlangen wieder zu, obwohl ich nicht noch mehr gefüllt sein könnte. Ich drücke mich Sylas' Stößen entgegen in dem Versuch, diesen letzten Horizont zu finden. Er rammt sich härter gegen mich, um mir entgegenzukommen, aber es ist nicht ganz … nicht ganz …

Gerade als der Druck in mir wieder an Schmerz grenzt, erklingt Sylas' Stimme heiser. „Bringen wir unsere Lady gemeinsam zu dem Höhepunkt, den sie verdient."

„Ja, mein Lord." Ohne zu zögern, senkt August seine

Hand von meinen Brüsten zu meiner Mitte und der Stelle, die am meisten pocht, knapp über dem Punkt, an dem Sylas und ich vereint sind. Er neckt diese Stelle und drückt fester auf sie, woraufhin etwas in mir auseinander knistert.

Ich erschaudere, stöhne und meine Fingernägel bohren sich so tief in Augusts Arm und Sylas' Schulter, dass ich bestimmt Spuren hinterlasse. Mein Höhepunkt schwappt wie eine Welle von dem tiefsten Teil meines Wesens bis zu meinen gekrümmten Zehen und meiner zitternden Kopfhaut durch mich hindurch.

Sylas zieht mich noch fester an sich und bockt einige letzte Male mit den Hüften. Seine Muskeln spannen sich unter meinen Fingern an und sein Kopf senkt sich mit einem sengenden Ausatmen neben meinen.

Nach einigen Augenblicken zieht er sich so sachte aus mir, wie er in mich drang, streichelt mit den Fingern über die Seite meines Gesichts, über meinen Arm und stiehlt meinen Lippen ein Küsschen. Seine Augen blicken forschend in meine und leuchten auf, als ich ihn anstrahle. Ich bin erschöpft und reite auf einer kleinen Woge der Lust, die noch immer durch mich rollt. Nicht nur dank ihm.

Ich drehe mich, um August in einen richtigen Kuss zu ziehen. Er erwidert ihn so enthusiastisch, dass es mir erneut den Atem raubt. Danach, während ich noch an Sylas' Brust gekuschelt bin, spähe ich zu ihm auf. „Du … ich sollte etwas für dich tun."

Ich kann ihm nicht alles anbieten, was ich gerade mit Sylas getan habe. Ein schwaches Brennen herrscht noch in mir wie bei Muskeln, die nach einem anstrengenden Training überlastet sind – immerhin bin ich noch nicht an diesen intimen Akt gewöhnt. Doch ich könnte trotzdem …

August schüttelt den Kopf und gleitet mit den Lippen über meine Schläfe. „Du hast mir viel gegeben. Das Einzige, was ich will, ist das hier."

Er neigt meinen Kopf auf das Kissen, sodass er unter seinem Kinn ruht. Sylas legt sein Gesicht so nah neben meinem ab, dass sein warmer, langsam werdender Atem meine Haare zerzaust, und sein Arm legt sich um meine Taille. Bewunderung für diese zwei Männer wallt in mir auf und kribbelt auf meiner Zunge. Ich kann ihnen noch eine Sache geben.

Ich halte meine Hand zu dem sternenklaren Nachthimmel hinter dem Oberlicht und murmle mit all der Freude in mir: *„Sole-un-straw."*

Dieses Mal ist es mehr als ein Funke. Ein Flackern wie eine Flamme züngelt von meiner Handfläche, eine sichtbare Manifestation meiner Liebe. Sie ist da und dann verschwunden, jedoch so deutlich, dass sie Freude auf die beiden Gesichter neben mir zaubert.

„Wunderschön", murmelt Sylas und küsst meine Schläfe. August summt zustimmend und kuschelt sich noch dichter an mich.

Als ich mich in dem Bett entspanne, frage ich mich, warum irgendjemand so grausam sein muss, ein Glück wie dieses auseinanderzureißen.

16

Talia

Strahlend helles Sonnenlicht fällt auf meine geschlossenen Augenlider, aber nicht in dem Winkel, den ich gewohnt bin. Ich gähne und blinzle in das eigenartige Leuchten – es kommt von über mir anstatt von neben meinem Bett.

Weil ich nicht in meinem Bett in dem Schlafzimmer bin, das nur mir gehört. Das Sonnenlicht scheint durch ein Oberlicht in der Decke des Zimmers, das Sylas – durch Magie? – gemacht hat für die Male, wenn ich etwas *anderes* im Bett tun möchte als schlafen. Anscheinend war ich nach dem Rendezvous der letzten Nacht so zufrieden und glücklich, dass ich aus Versehen eingeschlafen bin.

Die weiche Decke wurde bis zu den Schultern über mich gezogen, allerdings bin ich nicht die Einzige, die darunter Wärme erzeugt. Mein Arm ruht an Augusts nackter Brust. Als ich mich beim Aufwachen rege, schlingt er seinen Arm um mich und reibt seine Nase in meine Haare. „Guten Morgen, Süße."

Das fühlt sich gut an. Ich habe noch nie zuvor neben August geschlafen und er ist definitiv ein exzellenter Morgengefährte. Ich kuschle mich dichter an ihn, bevor ich registriere, dass nur wir beide im Bett sind.

Als ich zur anderen Seite der Matratze blicke, stockt mein Puls. Es ist nicht vollkommen unerwartet, dass Sylas gegangen ist – er scheint ein Frühaufsteher zu sein, nach den Malen zu urteilen, die ich in *seinem* Bett geschlafen habe – doch nach der Intimität, die wir letzte Nacht geteilt haben …

Bevor meine Zweifel in Worten Gestalt annehmen können, rollt mich August zu sich, sodass seine goldenen Augen meine suchen können. „Sylas wollte, dass ich mich an seiner statt bei dir entschuldige. Er musste sich dringend mit der Nachtwache besprechen, sobald sie von ihrer Schicht zurückkam." Ein Lächeln breitet sich auf seinen Lippen aus und er strahlt vor unverkennbarem Stolz. „Er sagte, er sei froh, dass du wegen unseres Arrangements dennoch neben jemand Würdigem aufwachen kannst."

Ich kann beinahe Sylas' Stimme hören, die diese Worte ausspricht, und sie jagen einen freudigen Schauder durch mich hindurch, der so strahlend ist wie Augusts Gesicht. Bisher haben die zwei Männer – insbesondere Sylas – meine Weigerung, einem von ihnen zu erlauben, allein Anspruch auf mich zu erheben, wie eine herausfordernde Situation behandelt, die sie nur widerwillig akzeptieren. Seine Andeutung, dass es sogar *besser* sein könnte, dass sie sich meine Zuneigungen teilen, ist eine große Sache. Zudem hat er ein Kompliment angefügt, über das sich August offensichtlich gefreut hat.

Ich kann nicht widerstehen, Augusts Lächeln mit einem kurzen Küsschen zu begegnen. „Er sagte, dass sich Kader aus diesem Grund manchmal eine Gefährtin teilen – oder? Weil ihr alle so sehr mit euren Pflichten beschäftigt seid, dass ihr einem Partner nicht so viel Zeit widmen könnt, wie es ein gewöhnlicher Fae tun könnte?"

August gluckst. „Ja, aber von Lords wird im Allgemeinen nicht erwartet, dass sie so großzügig mit ihren Liebhabern sind. Die Ehre, von einem ausgewählt zu werden, soll die begrenzte Aufmerksamkeit wettmachen, schätze ich. Du bekommst das Beste aus beiden Welten." Ein Funkeln tanzt in seinen Augen.

„Ja, das bekomme ich", erwidere ich, was ich mit jeder Faser meines Seins ernst meine, und kuschle mich wieder an ihn.

August legt seinen Arm um mich und sein Kinn auf meine Stirn. „Dann ist für dich noch immer alles in Ordnung, was gestern Nacht passiert ist?"

„Ich verspüre keinerlei Reue", versichere ich ihm, als mir seine Sorgen bezüglich Fae-Mensch-Beziehungen einfallen, die er mir zuvor gestanden hat.

„Es muss sich sehr davon unterschieden haben, wie du dir dein erstes Mal vorgestellt hast."

Ich zucke mit den Achseln und atme seinen herben süßen Geruch ein, wie männliche frisch gebackene Kekse. Lecker. „Ich hatte zuvor kaum Gelegenheit, es mir vorzustellen. Es fühlte sich genau richtig an für das, was mein Leben ist und mit wem ich gerade zusammen bin."

„Gut."

Wir liegen noch ein Weilchen da und genießen die Wärme des anderen. Ich lasse meine Finger über Augusts Schulter und Brust wandern und zeichne die Linien seiner Wahre-Namen-Tattoos nach. Das, welches die rechte Erhebung seines Schlüsselbeins umkreist, sieht wie eine Träne aus, der Krallen gewachsen sind. Neugier packt mich. „Wofür ist dieses?"

August reckt den Hals, um zu sehen, welches ich berühre. „Lachs. Der gibt ein exzellentes Abendessen ab. Von denen gab es eine Menge in dem Fluss, der durch Hearthshire verläuft, weshalb es damals Sinn machte, diesen Namen zu lernen."

Natürlich konzentriert er zumindest einen Teil seiner Magie aufs Kochen. Als Nächstes tippe ich auf eines an seinem Brustbein, eine eckige, dünne Form. „Und das hier?"

„Haut. Was mir geholfen hat, deinen Haaren diese reizende Farbe zu verleihen, da es beinahe das gleiche Material ist." Er streichelt mit den Fingern über die pinken Wogen und deutet anschließend der Reihe nach auf die anderen Male, die sich von seinem Hals über seine Brust bis zu seinem Bauch erstrecken. „Alle körperlichen Namen bilden eine Linie. Knochen, Augen, Blut, Haut, Muskel, Herz, Magen, Zähne, Leber, Lunge. Mittlerweile arbeite ich seit beinahe einem Jahrzehnt an Gehirn, habe es jedoch noch nicht so weit gemeistert, dass ich das Zeichen erhalten habe. Das ist der schwierigste Name. Viele erobern ihn nie vollständig."

„Ich wette, du wirst es tun. Ich schätze, dir bringt das niemand bei, so wie du mir Licht beibringst."

Er nickt. „Die einfachen Namen – Luft, Licht, Wasser, Erde und Feuer, die grundlegenden Metalle, häufig vorkommende Pflanzen und Tiere – werden einem während der frühen Ausbildung gelehrt. Diejenigen, die etwas gemeistert haben, was spezialisierter ist, schützen dieses Wissen stark. Wenn ich Zeit zu erübrigen habe, meditiere ich und spreche mit dem Gewebe der Tiere, die ich gejagt habe. Es ist schwer, zu erklären. Der Laut des Wortes bildet sich langsam in deinem Verstand, wenn du ihm näher kommst."

Ich bin mir ziemlich sicher, dass ich diese Art der Magie nie durch Meditation lernen werde angesichts dessen, wie viele Probleme ich bereits habe, obwohl ich bei jedem Schritt angeleitet werde. Ich will gerade fragen, wie das Zeichen für Licht aussieht, als mein Magen so laut knurrt, dass August lacht. „Klingt, als sollte ich besser etwas Frühstück herbeizaubern.“

Er drückt einen letzten Kuss auf meine Stirn und macht Anstalten, aufzustehen. Ich schiebe mich hinter ihm unter der Decke hervor. „Ich werde dir helfen. Ähm, ich muss nur saubere Kleider holen.“

Da ich nicht unbedingt nackt durch den Gang laufen will, greife ich nach der Bluse und Jeans von gestern, die auf den Boden gefallen sind, und schlüpfe in sie hinein. Meine Orthese lege ich nicht an, da ich sie ohnehin wieder ausziehen müsste, wenn ich mich umziehe. August zieht nur sein Shirt an, allerdings sind alle anderen, die in diesem Gebäude leben, seine Geschwister, und er muss nur eine Tür weit laufen. Er wartet, bis ich fertig bin, und öffnet mir die Tür, ganz der Gentleman.

Als er den Gang zu seinem Zimmer durchquert, mache ich mich auf den Weg zu meinem, wobei mich ein unbestimmtes schwebendes Gefühl optimistisch stimmt, als hätte mir meine Freude Flügel verliehen. Ich schaffe es nur zu der Abzweigung, die zur Treppe führt, bevor unerwartete Schritte hinter mir über den Boden stapfen.

Ehe ich mich auch nur halb umdrehen kann, hat mich August in seine Arme geschlossen. Er umarmt mich innig und küsst mich anschließend mit einer Dringlichkeit, bei der mir ganz schwindlig wird. Es ist, als würde er denken, er hätte mich verloren, nur weil er mich einige Sekunden lang aus den Augen gelassen hat. Seine Stimme erklingt leise und rau, während sein Kopf noch neben meinem gesenkt ist.

„Ich liebe dich auch. Ich hätte es gestern Nacht sagen sollen, als du es getan hast, doch ich hatte noch nicht darüber nachgedacht ... mir war nicht bewusst ... und dann dachte ich, ich würde auf den perfekten Zeitpunkt warten.

Aber ich will, dass du es jetzt weißt. Ich liebe dich. Du bist die süßeste, freundlichste, mutigste Frau, der ich jemals begegnet bin, egal ob Fae oder Mensch, und du *solltest* das wissen."

Ein eigenartiges Zittern breitet sich in meinem Körper aus. In diesem Moment habe ich den Eindruck, als würde ich zur Decke schweben, wenn er mich nicht festhalten würde. Ich erwidere seine Umarmung so fest, dass meine Schultern schmerzen, allerdings nicht so sehr wie der Schmerz der Freude, die sich eng um mein Herz gelegt hat.

„Dankeschön", sage ich, weil ich nicht weiß, wie ich sonst antworten soll. Dass er so viel für mich empfinden kann, dass ich ihm so viel bedeuten kann ... macht mich sprachlos.

Der süßeste und freundlichste Mann, dem *ich* jemals begegnet bin, scheint jedoch nicht mehr als diese Antwort zu brauchen. Er küsst mich erneut, dieses Mal zögerlicher, und zwingt sich, zurückzuweichen, um auf mich herabzulächeln. „Ich muss dir noch immer ein Frühstück machen. Treffen wir uns in der Küche?"

Plötzlich habe ich eine Idee. Ich drücke seinen Arm. „Warte vor meinem Zimmer, nachdem du dich umgezogen hast. Ich will dir vorher etwas zeigen."

Als ich in mein Zimmer eile, scheint sogar mein krummer Fuß kaum den Boden zu berühren. Ich ziehe meine Schranktür auf und packe das Kleid, das Harper mir geschenkt hat. Sie sagte, ich sollte es August präsentieren – und welcher Zeitpunkt wäre besser als der jetzige?

Ich schlüpfe hinein. Da ich es zuvor getragen habe, ohne es zu beschädigen, bin ich nun etwas weniger nervös. Der zarte Stoff schmiegt sich genauso glatt wie in meiner Erinnerung an meine schlanke Gestalt. Als ich an mir hinabblicke, habe ich das Gefühl, als wäre ich mit dem Wald draußen verschmolzen. Als könnte ich fast so viel Fae sein wie die Wesen, die mich umgeben.

Als Schritte vor meiner Tür erklingen, humple ich zu dieser und spähe nach draußen. August bleibt vor der Schwelle stehen und legt mit einem neugierigen Funkeln in den Augen den Kopf zur Seite. „Was ist das Geheimnis, Talia?"

„Ich glaube, ich habe eine Freundin im Rudel gewonnen. Und sie hat mir das hier geschenkt." Ich ziehe die Tür weiter auf und trete in sein Sichtfeld.

Ich weiß nicht, ob ein Anblick jemals so befriedigend war, wie die aufgerissenen Augen von August, während er mich betrachtet. Als er wieder meinem Blick begegnet, zeichnet sich so viel Zuneigung auf seiner Miene ab, dass ich nicht an dem zweifeln könnte, was er mir vorhin erzählt hat.

„Ich habe umwerfend vergessen", sagt er. „Du bist definitiv auch die umwerfendste Frau, der ich jemals begegnet bin."

Mein Gesicht wird warm, sowohl vor Freude als auch Scham. Ich bezweifle, dass *das* wahr ist, nachdem ich die außergewöhnliche Schönheit gesehen habe, die manche Fae besitzen, aber ich nehme das Kompliment trotzdem an. Ich drehe mich ein wenig von einer Seite zur anderen und lasse den zarten Rock wie dutzende Blätter um meine Beine rascheln. „Ich dachte nur, du würdest es vielleicht gerne sehen. Ich hätte es mir für einen besonderen Anlass aufheben sollen. Wenn ich es zum Frühstück anziehe, mache ich es zum Schluss schmutzig."

„Oh, ich kann sicherstellen, dass das nicht passiert. Du hast gesehen, wie enthusiastisch die Fae feiern können, als du Whitt beobachtet hast, oder? Ich wette, ein Zauber, der Kleider vor Flecken schützt, war eines der ersten Stücke Fae-Magie, das jemals erfunden wurde." Er grinst mich an und hält inne. „Das heißt, wenn du möchtest, dass ich den Zauber an deinem Kleid anbringe."

Ich strahle ihn an. „Bitte." Es fühlt sich nach einem Tag für ein Kleid wie dieses an. Ein Tag, an dem ich aussehe wie die Lady des Bergfrieds.

Meine Freude kitzelt wie sprudelnder Sekt in mir hoch, während August den Zauber mit ein paar Silben und einer Handbewegung wirkt, ich neben ihm in der Küche Beeren wasche und wir gemeinsam den Tisch für das Frühstück decken. Sie breitet sich so tief in mir aus, dass ich kaum glauben kann, dass ich jemals wieder nervös sein werde – bis Sylas mit einem so ernsten Gesichtsausdruck ins Esszimmer kommt, dass mein Herz aussetzt.

Was auch immer ihn belastet, kann nichts mit mir zu tun haben. In dem Moment, in dem sein unversehrtes Auge auf mir landet, ziehen sich die Schatten kurz zurück und ein wohlwollendes Lächeln biegt seine Lippen nach oben. Er macht einen Umweg auf dem Weg zum Kopfende, um sich rasch einen Kuss zu stehlen. „Du siehst wie eine echte Lady aus", sagt er und seine Hand bleibt an meiner Wange liegen. „Hast du gut geschlafen?"

Ich erhalte den Eindruck, dass er sich nicht nur nach meinem Schlaf erkundigt, sondern auch danach, wie ich mich fühlte, als ich aufwachte. „Sehr gut", antworte ich, schlinge meine Arme fest um seinen Oberkörper und hoffe, dass meine Umarmung alles andere ausdrückt, was ich sagen möchte.

Sylas erwidert die Umarmung mit einem erfreuten Grollen. Doch nachdem ich ihn losgelassen habe und er sich auf seinen Platz gesetzt hat, kehrt seine Düsterkeit zurück.

Während ich ihn beobachte, ringe ich mit mir, ob es mir zusteht, zu fragen, was los ist. Bevor ich zu einer Entscheidung gelange, übernimmt das August für mich.

„Hast du besorgniserregende Nachrichten von den Wachen erhalten?"

Sylas schüttelt den Kopf. „Ich muss etwas Wichtiges mit euch allen besprechen – das schließt allerdings Whitt ein. Ich habe angedeutet, dass er zu einer vernünftigen Zeit erscheinen soll …"

Whitts fröhliche Stimme erklingt aus dem Gang. „Und dein Wunsch ist mir Befehl, oh glorreicher Anführer." Er schlendert in den Raum. Sein Hemd mit dem hohen Kragen ist genauso zerwühlt wie seine Haare, als wäre er gerade erst aus dem Bett gerollt. Er lässt sich auf seinen üblichen Stuhl fallen und greift bereits nach einem Gebäck, das mit Ei bestrichen wurde. „Welche Ankündigung ist so wichtig, dass sie nicht bis zu einer angenehmeren Aufstehzeit warten konnte?"

Sylas wirft seinem Strategen einen unheilvollen Blick zu. „Die Dämmerung ist schon lange vorbei und es ist bald Mittag. Und ich gehe davon aus, dass wir den restlichen Tag für Vorbereitungen brauchen."

Während ich ihn beobachte, spannen sich meine Finger um die Gabel an. „Vorbereitungen worauf?"

Der ernste Blick des Fae-Lords liegt so lange auf mir, dass mir der Magen bis zu den Füßen rutscht. Anschließend blickt er zu den anderen. „Ich glaube, wir sollten an die Front reisen. Wir drei."

Whitts Kiefer hält mitten im Kauen inne und seine Augenbrauen hüpfen in die Höhe. Er schluckt. „Wir alle? Vor ein paar Wochen hast du noch gezögert, August zu schicken."

„Das war, bevor ich seinen Bericht gehört habe. Aufgrund seiner Beobachtungen und dem, was wir zuvor von unseren Kriegern gehört haben, bin ich überzeugt, dass die Erzlords von einer bevorstehenden Eskalation der Angriffe wissen. Etwas, von dem sie das Gefühl haben, dass es eine so große Bedrohung darstellt, dass sie sich direkt an dem Kampf beteiligen müssen. Etwas, das die gesamte Zukunft unserer Welt verändern könnte."

August mustert ihn. „Und wenn wir dort sind, um eine entscheidende Rolle bei dieser Schlacht zu spielen, könnte das reichen, um uns in den Augen der Erzlords zu rehabilitieren."

„Genau." Sylas nickt ihm zu und wendet sich wieder an Whitt. „Ich habe gründlich über diese Entscheidung nachgedacht – und wie immer werde ich mit dir unsere beste Vorgehensweise besprechen. Aber wenn wir unsere Loyalität und Kraft eindrucksvoll beweisen wollen, müssen wir das auf eine eindeutige Art tun, und dies könnte die einzige Gelegenheit sein, die wir erhalten. Ich will nicht riskieren, dass sie uns durch die Lappen geht oder unser Rudel in dem Gefecht abgeschlachtet wird. Ich muss dort sein und ich will meinen Kader bei mir haben."

„Na gut", sagt Whitt. „Solange ihr zwei den Großteil des Kämpfens übernehmt und ich aus der Ferne Ratschläge rufen darf." Er grinst, der Humor verschwindet jedoch aus seinem Gesicht, als sein Blick zu mir wandert. Augusts folgt ihm.

Ich schlucke schwer. „Was ist mit mir?"

Sylas blickt mir ruhig in die Augen. „Ich habe auch von meinen Wachen gehört, dass es keine Anzeichen für irgendwelche Eindringlinge gibt – weder Aeriks Leute noch andere waren hier – seit jener ersten Spur, auf die Whitt vor vielen Tagen gestoßen ist. Allem Anschein nach haben sie ihren Verdacht gegen uns aufgegeben. Wir würden Magie um den Bergfried legen, bevor wir gehen, und ich würde Astrid – mit der du dich gut zu verstehen scheinst – zu deinem direkten Schutz hierher abstellen sowie andere Rudelmitglieder, wenn du es möchtest. Die Krieger, die wir noch auf unseren Ländereien haben, würden den Bergfried von außen bewachen. Ich halte es für unwahrscheinlich, dass du irgendwelche Probleme bekommen wirst. Ansonsten hätte ich das nicht in Erwägung gezogen, aber falls doch Probleme aufkommen, könnten sie den Großteil abwehren, bis wir davon erfahren und zurückkehren können."

Seine Einschätzung der Risiken ist vermutlich korrekt – er weiß so viel mehr über diese Welt als ich – doch mein Körper sträubt sich trotzdem gegen diese Idee. „Wie lange wärt ihr fort?"

„Leider kann ich das nicht mit Gewissheit sagen. Wenn wir dort draußen sind, werden wir so viele Informationen wie möglich über die zu erwartende Gefahr sammeln. Wenn sie weniger dringend wirkt, als wir annahmen, werden wir sofort zurückkehren. Ansonsten werden wir es aussitzen. Die erste Handlung wird nur eine Angelegenheit von Tagen sein. Es ist nur noch eine Woche bis zum nächsten Vollmond und in dieser werden wir dich natürlich nicht allein lassen."

Dann würde ich beinahe eine Woche lang *keinen* von ihnen sehen – und danach würden sie für unbestimmte Zeit nur zu kurzen Besuchen zurückkehren? Die restliche Zeit werden sie draußen an der Grenze sein und gegen Feinde kämpfen, die andere Seelie *getötet* haben, nur um ihre Ehre auf diese Weise wiederherzustellen, anstatt meine Sicherheit aufs Spiel zu setzen.

Und was soll ich in der Zwischenzeit tun? Nutzlos durch den Bergfried streifen? Filme anschauen und Bücher lesen und mir dreimal so viele Sorgen machen wie damals, als nur August in Gefahr war?

Jeder Teil von mir sträubt sich vor dieser Vorstellung der Zukunft. Meine Kehle schnürt sich zu, doch ich zwinge die Frage heraus. „Was, wenn ich mit euch kommen will?"

Sylas blinzelt in einem seltenen Anflug von Verwirrung. „Es wäre für dich an der Grenze wohl kaum sicher, Talia. Die Art von Kämpfen, an denen wir beteiligt wären – ich würde dich niemals in eine solche Gefahr bringen."

Ich lege mehr Entschlossenheit in meine Stimme. „Ich meine damit nicht, dass ich kämpfen will. Ich … ich weiß, dass ich nicht in der Lage bin, es mit einem Haufen Fae-Krieger aufzunehmen. Aber ihr werdet eine Art Lager haben, während ihr auf die nächste Schlacht wartet, oder? Ein Ort, an dem ihr lebt. Ich könnte dortbleiben – ich könnte das Essen für euch und die anderen Rudelmitglieder zubereiten. Vielleicht könnte ich euch mit der Ausrüstung helfen, die ihr braucht. *Ich* werde mich sicherer fühlen, wenn ich weiß, dass ihr in der Nähe seid … und dann müsste sich keiner von euch Sorgen darum machen, wie es mir hier ergeht." Ich wage einen Blick zu August in der Hoffnung, dass er sich für mich einsetzt.

Whitt gluckst und betrachtet mich belustigt. „So erpicht darauf, geradewegs ins Feuer zu springen nach allem, was dir die Fae bereits angetan haben, Krümel?"

Ein Schauder durchläuft mich, erschüttert allerdings nicht meine Entschlossenheit. Dieser Funke Furcht erinnert mich nur daran, warum das hier so viel bedeutet.

„Für mich fühlt es sich nicht so an", informiere ich Whitt und konzentriere mich wieder auf Sylas, da er die Entscheidung treffen wird. „Ich war über neun Jahre lang von allem Wichtigem weggesperrt, das um mich herum vor sich ging. Ich kannte von dieser Welt kaum mehr als den Raum mit dem Käfig … Ich will nicht, dass sich dieser Bergfried genauso anfühlt. Ich verspreche, ich werde euch nicht im Weg sein und ich werde auf jede mir mögliche Weise helfen. Ich werde sämtliche Regeln befolgen, die ihr für mich aufstellt. Ich … ich will einfach nur ein Teil davon sein und nicht die Art von Schatz, der zum Schutz weggesperrt wird."

Bin ich zu weit gegangen, indem ich ihm seinen Ausdruck der Zuneigung aus der letzten Nacht entgegengeschleudert habe? Ich kann das Gesicht des Fae-

Lords nicht lesen. Er betrachtet mich einen Moment lang. August greift unter dem Tisch nach meiner Hand und verschränkt seine Finger mit meinen. Er holt tief Luft, als wollte er für mich eintreten, doch Sylas erhebt als Erster seine Stimme.

„Ich schätze, du schwebst tatsächlich in größerer Gefahr vor Aerik als vor den Unseelie. Wir könnten unser Quartier weit entfernt von dem Ort aufstellen, an dem die Kämpfe stattfinden werden. Und ich habe dir so viel Freiheit versprochen, wie ich dir schenken kann. Wenn du das wirklich willst, Talia, kann ich es dir geben."

Erleichterung wallt in mir auf und durchfährt mich mit einem Beben von Nervosität. „Ja. Ich will gehen."

Ich werde mich lieber eintausendmal dem stellen, was mich dort draußen erwartet, als mich in eine andere Art von Käfig sperren zu lassen.

17

Talia

„Bist du dir sicher, dass du mich nicht begleiten willst?", frage ich August und ziehe spielerisch an seinem Arm.

Er lacht und gibt mir an der Eingangstür des Bergfrieds einen kurzen Kuss. Die Leuchtkugeln, die den Empfangsraum säumen, spiegeln sich in seinen goldenen Augen, wodurch sie noch heller leuchten. „Es ist besser für das Rudel, wenn wir uns an unsere Fachgebiete halten. Sie wollen nicht daran *denken*, dass ihr Lord oder der Kader-Gewählte, der eigentlich bereit sein sollte, sie im Handumdrehen zu verteidigen, sich mit Fae-Wein berauschen, und sehen wollen sie es erst recht nicht. Du musst dir keine Sorgen machen. Niemand wird *zu* wild werden und Whitt wird auf dich aufpassen."

Der andere Mann versprach mir das, als er mich einlud. Er bemerkte, dass es für eine Weile meine letzte Gelegenheit sein könnte, eine seiner Feiern zu genießen – und dass ich bereits für eine gekleidet war. Ich denke, er hält diese Feier speziell dafür ab, um die Laune des Rudels zu heben, bevor ihre Anführer für unbestimmte Zeit abreisen. Dennoch durchfährt meinen Magen ein nervöses Beben, als ich zur Tür trete.

„Du musst nicht mitmachen, wenn du dich nicht wohlfühlst", erinnert mich August.

Ich schüttle meine Nervosität so gut wie möglich ab. „Nein, ich werde zurechtkommen. Ich bin schon seit einer Weile neugierig auf diese Partys."

Das stimmt, es ist jedoch nicht nur Neugier, die mich dazu veranlasst, in die dunkler werdende Dämmerung zu treten. Sylas hat zwar meine Argumente akzeptiert, warum ich ihn und seinen Kader begleiten sollte, und August wirkt glücklich darüber, dass er in der Nähe sein und mich verteidigen können wird, sollte es nötig werden, aber ich erhielt den Eindruck, dass Whitt noch skeptisch ist. Wie kann ich von ihm erwarten, zu glauben, dass ich damit klarkomme, mich am Rand eines Kriegsgebietes aufzuhalten, wenn ich nicht einmal mutig genug bin, an einer Feier mit dem Rudel teilzunehmen, das ich nun das meine nenne?

Als ich nach draußen trete, huscht mein Blick zuerst über die schattigen Felder im Südosten. Das ist die Richtung, in die wir morgen früh aufbrechen werden, um zu den Lagern an der Grenze zu reisen. Unser Schicksal dort fühlt sich so unergründlich und ungewiss an wie die Dunkelheit vor mir. Ich wende mich von ihm ab und der ausgelassenen Musik zu, die von der anderen Seite des Bergfrieds herbeiweht.

Als ich um das hochaufragende Holzgebäude herumlaufe, leckt die warme Sommerbrise am Saum meines Kleides. Über dem nahegelegenen Feld direkt hinter den Dorfhäusern, das an einer Seite an den Obstgarten grenzt, schweben mehrere Laternenkugeln. Ihr orangefarbenes Licht erhellt die Decken und Kissen, die hier und da ausgelegt wurden. Die Fae-Männer und Frauen sind auf diesen ausgestreckt und andere schlendern zwischen ihnen umher. Die zwei Musiker hocken auf Sitzen, die wie gebeugte Jungbäume aussehen. Einer hält ein Instrument wie eine Klarinette in den Händen und die andere eine Geige.

Die Frau mit der Geige schwankt bei jedem Strich ihres Bogens über die Saiten und ihre glatten flachsblonden Haare rutschen über ihre Schultern. Obwohl sie die Augen konzentriert zusammengekniffen hat, kann ich erkennen, dass sie etwas zu groß sind und zu eng stehen, um ganz menschlich auszusehen. Harpers Mutter hat viel von ihrem Aussehen an ihre Tochter vererbt.

Ihr Interesse an Musik hat sie anscheinend nicht weitergegeben, auch wenn Harpers Finger sehr geschickt im Umgang mit Nadel und Faden sind. Die jüngere Frau schließt sich ihr jetzt nämlich nicht an.

Ich entdecke Harper, die auf der anderen Seite des Partybereichs auf einem Samtkissen fläzt und allein ihre Rudelkollegen beobachtet. Die anderen Fae haben sich mehr herausgeputzt, als es das Rudel tagsüber normalerweise tut. Das magische Leuchten verfängt sich in silbernen Stickereien und winzigen Edelsteinen, die in ihre Kleider gewebt sind. Harpers Kleid übertrifft jedoch alle. Es muss eine ihrer eigenen Kreationen sein. Der hauchdünne goldene Stoff bauscht sich wie Wolken in der Morgendämmerung, die über einen türkisfarbenen Himmel treiben, um ihren Rock und Mieder.

Als sie mich entdeckt, rappelt sie sich auf und hüpft mit einem freundlichen, breiten Grinsen zu mir, das die Fremdheit ihrer Züge aufhebt. „Ich habe gehört, dass du dich uns heute Abend anschließen würdest. Also musste ich kommen", sagt sie und sieht sich um. „Normalerweise mache ich mir die Mühe nicht."

Ich erwidere ihr Lächeln. „Würdest du lieber Kleider schneidern?"

„Die meiste Zeit." Sie senkt die Stimme, als würde uns jemand in unserer Nähe zu viel Aufmerksamkeit schenken. „Die Feiern sind für Leute, die eine Weile so *tun* wollen, als wären sie wo anders. Ich möchte lieber daran arbeiten, das Wirklichkeit werden zu lassen. Wenn ich kann."

„Nun, ich bin froh, dass du diese Arbeit machst, denn ich liebe dieses Kleid jetzt noch mehr, da ich es länger als ein paar Minuten tragen durfte." Ich streiche mit den Händen über die aufwendigen Muster an den Seiten. „August gefällt es übrigens auch."

Harper klatscht erfreut in die Hände. „Perfekt, perfekt. Vielleicht wird er dich eines Tages auf einen dieser Bälle oder Bankette in einem anderen Revier mitnehmen und wenn es den anderen Frauen gefällt und sie dich fragen, wo du es herhast …"

Ich lache über ihren Eifer. „Ich werde ihnen alles über dich erzählen, ich verspreche es."

„Es ist gut, dass wir Fae so lange leben, denn du musst womöglich noch eine Weile warten, bis August an Festlichkeiten in anderen Ländereien teilnimmt, Harper", bemerkt Whitt hinter mir, legt seine verschränkten Arme leicht auf meinen Schultern ab und neigt seinen Kopf an meinem vorbei. Seine nackten Unterarme erzeugen noch mehr Wärme auf meiner Haut und ich bin mir plötzlich bewusst, dass sein ganzer Körper nur wenige Zentimeter hinter mir steht und sein Kiefer meine Haare streift. „Ich werde ‚Beschaffung von Balleinladungen' auf meine To-do-Liste setzen, aber ich weiß nicht, ob jemand dort, wo wir hingehen, Tanzen im Kopf hat."

Harper zieht verschämt den Kopf ein. „Ich hätte nicht erwartet … ich meine, ich bin mir sicher, ihr habt ohnehin wichtigere Dinge zu tun. Ich habe nicht versucht, anzudeuten, dass ich nicht glücklich mit allem bin, was uns hier geboten wird."

Ich spüre Whitts Feixen mehr, als dass ich es sehe. „Keine Sorge, ich werde dich bei Sylas nicht wegen Verrats melden. Es ist dir erlaubt, rastlos zu werden." Er richtet sich auf und zupft spielerisch an einer meiner Haarsträhnen. „Hast du unserem Neuling hier schon die Erfrischungen gezeigt?"

„Oh! Nein … ich hätte …" Harper bedeutet mir, ihr zu folgen, und eilt zwischen den Decken davon. „Es gibt eine Menge zu Essen und zu Trinken, was auch immer du gerne hättest."

Als wir ihr zu einem niedrigen Holztisch folgen, der unter ein paar leuchtenden Kugeln aufgebaut wurde, blicke ich über meine Schulter zu Whitt. „Willst du ihr einen Herzinfarkt bescheren, indem du ihr das Gefühl gibst, dass sie nicht gastfreundlich genug ist?"

Er grinst noch immer. „Oh, wenn ich jemandem einen Herzinfarkt bescheren *wollte*, könnte ich das sehr viel effizienter tun. Ich biete dem Rudel gerne Unterhaltung, darf allerdings auch nicht zulassen, dass sie selbstgefällig werden. Etwas Furcht ist nur zu ihrem Besten."

Ich pike ihm mit dem Ellenbogen in die Brust, doch er weicht meinem halbherzigen Hieb glucksend aus. „Ich muss eindeutig zusehen, dass ich nach all diesen Kampfstunden mit August in *deiner* Gegenwart nicht zu selbstgefällig werde."

„Belästige meine Freunde nicht und wir haben kein Problem miteinander", informiere ich ihn.

Ich meine, sein Grinsen wird an den Rändern etwas sanfter. „Ich bin froh, dass du dich so gut im Rudel einlebst und einige von ihnen als Freunde betrachtest."

Ich bin mir nicht so sicher, ob es so sehr ‚einige' als viel mehr ‚eine' ist – oder vielleicht zwei, wenn ich Astrid mitzählen kann, obwohl ich nicht weiß, ob sie meine

Gesellschaft wirklich mag oder ob sie einfach nur auf Befehl ihres Lords hin auf mich aufpasst. Die anderen Fae des Rudels haben sich mir gegenüber freundlich verhalten, wenn sie sich die Mühe gemacht haben, mich überhaupt zur Kenntnis zu nehmen. Allerdings behandeln sie mich wie eine Neuheit und nicht wie eine Ebenbürtige. Wie jetzt, da sie mich über den Partybereich hinweg mit offenkundigem Interesse mustern, jedoch nur miteinander reden.

Nun, ich schätze, es wird einige Zeit dauern, bis sie mich als ein vollständiges Mitglied des Rudels betrachten. Hoffentlich wird es helfen, dass ich bei dieser Feier mitmache.

Harper deutet zum Tisch, auf dem silberne Platten stehen, auf denen sich juwelenähnliche Früchte, brownieähnliche Quadrate und weitere Fae-Köstlichkeiten türmen. Außerdem stehen mehrere hohe Flaschen neben einigen übriggebliebenen leeren Kelchen. „Du kannst essen, was du magst – die Spiegelnüsse sind zu dieser Jahreszeit besonders gut. Einen Teil des Weines hat mein Vater gemacht."

Ich zögere und meine Finger krümmen sich in meine Handflächen. Eine Frau in der Nähe, die auf dem Schoß ihres Partners sitzt, bläst einen glitzernden Rauchfaden aus einer dünnen Zigarette in die Luft. Hinter ihr kichert eine Gruppe Fae zwischen Schlucken aus ihren Kelchen wie verrückt.

Ich habe schon einmal erlebt, welche Wirkung Whitts bevorzugte ‚Erfrischung' auf den Verstand sowie den Magen einer Person haben kann. Obwohl ich mir nicht vorstellen kann, dass er hier irgendetwas hat, was meinen Kopf vernebeln und meinen Magen so schrecklich verdrehen würde, wie es der Brei getan hat, den mir Cole jedes Mal in die Kehle gezwungen hat, wenn Aerik mich gefügsam machen wollte, steigt die Erinnerung trotzdem bebend in meinem Bauch auf.

Es ist vermutlich ohnehin besser, wenn ich während dieser Party bei so klarem Verstand bleibe, wie ich kann. Wenn ich wieder so albern werde, wird Whitt dann nicht noch überzeugter davon sein, dass ich *nicht* mit zur Grenze kommen sollte?

Andererseits will ich auch nicht wie ein Feigling dastehen.

Ich blicke zu ihm. Er ist neben mich getreten und hat die Hände lässig in die Taschen seiner eleganten Hose gesteckt. „Was ist normales Essen und welches hat … eine spezielle Wirkung?"

Er zieht eine Augenbraue hoch. „Bist du nicht auf eine komplette Party-Erfahrung aus? Dir schien es zuvor gefallen zu haben, alles loszulassen."

Davor war mir nicht bewusst, worauf ich mich einließ – und ich machte einige peinliche Bemerkungen, wie beispielsweise, wie hübsch sein zugegebenermaßen atemberaubendes Gesicht ist. Ich rümpfe die Nase. „Vielleicht ein anderes Mal."

Er summt vor sich hin, als wäre er enttäuscht, deutet jedoch auf die Nüsse, die Harper erwähnt hat – kleine Kugeln, die so hell und poliert sind, dass sie die Formen um sich herum spiegeln, als wären sie wirklich Spiegel. Außerdem zeigt er auf eine hellblaue Frucht, die in ihrer brüchigen Hülle wie Gelee aussieht. „Mit denen kannst du nichts falschmachen. Die Purzler werden deine Laune anheben, deine Gedanken allerdings nicht vernebeln. Von den Getränken solltest du wahrscheinlich ganz die Finger lassen."

„Dankeschön." Ich nehme eine Handvoll Spiegelnüsse und stecke mir eine davon in den Mund. Sie zerbricht mit einem zarten Aroma, das mich an den Tee erinnert, den meine Mutter früher für mich machte, wenn ich mich ihr bei ihrem Morgenritual auf der hinteren Veranda anschließen wollte – meiner war immer koffeinfrei und mit einer großen Portion Zucker gesüßt.

Eine Mischung aus sehnsüchtiger Nostalgie und Heimweh schnürt mir die Kehle zu. Ich kaue die nächste Nuss langsamer und nicke Harper zu. „Die sind wirklich gut."

Sie nimmt sich ebenfalls ein paar und seufzt, als ihr Vater ihren Namen ruft. „Viel Spaß", wünscht sie mir und marschiert davon, um nachzuschauen, was er von ihr will.

Whitt beobachtet mich nach wie vor. Fragt er sich, ob ich ihm genug vertraue, um seine beiden Empfehlungen zu probieren? Vielleicht sollte ich zeigen, dass ich das tue, wenn ich möchte, dass *er* mir vertraut.

Ich nehme eine der Hülsenfrüchte in die Hand, die er Purzler genannt hat, und knabbere an dem geleeähnlichen Klumpen. Das Fruchtfleisch löst sich auf meiner Zunge auf und hat die Konsistenz von Karamell. Es schmeckt jedoch eher säuerlich als süß. Als ich schlucke, entzündet sich eine leichte Wärme in meiner Brust. Okay, das ist nicht so schlecht.

„Du scheinst es überlebt zu haben", zieht mich Whitt auf.

Ein Fae-Pärchen schwebt vorbei und ihr verträumtes Lächeln deutet an, dass sie berauschenderes Zeug konsumiert haben als ich. „Wirst du nicht tanzen, Menschenmädchen?", erkundigt sich die Frau. „Ich dachte, Sterbliche lieben es, mit den Fae herumzutollen."

„Ich werde eine Runde mit ihr drehen", bietet der Mann an, verbeugt sich und reicht mir seinen Arm in einer so schwungvollen Bewegung, dass er beinahe das Gleichgewicht verliert. Die Frau kichert.

Ich weiß nicht, wie ich antworten soll, doch Whitt

bewahrt mich davor, es mir überlegen zu müssen. Er packt meine Hand und zieht mich von dem Tisch weg. „Ich befürchte, sie hat mir bereits sämtliche Tänze des heutigen Abends versprochen."

Nachdem er mich in die Mitte der Versammlung gezogen hat, hebt er meinen Arm, um mich so langsam im Kreis zu drehen, dass es meinem Fuß in der Stütze keine Probleme bereitet. Als ich ihm wieder zugewandt bin, legt er seine andere Hand auf meine Schulter. Wir wiegen und drehen uns gemeinsam mit der Musik so wie die anderen Fae um uns herum, obwohl viele von ihnen enger miteinander verschlungen sind.

„Das scheint kein sonderlich komplizierter Tanz zu sein", sage ich. „Ich denke nicht, dass ich die ganze Nacht lang deine Führung brauchen werde."

„Vielleicht nicht, aber ich halte es für das Beste, wenn du dich bei allem, bei dem andere berührt werden müssen, an mich hältst."

„Sie wissen, dass ich mit August zusammen bin. Was denkst du, werden sie tun?"

Whitt zuckt mit den Achseln und seine Stimme senkt sich geheimnisvoll. „Berauschte Fae treffen nicht immer die klügsten Entscheidungen. Und du siehst in diesem Kleid schrecklich bezaubernd aus."

Ich verziehe das Gesicht. „Bist du dir sicher, dass ich mir keine Sorgen wegen *dir* machen muss?" Ich habe ihn bisher nichts trinken sehen, aber er scheint nie irgendwo ohne seinen Flachmann hinzugehen und in seinem Atem liegt eine schwache Alkoholfahne.

„Definitiv nicht. Schon allein, weil ich nie halb so betrunken bin, wie ich wirke."

„Ich schätze, das ist beruhigend."

„Das sollte es sein." Er dreht mich erneut, jedoch nur in einem Halbkreis und hält mich an der Taille fest, als ihm mein Rücken zugekehrt ist. Anschließend senkt er meinen Arm, sodass er über meinem Oberkörper liegt. „Was hältst du von deiner ersten Feier, Krümel?"

Ich schaue zu den anderen Tänzern und den Fae, die um uns herum verteilt sind, nehme ihr Lachen und die beschwingte Melodie der Musik wahr, während sich die süßen und säuerlichen Aromen noch in meiner Kehle mischen. Die Anspannung, die größer war, als ich realisiert hatte, lockert sich bei meinem nächsten Ausatmen. Zu sehen, dass sich alle so arglos vergnügen, erleichtert es mir, meine eigenen Sorgen abzulegen. „Es ist schön. Ich würde es gerne noch einmal tun. Allerdings wäre es schön*er*, wenn es das Rudel nicht seltsam finden würde, wenn sich August und Sylas den Feierlichkeiten anschließen."

„Bin ich dir nicht Schutz genug?"

„Das habe ich damit nicht gemeint." Ich drehe den Hals, um zu Whitt aufzuschauen. „Und ist es das, was du tust – mich beschützen?"

Er beugt sich so dicht zu mir, dass seine Lippen mein Ohr streifen, und seine Stimme ist jetzt so leise, dass ihn unmöglich ein anderer als ich hören kann. „Jeder Gesichtsausdruck, jede Bemerkung ist eine nützliche Information. Nur weil du kurze Zeit hier draußen bei uns warst, weiß ich jetzt viel besser als zuvor, wer dich am wohlwollendsten betrachtet und wer dich vermutlich nicht mit Wasser abspritzen würde, wenn du in Flammen stündest. Ich weiß, mit wem ich dich *nie* tanzen lassen darf und wer vermutlich sicher wäre, solange er dem Absinth nicht zu sehr zugesprochen hat. Wenn du so lange bei uns bleiben wirst, wie es den Anschein macht, werde ich vielleicht jedes bisschen dieser Informationen nutzen müssen."

Mir war nicht bewusst gewesen, dass er allen um uns herum solch große Aufmerksamkeit geschenkt hatte – oder dass ein so großer Teil seiner Aufmerksamkeit auf ihre

Reaktionen auf mich fokussiert war, und was das für meine Sicherheit oder einfach meine Behaglichkeit bedeuten könnte. Mir war nicht bewusst gewesen, dass Whitt meine Sicherheit und Behaglichkeit so wichtig waren, dass er so viel darüber nachdachte. Natürlich tut er es vermutlich mehr zum Nutzen seiner Brüder als meinem.

Ich drehe mich in seinem Griff, sodass ich ihn anschauen kann, ohne mir den Hals zu verrenken. Dabei bemühe ich mich, das Kribbeln zu unterdrücken, das über meine Haut rast, als seine Finger über meine Taille gleiten. „Ist es das, worum es bei diesen Partys für dich geht? Um das Sammeln von Informationen?" Wenn ich ihn zuvor durch die Fenster des Bergfrieds beobachtete, dachte ich, er würde in der festlichen Energie baden.

Seine blauen Augen funkeln. „Ich habe auch viel Spaß auf den Feiern und es ist immer ein Vergnügen, Freude in das Leben meiner Rudelkollegen zu bringen. Allerdings lässt sich nichts, was ich hier organisiere, mit den großen Feiern vergleichen, die ich zu Hause in Hearthshire auf die Beine stellen konnte, näher an der Macht des Herzens und mit so vielen anderen, die mitfeierten. Oh, wir hatten damals ein oder zwei Feiern …"

Ein Hauch von Melancholie huscht über sein Gesicht und deutet an, dass er ihr altes Zuhause genauso sehr vermisst wie Sylas. Er verschwindet jedoch schnell und lässt den gleichen verschmitzten Gesichtsausdruck wie eh und je zurück. „Allerdings endet die Arbeit eines Spionagechefs selbst in der Nacht nie richtig. Ansonsten wäre ich kein sonderlich guter Spion."

Er sagt diese Worte lässig, aber etwas an dieser unbekümmerten Art sendet einen Stich in meinen Magen, vielleicht weil er sich gerade erst meinem Schutz verpflichtet hat.

„Du musst doch in der Lage sein, dich *manchmal* zu

entspannen. Wenn nur Sylas und August in der Nähe sind, musst du nicht so auf der Hut sein."

Er lacht schallend. „Da würde ich widersprechen und behaupten, dass es für mich sogar am wichtigsten ist, mir der Sorgen meines Lords und meines Kader-Kollegen bewusst zu sein."

Denkt er wirklich so von ihnen? Als wären sie mehr ein Teil seines Jobs als Familie? „Aber … du brauchst jemanden in deinem Leben, mit dem du einfach *sein* kannst, ohne über all das nachzudenken."

„Tue ich das? Ich scheine, so wie ich bin, gut zurechtzukommen."

Er kommt zurecht, klar, doch was ist mit glücklich sein? Was ist damit, Raum zu haben, um einfach *er selbst* zu sein, kein Spionagechef oder dergleichen?

Ich weiß, wie es ist, ständig wachsam zu sein, bei jedem in seinem Umfeld auf Warnsignale zu achten und nie eine Gelegenheit zu haben, sich richtig zu entspannen. Es hat mich mürbe gemacht, selbst, während ich hier im Bergfried mit richtigem Essen und einer Zuflucht gelebt habe. Das einfach als einen dauerhaften Daseinszustand zu akzeptieren …

Ich interpretiere vermutlich zu viel in das Ganze hinein und Whitt meint es nicht so, wie ich es auffasse. Dennoch komme ich nicht umhin, mich zu fragen, wie sein hübsches Gesicht aussehen würde, wenn es von der offenen, uneingeschränkten Freude erhellt werden würde, die ich heute Morgen auf Augusts Gesicht sah, als er mir erzählte, dass er mich liebt. Ich denke, das würde ich gerne sehen.

Ein eigenartiges Flattern bebt durch meine Brust hindurch und ich reiße meinen Blick von ihm los, denn ich bin mir plötzlich bewusst, dass ich ihn angestarrt habe. „Ich schätze, du hast auch Informationen über mich gesammelt?

Vergewisserst du dich, dass ich der Reise morgen gewachsen bin?"

Whitt verlagert seine Hand an meiner Seite und seine Finger berühren mich jetzt kaum. „Soweit ich weiß, ist deine Teilnahme an unserer ‚Reise' bereits beschlossene Sache."

„Aber du bist nicht überzeugt, dass es eine gute Idee ist."

„Habe ich das gesagt?"

Ich komme nicht umhin, erneut den Blick zu heben. „Das musstest du nicht."

Er schnalzt mit der Zunge und lächelt schief. „Du hast ein absolut überzeugendes Argument vorgebracht. Auch wenn du an der Grenze eine große Ablenkung darstellen wirst, kann ich mir vorstellen, dass es gewisse Parteien noch ablenkender finden würden, darüber nachzudenken, was hier, außerhalb ihrer Reichweite, mit dir passieren könnte."

„Also denkst du, dass ich sie ablenken werde, wenn ich bei euch bin. Ich sagte, ich würde euch nicht in die Quere kommen ..."

„Talia", fällt mir Whitt bestimmt ins Wort. Er beugt den Kopf erneut neben meinen. „Du musst mir nichts beweisen. Ich habe meine Entscheidung in jener Nacht im Wald getroffen und ich werde dein Recht, bei uns zu sein – wo auch immer wir hingehen –, mit Krallen und Zähnen verteidigen, sollte es dazu kommen. Du musst dir um viele Dinge Sorgen machen, aber wenn es um mein Wohlwollen geht, kannst du beruhigt sein."

Er klingt ernst, obwohl er das selten tut. Die Nacht, auf die er sich bezieht, ist die, in der er mir praktisch befahl, in die Menschenwelt zu fliehen, damit meine Präsenz keine weiteren Konflikte zwischen Sylas und August auslöste. Als sie mich einholten und eine andere Fae abwehrten, die mich angegriffen hatte, erzählte mir Whitt, dass er seine Meinung geändert hätte und ich gut für sie wäre. Er bat mich, zu bleiben.

Ich wusste nicht, wie sehr ich diesem unerwarteten Sinneswandel trauen konnte, doch anscheinend meinte er es ernster, als ich angenommen hatte.

Ein Kloß steigt in meiner Kehle auf. Ich will irgendwie nach ihm greifen, was keinen Sinn ergibt, weil ich bereits weniger als einen Schritt von ihm entfernt bin und eine Hand von seiner umschlossen wird.

Whitt dreht uns im Kreis, als die Musik fröhlicher wird, und verfällt in seinen üblichen lässigen Tonfall. „Wir haben viel zu viel über meine Vorlieben gesprochen. Das hier ist offensichtlich nicht der Ort, an dem du dich zu diesem Zeitpunkt in deinem Leben gesehen hättest, bevor Aerik hineingeplatzt ist. Wenn du die Menschenwelt nie verlassen hättest, was denkst du, würdest du nun tun?"

Mein vorheriges Heimweh trifft mich mit einer frischen Woge aus Schmerz. „Ich schätze, ich wäre aufs College gegangen. Ich wollte so etwas wie Umweltwissenschaft studieren – Ökosysteme und Klimamuster und so etwas." Falls ich das überhaupt noch gewollt hätte, wenn es Zeit gewesen wäre, mich zu entscheiden. Ich hatte noch keine Nachforschungen zu dem Studiengang angestellt, sondern mich nur auf die Idee gestürzt, die mir womöglich eine Gelegenheit gegeben hätte, die Welt zu erkunden und dafür bezahlt zu werden.

„Hmm, so praktisch. Was hättest du zum *Spaß* getan?"

Meine Gedanken wandern zurück zu meinem Album und den Stunden, die ich damit verbrachte, über exotische Orte auf allen Kontinenten zu lesen. „Wenn ich genug Geld zusammengekriegt hätte, wäre ich gereist. Es gab alle möglichen Orte, die ich besuchen wollte. Es wirkte auf mich so, als gäbe es dort draußen so vieles, was viel interessanter war als unsere Kleinstadt, so viele *andere* Dinge …"

Whitt lacht, in dem Laut schwingt jedoch eine Note mit, die beinahe traurig klingt. „Du hättest nicht viel weiter reisen können, als du es jetzt getan hast, oder, mein kräftiger Krümel?“

Ich schaffe es, zu lächeln, obwohl meine Kehle jetzt richtig schmerzt. „Ich schätze nicht.“ Ich halte inne. „Weißt du, ich hätte keine Einwände dagegen erhoben, an diesen Ort zu kommen, wenn ich ein Wörtchen hätte mitreden können, wie ich hierherkomme. Zur Nebelwelt im Allgemeinen, meine ich. Es ist nicht unbedingt das Abenteuer, das ich mir vorgestellt habe, aber jetzt, da ich ein größeres Mitspracherecht habe, wie ich hier lebe … gibt es zusammen mit den schlechten definitiv eine Menge guter Dinge.“

Whitt schweigt eine Weile, während wir uns hin und her wiegen und sich die Musik um uns windet. Dann atmet er scharf ein und hebt seine Hand für die kürzeste aller Liebkosungen an meine Wange. „Und morgen werden wir dich sogar noch weiter wegbringen.“

„Ja.“ Ein weiterer Schauder durchläuft meinen Körper, dieser ist jedoch beinahe freudig und nicht nur wegen der Hitze, die seine Berührung in meiner Haut erweckt hat.

„Und du bist nicht einmal annähernd so stark verängstigt, wie du es vermutlich sein solltest.“ Er schnalzt erneut neckend mit der Zunge.

Ich blicke ihm ruhig in die Augen. „Ich denke nicht, dass es schlimmer sein kann als das, was ich bereits durchgemacht habe.“

„Nein, vielleicht nicht. Das muss ich dir lassen.“

Whitt dreht mich in einem weiteren langsamen Kreis und mein verkrüppelter Fuß fängt erst jetzt zu schmerzen an, weil ich ihn so lange belastet habe, und dann lässt er mich los. „Iss noch ein paar Purzler, Krümel. Solche Köstlichkeiten werden wir dort draußen an der Grenze nicht haben.“

Harper ist von ihrem Gespräch mit ihrem Vater zurückgekehrt und ich setze mich mit einer weiteren

Hülsenfrucht, an der ich knabbern kann, neben sie auf ein Kissen. Der Schmerz in mir verblasst mit der erblühenden Wärme, die das Zeug in mir hervorruft. Wir tauschen weitere Geschichten aus – meine Erinnerungen an das Menschenleben im Austausch für ihre begrenzten, jedoch fantastischen Erzählungen über diesen Teil des Fae-Reichs. Anschließend legen wir uns zurück, um zu den Sternen aufzuschauen, wobei Harper mir die Konstellationen zeigt und die dazugehörigen Fae-Legenden erzählt.

Ab und zu halte ich Ausschau nach Whitt und ich beobachte, wie er seine Runden durch die Menge der Feiernden dreht und mit seinen gewitzten Bemerkungen ein Lächeln auf jedes Gesicht zaubert. Das hier mag Arbeit für ihn sein, ich glaube jedoch, dass es ihm auch Spaß macht.

Als meine Augenlider beginnen, schwer zu werden, und sich das Kissen so gemütlich anfühlt, dass ich nicht weiß, ob ich überhaupt wieder aufstehen will, verstummt die Musik. Einige Rudelmitglieder strecken sich auf den Decken aus, um unter den Sternen zu schlafen. Andere räumen die mittlerweile leeren Platten vom Tisch ab. Als sich Harper aufsetzt und die Arme ausstreckt, kommt Whitt zu mir.

„Hoch mit dir“, sagt er locker, jedoch entschlossen. „Ich habe noch etwas anderes zum Abschluss des Abends.“

Ich erhebe mich schläfrig, aber mit einer Spur Neugier von dem Kissen und folge ihm in den Bergfried. Die Laternenkugeln gehen an, um uns zu begrüßen.

Whitt führt mich hinauf zu seinem Büro und deutet einfach auf eine silberne Schachtel in der Größe eines Fachbuches, die auf seinem Schreibtisch liegt. Er steht auf der Seite, als wollte er ihr nicht zu nahe kommen.

Als ich die Schachtel öffne, finde ich einen Samtbeutel darin, der sich mit einem beweglichen Gewicht auf meine gesamte Hand legt. Als ich ihn aufziehe, erreicht ein mineralischer Geruch meine Nase.

Der Beutel ist voller Salzkristalle – es ist ungefähr zehnmal so viel wie die kleine Portion, die mir August vor Wochen heimlich zugesteckt hat, damit ich einen kleinen Schutz vor Kellan hatte. Das Salz, das ich benutzte, um die Magie zu brechen, die die Türen des Bergfrieds verriegelte. Das Salz, wegen dem Sylas mit August schimpfte, weil er es mir gegeben hatte.

Als ich Whitt anstarre, kehrt sein Grinsen zurück, auch wenn es jetzt ein wenig müde wirkt. „Augusts Job mag zwar nicht Gerissenheit sein, das bedeutet allerdings nicht, dass er nie gute Ideen hat. Salz wird genauso gut gegen Winter-Fae wie gegen die Sommer-Fae helfen – und ich kann nicht versprechen, dass jeder Seelie, dem du an der Grenze begegnest, freundlich sein wird, ganz gleich zu welchem Reich er gehört. Wir konnten nicht zulassen, dass du komplett unbewaffnet bist, oder?"

Ich habe auch den kleinen Dolch, den mir Sylas heute Nachmittag überreicht hat und mit dem mir August einige grundlegende Techniken beigebracht hat, das wäre jedoch ein allerletzter Abwehrversuch. Salz ist eine seltene Sache, die ich benutzen kann und dem die Fae nichts entgegenzusetzen haben.

Whitt hat es geschafft, das hier aus der Menschenwelt zu holen, obwohl es ihm großes Unbehagen bereitet haben muss, in seiner Nähe zu sein. Er muss es *heute* besorgt haben, da sie davor nicht wussten, dass ich sie begleiten würde.

Wie viel geht hinter diesen ozeanblauen Augen vor sich? Wie viele Gefühle und Absichten lauern dort, die er hinter seinem Grinsen und Spott verbirgt?

Meine Finger krümmen sich in den dicken Stoff des Beutels. „Dankeschön. Weiß ... weiß Sylas Bescheid?"

„Du musst den Beutel nicht vor ihm verbergen. Er wirkte recht erfreut darüber, als ich es vorschlug. Ich würde es allerdings keinem anderen Fae als uns dreien zeigen, außer du willst es sofort einsetzen.“

„Natürlich nicht.“ Ich verspüre den Drang, ihn zu umarmen oder ihm anhand einer anderen Geste zu zeigen, dass mir bewusst ist, wie viel er mir anbietet. Doch ich bin mir nicht sicher, wie er darauf reagieren würde. Er scheint so tun zu wollen, als sei es keine große Sache.

Ich werde nie wieder schnauben bei der Vorstellung, dass er mich zu beschützen beabsichtigt, so viel kann ich sagen.

Whitt schiebt mich sachte zur Tür. „Du ruhst dich besser aus. Wir haben morgen eine lange Reise vor uns.“

18

Whitt

Ich vergesse immer, wie sehr ich den Umgang mit Erzlords und ihren Kadern hasse, bis ich mich den aufgeblasenen Mistkerlen erneut gegenüberfinde. Angesichts dessen, wie mich die drei repräsentativen Kader-Gewählten mustern, habe ich natürlich Glück, dass sie überhaupt zugestimmt haben, sich mit mir zu treffen.

„Was ist so dringend, dass Sylas von Oakmeet das Bedürfnis verspürte, höchstpersönlich den ganzen Weg hierher zu reisen?", fragt Cashel – derjenige, der zu Ambrose gehört und daher naturgemäß der Unausstehlichste ist – und verschränkt die Arme vor der Brust. Wir treffen uns in einem der provisorischen Gebäude des Kriegslagers in der Nähe seines Postens. Das Sonnenlicht, das durch die gigantischen gewebten Grashalme fällt, aus denen die Wände bestehen, lässt seine rötliche Haut krankhaft grün wirken. „Falls er eine

Angelegenheit hat, die er vor den Erzlords ansprechen möchte, vermute ich, dass er nicht vergessen hat, wie man eine gewöhnliche Petition stellt.“

Sylas wäre selbst hier und würde sich diesen Scheißkerlen stellen, wenn es nicht demütigend für einen Lord wäre, mit dem Kader eines anderen Lords zu verhandeln, als würde er seinem eigenen Kader nicht zutrauen, die Aufgabe zu erledigen. Ich bezweifle, dass sie ihm mehr Respekt erweisen würden als mir.

„Mein Lord ist nicht hier, um Hilfe zu *erbitten*“, erkläre ich und bemühe mich, die Schärfe, so gut es geht, aus meiner Stimme zu vertreiben. „Wir sind hier, um sie anzubieten, wie ich bereits erwähnt habe, glaube ich.“

Maeve, die hakennasige Frau aus Celias Kader, schnaubt. „Und warum sollte irgendeiner der Erzlords ‚Hilfe‘ von Oakmeet brauchen? Euer Rudel hat bisher keine atemberaubenden Siege zu verzeichnen gehabt und ich weiß nicht, ob ich mir irgendwelche irrsinnigen Pläne anhören will, die du dir hast einfallen lassen, ‚Wild‘ Whitt.“

Mein sorgfältig gepflegter Ruf hat gelegentlich seine Nachteile. Es ist egal, dass ich mich weniger häufig wirklich irrsinnig benehme, als ich richtig betrunken bin. Es ist egal, dass die Krieger, die wir erübrigen können, nur die Hälfte dessen sind, was jedes andere Rudel schicken könnte – oder dass nicht einmal die Erzlords einen echten entscheidenden Sieg mit ihrer viel größeren Anzahl an Kriegern errungen haben. Hätten sie das getan, würden wir nicht einer stickigen Hütte stehen und dieses verdammte Gespräch führen.

„Die Erzlords haben so viel zu dem Krieg beigetragen, dass wir uns bewusst sind, dass sich das Blatt gewendet hat“, sage ich und blicke von ihr zu Donovans Mann, Hollis, und wieder zu Cashel. „Ihr rechnet mit einem Angriff, der alles übersteigt, was die Unseelie bisher getan haben, oder? Wie viele andere Lords haben die Puzzlestücke zusammengesetzt

– und sich die Mühe gemacht, hier zu erscheinen, um ihre Unterstützung zu zeigen?"

Keiner von ihnen lässt sich zu einer Antwort herab. Hollis tritt von einem Fuß auf den anderen und sein schmales Gesicht ist vor offenkundigem Unbehagen angespannt. Von den drei Erzlords tendiert seiner dazu, der Nachsichtigste zu sein. Doch selbst Donovan hat keine großen Proteste gegen unsere Verbannung in die Randgebiete vorgebracht, weshalb ich aus diesem Lager nicht viel Kooperation erwarten kann.

Wie alle Fae sind sie nicht gewillt, zu lügen, was sie jedoch nicht davon abhält, um die Wahrheit herumzureden. Cashel hebt den Kopf in einem hochmütigen Winkel. „Wir haben keine Neuigkeiten zu berichten. Vielleicht seid ihr aufgrund falscher Annahmen hergekommen."

Vielleicht, nicht *definitiv*. Und sie haben keine Neuigkeiten, die sie *mir* berichten wollen. Wenn mich die Tatsache, dass sie abwehrend anstatt verwirrt reagiert haben, nicht bereits davon überzeugt hätte, dass Sylas' Theorie korrekt ist, hätte es diese Antwort auf jeden Fall geschafft.

Ich verkneife es mir, die Augen zu verdrehen. „Ihr wisst alle drei, dass wir die aktuelle Stellung unseres Rudels den bedauerlichen Bestrebungen der verstorbenen Gefährtin meines Lords zu verdanken haben – die er weder teilte noch auf sie hinarbeitete – nicht einem Mangel an Kraft oder Verstand. Was auch immer kommen wird, wir werden es auf jede uns mögliche Art zurückstoßen. Allerdings werden wir ein viel effektiveres Werkzeug im Arsenal der Erzlords sein, wenn ihr uns mitteilt, was ihr über die Pläne der Unseelie erfahren habt."

Maeve wirft ihre gelbbraunen Haare nach hinten. „Selbst wenn wir über mehr Wissen verfügten als ihr, könnte jeder mit *Verstand* dahinterkommen, dass es wohl kaum vernünftig wäre, es einem Rudel anzuvertrauen, das zuvor mit Verrat an unseren Erzlords in Verbindung gebracht wurde."

Cashel nickt zustimmend. „Ja. Richte Lord Sylas aus, dass er genauso gut nach Hause gehen kann. Wir haben euch armen Bettlern keine Reste anzubieten."

Die zwei stolzieren ohne ein weiteres Wort davon. Hollis verzieht das Gesicht, was leicht entschuldigend gemeint sein könnte, und folgt ihnen genauso schweigend. Ich schaue ihren schwindenden Rücken finster hinterher und hole tief Luft, um mein Temperament zu zügeln.

Ich hatte nicht erwartet, dass sie viel sagen würden. Die Bestätigung zu erhalten, dass irgendein Plan im Gange ist, hat gereicht. Nach ihrer Einstellung zu urteilen, kann ich Sylas zuversichtlich berichten, dass sie selbst nicht genau wissen, was sie von den Unseelie zu erwarten haben. Sie wissen, dass *etwas* Schlimmes bevorsteht, jedoch nicht genug, um uns irgendwelche ‚Reste' zuzuwerfen, damit wir die Hauptlast des Angriffs abfangen.

Nachdem ich in das dünne Licht der Morgensonne getreten bin, lasse ich meine Schultern kreisen und strecke mich in meiner wölfischen Gestalt, um zurück zu unserem Lager zu rennen.

Das Versammlungszelt befindet sich ungefähr eine Meile hinter der Grenze und ist dieser so nahe, dass ich sehen kann, dass in diesem Moment keine Rabenkrieger den Dunst dort durchbrechen. Vor den verstreuten Gebäuden, die auf Grundlage der magischen Affinität ihrer Bewohner aus Pflanzen oder Stein oder Metall konstruiert wurden, erhebt sich die nebelartige Mauer, die die Sommerhälfte unserer Welt von der Winterhälfte trennt. Sie ragt hoch in die Luft und färbt den dunkelblauen Himmel grau. Kleinere Strudel wirbeln durch die glänzende Oberfläche des Dunstes, der das Flimmern von Hitze, die von einer sengend heißen Erde aufsteigt, mit dem dichten Nebel einer kalten feuchten Nacht verbindet.

Würde ich in *diese* Richtung rennen, würde ich nach wenigen Schritten durch den Dunst in eiskalter Luft über eisigen Boden laufen – so lange, bis sich die Unseelie-Krieger auf mich stürzen und mir das Gehirn rausprügeln.

Die Gebäude des Seelie-Lagers stehen für jedes Geschwader in Gruppen da und sind auf dem flachen Terrain verteilt worden. Die meisten der hohen, zischenden Gräser, die die Felder bedecken, wurden unter der Sonne so lange verbrannt, dass sie jetzt wie Messing glänzen. Hier und da hat ein Geschwader das Gras abgeschnitten, um Platz für ungepflegte Gärten zu machen.

Krieger spielen nicht gerne Bauern, aber vermutlich haben sie auch das Jagen und Sammeln satt. Manche von ihnen sind seit Jahren hier draußen stationiert wie viele von unseren Kriegern.

Einige ferne Wolfgestalten streifen am Fuß der nebeligen Grenze entlang, was mich beruhigt, da die anderen Rudel wenigstens so organisiert sind, dass sie ihre Patrouillen aufrechterhalten, obwohl es seit dem Angriff, bei dem Ralyn vor einigen Wochen verletzt wurde, keine richtige Attacke mehr gab. Ich wende mich von ihnen ab, beschleunige meine Schritte, schlängle mich durch das Gras und umgehe die bienenstockähnlichen Hügel, die sich in der Ferne erheben.

Ich biege gerade um eine dieser pockennarbigen Wölbungen, als eine unangenehm vertraute Gestalt in mein Sichtfeld tritt – der dünne, hellhaarige Mann aus Aeriks Kader: Cole. Derjenige, der unsere Ländereien aus nach wie vor unbekannten Gründen ausspioniert hat. Und jetzt lungert er in der Nähe unseres aktuellen Lagers herum?

Ich laufe auf ihn zu. Bei meinem Anblick bleibt er stehen und legt den Kopf schief. Ich kann nicht sagen, ob er meinen Wolf erkennt. Doch in dem Moment, in dem ich mich verwandle, um aufrecht vor ihm zu stehen, und meine Haut wegen der plötzlichen Verwandlung kribbelt, verziehen sich seine Lippen zu einem vertrauten höhnischen Grinsen. Das muss er von seinem Lord gelernt haben.

„Was führt dich so weit raus bis an die Grenze?", frage ich im Plauderton, der vielleicht davon untergraben wird, dass ich mir nicht einmal die Mühe gemacht habe, ihn zu begrüßen.

Coles Augen werden schmal, er macht jedoch eine sorglose Geste, als würde ihn die Frage nicht stören. „Das Gleiche wie dich, vermute ich. Es ist schwer, die Geschwader bei Laune zu halten, wenn sie das Gefühl bekommen, ihre Anführer hätten sie im Stich gelassen. Besonders in eurem Fall könnte ich mir das angesichts eurer Vergangenheit vorstellen."

Ich ignoriere den kaum verborgenen Seitenhieb in dieser Bemerkung und sehe mich um. „Und wo genau ist dein Geschwader? Hier draußen sind sie schrecklich weit weg von zu Hause, oder?" Sylas hätte niemals diese Stelle gewählt, wenn er gedacht hätte, dass Aeriks Krieger unsere Nachbarn sein würden. Meinen letzten Informationen zufolge befanden sie sich am südlicheren Ende der Grenze, näher am Herzen und an Aeriks Ländereien.

„Wir haben beschlossen, dass ein Tapetenwechsel angebracht wäre. Wie es scheint, ergeht es deinem Lord genauso." Coles Grinsen ist so scharf, dass es kaum ein Lächeln genannt werden kann. „Hat Sylas nichts Besseres zu tun, als seine Zeit zu verbummeln und darauf zu warten, dass eine Schlacht zu ihm kommt? Oder vielleicht traut er seinem Kader nicht zu, dass er die Dinge ohne seine direkte Überwachung regelt."

Innerlich empöre ich mich, äußerlich bewahre ich eine ruhige Miene. Er hat mehr preisgegeben, als ihm womöglich klar ist. Aerik ist nicht hier, nur Cole. Und ich hege den starken Verdacht, dass sein Interesse daran, einen anderen Teil der Grenze zu sehen, von Neugier angetrieben wurde, nachdem er gehört hat, dass Sylas höchstpersönlich hier angekommen ist. Cole ist auf der Jagd nach Ruhm und er weiß vermutlich, dass es für Sylas keinen Grund gibt, hierherzukommen, außer es besteht die Möglichkeit, Ehre für sein Rudel zu gewinnen.

„Du wirst ihn selbst fragen müssen, wenn du dir solche Sorgen machst", erwidere ich, entblöße einige meiner Zähne und springe wieder als Wolf davon.

Ich blicke einmal zurück, um zu überprüfen, in welche Richtung Cole läuft, und dann renne ich in voller Geschwindigkeit. Innerhalb von Minuten erreiche ich den Bach, in dem die Strömung wie Harfensaiten singt. Dort renne ich über die schwankende Schilfrohrbrücke und umgehe den Außenbezirk des Dorfes, das an seinem Ufer erbaut wurde.

Niemand lebt gerne so weit weg vom Herzen und so nah am Winterreich, vor allem jetzt, da die Unseelie sich zu einer fortwährenden, konkreten Bedrohung gemacht haben. Die Festung, die sich hinter der Ansammlung an Häusern erhebt, ist eine schiefe Angelegenheit, die aus Dornenbüschen wuchs und aussieht wie ein gewaltiges Gestrüpp. Ich möchte mir nicht einmal vorstellen, wie die Wände und Böden im Inneren aussehen.

Ich bin vielleicht voreingenommen, aber ich muss sagen, dass das Gebäude, bei dessen Errichtung August und ich Sylas gestern Abend geholfen haben und das sich ungefähr eine halbe Meile weiter westlich befindet, trotz seiner Schwächen viel reizvoller aussieht. Hier sind wir dem Herzen etwas näher als draußen in Oakmeet an den Rändern der Nebelwelt, allerdings nicht so nahe, dass es etwas an der Tatsache ändern würde, dass wir versucht haben, ein ganzes Haus mit mehreren Schlafzimmern innerhalb weniger

Stunden heraufzubeschwören. Es ist keinesfalls so elegant wie der Oakmeet-Bergfried, geschweige denn wie die Burg in Hearthshire, und ein schlimmer Wintersturm könnte die dünnen Eichenwände umpusten, doch für die wenigen Wochen, die wir hierbleiben werden, wird es genügen.

Das Herz stehe uns bei, dass es nicht mehr als wenige Wochen sein werden.

Mein eigenes Herz hämmert in meiner Brust in einem Tempo, das ich nicht nur auf meine schnellen Schritte schieben kann. Es schlägt noch schneller, als ich einen Schopf pinker Haare an der Seite unseres neuen Gebäudes entdecke, das wie der polierte Stumpf eines Bergbaumes aussieht. Talia hockt in dem Garten, den Sylas und August hastig zum Wachsen bewegt haben, und pflückt Beeren.

Falls Cole hier vor kurzem herumgeschlichen ist, hat er sie gesehen.

Es sollte mir nicht so große Sorgen bereiten, da ich weiß, dass Sylas die Glamour um sie herum gestärkt hat, kurz bevor wir gestern hier ankamen, und er sie heute Morgen zweifellos überprüft hat. Ich sollte mir überhaupt keine Sorgen um sie machen, da ihre zwei Liebhaber sie bereits von vorne bis hinten bedienen.

Es sollte mir *definitiv* keinen eisigen Stich in die Brust jagen, als sich ihre Augen beim ersten Blick auf meine wölfische Gestalt vor Angst weiten – und mir sollte nicht so schwindelerregend warm werden, als diese Furcht weicht und eines ihrer schüchternen, jedoch strahlenden Lächeln erscheint, weil sie mich erkennt.

Sie gehört nicht zu mir, erinnere ich mich, wie ich es in den vergangenen Wochen so oft getan habe. Sie gehört nicht zu mir und sie wird es auch nie tun. Doch so, wie sie mich neulich abends auf der Feier angesehen hat, so besorgt um ausgerechnet mein Glück ... wie sie aussah, als sie darüber sprach, ihr Glück in unserer Welt zu finden ...

Ich schüttle diese Gedanken ab zusammen mit meinem Fell am Rand des Gartens ab.

Als sie mein Gesicht betrachtet, verblasst Talias Lächeln. „Ist alles okay? Wurden sie sauer auf dich?"

Erneut macht sie sich mehr Sorgen um mich als sich selbst. Ich deute mit dem Kopf zu der gewölbten Tür unserer neuen Bleibe. „Die Leute, mit denen ich gesprochen habe, waren genauso große Mistkerle, wie ich es erwartet habe. Aber ich hatte ein unerwartetes Gespräch, über das wir uns unterhalten sollten."

Sie nimmt ihren Korb und läuft ohne einen Kommentar ins Haus – sie vertraut mir. In dem Raum im Erdgeschoss, der im offenen Stil konzipiert wurde, schlafen ein paar unserer Krieger ausgestreckt auf den Kissen im Wohnbereich. Sie sind vom Hauptlager hergekommen, um ihren Lord zu bedienen. Talia legt die Beeren auf die kurze Küchenarbeitsplatte und ich bedeute ihr, die Treppe hinauf zu den vier kleinen Schlafzimmern zu gehen.

Ihres ist am weitesten von der schmalen Treppe entfernt. Ich vermute, dass Sylas wollte, dass jeder Eindringling zuerst an uns allen vorbeimuss, bevor er zu ihr gelangt. Von Sylas oder August ist keine Spur zu sehen – August hat erwähnt, dass er Jagen gehen will, und Sylas wollte sich mit einigen der anderen Geschwader unterhalten, falls sie ihm überhaupt etwas erzählen.

Talia humpelt geradewegs zu ihrem grob gebauten Bett, bleibt dort stehen und wartet, bis ich die Tür hinter uns geschlossen habe. Wir brauchen die Privatsphäre, aber ich bin mir plötzlich bewusst, wie wenig Platz sich zwischen uns befindet, was ein Beben über meine Haut sendet.

„Ist es jetzt sicher, zu reden?", will der Krümel wissen. Sie ist so schlau, dass sie versteht, warum ich sie so weit weg von allen gebracht habe.

„Wir haben in diesen Zimmern alle uns möglichen

magischen Schutzvorkehrungen getroffen", entgegne ich. „Es sollte sicher sein." Dann zögere ich, weil ich ihr nicht erzählen will, was ich zu berichten habe. Doch ich muss es tun. „Ich denke nicht, dass du weiterhin außerhalb der Festung helfen solltest."

Talia blinzelt mich an. „Warum nicht? Falls ich etwas falsch gemacht habe …"

Ich tue jegliche Zweifel daran mit einer Handbewegung ab. „Es liegt nicht an dir. Aeriks Geschwader ist in die Nähe gezogen. Cole schleicht bereits herum. Ich könnte mir vorstellen, dass er sich fragt, was Sylas und den Rest von uns jetzt hierhergeführt hat. Dieser Haufen ist immer darauf aus, ihren Vorteil auf jede mögliche Weise auszubauen. Ich denke, es wäre das Beste, wenn wir ihnen so wenig Gelegenheit wie möglich geben, dich zu mustern."

Sie hat sich bereits angespannt und ihr Rücken ist steif geworden. „Mit dem Glamour – er hätte nichts an mir erkennen können, oder? Er ist nicht einmal so nahe gekommen, dass ich ihn gesehen habe."

„Fürs Erste solltest du sicher sein. Allerdings wollen wir unser Glück nicht überstrapazieren. Lass mich die Glamour überprüfen, nur für den Fall."

Ich kann bereits sehen, dass der auf ihrer Schulter, der jede Spur ihrer Narben verbergen soll, die womöglich unter ihrem Oberteil hervorlugen könnten, so solide wie eh und je ist. Ich bedeute Talia, sich hinzusetzen. Sie sinkt auf die Bettkante und ich knie mich hin, um ihren verformten Fuß zu untersuchen.

Aus der Nähe kann ich die Illusion mit einem Blinzeln durchschauen und die eigenartige Erhebung der Knochen ausmachen sowie die Kurven der Holzbrettchen, die ihre Orthese bilden. Doch als ich meine Hand an ihren Knöchel lege, verbirgt der Glamour sogar meine Finger. Cole müsste

sich ihr bis auf wenige Zentimeter nähern, um durch Sylas'
Magie sehen zu können.

Das bedeutet allerdings nicht, dass er nicht etwas
Merkwürdiges an ihrem Gang erkennen könnte, wenn er sie
draußen herumlaufen sieht. Ich hasse es, ihr zu sagen, dass sie
drinnen bleiben soll – allerdings will sie genauso wenig wie
der Rest von uns eine weitere Begegnung mit dem
Dreckskerl. Vermutlich will sie das noch weniger als wir.

„Ist es okay?", fragt Talia und ich realisiere, dass ich noch
immer vor ihr hocke und ihren Knöchel in der Hand halte.
Ich streichle mit dem Daumen über ihre Haut, um ihre
Wärme hervorzulocken, ohne darüber nachzudenken.

Ich lasse meine Hand so elegant sinken, wie es die Hast
erlaubt, und blicke zu ihr auf. Ihre lebhaft grünen Augen
fixieren mich an Ort und Stelle.

„Ja", antworte ich. „Es gibt nichts, um das du dir Sorgen
machen musst."

„Fürs Erste."

„Genau." Ich halte inne und denke nach. Ihre Worte von
neulich morgens, als sie sagte, dass sie nicht eingesperrt sein
wolle, hallen mir durchs Gedächtnis. „Wenn du dich nicht
weit vom Gebäude entfernst und besonders darauf achtest,
wie du draußen läufst … musst du vermutlich nicht
komplett hier eingepfercht bleiben."

Ihr bittersüßes Lächeln könnte mich erschlagen. „Das
war das Risiko, das ich einging, als ich darauf bestand, zur
Grenze mitzukommen. Ich komme schon klar. Das Haus ist
immer noch viel größer als Aeriks Käfig. Ich werde mich
einfach aufs Kochen und andere Aufgaben konzentrieren, die
ich hier drinnen erledigen kann."

„So stoisch, oh Allkräftige", kann ich nicht widerstehen,
sie aufzuziehen.

Meine Belohnung besteht darin, dass ihr Lächeln

vorübergehend heller strahlt. Sie tritt spielerisch gegen meinen Arm. „Für dich ist es auch nicht einfach, oder?"

Ich ziehe die Augenbrauen hoch. „Was meinst du?"

„Nun, hier draußen musst du die ganze Zeit noch mehr auf der Hut sein. Die Krieger der anderen Rudel sind überall. Nichts von diesem Territorium gehört tatsächlich uns. Auch wenn du in Gegenwart der Leute zu Hause stets wachsam bist, hast du dort wenigstens den Raum, um von allen wegzukommen, wenn du musst."

Ich weiß nicht, wegen was sich mein Herz heftiger zusammenzieht – der Tatsache, dass sie Oakmeet gerade so mühelos als ‚Zuhause' bezeichnet hat, als hätte sie schon immer dort gelebt, oder wie eindeutig und nüchtern sie Schlüsse über mein Wohlbefinden gezogen hat anhand der wenigen Geständnisse, die ich neulich abends abgelegt habe. Vielleicht ist es keines von beidem, sondern die Tatsache, dass ihr mein Wohlbefinden so wichtig ist, dass sie so gründlich darüber nachgedacht hat.

Ich tätschle ihre Wade ein letztes Mal sanft durch ihre Jeans hindurch. „Heb dir deine Sorgen für dich auf, Krümel. Ich habe genug Übung darin, Unbehagen zu tolerieren, wenn es nötig ist."

Sie zuckt mit den Achseln. „Ich auch."

Wer könnte das abstreiten?

Ich weiß nicht, wie lange ich dortgeblieben wäre, zu ihren Füßen gekniet und mich in ihrer Aufmerksamkeit geaalt hätte, wenn Sylas' Stimme nicht in diesem Moment von unten erklungen wäre. „Bist du zurückgekehrt, Whitt?"

Ich stehe auf, hin und her gerissen zwischen Dankbarkeit und Reue für die Unterbrechung. Ich hätte es womöglich genossen, noch länger bei Talia zu bleiben, was jedoch nicht bedeutet, dass es gut für mich gewesen wäre.

„Ich werde Sylas die Situation erklären", informiere ich

Talia. „Und vielleicht haben wir alle Glück und die verfluchten Unseelie reißen Cole den Kopf ab, bevor wir uns erneut mit ihm befassen müssen.“

Talia. „Und vielleicht haben wir alle Glück und die verfluchten Unseelie reißen Cole den Kopf ab, bevor wir uns erneut mit ihm befassen müssen.“

Talia

Es macht keinen Sinn, nicht wirklich. Wir sind gerade erst zur Grenze gekommen und jetzt stehe ich auf dem Feld vor dem Bergfried und die Lichter und Musik einer Feier umgeben mich.

Mein anfänglicher Zweifel verfliegt mit den herumwirbelnden, tanzenden Gestalten, die mich umgeben. Ich drehe mich, die Laternen über mir scheinen sich ebenfalls zu drehen und Whitt ist da. Er nimmt meine Hand, um mich wie auf meiner ersten Feier herumzuwirbeln, und seine Augen halten meinen Blick mit einem Begehren, das mich von Kopf bis Fuß durchfährt. Sein Mund biegt sich zu einem verschmitzten Grinsen.

Er sieht leidenschaftlich und irgendwie so frei aus, wie ich ihn noch nie gesehen habe, als würde er an nichts anderes denken als an mich und was er gerne mit mir tun würde. Ein Schauder durchfährt mich nach dem Hitzeschwall.

Ich drehe mich vor ihm im Kreis, als wären meine Füße unversehrt. Die Tänzer um uns herum verblassen. Die Musik erklingt weiterhin von einer fernen Quelle. Als ich stehen bleibe und Whitt wieder zugewandt bin, sinkt er vor mir auf die Knie, wie er es getan hat, als er heute Morgen meinen Fuß begutachtet hat.

Seine Finger gleiten über meine nackte Haut, streifen meinen Knöchel, wandern meine Wade hinauf und heben den Saum meines Kleides, bis er meine Knie erreicht. Während mein Herz wie wild hämmert, beugt er sich vor und küsst die Innenseite dieses Knies. Dann etwas höher und noch höher, wobei seine Hände das Kleid mit jeder Bewegung seiner Lippen ein Stückchen weiter hochschieben.

Ein schärferes Kribbeln schießt mit jedem Kuss zwischen meine Beine. Er neckt mich und verehrt mich zur gleichen Zeit. Seine Finger gleiten nach oben, bis sie beinahe die Stelle streifen, die vor Verlangen pocht. Sein Mund folgt ihnen und ich will … ich will …

Ein Knarzen zerstört den Zauber. Ich wache mitten in den rauen Laken des Bettes in meinem vorübergehenden neuen Zimmer auf. Mein Körper ist heiß und mein Herz hämmert noch immer wie wild, wenn auch auf eine viel begierigere Art als in vergangenen Nächten, in denen ich aus dem Schlaf geschreckt war.

In der Dunkelheit kann ich kaum die Silhouette der muskulösen Gestalt im Türrahmen ausmachen, die sich vor dem schwachen Leuchten im Gang abzeichnet. Die welligen Haare und der Schimmer eines blassen Auges verraten, dass es Sylas ist, nicht der Mann, von dem ich geträumt habe.

Die Erinnerung an diesen Traum treibt mir erneut die Röte in die Haut, gerade als Sylas mein Zimmer betritt. Er legt fragend den Kopf schief. Als ich mich aufsetze und sich meine Augen an das Dämmerlicht gewöhnen, entdecke ich, dass einer seiner Mundwinkel nach oben gebogen ist.

„Ich hörte dich keuchen und dachte, du wärst in einem Albtraum gefangen", erklärt er. Das Rumpeln seiner Stimme ist leise, jedoch warm vor Belustigung. „Jetzt denke ich, dass es doch kein schlechter Traum war."

Wie gut können seine wölfischen Sinne die Reaktionen meines Körpers wahrnehmen? Ich befeuchte meine Lippen und verdränge das Pochen der Erregung, die nach wie vor durch meine Adern strömt. „Es war kein Albtraum. Mir geht's gut. Es tut mir leid, falls ich dich gestört habe."

Er gibt einen abweisenden Laut von sich. „Ich war auf dem Weg ins Bett. Es gab nichts, was du gestört haben könntest." Seine Stimme senkt sich noch mehr und klingt nun weniger belustigt. „Allerdings bin ich jetzt neugierig, wohin genau dich dein Traum geführt hat."

Mein verschlafener Verstand gleitet zurück zu den Augenblicken, bevor ich aufwachte, zu dem Glanz von Whitts sonnengeküssten Haaren unter mir und seinen Lippen heiß an meinem Innenschenkel. Noch mehr Begehren entflammt tief in meinem Bauch, doch zugleich verkrampft sich mein Magen unangenehm.

Warum habe ich das geträumt? Whitt und ich haben *nichts* getan. Auch wenn ich ab und zu ein Aufflackern von Verlangen nach ihm verspürte, ich habe bereits nicht nur einen, sondern zwei Männer, denen ich mein Herz versprochen habe. Wie kann ich auch nur an einen anderen als sie *denken*?

Wie würde Sylas reagieren, wenn ich es ihm erzählen würde? Meine Zunge wird zu Blei und mein Mund trocken, als ich mich an das Aufflammen besitzergreifender Aggression erinnere, als er anfangs von mir und August erfuhr. Und das war, bevor ich irgendeine Verpflichtung eingegangen war. Nach dem, was ihm seine ehemalige Gefährtin angetan hat ... Der Gedanke daran, dass er denken könnte, ich hätte ihn verraten und belogen, als ich ihm sagte, dass ich ihn liebte, lässt etwas tief in mir vor Entsetzen schrumpfen.

„Talia." Als ich erneut zu Sylas aufschaue, ist seine Miene so ernst geworden, dass ich die Sorge sogar in dem schwachen Licht sehen kann. Was auch immer er in mir sieht – mit seinem unversehrten Auge oder dem geisterhaften, vernarbten – es führt ihn an die Seite meines Bettes. Er setzt sich mit überraschender Gewandtheit auf die Kante der dünnen Matratze, sodass er mir nicht zu sehr auf die Pelle rückt, und nimmt meine Hand, die sich in die Decke gekrallt hat.

„Du musst mir nichts erzählen", sagt er. Seine Stimme ist jetzt ernst und leise. „Deine Träume gehören dir. Ich würde niemals eine derartige Forderung aussprechen – und wenn es ein Traum von August war, der deinen Körper so erregt hat, wäre ich nicht sauer auf dich. Wie ich in der Vergangenheit reagierte, war keine Kritik an dir. Es lag an meinen eigenen Drängen, mit denen ich mich auseinandersetzen musste."

Seine ehrlichen Beteuerungen lockern die Anspannung in meinem Magen. Ich schrecke trotzdem davor zurück, genau zu enthüllen, was mein Verstand heraufbeschworen hat.

Aber vielleicht *sollte* er es wissen. Was, wenn sich mein Körper irgendein Verlangen zu einem Zeitpunkt anmerken lässt, an dem ich wach bin und Sylas den Auslöser dafür bemerkt?

„Was, wenn es nicht August war?", frage ich zögernd.

Sylas lässt meine Hand los, um mit den Fingern über meine Wange zu streicheln. „Ich werde sicherlich kein Problem damit haben, wenn du von *mir* träumst."

Mein Kopf senkt sich bei seiner Berührung. „Was, wenn es keiner von euch war?"

Er hält inne. „Dann würde ich dich und mich erinnern, dass du dir deine Träume nicht aussuchst, und ich würde mich freuen, dass dir dieser Vergnügen anstatt Schrecken bereitet hat."

Das stimmt. Wie könnte mir jemand etwas vorwerfen, von dem ich nur geträumt habe? Es ist nicht so, als wollte ich mich wieder in Aeriks Käfig wiederfinden, aber wie viele Male hat mein Verstand *diese* Szene heraufbeschworen?

Ich entspanne mich so weit, dass ich mich an den Fae-Lord lehnen kann, woraufhin er einen Arm um mich legt und mich an sich zieht. Meine anfängliche Furcht kommt mir jetzt absurd vor. Dieser Mann war absolut geduldig mit mir trotz seiner natürlichen Neigungen. Das ist ein *Grund*, aus dem ich ihn liebe. Vielleicht purzelt deswegen das Geständnis in dem leisesten Flüstern aus mir heraus. „Ich habe von Whitt geträumt."

Sylas gluckst leise. „Nun, ich schätze, du bist nicht die erste Lady, die das tut. Stört es dich, dass du ihn dir so vorgestellt hast?"

Ich denke über die Frage nach. Jetzt, da Sylas so ruhig reagiert hat, ist mein Unbehagen vollständig verflogen. „Nur, wenn es dich stört. Es ist noch nie zuvor passiert – im echten Leben ist auch nichts Derartiges mit ihm geschehen. Ich habe es nicht erwartet."

„Manchmal enthüllen Träume Sehnsüchte, von denen wir nicht wussten, dass wir sie hegen, genauso wie sie vergrabene Ängste offenbaren können. Deswegen musst du dich nicht schämen. Vor allem bei ihm nicht. Wenn ich nicht der Meinung wäre, dass er zu den besten unserer Art zählt, wäre er nicht in meinem Kader." Er schweigt einen Augenblick lang und seine Finger streicheln mit einer leichten Liebkosung über meine Schulter. „Dann ist er dir wichtig?"

„Nicht … nicht so wie du und August. Ich kenne ihn nicht so gut." Meine Gedanken wandern zu den wachen Momenten, die ich mit Whitt geteilt habe – wie er heute

Morgen herbeieilte, um mich vor Cole zu schützen, und wie er auf der Feier darüber sprach, mich zu beschützen. Ich denke auch an den Beutel mit Salz, den er mir gab und der jetzt nur für den Fall unter meinem Kissen versteckt ist.

Die Wärme seiner Umarmung, als er sich vor Wochen dafür entschuldigte, dass er mich weggeschickt hatte. Die scherzhaften Bemerkungen, die mir ein Lächeln entlocken oder meine Ängste vertreiben können, wenn ich es am meisten brauche. Die Hingebung für seine Brüder, die ich in jeder Bewegung gesehen habe, die er um ihretwillen macht, obwohl er sie so sehr nervt.

„Ich mag ihn", füge ich hinzu, während ich diese Eindrücke und die Emotionen, die sie hervorrufen, durchgehe. „Ich denke, ich würde ihn gerne besser kennenlernen. Und ich ... es ist definitiv eine gewisse Anziehungskraft vorhanden. Für mich. Es spielt allerdings keine Rolle. Ich bin bereits glücklich, dass ich dich und August habe. Und es ist ohnehin nicht so, dass Whitt an etwas ... Romantischem oder was auch immer mit mir interessiert wäre."

„Hat er das gesagt?"

Ich runzle die Stirn. „Nein, aber ... er hat nie gesagt, dass er es wollen *würde*. Er hat nie so getan, als wollte er, dass etwas Derartiges geschieht. Es fühlt sich an, als würde er zumindest eine kleine Distanz zu mir wahren, wenn wir uns unterhalten." Als würde er für eine geringfügige Trennung zwischen uns sorgen, selbst wenn er mich buchstäblich in den Armen hält. All die Male, wenn ich etwas wie Zuneigung in seinen Augen schimmern sah, verblasste es, als hätte er es weggesperrt, als würde er mich ausschließen.

Sylas summt leise. „Whitt ist in vielerlei Hinsicht kompetent, enge Beziehungen sind allerdings nicht seine Stärke. Ich bin mir nicht sicher, ob es in seinem Leben abgesehen von mir und August überhaupt jemanden gibt, den er einen echten Freund nennen würde. Und selbst uns scheint er vorwiegend wie Kollegen zu behandeln. Wenn er mehr tut, als jemandes Präsenz zu tolerieren, ist das an sich schon ein starkes Zeichen der Akzeptanz."

Nachdem ich Whitt in Aktion erlebt habe, kann ich das glauben. Doch … „Es macht keinen Unterschied, oder? Egal, wie er empfindet, ich bin mit dir und August zusammen. Ich weiß, dass es für euch beide bereits schwer war, sogar so viel zu teilen. Ich werde keine Beziehung mit einem anderen anstreben."

„Nicht einmal, wenn du unseren Segen hättest?"

Mein Blick zuckt nach oben, sodass ich Sylas anstarren kann. „Was meinst du?"

Auf seinem Gesicht zeichnet sich keine Eifersucht ab. „Du weißt, dass die Idee für ein Arrangement wie unseres daher rührt, dass sich Kader häufig eine Liebhaberin teilen. In diesen Fällen ist die Geliebte normalerweise mit allen Mitgliedern dieses Kaders zusammen, nicht nur damit die Bedürfnisse des Kaders trotz dessen Verpflichtungen befriedigt werden, sondern auch um zu vermeiden, dass Spannungen entstehen, wenn der ein oder andere nicht bevorzugt wird. Es ist ein schwieriges Gleichgewicht – eines, über das ich mir bereits Gedanken gemacht habe, seit wir diese unvorhergesehene Beziehung eingegangen sind."

Ich erinnere mich an den Moment im Bergfried, als wir drei Whitt zurückließen, und den Schmerz, den ich verspürte, weil wir ihn ausschlossen. „Das ergibt Sinn. Aber das hier ist keine typische Situation, oder?"

„Nein. Normalerweise hätte Whitt einen größeren Anspruch, mitzumachen, als ich." Sylas drückt einen Kuss auf meinen Kiefer. „Ich hege keinerlei Absicht, dich aufzugeben. Allerdings habe ich meinen Frieden mit dem gemacht, was wir haben … und in mancherlei Hinsicht gefällt es mir allmählich, zu wissen, wie gut du versorgt bist, selbst wenn es nicht immer ich sein kann, der nach dir sieht. Wenn du erkunden möchtest, was du für Whitt empfindest, und er dir ebenfalls zugeneigt ist, könnte es für uns alle von Vorteil sein, zu sehen, wie sich das entwickelt."

Mein Puls flattert, als ich darüber nachdenke. „Ich weiß nicht … Wie würde ich das überhaupt angehen?"

„Hmm. Überlass das vielleicht mir. Wenn wir zum Bergfried zurückgekehrt sind, wird sich womöglich eine ideale Gelegenheit bieten, die Angelegenheit mit ihm zu besprechen. Wenn du jedoch schon davor eine Möglichkeit siehst … du hast meinen Segen."

Die Liebe, die ein ständiges Pulsieren hinter meinen Rippen ist, schwillt bis zum Ansatz meiner Kehle an. Ich vergrabe meine Finger in Sylas' Haaren und ziehe seinen Mund zu meinem. Die Innigkeit seines Kusses lässt keinen Zweifel daran, dass dieses Gespräch sein Verlangen nach mir kein bisschen abgekühlt hat.

„Dankeschön", raune ich an seinen Lippen.

Er lächelt. „Das ist das Mindeste, was unsere Lady des Bergfrieds verdient. Und jetzt sollte die Lady besser noch ein wenig schlafen, bevor ich zu versucht bin, das hier zu unserem neuen Rendezvous-Raum zu erklären."

„Du hast vergessen, einen von denen zu bauen", bemerke ich, als ich mich zurücklege.

Er steht auf und lacht entspannt. „Falls wir hier sehr lange Zeit bleiben, kannst du dir sicher sein, dass ich dieses Versäumnis beheben werde."

———

Das spätabendliche Gespräch beruhigt mich so sehr, dass ich wieder einschlafen kann. Als ich am Morgen nach unten humple, erweckt der Anblick von August, der bereits im

Küchenbereich herumwerkelt, jedoch erneut den Anflug von Furcht.

Sylas hat mir seinen Segen gegeben, meine zaghaften Gefühle für Whitt zu erkunden. August weiß nicht einmal, dass ich darüber nachgedacht habe. Obwohl ich noch nichts getan habe, rumort ein Gefühl von Verrat in meinem Magen.

Dieser wundervolle Fae-Mann liebt mich. Durch irgendein Wunder liebt er *mich*. Wie kann ich auch nur andeuten, dass das, was wir haben, nicht reicht?

Andererseits würde er sich vielleicht besser damit fühlen, Whitt in diese eigenartige Beziehung miteinzubeziehen, als ihn auszuschließen. Wenn sogar Sylas es so sehen konnte, ist es nicht schwer, zu glauben, dass August es auch tun könnte.

Wie auch immer, ich kann es nicht vor ihm geheim halten.

Dies ist allerdings nicht der richtige Zeitpunkt, das Thema anzusprechen. Zwei der Rudelkrieger, einschließlich des Kriegers, der vor ein paar Wochen verletzt nach Oakmeet zurückkehrte – Ralyn – sitzen im Wohnbereich. Ralyn befiedert Pfeile und sein Kumpel schärft einen Dolch. Nach der Anzahl an Teigkugeln zu urteilen, die August auf sein Backblech wirft, bereitet er das Frühstück für das gesamte Geschwader vor, das unweit von hier stationiert ist.

„Wie kann ich dir helfen?", frage ich und blicke von ihm zu den Kriegern. Gestern lernte ich zusammen mit dem Kochen auch die Kunst des Schwertschärfens und reparierte ein paar Brustpanzer. Falls sich jemand beschwert, dass ich mit zur Grenze gekommen bin, wird das nicht daran liegen, dass ich es versäumt habe, mich auf jede erdenkliche Weise nützlich zu machen.

August winkt mich zu sich. Seit wir hier angekommen sind, hat er formellere Kleider angezogen so wie die, die er für Aeriks Besuch angelegt hatte. Seine üblichen T-Shirts im Menschenstil zieht er momentan nicht mehr an. Die heutige

Tunika mit V-Ausschnitt ist in einem kräftigen Kieferngrün gehalten, das die rötlichen Töne in seinen dunklen rotbraunen Haaren und das goldene Leuchten seiner Augen betont.

Ich schlüpfe an ihm vorbei in die Wärme, die vom Herd ausgehend durch die Küche wabert. Der Herd ist kaum mehr als eine Tonkiste um ein schwelendes Feuer herum. Es war keine Zeit für die komplexe Magie, die zu Hause im Bergfried in seine Küchengeräte gesteckt wurde.

„Schneide den restlichen Käse auf", schlägt er vor und deutet zu dem krümeligen orangenen Block auf der Arbeitsplatte. „Er wird bald schlecht werden."

„Wegen dir bekommen wir alle noch Sehnsucht nach dem Essen, das wir hier normalerweise nicht kriegen können", bemerkt Ralyn. „Der Käse, den sie in diesem Revier herstellen, kann mit Elliots nicht mithalten. Hier haben sie nur Ziegen."

„Ich werde zusehen, dass ich Elliot erzähle, wie sehr du ihn und seine Schafe vermisst", erwidert August grinsend.

Während ich den gesamten Käseblock in ungefähr gleichgroße Stücke geschnitten habe, hat August einige Pfannen mit dünn geschnittenem Fleisch zubereitet, das einen köstlichen buttrigen Geruch verströmt. Momentan bereitet er noch eine vor. Gemeinsam füllen wir ein paar große Körbe mit Käse, Äpfeln, die gestern jemand gepflückt hat, frisch gebackenen Brötchen und dem Großteil des gebratenen Fleisches. Als die Krieger die Körbe an sich nehmen und sich mit einem Winken verabschieden, legt August den Rest der Mahlzeit für uns vier, die hier leben, auf Platten.

Weder Sylas noch Whitt sind bisher nach unten gekommen. Ich knabbere an einer einzelnen Käsestange und ringe mit mir, ob ich versuchen sollte, jetzt mit August zu sprechen. Es ist nicht so, als bestünde Grund zur Eile, während wir hier im Kriegsgebiet sind … doch das Thema wird an mir nagen, solange ich es geheim halte.

Ich öffne den Mund – und kneife. „Bisher gab es keine Anzeichen für einen weiteren Angriff, oder?", frage ich stattdessen.

„Überhaupt keine. Die Raben halten sich für den Moment bedeckt. Der Großteil unserer Aktivitäten bestand darin, unsere übliche magische Abwehr zu stärken, um sie abzuschrecken, sollten sie versuchen, während des Vollmonds anzugreifen. Bisher konnten wir sie daran hindern, zu bemerken, wie angreifbar unsere Truppen dann sind."

Ich blicke auf meinen Arm hinab. Mein Blut könnte bedeuten, dass keiner der Krieger hier der Wildheit erliegen muss … es ihnen zu geben, würde Aerik jedoch automatisch verraten, wer ich bin. Obwohl er nicht weiß, wo ich bin, hindert er mich daran, vollkommen frei zu sein.

„Wird unser Geschwader zurechtkommen, wenn wir zurück nach Oakmeet gehen?", frage ich.

„Sie sind zuvor viele Monde klargekommen. Wir lassen es zu dieser Zeit mithilfe von Glamour und anderen Dingen stets so aussehen, als wäre die Grenze besonders stark bewacht. Allerdings ist es ein Glück, dass wir so viel erledigen konnten bei all den Streitigkeiten zwischen den Kader-Gewählten der Erzlords darüber, worauf die Geschwader ihre Energie fokussieren sollen." August schnaubt verärgert.

Ich verziehe mitfühlend das Gesicht. „Ich wünschte, sie würden euch erzählen, was ihrer Meinung nach geschehen wird."

„Ich auch. Doch wir sind hier, also sollten wir es irgendwann mit eigenen Augen sehen. Ich bin für so gut wie alles bereit." Er legt seinen Arm um mich und zieht mich näher, um mir einen Kuss auf den Kopf zu drücken. „Machst du dir Sorgen darüber, Süße? Du siehst aus, als würde dich etwas bedrücken."

Ich schätze, ich habe kein gutes Pokergesicht. Ich wische über meinen Mund und entscheide, dass ich es genauso gut ausspucken kann.

„Es ... es geht nicht um den Krieg oder dergleichen."

„Das ist okay. Ich könnte eine Pause von Patrouillen und Schlachtplänen gebrauchen."

Ich nehme den Mut zusammen, weiterzusprechen, wobei ich meine Worte sorgfältig wähle. „Du warst damit einverstanden, dass ich auch mit Sylas zusammen bin. Was, wenn ... was, wenn Whitt auch beteiligt wäre?"

Augusts Arm spannt sich an meinen Schultern an und mein Puls setzt aus. „Es ist nichts passiert", verkünde ich rasch. „Ich weiß nicht mal, ob er es wollen würde. Nichts *wird* passieren, wenn du nicht damit einverstanden bist. Ich bin glücklich mit allem, so wie es ist. Ich habe nur ... ich habe mich gefragt ... und Sylas sagte, es könnte sogar besser sein, wenn wir ihn nicht ausschließen ... *falls* er überhaupt mit mir ..."

August unterbricht mein Geplapper, indem er mich in eine Umarmung zieht. „Es ist in Ordnung. Es ist eine vernünftige Frage." Er lacht kurz. „Wenn *Sylas* bereits einverstanden ist, wer bin ich, dass ich mich dem widersetze?"

Ich spähe zu ihm auf. „Ich möchte nicht, dass du einfach dein Einverständnis gibst, weil ich es erwähnt habe." Meine Arme legen sich um seine breite Brust und erwidern seine Umarmung. „Ich liebe dich. Ich würde nichts tun, von dem ich weiß, dass es dir wehtun würde."

„Du bist die letzte Person, bei der ich jemals befürchten würde, dass sie mich absichtlich verletzt, Talia", sagt August sanft. Er neigt mein Gesicht nach oben, damit er mich lange und zärtlich küssen kann, bis mein ganzer Körper bis in die Zehenspitzen kribbelt. Anschließend verharrt er so, den Kopf dicht an meinen gesenkt und die Nase an meine

Stirn gelehnt. „Und weil *ich dich* liebe, möchte ich, dass du alles Glück hast, das du haben kannst. Ich vermute, du würdest nicht fragen, wenn du nicht der Meinung wärst, dass es dich noch glücklicher machen würde, Whitt näherzukommen.“

„Falls er es überhaupt wollen würde“, gebe ich erneut zu bedenken.

August macht einen ablehnenden Laut. „Ich denke nicht, dass das eine Frage ist. Es hat sich in den vergangenen Wochen etwas merkwürdig angefühlt, etwas zu haben, das so von unserer Verbindung als Kader getrennt ist.“ Er streichelt mit der Hand über meine Haare. „Und auf diese Weise können wir hoffen, dass jederzeit jemand für dich da sein wird, ganz gleich, womit wir es zu tun bekommen.“

Ich umarme ihn fester und er erwidert die Umarmung. Als ich zurückweiche, lächelt er so breit, dass das nervöse Zwicken in meinem Magen schmilzt. „Bist du dir sicher, dass es dich nicht stört?“

„Ich verspreche, dass es in Ordnung ist. Mach dir keine Sorgen mehr. Jetzt setz dich und dann gebe ich dir etwas zum Frühstücken.“

Trotz seines Befehls bestehe ich darauf, ein paar Teller zu holen und sie zu dem kleinen Holztisch zwischen der Küche und dem Wohnbereich zu tragen. Anschließend komme ich zurück, um die Kelche für den sprudelnden Saft zu holen, den August von zu Hause mitgebracht hat. Als ich ein letztes Mal in die Küche gehe, um einige Äpfel zu holen, knarzt die Treppe.

Sylas erscheint von oben und fährt sich mit den Fingern durch seine dunklen Haare, bevor er seine Hände voller Vorfreude auf die Mahlzeit aneinander reibt. „Obwohl du hier draußen nur so wenig hast, mit dem du arbeiten kannst, schaffst du es, zu beeindrucken, August. Wenn die Unseelie wüssten, dass du mit dem Schwert so gut umgehen kannst wie mit einem Tranchiermesser, würden sie nie wieder diese Grenze überqueren.“

August strahlt bei dem Lob. „Mit einem Tranchiermesser könnte ich auch eine Menge Raben aufspießen. Wir müssen das Beste aus dem machen, was wir hier haben, oder?“ Er läuft zur Küche. „Hier, ich habe noch eine Portion …“

Die Eingangstür fliegt auf. Ohne ein Wort marschieren mehrere bewaffnete Fae mit gezückten Waffen ins Haus.

20

Talia

Beim Eintreten der Eindringlinge versteift sich Sylas und stolziert zu ihnen. August tritt ebenfalls nach vorne und stellt sich näher neben seinen Lord – sowie zwischen mich und die unbekannten Fae in ihren Rüstungen und mit ihren Waffen.

Sind das Unseelie? Ich spanne mich an, doch meine Männer verhalten sich nicht so, als würden sie diese Krieger für eine unmittelbare Bedrohung halten. Und als ich an August vorbei blicke, während ich steif mit einem Arm voller Äpfel an die Brust gedrückt dastehe, realisiere ich, dass die Fae, die in unser Haus geplatzt sind, keine Fremden für mich sind. Die fünf, die am dichtesten nebeneinanderstehen, habe ich noch nie zuvor gesehen. Ein wenig abseits, in einem bronzenen Kettenhemd, das etwas verbeulter ist als das, was die meisten der anderen tragen, steht Cole. Die eisig scharfen Spitzen seiner Haare sind unverkennbar. Er stößt die Frau neben sich mit dem Ellenbogen an, die eine Kollegin von ihm anstatt von den anderen zu sein scheint.

Mein Herz macht einen Satz. Ich krümme meine Finger um die Äpfel, als könnte ich sie als eine Art Waffe benutzen. Irgendwie bezweifle ich, dass es etwas bringen würde, sie auf diese Fae zu werfen. Sie würden nur stinksauer auf mich sein. Vielleicht sollte ich nach dem kleinen Dolch in seiner Scheide an meiner linken Hüfte greifen oder nach dem Beutel Salz, den ich zu meiner Rechten an eine Gürtelschlaufe gebunden habe. Allerdings vermute ich, dass eine Demonstration offenkundiger Aggression von einem Menschen ihre Laune auch nicht verbessern würde.

Ich lege die Äpfel auf die Arbeitsfläche nur für den Fall, dass ich mich doch wehren muss.

„Was hat das zu bedeuten?", will Sylas wissen und baut sich vor dem Fae-Mann an der Spitze der Gruppe auf. „Ich hätte gedacht, dass Ambrose' Rudel so zivilisiert ist, das Konzept des Anklopfens zu verstehen."

Ambrose' Rudel? Ambrose ist einer der Erzlords – derjenige, der Sylas die Schuld dafür gibt, dass seine ehemalige Gefährtin und ihre Familie irgendeinen Rebellionsversuch unternahmen.

Warum sind die Krieger seines Geschwaders so gewaltsam hier eingedrungen? Man würde meinen, *wir* wären die Unseelie, die sie eigentlich bekämpfen sollen, so wie sie sich in Pose stellen.

„Wenn Ihr nichts zu verbergen habt, solltet Ihr auch kein Problem damit haben, dass wir Ihnen einen Besuch abstatten, Lord Sylas", erwidert der Anführer, wobei er den Kopf nur ganz leicht in Anerkennung von Sylas' Titel neigt. Sein Blick wandert durch den luftigen Raum.

Sylas verschränkt die Arme vor der Brust. „Und warum hätten wir den ganzen Weg hierherkommen sollen, um etwas zu verstecken?"

„Warum sind Sie überhaupt den weiten Weg hierhergekommen, ist die echte Frage. Wir dachten, wir würden einen richtigen Versuch wagen, eine Antwort darauf zu bekommen.“

„Ich glaube, einer meiner Kader-Gewählten hat gestern genau über dieses Thema mit einem Ihrer Lords gesprochen. Wir haben keinen Hehl aus unseren Absichten gemacht.“

Der andere Mann tritt einen Schritt zur Seite, um einen besseren Blick auf den Wohnbereich zu erhalten. „Vergeben Sie uns, dass wir nicht gewillt sind, uns auf Ihr Wort zu verlassen. Wir dienen nur Ambrose und wir werden sicherstellen, dass auf unserer Seite der Grenze kein Verrat geschieht.“

Glauben sie wirklich, dass Sylas zur Grenze gereist wäre, um irgendeinen Plan gegen die Erzlords in die Tat umzusetzen? Die Vorstellung kommt mir lächerlich vor, doch die ernsten Mienen aller Krieger deuten darauf hin, dass diese Vollidioten es für plausibel halten. Ich verspüre den Drang, sie doch mit Äpfeln zu bewerfen.

Cole feixt natürlich nur, als wäre das alles eine wahnsinnig unterhaltsame Darbietung. Sylas tritt von einem Fuß auf den anderen und seine Armmuskeln spielen. Er würde offensichtlich am liebsten die ganze Gruppe aus dem Gebäude werfen, hat jedoch Angst vor den Konsequenzen. Das hier sind keine Lords, aber sie sind die Rudelmitglieder eines Erzlords. Mein Magen verknotet sich beim Zuschauen.

„Falls es etwas anderes gibt, was ihr wissen wollt, hättet ihr einfach nur fragen müssen“, sagt Sylas scharf. „Allerdings bin ich mir sicher, dass ihr sehen könnt, dass innerhalb dieser Wände nichts Alarmierendes ist. Ich wollte stets nur das Beste für alle Seelie, wie es viele unserer Brüder bezeugen können.“

„Hmm. Und dennoch ist *einer* deiner Kader-Gewählten nicht bei euch. Was plant Kellan?“

„Ihr erwartet doch nicht, dass ich meine Ländereien völlig ungeschützt zurücklasse, oder?", fragt Sylas, als wäre Kellan beim Bergfried und würde diesen verteidigen, nicht eine Handvoll Wachen.

Der Anführer von Ambrose' Geschwader – oder welcher Teil auch immer von seinem Geschwader das hier ist, denn ich bin mir sicher, dass der Erzlord mehr als fünf Krieger an der Grenze hat – gibt einen skeptischen Laut von sich, verfolgt diese Fragerichtung allerdings nicht weiter. Er marschiert durch den Wohnbereich und stellt sich hinter einen der Stühle am Esstisch, während sein verkniffener Blick durch die Küche schweift. Als er abrupt an mir hängen bleibt, werde ich doppelt so steif.

Die Nasenflügel des Fae-Mannes blähen sich. Seine Augen blitzen auf und ein magischer Schimmer sorgt dafür, dass sie sofort von Indigoblau zu kristallinem Saphirblau wechseln. „Sie haben einen *Menschen* mitgebracht. Was hat von Ihnen Besitz ergriffen, dass Sie einen verfluchten Stinkling hierhergebracht haben? Sind Ihre Rudelmitglieder so unfähig, dass Sie ihnen nicht zutrauen, Sie zu bedienen?"

Sylas' Lippen ziehen sich zurück und seine scharfen Eckzähne blitzen auf, die sich ein Stück weit zu Fangzähnen verlängert haben. „Sie ist keine Bedienstete. Sie ist die Begleitung meines Kader-Gewählten."

Der Anführer des Geschwaders blickt zu August, dessen Schultern zucken. Seine gesamte Körpermuskulatur ist angespannt. Ich merke, dass es ihn sämtliche Selbstbeherrschung kostet, an Ort und Stelle zu verharren.

Die Augen des anderen Mannes huschen zurück zu Sylas. „Dann haben Sie eine dem Staub bestimmte *Hure* mitgebracht. Irgendwie frage ich mich, ob Sie diesen Kampf so ernst nehmen, wie Sie behaupten."

August tritt mit einem Knurren nach vorne, das tief in seiner Kehle vibriert. Er kann jedoch nur einen Schritt machen, bevor ihn Sylas' Hand aufhält. Sylas' ungleicher Blick ist unverwandt auf den Anführer des Geschwaders gerichtet. Irgendwie schafft er es, seine bereits beachtliche Gestalt noch größer aufzurichten. Er hat dem anderen Mann mindestens fünfzig Pfund Muskelmasse voraus.

Sie sind zu fünft – zu siebt, wenn wir Cole und seinen Lakaien mitzählen – und in diesem Haus sind nur drei Fae auf unserer Seite, von denen einer noch immer oben schläft. Und wie schnell werden sie Sylas einen Verräter nennen, wenn er ihnen auch nur ein Haar krümmt?

„Wenn wir ihn nicht ernst nehmen würden, wären wir nicht hier", entgegnet er und ein Knurren liegt in seiner ruhigen Stimme. „Ihr habt euch umgesehen. *Ich* habe genug von euren Beleidigungen und Andeutungen. Lasst mich euch zur Tür begleiten."

„Sie vergessen, dass Sie sich nicht in Ihrem Revier befinden, Lord Sylas", erwidert der Anführer des Geschwaders. Er schlendert um den Tisch herum zur Küche. „Und theoretisch betrachtet unterliegen alle Ländereien der Herrschaft unserer Erzlords. Ich sage, dieser Zwerg ist eine unnötige Ablenkung. Wie viel kann ein zerbrechliches Menschenmädchen wert sein? Denken Sie mal darüber nach, wie mühelos sie entfernt werden könnte."

Kälte kriecht über meine Haut. Es ist eine kaum verhohlene Drohung – er spricht darüber, wie leicht er mich töten könnte. Meine Hand sinkt zu dem Beutel mit Salz und meine Finger legen sich um die Schnur, damit ich sie sofort aufziehen kann. Er weist nur auf meine Zerbrechlichkeit hin, was jedoch nicht bedeutet, dass er nicht beschließen wird, die Drohung in die Tat umzusetzen.

„Lass die Pfoten von ihr", blafft August.

Sylas bewegt sich, um mit ihm eine Barrikade zu bilden. „Wir sind uns alle der sterblichen Natur der Menschen bewusst. Ich bin mir sicher, du würdest nichts Unnötiges tun, was ein Wesen zerstört, das sich in meiner Obhut befindet.“

Der Anführer des Geschwaders lacht kalt. „Wenn ich es wollte, würden Sie gegen die Autorität eines …“

Er wird von einer fröhlichen, melodischen Stimme unterbrochen, die zusammen mit dem Trappeln von sorglosen Füßen von der Treppe her erklingt. „Nun sieh sich das einer an! Eine ganze Horde Gäste. Mein Lord, du hättest mir sagen sollen, dass wir Gesellschaft haben.“

Whitt schlendert mit einem düsteren Grinsen und einem wilden Funkeln in den Augen in den Raum. Mein Puls setzt bei dem Gedanken aus, dass eine seiner Beleidigungen diese Pattsituation zu einem offenen Kampf eskalieren lassen könnte. Doch Sylas’ Spionagechef betrachtet den überfüllten Raum und die Teller auf dem Tisch mit einem Glucksen, als würden wir alle nur Spaß machen.

„Habt ihr von den exzellenten Kochkünsten meines Kader-Kollegen gehört, Jungs?“, fragt er und klopft August auf den Rücken. „Es sieht so aus, als hätten wir nicht genug für euch. Das nächste Mal müsst ihr im Voraus bestellen.“

Der Anführer des Geschwaders blinzelt ihn an, weil er komplett von seinem vorherigen Ziel abgelenkt wurde, was auch immer das genau war. Da sein Blick nicht mehr auf mir liegt, weiche ich an die Arbeitsplatte zurück und lege meine Hand auf den Salzbeutel.

„Wovon sprichst du?“, fragt der Eindringling.

Whitt schnalzt mit der Zunge. „Ich schätze, wenn ihr so dringend ein Frühstück braucht, müssen wir eine Ausnahme machen. Es würde euch allerdings etwas kosten. Wir würden nicht von euch verlangen, dass ihr für euer Essen singt, aber ein kleiner Tanz würde euch vielleicht einen Platz an unserem Tisch verschaffen.“

Der Anführer starrt ihn einfach nur an und sein Gefolge stellt passende Gesichtsausdrücke der Verwirrung zur Schau.

Coles Mund hat sich in einem säuerlichen Winkel verzogen. Anscheinend ist er enttäuscht, dass das Potenzial für Gewalt gesunken ist.

Whitt seufzt milde verzweifelt. „Ich bin mir sicher, ihr wisst, wie man tanzt bei all den Bällen, die die Erzlords geben. Dreht euch einfach ein bisschen im Kreis und wir werden sehen, was wir tun können, um eure Bäuche zu füllen." Als würde er denken, sie bräuchten eine Vorführung, macht er einige elegante Schritte zu einem inneren Takt, wobei er eine überschwängliche Geste mit dem Arm vollführt und sich am Ende kurz um seine eigene Achse dreht.

Als er sich umdreht, fängt sein Blick meinen auf und er zwinkert mir kurz zu. Trotz der Angst, die in mir rumort, steigt ein Kichern in meiner Kehle auf. Er hat all diese furchterregenden Krieger mit ihren Klingen und ihrem Gehabe mit wenigen sarkastischen Bemerkungen entwaffnet.

Whitt sieht den Anführer des Geschwaders erwartungsvoll an und in seinen Augen funkelt kaum gezügelte Belustigung. Er ist absolut in seinem Element. Ich kann den Blick nicht von ihm abwenden. Eine andere Empfindung sprudelt jetzt durch meine Brust. Eine, die so berauschend wie Fae-Wein ist.

Der Traum der letzten Nacht kam nicht aus heiterem Himmel. Ich verliebe mich auch in ihn. Ich weiß nicht, wie lange ich mich schon in ihn verliebe oder wie tief meine Liebe gehen wird, doch ich erkenne dieses Gefühl.

Wie könnte jemand *nicht* von Zuneigung überwältigt werden, während er zusieht, wie er diese feindselige Situation so brillant umkehrt?

Die Frau neben Cole lacht rau und dieser Laut zerschlägt die restlichen Spannungen. Der Anführer schüttelt den Kopf und sieht leicht beschämt, aber nicht mehr aggressiv aus.

„Esst euer Frühstück", sagt er und deutet mit der Hand

zum Tisch. „Wir haben selbst genug. Seht nur zu, dass eure Aufmerksamkeit auf der Verteidigung eurer Leute liegt, nicht auf dem Stinkling, wenn der nächste Angriff kommt."

Sein Ego ist anscheinend befriedigt, weshalb er auf dem Absatz kehrtmacht und nach draußen marschiert. Die anderen Krieger eilen ihm hinterher. Cole geht mit einem letzten verächtlichen Blick in unsere Richtung ebenfalls.

Sobald sich die Tür hinter ihnen geschlossen hat, bedenkt Sylas Whitt mit einem unheilvollen Blick. Seine Lippen haben sich allerdings zu einem Lächeln gebogen. „Du wartest wirklich immer den richtigen Moment ab, was?"

„Es schien der richtige Zeitpunkt für einen Auftritt zu sein", erwidert Whitt lässig und so unbekümmert, dass mich der Großteil meiner Beklemmung verlässt. Er lässt sich auf seinen Stuhl am Tisch fallen. „Ich hoffe nur, diese degenerierten Loser haben das Essen nicht verdorben."

„Ich bin mir sicher, es ist noch essbar", erwidert August, dessen Schultern sich senken. Er schüttelt sich leicht, als würde er die abwehrende Energie abschütteln, die die Eindringlinge provoziert haben, und betrachtet mich einmal von Kopf bis Fuß, um sich zu vergewissern, dass es mir gut geht. Als ich ein Lächeln zustande bringe, erwidert er es und streckt seine Hände nach den Äpfeln aus, die ich geholt hatte. Ich reiche sie ihm und freue mich, dass meine Arme nicht einmal zittern.

Ambrose' Krieger haben sich nur wichtig gemacht und ich bin schrecklich froh, dass es doch nicht zu einem Kampf gekommen ist und zu den Folgen, die dieser gehabt hätte.

Sylas berührt meinen Arm und mustert mich länger, als es August getan hat. Er hat sich ebenfalls ein wenig entspannt, sein Gesichtsausdruck ist allerdings grimmig. „Es tut mir leid. Ich habe nicht gedacht ... ich habe eindeutig überschätzt, wie gut wir dich hier vor dieser Art der Aggression schützen können. Ich glaube nicht, dass er vorhatte, dir wirklich zu schaden, du hättest jedoch nichts von alldem hören sollen."

„Es ist okay", sage ich. „Ich meine ... es ist nicht okay, dass sie hereinkamen und so redeten, aber ich weiß, dass es nicht deine Schuld ist." Ich zögere. „Denkst du, sie werden uns noch mal belästigen?"

„Ich rechne nicht damit jetzt, da sie sich umgesehen und keinen Grund gefunden haben, uns irgendeines Verbrechens zu beschuldigen. Wir können uns allerdings nicht sicher sein. Ich werde einen Zauber kreieren, den du benutzen kannst, um mir ein Signal zu schicken, falls du Hilfe brauchst, während ich fort bin. Ich hätte das gleich zu Beginn tun sollen."

Ich atme langsam aus. „Dankeschön. Das weiß ich zu schätzen." Mein Blick gleitet an ihm vorbei zu Whitt, der gerade mit einer Drehung aus dem Handgelenk den Apfel in die Luft wirft, den ihm August gereicht hat, und mein Lächeln kehrt zurück. „Wenigstens ist es dieses Mal ohne ein Desaster ausgegangen."

„Das ist es." Sylas folgt meinem Blick und seine Miene hellt sich eine Spur auf. Seine Stimme senkt sich. „Vielleicht könnte ich versuchen, dir etwas zu geben, was deinen Tag eventuell angenehmer gestalten könnte, und zwar früher, als wir besprochen haben ..., wenn du das möchtest?"

Eine Woge der Wärme rollt über meine Haut und vermischt sich mit dem Schmerz, der durch meine Brust hallt. Es gibt nichts, was ich jetzt lieber möchte, als mich in der Umarmung meiner Beschützer sicher zu fühlen – in den Armen aller drei, falls mich der Dritte ebenfalls will. Vor allem wenn der Dritte derjenige ist, der mich gerade am meisten beschützt hat, wenn auch nicht auf herkömmliche Art.

Meine Antwort entschlüpft mir kaum lauter als ein Flüstern. „Das möchte ich."

Sylas betrachtet die Szene einen Moment lang und führt mich anschließend zum Tisch neben Augusts Stuhl. „Ich denke, unserer Lady würde nach dieser beunruhigenden Begegnung etwas spezielle Aufmerksamkeit gefallen", sagt er lässig und ruhig zu dem jüngeren Mann. „Wir sollten sie daran erinnern, wie sehr wir uns ihrem Wohlbefinden verschrieben haben … unter anderem."

August schaut zu uns auf. Zunächst ist sein Blick unsicher und dann entzündet sich Interesse darin. Er blickt über den Tisch zu Whitt, der mit der Gabel in der Luft innegehalten hat, und wieder zu mir. Auf mein Nicken hin, schiebt er seinen Stuhl zurück und öffnet seine Arme, um mich auf seinem Schoß willkommen zu heißen.

Ich sinke auf seine Schenkel, lehne mich instinktiv an seine Brust und genieße seine Wärme. Mein Herz schlägt schneller, dieses Mal jedoch vor freudiger Erwartung und nicht vor Nervosität.

Ja, ich brauche das hier, um all die schrecklichen Dinge zu verjagen, die der andere Fae gesagt hat. Um mich in Augusts Liebe zu erden.

Und um herauszufinden, ob der Mann auf der anderen Seite des Tisches ebenfalls ein derartiges Interesse an mir hat.

„Was hättest du gerne, Süße?", raunt mir August in die Haare.

Ich neige den Kopf an seine Schulter und biete ihm meinen Hals an. Mit einem erfreuten Summen senkt er den Mund, um mich dort zu küssen. Hitze flutet meine Haut, als er seine Lippen auf mich drückt und seine Finger unterhalb meiner Brüste über meinen Oberkörper streicheln.

In diesem Moment will ich diese Hitze überall haben. Ich will so leidenschaftlich brennen, dass ich glauben kann, dass ich alle Feinde, die mich jemals wieder bedrohen, versengen werde.

Stuhlbeine kratzen über den Boden und meine

Augenlider öffnen sich flatternd. Whitt steht auf und hält seinen Teller in der Hand. Seine Stimme klingt so unbeschwert wie immer, es schwingt jedoch eine leichte Anspannung darin mit. „Nun, *ich* werde hier eindeutig nicht gebraucht. Ich schätze, ich werde oben essen."

Meine Brust zieht sich bei dem Gedanken zusammen, dass er sich durch mich noch mehr wie ein Außenseiter in seiner eigenen Familie fühlt, doch Sylas muss mehr beobachtet haben als ich. Er legt seine Hand auf den Tisch und neigt den Kopf zu August und mir. „Oder du könntest mitmachen. Das würdest du doch gerne tun, oder nicht?"

Whitt wird stocksteif und sieht so entsetzt aus wie der Anführer des Geschwaders vor kurzem, als er sich seinen Mätzchen gegenübersah. Sein Kiefer spannt sich an. „Ich bin absolut in der Lage, meine Sehnsüchte zu …"

„Doch wir bitten dich nicht, deine Sehnsüchte zu kontrollieren", unterbricht ihn Sylas in dem gleichen bedächtigen Tonfall. „Es war nie unsere Absicht, dich auszuschließen. Uns war einfach nicht bewusst … aber ich hätte besser aufpassen sollen und dafür entschuldige ich mich. Ich denke, August und ich haben bereits gezeigt, dass wir teilen können."

Daraufhin blickt Whitt zum ersten Mal, seit er aufgestanden ist, zu mir. In seinen Augen schimmert wieder eine Wildheit, die jedoch viel stürmischer ist als seine vorherige Verspieltheit. Es ist Verlangen, ja, allerdings auch Wut und Verwirrung und eine stärkere Sehnsucht, die durch den Rest scheint und so roh ist, dass mir das Herz wehtut.

„Sollte nicht Talia diejenige sein, die diese Entscheidung trifft?", fragt er scharf, obgleich seine Stimme belegt klingt. Ich weiß nicht, woher die Wut und Verwirrung kommen, oder auf wen sie gerichtet sind, doch in diesem Moment kann ich diese Sehnsucht nach mir bis in meine Knochen spüren.

Obwohl Röte in meine Wangen kriecht, halte ich seinem Blick stand. Meine Worte kommen sanft, jedoch deutlich heraus. „Die habe ich bereits getroffen."

Whitt sieht bei diesem Geständnis nicht erleichtert aus. Wenn überhaupt versteift sich seine Haltung noch mehr und seine Gesichtsmuskeln zucken vor Schock.

Sylas streichelt mit einem liebevollen Lächeln über meine Haare. „Talia ist diejenige, die bei diesem Arrangement von Anfang an das Sagen hatte. Wenn Kader mit vier oder fünf Mitgliedern eine ausgeglichene Beziehung um eine Liebhaberin aufbauen können, bin ich mir sicher, dass wir ..."

Whitt knallt seinen Teller so heftig auf den Tisch, dass das Besteck klappert. „Ist dir jemals in den Sinn gekommen, dass *ich* vielleicht nicht mit *euch* teilen will?", blafft er und macht auf dem Absatz kehrt. Er marschiert so schnell und entschlossen durch den Raum und aus der Eingangstür, dass kein Zweifel daran besteht, dass er vorhat, eine ganze Weile wegzubleiben.

Ich starre ihm hinterher und meine Kehle schnürt sich zu. Wie konnte das hier so schieflaufen?

Sylas macht ein finsteres Gesicht, drückt meine Schulter jedoch sanft. „Ich weiß nicht, was in ihn gefahren ist, aber lass ihm seinen Freiraum und er klärt das mit sich. Wenigstens hast du jetzt deine Antwort hinsichtlich seines Interesses, ob er nun beschließt, diesbezüglich etwas zu unternehmen oder nicht."

Die habe ich. Whitt will mich mit einer größeren, stärkeren Sehnsucht, als ich jemals erraten hätte. Allerdings wirkt er nicht besonders glücklich über diese Tatsache.

Ich dachte, ihn anzusprechen, wäre eine Gelegenheit, die drei Männer, die auf mich aufgepasst haben, wieder in Einklang miteinander zu bringen, doch was, wenn ich sie stattdessen auseinandergerissen habe?

21

Talia

„*Fee-doom-ace-own*", murmle ich und kanalisiere all die beschützende Energie, die in mir anschwillt bei dem Gedanken, dass Sylas' oder August auf die Klingen eines Haufen Angreifers treffen. Als ich all meine Konzentration darauf richte, schließt sich das bronzene Kettenglied des ramponierten Kettenhemdes zu einem Ring und verbindet sich mit dem darüber.

Ausnahmsweise nutze ich einen klitzekleinen Teil meiner magischen Kraft, um jemand anderes als mich zu schützen. Es ist besser, wenn ich meine viele Freizeit damit verbringe, die Rüstungen zu reparieren, die bei vergangenen Schlachten beschädigt wurden, als dass einer der Fae seine Zeit damit verschwendet, wenn sie so viele andere Verpflichtungen außerhalb dieses Hauses haben.

Ein Rascheln dringt durch das offene Fenster neben mir. Ich halte auf dem Kissen inne, auf dem ich im Wohnzimmer hocke. Es ist ein leicht klumpiges Konstrukt, das aus überwucherten Blättern zu bestehen scheint, die miteinander verschmolzen und mit etwas gefüllt wurden, was ich nicht kenne. Wenn ich allein im Haus bin, kann ich nicht anders, als bei jedem Geräusch von draußen zu erstarren.

Drei Tage nach unserer Ankunft haben die Unseelie noch immer keinen Angriff gestartet, was jedoch nur bedeutet, dass er sich mit jeder verstreichenden Stunde wahrscheinlicher anfühlt. Ich kann die Grenze von hier nicht einmal sehen abgesehen von dem schimmernden Dunst, den August mir in weiter Ferne zeigte. Doch selbst wenn *ich* hier in Sicherheit bin, werden es Sylas und sein Kader nicht sein.

Einige Sekunden lang höre ich nur das Flüstern der Brise, die durch die hohen Gräser weht, deren scharfer, heuähnlicher Geruch zu mir treibt. Ich habe gerade meine Arbeit wieder aufgenommen, als weiteres Rascheln an meine Ohren dringt. Es verstärkt sich zu dem eindeutigen Laut von Schritten.

Die Schritte könnten von jemandem aus Oakmeet sein, der zurückkehrt oder vorbeischaut. Wenn es jemand anderes als Sylas oder August ist, werde ich mich natürlich trotzdem nicht viel wohler fühlen. Ich habe mich mit den Kriegern, die hier stationiert sind, ein wenig unterhalten, aber sie bleiben nie lange, außer zum Schlafen. Im Grunde genommen sind sie für mich noch Fremde. Diese Arbeit kann ich definitiv nicht vor ihnen fortsetzen. Und Whitt …

Whitt hat seit jenem unangenehmen Frühstück gestern Morgen nicht mehr als einen kurzen höflichen Gruß zu mir gesagt. Er war kaum im Haus. Irgendwie kommt oder geht er stets, wenn wir gleichzeitig in Gemeinschaftsbereiche gelangen, und die meiste Zeit schafft er es, das komplett zu vermeiden.

Er war nicht kalt oder grausam mir gegenüber, doch jedes Mal, wenn ich mich zu einer Mahlzeit ohne ihn hinsetze oder ihm hinterherschaue, während er durch eine Tür verschwindet, verknotet sich mein Bauch fester.

Vielleicht hat er wirklich viel zu tun – allerdings war er nicht ganz so beschäftigt, bevor wir ihn dazu trieben, zuzugeben, dass er sich zu mir hingezogen fühlt. Aus irgendeinem Grund hat ihn Sylas' Vorschlag, dass er sich unserem Arrangement anschließen könnte, aufgebracht, obwohl ich eindeutig zugestimmt habe. Ich weiß nicht, wie ich die Beziehung zwischen uns reparieren kann, vor allem während entlang der Grenze noch so viele andere Spannungen herrschen.

Ich muss mir etwas überlegen. Selbst wenn er nicht mehr mit mir will, als wir bereits haben, vermisse ich sein Grinsen, seine sarkastischen Bemerkungen und das fröhliche Funkeln in seinen unergründlichen Augen.

Ich lege meine Hände in den Schoß und spitze die Ohren, damit ich jedes Geräusch von draußen höre. Die raschelnden Schritte werden lauter, bewegen sich in Richtung Fenster und daran vorbei – weg von der Eingangstür anstatt auf sie zu. Geht einfach nur jemand vorbei?

Dann unterbricht eine Stimme die Stille, die einen Speer aus Eis mein Rückgrat hinabjagt. „Ich habe dir doch gesagt, dass sie alle anderswo beschäftigt sind."

Es ist Cole – ich würde diese scharfe, spöttische Stimme überall erkennen.

Die Stimme, die antwortet, kenne ich nicht, doch es könnte die Frau sein, die ich neulich morgens neben ihm gesehen habe. „Was versuchen wir, hier zu erreichen?"

Eine dritte Stimme, barsch und männlich, jedoch genauso unbekannt, meldet sich zu Wort. „Die Köter aus dem Oakmeet-Rudel sind ein Haufen verräterischer Mistkerle. Jetzt kommt Sylas hierher und tut so, als sei er besser als jeder andere Lord, weil er persönlich erschienen ist? Er verdient es, in die Schranken gewiesen zu werden."

Cole gluckst. „Genau. Ich bin froh, dass es *jemand* versteht. Werden wir das jetzt durchziehen oder wirst du dich den Befehlen des Kaders widersetzen?"

„Nein, nein, ich mache mit", brummt die Frau.

Mir gefällt ihr Gespräch überhaupt nicht. Mit kribbelnder Haut lege ich das Kettenhemd so leise wie möglich ab und schleiche zur Küche. Nachdem die Eindringlinge gestern fort waren, formte Sylas einen kleinen Holzvogel für mich und zeigte mir, wie ich die Markierungen, die er in diesen geschnitzt hatte, berühren muss, um dessen Magie zu aktivieren. Er sitzt auf der Arbeitsplatte.

Kein anderer Laut abgesehen von gelegentlichem Murmeln dringt durch das Fenster herein, als ich den Raum durchquere. Als ich den geformten Vogel erreiche, zögere ich.

Sylas sah so finster aus, als er vor ein paar Stunden nach unserem hastigen Mittagessen ging. Er sagte, er würde eine Audienz mit den Kadern der Erzlords verlangen, ihnen seine Argumente vortragen und versuchen, sich direkt mit ihnen zu besprechen. Es gibt eine spezielle Strategie, die er vorschlagen wollte. Das Meeting könnte bereits vorbei sein, doch wenn es das nicht ist – falls ich ihn in einem Moment unterbreche, der den Unterschied machen könnte, dass sein Hilfsangebot endlich angenommen wird …

Ein harsches Kichern dringt durch die Wand. Mein Puls stockt. Ich erstarre reglos und stumm. Coles Befehl ist gerade so laut, dass er an meine Ohren dringt. „Zerschlag alles, jedes bisschen."

Falls er etwas zerbricht, was für uns wichtig ist, könnte das schlimmer als jede Unterbrechung sein. Ich zögere noch eine Sekunde und wünschte, ich könnte die Monster draußen selbst verjagen. Mein kleiner Dolch und mein Salz werden mir gegen drei Fae jedoch nicht sonderlich viel nützen. So wie ich das verstehe, wird die toxische Wirkung des Salzes die Fae nur ein oder zwei Minuten außer Gefecht setzen und ich habe keine Ahnung, wann jemand aus dem Rudel zurückkehren wird. Diese Waffen sind als eine letzte Sicherheitsvorkehrung gedacht, nicht damit ich einen Kampf anfange.

Mich wappnend, packe ich den Vogel und streiche mit dem Daumen über dessen Bauch. Sylas' Anweisungen gehen mir durch den Kopf. Zeichne die tiefste Kerbe hier nach, drücke die Erhebung dort, wische über die flacheren Linien hin und her zwischen …

Die hölzernen Flügel der Skulptur flattern gegen meine Hände. Ich ziehe die Finger zurück und der verzauberte Vogel flitzt aus dem nächsten Fenster davon.

Sylas sagte, dass die Magie ihn geradewegs zu ihm schicken sollte. In dem Moment, in dem er ihn sieht, wird er wissen, dass es hier Ärger gibt und er zurückkommen muss. Jetzt muss ich hoffen, dass er in der Nähe ist, damit er hierhergelangt, bevor Cole den Schaden anrichtet, den er zu verursachen versucht.

Ich lausche aufmerksam und husche zurück ins Wohnzimmer. Die gedämpften Stimmen draußen intonieren Worte, die ich nicht kenne. Wahre Namen? Eine andere Art von Magie? Gänsehaut kriecht von neuem über meine Haut.

Ich greife nach dem Salzbeutel und lockere nur für den Fall die Öffnung. Mit vorsichtigen Schritten husche ich die Treppe in den ersten Stock hinauf und gehe zu meinem Schlafzimmerfenster. Von dort kann ich nach draußen spähen, ohne mir Sorgen machen zu müssen, dass Cole mich sofort entdeckt.

Aus diesem Winkel kann ich ihn ohnehin nicht sehen. Doch die Frau von zuvor wandert in mein Sichtfeld. Ihre Augen sind auf das Haus gerichtet und ihre Hände bewegen sich im Rhythmus mit ihrem unverständlichen Gemurmel durch die Luft. Als ihr Blick nach oben schnellt, zucke ich zur Seite und mein Herz macht einen Satz. Sie zeigt keinerlei Anzeichen, dass sie mich gesehen hat.

Vielleicht wäre es ihnen egal, selbst wenn sie wüssten, dass ich in dem Gebäude bin. Cole muss Sylas, seinen Kader und vielleicht auch die restlichen Krieger überwacht haben, weshalb er zumindest vermuten muss, dass Augusts menschliche Begleiterin noch im Gebäude ist. Angesichts dessen, wie er mich behandelte, selbst als er mich für wertvoll hielt, und seiner Belustigung bei dem Gedanken daran, dass mich der Anführer von Ambrose' Geschwader ‚entfernen‘ würde, denke ich nicht, dass er viel darüber nachdenkt, wie sich seine Pläne auf mich auswirken. Seiner Meinung nach ist es womöglich sogar ein Bonus, mich zu verletzen – und möglicherweise zu töten.

Ich habe noch immer keinen blassen Schimmer, was die drei tun. Ich drücke mich noch einige Minuten im ersten Stock herum, beobachte sie mit kurzen Blicken und spitze die Ohren. Der beengte Raum des kleinen Zimmers beginnt, mir jedoch zuzusetzen. Unten habe ich immerhin einen größeren Bewegungsspielraum, falls sie beschließen, einzubrechen.

Ich eile durch den schmalen Gang. Gerade als ich die oberste Stufe erreiche, durchläuft den Boden unter meinen Füßen ein Beben.

„Fast“, sagt Cole in einem so triumphierenden Tonfall, dass mir das Blut in den Adern gefriert. „Lasst uns diese letzten Schutzzauber einreißen …“

Ein bebender, magischer Energiestoß fegt in einer Welle über mich hinweg. Meine Nerven zerfasern. Als ich mich an die Brüstung klammere, erzittert das gesamte Haus erneut.

Gegen den Eindruck ankämpfend, dass ich gleich von der Treppe geworfen werde, haste ich sie hinab, bevor das Haus so heftig bebt, dass ich tatsächlich fallen werde. Die Beben, die das Haus durchlaufen, nehmen mit jedem großen

Schritt zu. Ich stolpere am Fuß der Treppe. Eines der Brettchen meiner Orthese bleibt an einer rauen Stelle am Boden hängen und ich fliege nach vorne. Als ich mit einem schmerzhaften Knall mit den Händen und Knien auf dem Boden aufschlage, brechen die Wände um mich herum zusammen.

Ich drehe mich so, dass ich sitze und mich meine Hände hinter mir stützen. In jeder Richtung bekommen die Holzwucherungen, die Sylas und sein Kader im Haus heraufbeschworen haben, Risse und zerfallen. Ich reiße mir die Arme über den Kopf eine Sekunde, bevor der Boden über mir in einem Regen aus Splittern zusammenbricht. Als die Stücke auf mich herabprasseln, lösen sich diese Splitter und der Boden unter mir in staubigen Mulch auf.

Als ich es wage, meine Hände zu senken, fallen Krümel zerstörten Holzes von meinen Armen und kitzeln durch meine Haare. Ich kauere in der Mitte einer Ruine. Von dem Haus ist nichts mehr übrig als verstreute Haufen dieses hellen Mulchs, die mit Blattfetzen, fluffigen Samenschirmchen, mit denen die Kissen und Matratzen gefüllt sein mussten, und Klumpen aus Metall und Stein gesprenkelt sind.

Mein Magen verkrampft sich vor Entsetzen. Nach all der Magie, die meine Männer in die Konstruktion dieses Hauses und seines Inhalts gesteckt hatten, schlugen es Cole und seine Lakaien innerhalb von Minuten in Stücke. Ich habe Glück, dass sie mich nicht ebenfalls zerquetscht haben.

Natürlich bin ich davor noch nicht sicher. Cole, der am Rand der Zerstörung stand, tritt nach vorne. Das Sonnenlicht reflektiert von seinen blau-weißen Haaren und er grinst so bösartig, dass seine Zähne entblößt werden. „Schaut nur, was wir hier haben. Denk nur an all den Spaß, den wir jetzt mit dir haben können."

Der Anblick seines grausamen Gesichts und die

vertraute bedrohliche Haltung direkt vor mir reichen, dass sich meine Brust verkrampft. Meine Rippen scheinen sich um meine Lunge zu schließen und mir den Atem abzuschnüren, während mein Herz erfolglos gegen sie hämmert. Ich schnappe nach Luft und mir dreht sich der Kopf.

Nein. *Nein.* Ich darf nicht zulassen, dass mich die Panik überwältigt. Ich darf nicht zulassen, dass ich so hilflos wie zuvor werde. Ich bin nicht in einem Käfig. Ich habe Möglichkeiten, mich zu wehren.

Wie kann er es *wagen*, zu denken, dass er ein anderes Mädchen so quälen wird, wie er es bei mir getan hat.

Der aufflammende Zorn beruhigt mich. Ich ziehe so viel Sauerstoff in meine Lunge, dass sich mein Kopf klärt. Ich lasse eine Hand nach hinten auf den Boden fallen, um das Gleichgewicht zu halten, und die andere schnellt zu meinem Salzbeutel.

Mein Herz hämmert so heftig, dass mein ganzer Körper zittert, aber ich habe so viel mit August geübt, dass ich eine tiefe Kampfhaltung einnehme, ohne darüber nachzudenken. Meine Finger schließen sich um eine Handvoll Salzkristalle. Ich verlagere mein Gewicht nach vorne.

Ich muss ihn nur so lange abwehren, dass Sylas hierhergelangen kann. Ich darf mich auf nichts anderes konzentrieren als darauf, es zu diesem Augenblick zu schaffen.

Cole schlendert näher, während sich seine Lakaien zurückhalten, um zuzuschauen. Seine maßgeschneiderten Stiefel knirschen durch die trockenen Holzstücke. Sein Blick schweift über mich. „Schau dich nur an. Was genau denkst du, wirst du …"

Er bleibt abrupt stehen und starrt zu Boden. Nein, er starrt auf meine *Füße* – auf den Fuß, den ich bei meiner Abwehrhaltung ausgestreckt habe.

Der Fuß, den er vor fast neun Jahren gebrochen hat und der nun von Sylas' Orthese umschlossen ist.

Oh, Gott. Er kann es sehen. Er kann *mich* sehen.

Panik trifft mich mit einem eisigen Stoß. Der Zauber, den Cole und seine Rudelkollegen gewirkt haben, um die Magie zu zerstören, die dieses Haus errichtete, hat auch die Glamour an mir zerstört.

Coles Blick schnellt wieder zu meinem Gesicht. Zu meinen Augen, die nun die gleiche Farbe haben, die sie immer hatten. Mein Gesicht ist nun etwas voller, ansonsten passt es jedoch zu seiner ehemaligen Gefangenen. Das bisschen Farbe, das noch in seinem Gesicht übrig war, verblasst. Dann entzündet sich in seinen Augen ein Licht, das doppelt so brutal ist wie zuvor.

„Oh", knurrt er. „Lord Sylas steckt in so viel größeren Schwierigkeiten, als ich dachte."

Das letzte Wort hat kaum seinen Mund verlassen, als er sich auf mich stürzt. Ein Schrei entreißt sich meiner Kehle, doch mein Entsetzen hat das wochenlange Training aus meinem Kopf gefegt. Automatisch reiße ich die Hand nach hinten und schleudere sie auf Cole zu, wodurch ich so viel Salz, wie ich kann, direkt in sein Gesicht werfe.

Als sie auf seine Haut treffen, zerplatzen die Kristalle. Mit einem schmerzerfüllten Knurren stolpert Cole zurück und wischt sich über seine Augen und seinen Mund.

Mein kurzer Anflug von Triumph verpufft so schnell, wie er aufgeflackert ist. Seine Lakaien, die noch vor einem Moment verdutzt dastanden, eilen ihrem Boss nun zu Hilfe.

„Mir geht's gut", blafft Cole und deutet mit einem Finger auf mich. „Holt das verflixte Mädchen."

Ich schiebe meine Hand in den Beutel und jeder meiner Muskeln spannt sich an. Ein panisches Schwindelgefühl fegt erneut durch mich hindurch. Die Kristalle graben sich in meine Haut. Ich kann das Salz nur auf einen meiner

Angreifer werfen. Gegen wen habe ich eine bessere Chance: den Mann oder die Frau? Sie sehen beide aus, als wären sie bereit, mir die Kehle aufzuschlitzen.

Ich mache mich bereit, ringe das Zittern in meinem Körper nieder und ein Brüllen hallt über die Felder. Drei gigantische Wölfe rennen in mein Blickfeld – Wölfe, die ich so gut kenne, dass mir ein erleichtertes Schluchzen entwischt.

Der Wolf an der Spitze mit dem weißen, vernarbten Auge kracht gegen den Fae-Mann, der sich gerade auf mich stürzen wollte. Hinter ihm springt der rötliche Wolf auf die Frau, stößt das Schwert aus ihrer Hand, das sie gezogen hat, und versenkt seine Fangzähne in ihrem Unterarm. Und der Sandfarbene, dessen ozeanblaue Augen in seinem wölfischen Gesicht stark auffallen, stürzt sich auf Cole.

Die Lakaien haben einem Lord und seinem Kader nichts entgegenzusetzen. Der Mann beginnt, sich zu verwandeln, und Sylas schließt seinen Kiefer um dessen Hals, womit er ihm Einhalt gebietet. Die Frau versucht es nicht einmal, sondern starrt nur finster zu August hoch, die Lippen gegen die Schmerzen in ihrem verletzten Arm fest zusammengepresst.

Cole mag stärker sein, ist jedoch noch abgelenkt von meinem Salzangriff. Bevor er viel mehr tun kann, als mit den Fäusten nach Whitt zu schlagen, hat ihn der Wolf auf dem Boden fixiert und die Krallen an die Unterseite seines Kinns gedrückt.

„Ich ergebe mich", ruft der männliche Lakai.

Sylas verwandelt sich in seine übliche Gestalt und packt den Hals des Mannes stattdessen mit seiner Hand. „Du wirst diesen Ort verlassen und uns und der Menschenfrau kein Leid mehr zufügen."

„Einverstanden!"

Als Sylas ihn freilässt, verspricht die Frau August etwas Ähnliches. Die zwei Lakaien huschen zur Seite, wobei die

Frau ihren Arm an ihre Rippen presst. Whitt bleibt in Wolfgestalt und starrt finster auf Cole hinab, der sich so weit von dem Salz erholt hat, dass er den Blick wütend erwidern kann.

Sylas marschiert zu ihnen. „Wirst du dich ergeben, Aeriks Kader-Gewählter, oder soll ich dich in der Ruine begraben, in die du mein Lager verwandelt hast?"

Irgendwie findet es Cole sogar dem Tode nahe in sich, den Fae-Lord spöttisch anzugrinsen. „Ich berufe mich auf das Recht, Gerechtigkeit einzufordern."

Sylas zögert. Sogar Whitts Muskeln spannen sich an, während er Cole weiterhin auf den Boden presst. Der Kopf des Fae-Lords ruckt herum und sein ungleicher Blick findet mich – zusammengekauert, zitternd und ohne Glamour.

August knurrt einen Fluch.

„Sie haben das Eigentum meines Lords gestohlen, Lord Sylas", verkündet Cole mit einem bösartigen Grinsen und sieht viel zu zufrieden für einen Mann aus, dem Wolfkrallen jeden Augenblick eine tödliche Wunde zufügen könnten. „So ein Verbrechen darf nicht ignoriert werden."

Sylas fletscht die Zähne und seine Fangzähne blitzen auf, doch er durchschneidet die Luft mit einer Geste, womit er Whitt ein Zeichen gibt. Der Wolf zuckt zusammen und tritt von Cole zurück, bleibt jedoch in Tiergestalt. Sein Knurren fordert Cole heraus, ihm eine Ausrede zu liefern, sich erneut auf ihn zu stürzen.

Der schlaksige Fae rappelt sich vom Boden auf und klopft unter viel Aufhebens den Staub von seiner Tunika und Hose. Er weicht einige Schritte dorthin zurück, wo seine Lakaien stehen, hält den Kopf jedoch hoch erhoben.

„Lord Sylas von Oakmeet, Sie haben vierundzwanzig Stunden Zeit, um das Unrecht wiedergutzumachen, das Sie Lord Aerik von Copperweld zugefügt haben", verkündet er, wobei Macht in seinen Worten mitschwingt. Dann senkt er die Stimme. „Ich werde meinem Lord mitteilen, dass er damit rechnen kann, dass sein Eigentum bis morgen um diese Uhrzeit zu ihm zurückgebracht wird. Ansonsten wird das ganze Seelie-Reich erfahren, dass Sie ein genauso schlimmer Verbrecher sind wie Ihre verstorbene Gefährtin.“

Die Drohung reißt an mir. Ich wünsche mir so verzweifelt, dass Sylas ihm die Meinung geigt und ihn doch noch vernichtet, aber ich kann bereits erkennen, dass meine Retter an irgendeinen Grundsatz des Fae-Gesetzes gebunden sind.

Meine Finger bohren sich in das zerfallene Holz. Alles, woran sie so lange gearbeitet haben, könnte ruiniert sein. Ihre Chance, jemals nach Hearthshire zurückzukehren, ihr Ansehen bei den anderen Lords – so vollständig zerstört wie dieses kaputte Haus. Alles wegen mir.

„Wehe, du oder deine Rudelkollegen lassen sich vorher hier blicken“, sagt Sylas. Als Cole seinen Lakaien bedeutet, sich zu verwandeln, und sie zum Fluss davonrennen, können er und sein Kader bloß dastehen und ihnen nachschauen.

22

Sylas

Unser Transportmittel wird von einer Windböe zur Seite geneigt und schwankt unter unseren Füßen. Normalerweise hätte ich ein stabileres Gefährt konstruiert, doch in meiner Eile und meinem Zorn habe ich dieser Beschwörung womöglich nicht die Konzentration gewidmet, die sie verdient hätte.

Es hilft nicht, dass ich sie zu dem schnellsten Tempo angetrieben habe, das ich für sicher halte. Die Landschaft aus Baumgruppen und rauen Hügeln aus beigen Steinen scheint unter dem grellen Licht der Mittagssonne an uns vorbeizufliegen. Wenn wir uns so schnell bewegen, sollten wir es wenigstens innerhalb weniger Stunden zurück nach Oakmeet schaffen.

Ich hatte gehofft, den Großteil dieser Stunden damit zu verbringen, unsere Vorgehensweise zu planen, denke jedoch, dass wir alle Zeit brauchen, um uns nach Coles Drohung und unserer Abreise zu beruhigen. Meine Erinnerungen an die Ereignisse, nachdem er weggerannt war, verschwimmen miteinander – ich untersuchte Talia auf Verletzungen, Bruchstücke von Diskussionen mit meinem Kader darüber, was wir tun sollen, meine überhastete Überredung des Wacholderstrauchs, ein verzaubertes Gefährt zu werden, während Whitt davonraste, um unser Geschwader über unsere unerwartete Abreise zu informieren.

Mein älterer Bruder hat sich am Bug positioniert, der unter den gewölbten Balken hervorragt, die den Großteil des Gefährts in Schatten hüllen. Das Schaukeln unseres Transportmittels muss ihm zusetzen, denn im Sonnenlicht sieht sein Gesicht grünlich aus und seine Fingerknöchel, die die niedrige Wand hinter ihm packen, treten weiß hervor. Er betrachtet die vorbeiziehende Landschaft eindringlich, als würde er nach einem Gegenmittel für seinen rumorenden Magen Ausschau halten.

Ich komme nicht umhin, zu bemerken, dass er diese Position wählte, nachdem Talia sich auf den kleinen, gepolsterten Platz am Heck gekauert hat, wo einige Sonnenstrahlen auf ihr leuchtendes Haar fallen. So weit weg von ihr, wie möglich. Er zögerte nicht, zu ihrer Verteidigung zu eilen, als es eine Rolle spielte, weshalb ich ihn nicht dafür rügen kann, dass er sie im Stich gelassen hat. All meine Beobachtungen hinterlassen diesen dumpfen Schmerz in meinem Magen, weil ich das Gefühl habe, dass ich bei ihm etwas auf eine Weise falsch gemacht habe, die ich nicht ganz verstehe.

Ihm ist die Frau wichtig – ich kenne ihn gut genug, um die Anzeichen zu bemerken, die Bemerkungen und Gesten, die bei jemandem, der so offen wie August ist, nicht viel bedeuten würden. Bei meinem Spionagechef ist es jedoch gleichbedeutend mit einem Übermaß an Fürsorge. Sein Verlangen nach ihr zeichnete sich deutlich auf seinem

Gesicht ab, als er sie in Augusts Armen beobachtete. Er hat in der Vergangenheit nie besonders auf Monogamie gepocht – soweit ich weiß, hat er sie jedenfalls nie einer Frau angeboten, geschweige denn sie von seinen Liebhaberinnen verlangt. Allerdings ist es nicht so, dass ich einen vollständigen Bericht seiner persönlichen Belange verlangt habe.

Mir ist etwas entgangen, etwas, was ihn eindeutig verletzt hat. Es könnte einfach nur ein Missverständnis sein, eine Formulierung, die ich benutzt habe und die falsch ausgedrückt hat, was ich sagen wollte. Ich kann das jedoch nicht klären, ohne das Thema erneut anzusprechen, und ich erkenne, dass er mich nicht sonderlich weit gehen lassen würde, sollte ich es versuchen.

Ich bin zwar sein Lord, aber ich werde ihm nicht befehlen, mir seine persönlichen Sorgen anzuvertrauen. Es wird eine Zeit dafür geben; ich werde es wieder in Ordnung bringen.

Doch zuerst muss ich diese drängendere Katastrophe auf eine Bahn lenken, die wenigstens irgendwie akzeptabel ist.

Der Wagen wird erneut durchgeschüttelt und ich beschließe, dass ich besser dran bin, wenn ich sitze, anstatt zu stehen. Ich lasse mich auf die Bank entlang der linken Seite sinken, gegenüber von dem Platz, den August wählte, nachdem Talia um Raum für sich bat, während sie sich sammelte. Mein jüngerer Bruder ist nach vorne gebeugt, hat seine Ellenbogen auf seinen Schenkeln abgestützt und seine Hände vor dem Kinn zu Fäusten geballt. Seine goldenen Augen haben sich zu einem matschigen Farbton verdunkelt. Ich weiß nicht, ob ich ihn jemals so aufgewühlt gesehen habe. Nicht einmal vor Wochen, als er mich um Talias willen herausforderte, war er so beunruhigt.

Ich neige den Kopf zu ihm. „Ich vermute mal, all das Grübeln hat noch keine brillante List hervorgebracht?"

August schüttelt sich, richtet sich auf und verzieht das Gesicht. „Ich habe mir das Hirn zermartert, wie ich hätte verhindern können, dass wir überhaupt in diese Situation geraten – aber das ist reine Zeitverschwendung, da es jetzt keine Möglichkeit mehr gibt, das rückgängig zu machen."

Talia löst ihre Beine aus ihrer kauernden Position und blickt zwischen mir und August hin und her. Ihre Schultern bleiben steif, als würde sie sich für das Schlimmste wappnen. „Was wird passieren, wenn ihr mich Aerik nicht innerhalb von vierundzwanzig Stunden zurückgebt?"

Ich ziehe die frische, warme Herbstluft in meine Lunge. „Cole konnte nicht mit der gesamten Autorität seines Lords sprechen, doch seine Bedingungen waren üblich für einen Anspruch auf Gerechtigkeit. Ich rechne damit, dass sie entweder unser Rudel in Oakmeet angreifen oder die Angelegenheit den Erzlords übergeben, wenn wir Widerstand leisten." Keine dieser Möglichkeiten würde zu unseren Gunsten ausgehen.

„Aerik wird das tun, von dem er denkt, dass es *seine* Stellung am wenigstens schwächen wird", sagt Whitt von der Vorderseite des Gefährts, während er weiterhin auf die vorbeiziehende Landschaft starrt. „Cole hätte sagen können, dass sie die Angelegenheit sofort den Erzlords übergeben. Das wäre die einfachste Lösung gewesen, da deren Kader-Gewählte bereits dort stationiert waren. Allerdings bezweifle ich, dass Aerik und sein Kader die Erzlords in diese Sache hineinziehen wollen, wenn sie es vermeiden können."

Talia beobachtet ihn und zögert kurz, bevor sie vorsichtig fragt: „Warum sollten sie das nicht tun? Die Erzlords könnten Sylas zwingen, mich auszuliefern, oder nicht?"

Whitt zuckt mit den Achseln. „Aerik weiß, dass die Erzlords höchstwahrscheinlich darauf bestehen werden, die Herstellung des Elixiers zu übernehmen, wenn erst einmal klar wird, dass die Quelle seines Heilmittels so leicht bewegt werden kann. Er würde sein Druckmittel und den Ruhm verlieren, der damit einherging." Er erlaubt sich, zum ersten Mal zu Talia zu blicken, seit wir in unseren Wagen gestiegen sind. „Aber ihm wäre es lieber, wenn du bei den Erzlords landest, als dass wir dich behalten – dessen kannst du dir sicher sein."

Ich wünschte, ich könnte einem seiner Argumente widersprechen, doch ich halte seine Einschätzung für richtig. „Das kauft uns eine kurze Zeitspanne, in der wir uns eine Lösung einfallen lassen können."

Whitts Blick kehrt zu mir zurück. Trotz seiner offenkundigen Übelkeit ist er aufmerksam. „Denkst du, die Kader-Gewählten der Erzlords werden misstrauisch wegen unserer plötzlichen Abreise sein so kurz, nachdem du mit ihnen gesprochen hast?"

Ich verziehe das Gesicht. „Sie werden es vermutlich eher so interpretieren, dass wir mit eingeklemmtem Schwanz davonlaufen angesichts dessen, dass sie meinen Vorschlag ohne Weiteres abgelehnt haben."

Es ist nicht so, dass ich ihnen ihre Begründung verübeln kann, die relativ vernünftig war. Ich bot an, eine kleine Truppe aus zwei oder drei Kriegern ins Unseelie-Reich zu schicken, um so viele Raben wie nötig anzugreifen und weitere Informationen zu ihren Plänen zu erhalten. Sie merkten zu Recht an, dass, sollten sie einen solchen Trupp genehmigen und die Unseelie dahinterkommen, die Raben diesen Verstoß als Rechtfertigung für weitere Angriffe nutzen würden. Die Erzlords ziehen es vor, die moralische Überlegenheit zu wahren, indem sie bloß verteidigen, was bereits uns gehört.

Doch sie wiesen das Angebot so schroff zurück – sie zeigten so wenig Wertschätzung dafür, dass ich es ausgesprochen hatte – dass es mich ärgert, mich dazu herabgelassen zu haben, sie anzusprechen. Mindestens zwei von ihnen hielten es nicht einmal für nötig, mir im Gegenzug Respekt zu erweisen.

„Ich denke nicht, dass es sich darauf auswirken sollte, wie wir die Situation mit Aerik angehen", füge ich hinzu.

Talia blickt auf ihre Hände hinab, die sie auf dem Schoß verschränkt hat. „Was *könnt* ihr tun? Sie wissen jetzt, wer ich bin und dass ich bei euch bin. Sie werden alles Mögliche ausprobieren, bis sie mich zurückhaben oder zumindest euch entrissen haben, oder?"

Meine Hände ballen sich bei der Hoffnungslosigkeit in ihrer Stimme zu Fäusten. Wenn ich Aerik und all unsere Probleme mit ihm aus der Welt schaffen könnte, würde ich es augenblicklich tun, nur um das Licht in ihr wieder zu entzünden.

„Die einzige Möglichkeit, wie wir sie dazu bringen könnten, sich zurückzuziehen, bestünde darin, sie zur Kapitulation zu zwingen", spricht August in unser vorübergehendes, grässliches Schweigen hinein. „Nach allem zu urteilen, was wir wissen, macht es nicht den Anschein, als hätte Aerik irgendjemand anderem als seinem Kader von Talia erzählt. Wahrscheinlich ist die Möglichkeit zu groß, dass die Nachricht die Erzlords erreicht. Wenn wir die drei also in eine Lage bringen könnten, in der ihre Leben auf dem Spiel stehen, und wir darauf bestehen, dass sie schwören, sie in Ruhe zu lassen ..."

Er verstummt und reibt sich mit der Hand über sein Gesicht, weil er sich zweifellos genauso wie ich bewusst ist, wie unwahrscheinlich es ist, dass wir einen derartigen Coup organisieren können, vor allem nicht in weniger als einem Tag.

Talia zieht die Brauen zusammen. „Du hast versucht, Cole zur Kapitulation zu zwingen, doch dann hatte er Gebrauch von diesem ‚Recht auf Gerechtigkeit'-Ding gemacht, um sich dem zu entziehen. Würden sie das nicht einfach erneut tun?"

Ich schüttle den Kopf. „Man kann sich pro Verbrechen nur einmal auf das Recht auf Gerechtigkeit berufen. Cole hat es für jeden ausgesprochen, der mit dir als ‚Besitz‘ zu tun hat, und hatte seine Gelegenheit, die Bedingungen festzulegen. Allerdings kann ich mir nicht vorstellen, dass sich einer von ihnen in eine Position bringt, in der wir die Oberhand gewinnen könnten, geschweige denn alle drei."

„Wenn sie ihr restliches Rudel nicht in die Sache hineinziehen wollen, werden nur die drei bei einem Austausch sein, den wir arrangieren." Whitt reibt sich über den Kiefer und die kränkliche Blässe weicht von seiner Haut, als er sich auf das Problem konzentriert. „Das wäre unsere beste Chance."

„Sie werden einen Vertrag verlangen, der Feindseligkeiten verbietet", merke ich an.

„Hm. Wir können das auf den ersten Schlag herunterhandeln. Sie können wohl kaum von uns erwarten, dass wir auftauchen, ohne uns verteidigen zu können, wenn *sie* einen Angriff starten."

August seufzt verärgert. „Also sieht dein Plan vor, dass wir sie dazu provozieren, uns anzugreifen, und dann irgendwie den Spieß umdrehen? Während wir Talia zugleich die ganze Zeit vor der Gefahr schützen? Sie werden erst gar nicht mit uns verhandeln, wenn wir nicht wenigstens so tun, als würden wir sie ihnen übergeben."

Whitt wirft die Hände in die Luft. „Wenigstens *versuche* ich, mir einen Weg aus diesem Schlamassel zu überlegen. Falls du eine bessere Idee hast, kannst du sie gerne beitragen."

Die zwei funkeln einander einen Augenblick lang an, bis sich Talia einmischt. „Was ist ein erster Schlag?"

Ich wende mich ihr zu. „Wir würden magisch schwören,

dass wir keinen Angriff initiieren werden. Im Grunde genommen garantiert es ihre Sicherheit, solange sie uns nicht angreifen. Es ist eine typische Forderung für ein Szenario wie dieses.“

Sie nickt langsam und saugt ihre Unterlippe zwischen die Zähne, um daran zu knabbern. Ihr Blick richtet sich kurz in die Ferne. Dann konzentriert sie sich wieder auf mich. „Würdet ihr ausdrücklich sagen, dass ihr nur kämpft, wenn *sie* den Kampf anzetteln, oder nur, dass ihr drei nichts anfangen werdet?“

„Normalerweise würde die Formulierung dem Letzteren entsprechen, aber ich rechne damit, dass sie auch verlangen werden, dass wir allein kommen. Das Beste, worauf wir uns hoffentlich einigen könnten, wäre, dass drei von uns kommen, damit das Kräfteverhältnis ausgeglichen ist.“

„Aber … ich werde auch da sein. Sie werden euch nicht bitten, irgendetwas darüber zu schwören, dass *ich* gegen sie kämpfe, oder?“

Oh, meine wundervolle Lady. Wenn sie ihre innere Wildheit zeigt, ist es schwer, sich vorzustellen, dass ich sie einst für ein winziges Ding hielt, obwohl sie klein ist.

Ein Stich fährt mir ins Herz, weil ich sagen muss: „Du hättest keine Chance gegen sie, Talia, selbst wenn wir dich für die Übergabe bewaffnen könnten, was wir nicht können. In dem Moment, in dem du ihnen gegenüber irgendeine Aggression zeigst, werden sie dir schlimmer wehtun, als sie es bereits getan haben.“

Ihr Blick hält meinen und sie zaudert nicht. „Aber es gibt Dinge, die ich tun kann, mit denen sie nicht rechnen werden. Sie wissen nicht, dass ich Magie wirken kann. Das ist eine Art von Waffe. Und ich müsste sie nicht besiegen — ich müsste nur den ‚ersten Schlag‘ anbringen, damit ihr eure Seite der Vereinbarung einhalten könnt, stimmt’s?“

In der verblüfften Stille, die darauf folgt, lacht Whitt rau.

„Damit liegt sie nicht falsch. Das ist unser Schlupfloch. Wir müssen eine Möglichkeit finden, sie so zu positionieren, dass wir den Vorteil haben, wenn sie ihren Zug macht, und sie werden es nicht kommen sehen."

Alles in mir sträubt sich gegen die Idee. Ich versprach, diese Frau zu beschützen. Wie kann ich sie jetzt an die Front schicken – damit sie sich den Schurken stellt, die sie so lange gequält haben und nach wie vor eine Hauptrolle in Albträumen spielen, wegen denen sie vor Panik zitternd aufwacht?

„Sie wäre zu angreifbar. Die drei werden uns nicht erlauben, sie zu umringen, oder direkt in ihrer Nähe zu sein. Wenn wir sie erreichen …"

„Sie haben sie in einem Käfig festgehalten, oder nicht?", unterbricht ihn Whitt. „Gitterstäbe können ein Wesen sowohl aussperren als auch einsperren. Wenn sie Magie nutzt, muss sie die drei nicht einmal berühren."

Wir sollen sie wieder in einen *Käfig* stecken? Meine Fangzähne jucken in meinem Zahnfleisch, als ich daran denke. Ich schwor *mir*, dass ich ihr hier so etwas wie ein normales Leben bieten würde, eine Chance auf Glück.

Doch Talia nickt. „Der einzige wahre Name, den ich wirklich nutzen kann, ist Bronze. Also könnte vielleicht etwas an dem Käfig sein, was ich nutzen könnte … Ich weiß nicht, ob ich es schaffen würde, sie stark zu verletzen, aber wenn ich sie auch nur wenige Sekunden ausbremsen kann, sollte euch das helfen, sie zu überwältigen."

Ein Grinsen hat sich auf Whitts Gesicht ausgebreitet. Ich kann praktisch sehen, wie die Pläne hinter seinen hellen Augen Gestalt annehmen. Sogar Augusts Laune hat sich gebessert, als wäre dieser Plan völlig vernünftig.

Und vielleicht ist er das.

Obwohl ich vor der Möglichkeit zurückschrecke, kann ich das nicht leugnen. Die Strategie ist noch nicht ausgeklügelt, hält jedoch jedem Gegenargument stand, das ich vorgebracht habe.

Jedem Gegenargument außer dem, das tief in meiner Seele widerhallt.

Ich strecke den Arm nach Talia aus, woraufhin sie zu mir kommt und sich neben mir auf die Bank senkt. Ich hebe meine Hand an ihre Wange und mustere ihr Gesicht. „Bist du dir diesbezüglich sicher? Wir haben noch mehr Zeit, es zu besprechen ... es gibt womöglich einen anderen Weg. Ich würde dich niemals bitten ...“

„Ich weiß“, sagt sie leise. „Ich erwarte nicht, dass es ein Spaß wird. Aber angesichts der Alternativen ... Ich werde nicht ohne einen Kampf aufgeben. Und ich werde nicht zulassen, dass sie dein Rudel vernichten, um an mich zu kommen. Niemand sonst sollte verletzt werden, wenn ich diejenige bin, die sie wollen.“

Bei den letzten Worten zittert ihre Stimme, doch sie reckt trotzig das Kinn. Ein Anflug von Zuneigung durchströmt mich. Diese hübsche Menschenfrau macht sich mehr Sorgen um das Schicksal, das mein Rudel ereilen könnte, als um die Gefahr, in die sie sich begibt.

Es ist eine Ehre, dass ich mir ihre Liebe verdient habe. Im Moment wünsche ich mir, ich könnte ihr meine anbieten. Dieses tiefe, unerschütterliche Verlangen, ihr jede mögliche Freude zu verschaffen, hat nicht viel gemeinsam mit dem Wirbelwind aus Emotionen, den ich für Isleen empfand, nicht einmal die positiven, und ich liebte meine seelenverbundene Gefährtin trotz all ihrer Makel. Ich weiß nicht, ob ich Talia in die gleiche Kategorie setzen will wie sie – und das nicht, weil es Isleen herabwürdigen würde.

Doch wie genau ich meine wachsende Zuneigung für sie nenne, spielt keine Rolle. Es zählt nur, dass die Frau, die mir ihr Herz und Vertrauen geschenkt hat, mich bittet, ihr jetzt zu vertrauen und zu glauben, dass sie in der Lage ist, auf ihre

Weise an dieser Schlacht teilzunehmen. Zu akzeptieren, dass sie diese Risiken eingehen kann, könnte womöglich das Beste für sie sein.

Wenn ich meine alten Versprechen um ihretwillen und nicht um meinetwillen gemacht habe, sollte es keine Rolle spielen, wie sehr es mich schmerzt, ihr diese Gelegenheit zu geben. Wie kann ich ihr das verwehren?

„In Ordnung", sage ich. „Dann wirst du der Köder und die Falle in einem sein. Lasst uns so viele Einzelheiten wie möglich besprechen, bevor wir Oakmeet erreichen. Ich will, dass jeder Teil dieses Plans so wasserdicht ist, dass keine Chance besteht, dass er stattdessen uns ruiniert."

23

Talia

Ich halte im oberen Gang des Bergfrieds inne und bin hin und her gerissen, ob ich an die Tür vor mir klopfen soll oder ob ich sie einfach aufdrücken und hineinschlüpfen soll. Die Dämmerung ist bereits vorbei und dünnes Licht beginnt, durch die Fenster am anderen Ende des Ganges zu fallen. Die Vögel draußen fangen unterdessen zu zwitschern an. Das schwache Klirren des Geschirrs, das von unten heraufdringt, verrät mir, dass August bereits wach ist und das Frühstück vorbereitet.

Nach den langen Stunden des Planens sind wir alle relativ früh ins Bett gegangen. Sylas bestand darauf, damit wir für unsere letzten Vorbereitungen heute Morgen frisch und wach sind. Allerdings vermute ich, dass der Mann auf der anderen Seite dieser Tür noch schläft. Diese Uhrzeit ist nicht seine normale Aufstehzeit.

Wäre es besser, ihn mit einem Klopfen an der Tür aus

dem Schlaf zu schrecken, oder sollte ich eine sanftere Herangehensweise wählen?

In wenigen Stunden werde ich meine bösartigsten Feinde konfrontieren. Ich sollte nicht solche Angst davor haben, mich einem meiner Verbündeten zu stellen.

Mein Magen verkrampft sich. Ich zögere noch einen Moment und dann drehe ich den Türgriff.

Die Tür gleitet geräuschlos auf. Nichts von dem Knarzen und Krächzen unseres Hauses an der Grenze ist zu hören. Ich wusste nicht zu schätzen, wie gut dieses Gebäude erbaut wurde, bis ich in einem viel weniger geschliffenen Konstrukt lebte, mit dem ich es vergleichen konnte. Wie lange brauchten Sylas und sein Kader, um das Holz dazu zu bewegen, sich zu diesem gigantischen Gebäude zu biegen, das mich umgibt?

Nachdem ich das Zimmer betreten habe, schließe ich die Tür. Beim Klicken des Türriegels regt sich die Gestalt im Bett unter der dicken Decke. Dieses verdammte Wolfgehör. Ich erstarre und mein Puls setzt aus.

Whitt rollt sich herum, wobei er seinen Blick durch das Zimmer schweifen lässt, und mir mit trüben Augen zublinzelt. Bei meinem Anblick setzt er sich ruckartig auf. Die Decke rutscht über seine muskulöse Gestalt in seinen Schoß und enthüllt die volle Ausdehnung seiner tätowierten Brust. Ein Kribbeln durchläuft mich und schießt direkt in meine Mitte, als ich mich frage, ob er splitterfasernackt schläft.

„Krümel", sagt er mit lässiger Stimme, doch seine Hände verkrampfen sich auf dem zerknitterten Stoff. „Ich muss eindeutig anfangen, die Tür abzuschließen. Falls du gekommen bist, um mich zu verführen, lass mich dir die Mühe ersparen und vorsorglich ablehnen."

Sein sarkastischer Tonfall schmilzt den Großteil der Nervosität, die in meinem Magen gekribbelt hat. Was auch immer in den letzten Tagen geschehen ist, er ist noch immer *Whitt*. Ich habe gehört, wie er mit und über Leute spricht, die er nicht mag. In den Worten, die er gerade an mich gerichtet hat, lag keine Gemeinheit. Ich habe womöglich sogar ein wenig echte Belustigung herausgehört.

Diese Erkenntnis verschafft mir so viel Selbstvertrauen, dass ich die Augen verdrehe. Ich humple zur Seite des Bettes und schaue auf mein T-Shirt sowie meine Jeans hinab, bevor ich seinem argwöhnischen Blick erneut begegne. „Wenn ich versuchen würde, dich zu verführen, wäre ich mitten in der Nacht in meinem Nachthemd gekommen, nicht in aller Früh und vollständig bekleidet.“

Er gluckst. „Gesprochen wie jemand, der das schon einmal getan hat.“ Als meine Wangen rot werden, hebt er die Augenbrauen. „Ah. Nun. Du hast alle möglichen Abenteuer erlebt, seit du hier angekommen bist, nicht wahr.“

„Ich bin auch nicht hier, um darüber zu sprechen“, erkläre ich und zwinge die Hitze aus meinem Gesicht.

„Dann verrate mir bitte, weshalb du zu dieser elend frühen Stunde in mein Schlafzimmer geschlichen bist.“ Er verschränkt die Arme vor der Brust, zieht jedoch zugleich seine Beine unter der Decke nach oben, als wollte er mir mehr Platz machen. Ich setze mich vorsichtig auf die Bettkante am Fußende.

Jetzt, da ich hier bin und er mir zuhört, geraten die Worte, die ich in meinem Kopf geübt habe, durcheinander und jede Kombination klingt schrecklich unbeholfen. Ich hole tief Luft und zwinge mich, ihn wieder anzuschauen. „Du hast mich seit jenem Morgen gemieden, an dem … an dem Sylas vorschlug … Ich habe dich kaum gesehen. Es ist okay, wenn du auf *diese* Weise lieber nichts mit mir tun möchtest. Ich werde es nie wieder ansprechen. Ich mochte allerdings, wie die Dinge zwischen uns waren – dass wir befreundet waren oder wie auch immer du es nennen willst.“

Ein Kloß füllt meine Kehle und ich muss den Blick senken und mich sammeln, bevor ich weitersprechen kann. „Ich wollte nur schauen, ob wir es ausdiskutieren können."

Whitt schweigt einen Augenblick lang. Dann sagt er mit einer Stimme, die trotz seines lässigen Tonfalls rau geworden ist: „Und du hast gedacht, dass jetzt der ideale Zeitpunkt dafür ist?"

Ich schlucke schwer. „Ich denke, jetzt ist der *einzige* Zeitpunkt dafür, wenn ich sichergehen will, dass wir tatsächlich darüber reden können. Wir wissen nicht, was heute mit Aerik passieren wird."

„Talia." Er sagt meinen Namen wie einen Befehl und als ich zu ihm aufschaue, ist der Ausdruck in seinen Augen so wild, dass mein Herz in der Sekunde aussetzt, bevor er erneut genauso vehement spricht. „Wir werden diesem räudigen Mistkerl und seinem stinkenden Kader *nicht* erlauben, dich in die Krallen zu kriegen. Ganz egal, wie unsere Pläne am Ende in die Tat umgesetzt werden, sie werden nicht mit dir fortgehen."

Ich wünschte, ich könnte glauben, dass die Situation so einfach ist, oder mir sicher sein. „Dennoch würde ich mich besser fühlen, wenn ich zu dem Treffen gehen könnte in dem Wissen, dass zwischen uns alles okay ist – oder so okay, wie es sein kann."

Dieses Mal ist es Whitt, der den Blick abwendet. Seine Arme entspannen sich, sein Kiefer bleibt jedoch verkrampft und seine Augen stürmisch. Seine Brust hebt und senkt sich mit einem Seufzen. Dann wendet er sich wieder mir zu.

„Du hast nichts falsch gemacht. Es geht nicht einmal um dich. Und es ist nicht so, dass ich kein Interesse habe. Es ist eine komplizierte Situation."

Weil Sylas und August ebenfalls involviert sind, meint er? Ich ziehe den Kopf ein und der Kloß in meiner Kehle dehnt sich aus. „Falls ich am Ende die Verbindungen in eurem Kader doch durcheinandergebracht habe …“

Whitt schüttelt den Kopf, bevor ich den Satz beenden kann. „Nein. Es gibt Faktoren, die sich entwickelten, lange bevor du jemals Teil unseres Lebens warst. Ich verspreche dir, dich trifft an nichts von dem Ganzen eine Schuld.“

„Und wegen dieser Faktoren fühlst du dich nicht wohl damit, wenn irgendetwas zwischen uns passiert.“

„Das fasst es ganz gut zusammen.“ Er reibt sich mit einer Hand übers Gesicht. „Ich wollte dir nicht das Gefühl geben, als würde ich dich ausschließen. Ich nahm an, dass es für alle Beteiligten einfacher wäre, wenn wir alle etwas Freiraum haben, aber vielleicht habe ich nur an mich gedacht.“

Ich mache eine unbestimmte Geste, weil ich nicht weiß, was ich sagen soll. „Das ist schon in Ordnung. Und wenn du noch Freiraum brauchst, solltest du nicht … Ich meine, nur weil ich …“

Whitt unterbricht mein Gebrabbel, indem er sich nach vorne beugt und meine Hand, die auf der Decke liegt, in seine nimmt. Bei seiner Berührung verstumme ich und warte. Ich bemühe mich, nicht zu aufgeregt zu werden, weil ich seine warmen, starken Finger spüre. Er betrachtet unsere verschränkten Hände und stößt einen Seufzer aus, in dem auch der Hauch eines bittersüßen Lachens mitschwingt. „Oh, Krümel. Ich weiß nicht, ob ich größere Angst davor habe, dass ich dich ruiniere oder du mich.“

Ich blinzle ihn an und mein Rückgrat wird steif. „Ich würde keinem von euch wehtun. Nicht absichtlich.“

Er blickt mir in die Augen. Seine haben jetzt eine klare, blaue Farbe angenommen, sind jedoch noch genauso tiefgründig. „Das weiß ich. Doch manchmal können Ereignisse schneller außer Kontrolle geraten, als es unsere Absicht war und als wir sie fangen können.“

Diese Bemerkung durchschneidet mich auf eine Weise,

die er nicht beabsichtigt haben kann. Sie durchschneidet Blut und Knochen bis hinab zu dem Loch, das sich in meiner Magengrube in dem Moment formte, in dem Cole Sylas bedrohte. Die ängstliche Spannung, die dort haust, dehnt sich zu einem fiesen Schmerz aus.

Ich öffne den Mund, um Luft zu holen, und stattdessen entwischt mir ein Schluchzen. Tränen fluten meine Augen so plötzlich, dass das Salz in ihnen brennt.

Ich kämpfe darum, sie zurück zu zwingen und mich zusammenzureißen, doch mein Körper beginnt, trotz meiner besten Bemühungen zu zittern. Ich lasse Whitts Hand fallen, ziehe meine Knie an die Brust und presse sie fest an mich. „Ich will *niemanden* mehr verletzen.“

„Natürlich willst du das nicht. Ich habe nicht angedeutet …“ Die Bettdecke raschelt und Whitts Arm legt sich zaghaft um mich. Seine Finger streicheln über meine Haare. „Es ist alles in Ordnung. Ich kann auf mich aufpassen und Sylas und August sind auch keine Versager.“

Irgendwie sorgt seine Beteuerung dafür, dass die Tränen noch schneller fließen. Der Schmerz breitet sich in meinem gesamten Bauch aus. „Es ist nicht in Ordnung“, murmle ich in meine Jeans. „Es wird nie in Ordnung sein.“ Blut rot verspritzt auf Flecken schattigen Grüns. Das Kreischen, das Gurgeln, die Geräusche von reißendem Fleisch. Ich presse die Augen zu, die Tränen strömen jedoch trotzdem.

Ich werde nie rückgängig machen können, was bereits geschehen ist.

Whitt zögert, dann zieht er mich näher und lehnt mich an seinen festen Körper. Sein sommerlicher, sonniger Geruch kitzelt in meiner Lunge. Das und der warme Ring, den seine Arme um mich bilden, sollte mich trösten, aber ich scheine den brennenden Schmerz in mir nicht in den Griff zu bekommen. Ich habe diese Gefühle, diese *Schuldgefühle*, so lange unterdrückt und jetzt ist das Siegel zu weit aufgebrochen, als dass ich wieder alles zurückstopfen könnte.

Whitts Stimme schafft es, zugleich sarkastisch und sanft zu sein. „Ich schätze, du bist wegen mehr aufgebracht als dem, was gerade passiert ist. Du kannst mir davon erzählen, wenn du möchtest. Oder du kannst mich einfach in Rotz und Tränen baden. Deine Entscheidung."

Trotz allem entwischt mir ein hicksendes Lachen. Ich drücke mein Gesicht an meinen erhobenen Arm, sodass ich keine dieser Substanzen auf ihm verteile, doch er hat den schlimmsten Teil des emotionalen Angriffs durchbrochen. Ich atme zittrig ein und in einem Schwall aus, während ich schniefe und mir die Augen abtupfe.

Ein Teil von mir will abwinken, lachen und so tun, als wäre mein Zusammenbruch gar nichts, so wie es Whitt wahrscheinlich tun würde. Allerdings empfinde ich noch immer vom Brustbein bis zum Magen Schmerzen und Tränen brennen hinter meinen Augen, bereit, bei der kleinsten Provokation zu fallen.

Und vielleicht *sollte* es jemand wissen – was ich getan habe, wie ich versagt habe.

„Ich habe bereits meine ganze Familie ruiniert", sage ich krächzend.

„So sehr es mir widerstrebt, Aerik für irgendetwas den Verdienst zuzuschreiben, ich glaube, in diesem speziellen Fall verdient er es."

„Du weißt nicht. Ich ..." Ich schließe die Augen erneut, als sie heißer kribbeln. „Wir wären gar nicht in dem Wald gewesen, in dem er uns fand, wenn ich Jamie nicht geärgert hätte. Mein kleiner Bruder. Ich forderte ihn dazu heraus, die Straße zu verlassen und mich zu verfolgen. Ich wusste, dass er Angst vor der Dunkelheit hatte und dass er versuchen würde, zu beweisen, dass das nicht stimmt, wenn ich ihm ein paar Beleidigungen an den Kopf werfe. Wenn ich ihn einfach in

Ruhe gelassen hätte ... Wenn ich geschwiegen hätte, als sie mich hatten, anstatt nach meinen Eltern zu schreien ...“ Ich presse mein Gesicht fester an meinen Ärmel. „Sie kamen angerannt, um uns zu helfen, doch es gab nichts, was sie tun konnten.“ Und dann zerfleischten die Wölfe auch sie.

Whitt schnaubt abschätzig. „Bei den Himmeln, Talia, wie alt warst du? Zwölf? Wie in aller Welt hättest du wissen können, was in dem Moment im Wald lauerte? Du hattest keine Ahnung, dass Monster wie wir überhaupt existieren. Und ich habe noch nie ein Kind gesehen, das nicht nach seinen Eltern rufen würde, wenn es schreckliche Angst hat. Es wäre wahnsinnig gewesen, wenn du dich anders verhalten hättest.“

„Ich hätte es trotzdem tun könne. Ich war ... ich war egoistisch und dadurch habe ich sie alle umgebracht.“

„Aerik und sein räudiger Kader haben sie umgebracht. Wenn dir keine Fangzähne und Krallen gewachsen sind, kannst du nicht einmal annähernd so sehr verantwortlich dafür sein wie sie.“

Ich atme noch einmal tief ein und hebe den Kopf. Whitt weicht zurück und gibt mir Raum, bleibt jedoch in meiner Nähe. Ich starre die Wand an. Meine Augen brennen, als ich blinzle. „Ich wünsche mir noch immer, ich hätte mich anders verhalten.“

Whitt gluckst leise und rau. „Dann befindest du dich in guter Gesellschaft, Krümel. Aber ich kann dir wenigstens versichern, dass meine Sorgen nichts mit einem Versagen deinerseits zu tun haben. Und es ist möglich, dass ich übervorsichtig bin. Wir haben zuvor schrecklich viel wegen einer Frau verloren, aber sie hatte nichts mit dir zu tun und du bist kein bisschen wie sie.“

Ich spähe über meine Schulter zu ihm. „Du meinst Isleen.“

Sein Mund presst sich zu einem schmalen Strich

zusammen. „Je weniger Aufmerksamkeit sie jetzt von jemandem erhält, da sie tot ist, desto besser."

„Ich *könnte* euch alle ruinieren. Ihr könntet sogar wegen mir sterben. Wenn ich diese Magie nicht wirken kann, die ich heute zaubern muss …"

„Niemand hätte von dir erwarten können, irgendeine Magie zu wirken. Ich werde dir jedenfalls keinen Vorwurf machen, wenn es schiefgeht."

„Ich weiß. Aber ich habe Angst. Ich war zu schwach, als mich Aerik einfing, und ich brauchte neun Jahre, um die Kraft in mir zu finden, diesen Käfig zu entriegeln, und jetzt kehre ich in einen zurück, als würde ich alles von neuem aufgeben. Selbst wenn ich es nicht *wirklich* aufgebe, könnte ich erstarren oder zu stottern anfangen … und das Rudel wird den Preis dafür bezahlen, wenn ihr Aerik nicht sofort überwältigen könnt." Noch mehr Blut, das auf den Feldern draußen vergossen werden würde. Mein Magen schlingert bei dem Gedanken.

Es *gibt* eine Möglichkeit, wie ich sicherstellen könnte, dass das nicht geschieht: Ich könnte mich Aerik ausliefern. Doch jedes Mal, wenn meine Gedanken in diese Richtung wandern, schreckt jede Faser meines Körpers entsetzt zurück.

Sylas würde wahrscheinlich einen Krieg lostreten, um mich zurückzuholen, wenn ich versuchen würde, mich auszuliefern. Das ist allerdings nicht der Hauptgrund, aus dem ich zögere. So egoistisch es auch sein mag … Ich würde lieber sterben, als wieder in Aeriks Gefängnis zu landen. Und mich umzubringen, wird niemandem helfen – selbst, wenn ich gewillt wäre, so weit zu gehen, würde er Sylas die Schuld dafür geben, dass er sein ‚Eigentum' verloren hat.

Also was kann ich tun, außer so gut zu kämpfen, wie ich kann?

Während er mich beobachtet, bewegt sich Whitt, als

wollte er aufstehen. „Wenn du mit Sylas und August darüber sprechen möchtest, den Plan zu ändern …“

Ich massiere mir die Stirn. „Nein. Es ist eigentlich kein schlechter Plan, oder? Du bist der Stratege.“

Sein Mundwinkel biegt sich nach oben. „Es ist so ein guter Plan, dass ich mich schäme, dass er mir nicht ganz allein eingefallen ist. Ich denke, es ist der bestmögliche Plan, den wir in der Zeit, die wir hatten, schmieden konnten.“

„Dann sollten wir es tun. Wenn ich Sylas und August erzähle, dass ich Angst habe, werden sie womöglich entscheiden, dass wir ihn nicht durchführen können, ganz gleich, was ich sonst noch sage.“

„Und wer sagt, dass ich nicht die gleiche Entscheidung treffen werde?“

„Das wirst du nicht tun“, erwidere ich einfach und voller Zuversicht in diese Tatsache. „Denn wenn ich sage, dass ich denke, dass wir es tun sollten, obwohl ich Angst habe, traust du mir zu, diese Entscheidung selbst zu treffen. Selbst als du mich nicht mochtest und wolltest, dass ich gehe, hast du mich nie *gezwungen* irgendetwas zu tun. Du hast mich immer selbst entscheiden lassen.“

Whitt betrachtet mich einen Augenblick lang, als wüsste er nicht, was er sagen soll. Dann huscht der Schatten seines üblichen Grinsens über sein Gesicht. „Ich weiß nicht, ob das zu hundert Prozent stimmt. Zuerst einmal, ich mochte dich schon immer, selbst als ich es nicht wollte. Aber nein, ich werde Sylas nicht von deinen Bedenken erzählen.“

Er hält inne, bevor er weiterspricht, dieses Mal leiser als zuvor. „Du weißt, dass es einem viel Macht gibt, so zu tun, als wäre man machtlos. Es wird dir helfen, deine Verletzlichkeit auszuspielen. Die meiste Zeit erfahre ich mehr, wenn die Leute um mich herum glauben, ich sei sternhagelvoll, als wenn ich versuche, ihnen direkt Informationen zu entlocken. Ich mag den Ruf, der damit einhergeht, nicht immer, aber – man lernt die Vorteile zu schätzen, sodass es einem egal wird. Solange *du* weißt, dass du in Wahrheit nicht so zerbrechlich bist, spielt alles andere keine Rolle."

Seine Ansicht jagt ein Beben der Richtigkeit durch mich hindurch. Ich hebe den Kopf und teste die Worte. „Ich bin *nicht* zerbrechlich." Das fühlt sich auch richtig an.

Whitts schmales Grinsen dehnt sich zu einem breiten Lächeln aus. „Nein, das bist du nicht, meine Allkräftige. Nicht im Geringsten. Und ich denke, Aerik wird es bereuen, dass er dich jemals zurückhaben wollte."

Ich stelle fest, dass ich sein Lächeln mit der gleichen Wildheit erwidere, die er zeigte, als er vorhin über Aerik gesprochen hat. „Ich hoffe, er liefert euch die Entschuldigung, die ihr braucht, um ihm die Kehle zu zerfetzen, anstatt eine Kapitulation zu verlangen."

Ein anerkennendes Funkeln ist in Whitts Augen getreten. „Oh, das hoffe ich auch – so sehr."

Die Hitze in seinem Blick schwappt durch mich hindurch. Ich erlaube mir nicht, nachzudenken, sondern folge einfach meinem Instinkt und gehe auf die Knie.

„Dankeschön", sage ich, womit ich das ganze Gespräch meine, und neige mich nach vorne, um einen Kuss auf seine Wange zu drücken, wie ich es in der letzten Vollmondnacht tat.

Wie zuvor spannt sich Whitt an, doch ich weiß es mittlerweile besser, als zu denken, dass er das aus Abscheu tut. Als ich einige Zentimeter zurückweiche, schluckt er hörbar. Seine Hand wandert an meine Seite und bleibt dort liegen. Weder stößt sie mich von ihm noch zieht sie mich zu ihm.

Mein Herz hämmert wie wild, als ich es riskiere, mich erneut zu ihm zu beugen. Meine Lippen streifen seinen Kiefer.

Whitt schließt die Augen. Seine Stimme klingt angespannt. „Talia, es ist am besten, wenn du jetzt gehst."

In dem Moment spüre ich, dass nicht mehr nötig wäre, als dass ich diese Bemerkung ignoriere und die kurze Distanz zwischen uns überwinde, um meinen Mund auf seinen zu drücken. Der Damm, den er um seine Emotionen gebaut hat, würde brechen und er würde all die Leidenschaft, die hinter seinem kunstvoll errichteten Äußeren brodelt, auf mich loslassen.

Doch ich will ihn nicht auf diese Weise, wenn er es im Anschluss bereuen wird. Allein, das zu denken, lässt den Schmerz in meinem Bauch wieder aufflammen.

Das Verlangen ignorierend, das durch meine Adern strömt, schiebe ich mich nach hinten und vom Bett.

Als ich die Tür erreiche, erlaube ich mir, zurückzuschauen. Zu meiner Überraschung sieht Whitts Gesicht kurz verblüfft aus, bevor er wieder zu seinem typischen, gelassenen Selbst zurückfindet. „Ich werde bald zum Frühstück runterkommen, Krümel. Da du mein hübsches Gesicht anscheinend so sehr vermisst hast."

Ein Lächeln legt sich auf meine Lippen und die Neckerei entlockt mir jetzt nur noch ein winziges bisschen Scham. „Gut. Ich habe es vermisst."

Ich gehe nach unten, wobei ich mir bezüglich des heutigen Plans nicht hundertprozentig sicher bin. Doch ich bin felsenfestentschlossen, alles zu geben, was in mir steckt. Für mich und für diese Männer, die mich als eine der ihren aufgenommen haben.

24

Talia

Der Käfig ist nicht ganz der Gleiche wie der, in dem mich Aerik all diese Jahre gefangen hielt. Er ist etwas größer, weil Sylas wollte, dass ich genug Platz habe, um auszuweichen, falls jemand durch die Stäbe nach mir schlägt. Die Tür hat einen Riegel, den ich ohne Weiteres öffnen kann, falls ich das Gefühl habe, es wäre sicherer für mich, zu fliehen, sobald die Kämpfe begonnen haben, als mich auf den Schutz des Käfigs zu verlassen.

Vom Boden von Aeriks Käfig hingen auch keine dünnen Ketten.

Doch trotz der Unterschiede wecken die aufragenden Bronzestäbe und die harte Metalloberfläche unter mir alle möglichen Erinnerungen, die ich lieber vergessen würde. Als Sylas und sein Kader den Käfig in der Mitte der großen, grasigen Lichtung auf den Boden stellen, wo sie sich mit Aerik und seinen Männern verabredet haben, pocht mein

Puls durch meine Glieder. Meine Rippen scheinen sich in meine Lunge zu bohren.

Ich schließe die Augen und konzentriere mich so gut, wie ich kann, auf die Teile dieses Szenarios, die mich daran erinnern, dass ich geliebt und umsorgt werde. Ich denke daran, dass die Fae-Männer, die mich umgeben, nicht mit denen vergleichbar sind, die mich gequält haben. Der weiche Stoff meiner Bluse und Jeans schmiegt sich an meine Haut und ist ein himmelweiter Unterschied zu der rauen Textur der schmutzigen Decke, die zuvor mein einziges ,Kleidungsstück' war. Mein Magen ist zwar vor Nervosität verkrampft, aber es hallt kein schmerzhafter Hunger durch meinen Bauch. Die Muskeln in meinen Armen, die sich auf dem Käfigboden abstützen, spielen und sind wohlgeformt von dem Training, das ich hier erhalten habe.

Und ein Wort, das vor Magie schimmert, liegt mir auf der Zunge und ist bereit, wie eine Waffe geschwenkt zu werden.

Die Lichtung selbst ist kein Vergleich zu dem kalten, fensterlosen Raum mit seinen knochenweißen Wänden, in dem Aerik meinen ehemaligen Käfig aufbewahrte. Sonnenlicht scheint vom blauen Himmel, der mit einigen weißen wattebauschartigen Wolken getüpfelt ist. Die Sommerhitze weht durch die Stäbe, um meine Haut zu küssen, und trägt einen süßlichen Kleegeruch mit sich. Ein Eichhörnchen keckert auf den Ästen in einem der nahegelegenen Bäume. Es wäre ein reizender Ort für ein Picknick, wäre ich nicht hinter Gittern eingesperrt.

Da der Käfig nun auf festem Boden steht, verändere ich meine Position und versuche, die bequemste Haltung zum Warten zu finden. Ich werde womöglich noch eine ganze Weile hier sitzen. Ich will nicht, dass sich meine Muskeln verkrampfen, falls ich mich später schnell bewegen muss.

Wir sind früh gekommen – so früh, dass wir hoffen, dass

Aerik diese Stelle noch nicht von jemandem beobachten lässt – obwohl wir für den Fall der Fälle Vorsichtsmaßnahmen ergreifen, um sicherzustellen, dass er nicht zu misstrauisch wird. So haben sie mich beispielsweise während des gesamten Weges vom Gefährt hierher, das ungefähr einen zehnminütigen Fußmarsch entfernt im Wald geparkt ist, im Käfig gelassen.

Jetzt bewegen sich Sylas und August um den Käfig herum, als würden sie ihn überprüfen, wobei sie heimlich die Bronzeketten auf dem Boden langziehen, sodass sie verborgen im langen Gras liegen. Whitt tritt zurück und lässt den Blick über die Lichtung und die Ausdehnung des Waldes auf der anderen Seite schweifen. Die normal aussehenden Bäume sind mit schmalen, kegelförmigen durchsetzt, die mit ihren flatternden blauen Bändern aus Blättern mehrere Meter über den anderen emporragen.

Der Spionagechef atmet tief ein und spricht leise einige Worte, von denen ich annehme, dass sie magiegeladen sind. Anschließend lächelt er grimmig. „Noch keine Spur von ihrer Ankunft.“

„Dann bleibt uns nichts anderes übrig, als zu warten.“ August setzt sich in der Nähe des Käfigs ins Gras und betrachtet mich. Mich so gefangen zu sehen, sorgt dafür, dass sich sein Gesicht gequält verzieht, obwohl er unseren Plan kennt.

Ich will durch die Stäbe greifen, um seine Hand zu nehmen, sowohl zu meiner Beruhigung als auch seiner, doch wir haben uns darauf geeinigt, dass wir nach unserer Ankunft auf der Lichtung ausschließlich so tun und sprechen würden, als seien wir Gefängniswärter und Gefangene.

Während Witt am Rand der Waldwiese entlang tigert, bleibt Sylas ebenfalls reglos und wachsam auf den Beinen. Als er seine Hand auf das Dach des Käfigs legt, schaue ich zu ihm auf. Unsere Blicke treffen sich nur eine Sekunde lang;

ich sehe ein Echo der Frage, die er mir während der Kutschfahrt gestellt hat, in seinem.

Bist du dir sicher, dass du dafür bereit bist?

Ja, sagte ich in dem Moment und ich würde es jetzt erneut sagen, wenn er seine Sorgen ausdrücken könnte. Natürlich gibt es nun, da wir hier sind, ohnehin kein Zurück mehr. Ich habe mich diesem Plan verpflichtet.

Mein Herz hämmert doppelt so schnell wie üblich. Ich lehne mich an den Türrahmen, der sich hinter mir befindet, während ich der Richtung zugewendet bin, aus der sich Aerik nähern sollte. Mein Fluchtweg. Der Gedanke, diese Tür aufzureißen und zu den Bäumen zu rennen, sorgt dafür, dass mein Puls noch schneller rast.

Ich schließe erneut die Augen und lasse meine Gedanken zu dem Ausweg wandern, den ich so oft wählte, als ich wirklich eingesperrt war – die einzige Art von Ausweg, der mir zur Verfügung stand und mich in die Landschaften aus dem Album mit meinen Reiseträumen führte. Meine Vorstellungskraft funktioniert so gut wie eh und je. Ich stelle mir vor, dass ich in einem warmen Teich aus türkisem Wasser treibe und zu den gezackten, weißen Felsen blicke, die einen Ring um den Himmel über mir bilden. Ich würde diese Felsenwände erklimmen, um über den grünen Dschungel zu blicken, der sich bis zum Ozean erstreckt.

Es gibt so viel von *dieser* Welt mit all ihren Mysterien und Magie, was ich noch nicht erleben konnte. Wenn dieser Plan funktioniert und wir uns keine Sorgen mehr darum machen müssen, dass Aerik mich aufspürt, bin ich vielleicht in der Lage, all die epischen Sehenswürdigkeiten und Landschaften zu entdecken, die die Fae-Welt anzubieten hat. Ich sollte wenigstens frei durch Sylas' Ländereien streifen können. Harper wird sich darüber freuen.

Trotz der Situation zucken meine Lippen zu einem Lächeln bei dem Gedanken an die wahrscheinliche Antwort der Fae-Frau, wenn ich ihr erzähle, dass sie Reiseführerin spielen darf. Womöglich kann ich ihr sogar ein wenig von der Menschenwelt zeigen. Das könnte genug Abenteuer sein, um sie eine Weile von ihrer Rastlosigkeit zu kurieren.

Das heißt, solange wir die Freiheit haben, so herumzuwandern. Aerik ist nicht einmal die größte Bedrohung für Sylas und sein Rudel, obwohl er für mich furchterregend ist.

Was, wenn die Unseelie die Abwehrlinie an der Grenze durchbrechen und eine richtige Invasion starten? Was, wenn die Erzlords sich einen neuen Grund einfallen lassen, um Sylas des Verrats zu beschuldigen, und ihn noch mehr bestrafen? So wie der Anführer von Ambrose' Geschwader neulich mit uns gesprochen hat …

Als ich bei der Erinnerung erschaudere, reißt mich das Rascheln von Schritten auf dem Waldboden zurück in die Gegenwart. Die Männer um mich herum sind vollkommen reglos geworden.

Whitt legt den Kopf schief, nickt Sylas zu und geht neben dem Käfig in Position. August steht auf. Ich nehme eine geduckte Haltung ein und verlagere mein Gewicht jetzt auf meine Füße, wobei ich sie so belaste, dass ich den verletzten nicht zu stark beanspruche. Ich habe meine Orthese nicht an, da eine derartige Freundlichkeit an einer Gefangenen extravagant wirken würde.

Aerik und seine zwei Kader-Gewählten schleichen aus dem Wald. Beim Anblick der drei Männer, die meine jahrelange Folter organisierten, muss ich meine Zähne zusammenpressen, da der Drang, mich zu übergeben, in mir aufsteigt. Wie damals beobachte ich sie durch die Gitterstäbe und weiß, dass sie hier sind, um mich zurückzuverlangen, weshalb mein Herz nun in einem hektischen Rhythmus schlägt. Ich presse meine Hände auf den harten Boden und zwinge die Übelkeit zurück, die durch mich hindurch fegt.

„Ihr seid früh gekommen", stellt Aerik ohne einen Gruß fest. Er, Cole und der korpulente Mann, den ich in Gedanken als Ritzer bezeichne, bleiben ungefähr drei Meter entfernt von der Stelle stehen, an der meine Männer um den Käfig versammelt sind.

„Genauso wie ihr", merkt Sylas an, dessen tiefer Bariton tadellos ruhig ist. Er deutet auf mich. „Wie du sehen kannst, haben wir sie hergebracht und bereits eingesperrt. Ich nehme an, ihr habt ein Fahrzeug in der Nähe. Wir können sie dorthin tragen."

Er und die anderen bewegen sich, als wollten sie den Käfig hochstemmen – sofort, jedoch so langsam, dass Aerik Zeit für Proteste hat. Das ist Teil des Plans, damit er denkt, sie wären erpicht darauf, Zugriff auf sein Gefährt zu erhalten.

Genau wie wir gehofft haben, tritt Aerik mit einer Bewegung seines Arms nach vorne. „Lasst ihn stehen. Wir schaffen das allein. Schätzt euch einfach glücklich, dass ich euch nicht wegen Diebstahls vor die Erzlords zerre. Wenn ihr ihnen auch nur ein Wort über *meinen* Preis verratet, werde ich zusehen, dass sie einen vollen Bericht darüber erhalten, wie du und dein Kader unerlaubt in meine Ländereien eingedrungen sind."

Sylas hebt die Hände und weicht zurück. Er und sein Kader müssen mehrere Schritte rückwärts machen, bevor sich Aerik und sein Kader nähern. Ich spanne mich an und bin nicht in der Lage, das Gefühl abzuschütteln, im Stich gelassen zu werden.

Sie haben mich nicht verlassen, nicht wirklich, doch im Moment gibt es nichts außer diesen schrecklichen Gitterstäben zwischen mir und meinen ehemaligen Peinigern. Und bei diesem letzten Teil unseres Plans bin ich wirklich auf mich allein gestellt. Die drei Männer hinter mir gaben ihr Wort. Sie können Aerik nicht verletzen, außer ein anderer greift zuerst an.

Es hängt alles von mir ab.

Als Aerik, Cole und Ritzer mich und den Käfig inspizieren, nach wie vor aus einiger Entfernung, verzieht sich der Mund des Fae-Lords zu einem typisch spöttischen Grinsen. Während ich ihn beobachte, beginnt das Rumoren in mir stärker und erbitterter zu beben. Wut brennt sich durch meine Angst.

Diese Männer – diese *Monster* – haben mich beinahe mein halbes Leben lang verletzt. Sie brachten meine Familie um, ließen meinen Körper verhungern und brachen ihn, sie stahlen mir immer wieder mein Lebensblut aus meinem Handgelenk und lachten über meine Qualen.

Warum sollte dieser Moment nicht auf mich hinauslaufen? Sie verdienen jedes bisschen Zorn, das ich auf sie richten kann. Sie sollen wissen, dass es an mir, dem ‚Stinkling‘, liegt, den sie so viele Male als hilflos und schwach abgetan haben, dass sie hier zu Boden gehen.

Ich lasse die Silben stumm über meine Zunge rollen. Da sie keinen Grund zur Klage entdeckt haben, treten meine ersten Entführer direkt an die Gitterstäbe heran. Der Käfig ist so groß, dass alle drei nötig sein werden, um ihn hochzuheben. Sie bücken sich, um ihn unten zu packen.

Jetzt ist der richtige Zeitpunkt. *Jetzt* – aber meine Stimme stockt in meinem Rachen.

Meine Kehle schnürt sich zu. Die Furcht davor, dass ich die eine Chance vermasseln werde, die ich habe, raubt mir diese Chance beinahe. Dann wirft mir Cole jedoch ein bösartiges, triumphierendes Lächeln zu und all der Zorn in mir rauscht wieder an die Oberfläche.

Meine Lunge öffnet sich. Ich schleudere das Wort wie einen Speer und rufe die Ketten, die im Gras versteckt sind, an, meinem Befehl zu gehorchen. *„Fee-doom-ace-own!"*

Meine Stimme erklingt so kräftig und klar, dass ich kaum glauben kann, dass sie mir gehört. Magie durchdringt sie und drei der Ketten peitschen nach oben um die Handgelenke der Männer und verschmelzen miteinander wie eine größere Version der Kettenglieder, die ich in das Kettenhemd gewebt habe. Sie ziehen sich so eng zusammen, dass ich beinahe schmecken kann, wie sie in ihre Haut beißen.

Alle drei zucken zurück, doch die Ketten hindern sie daran, weit zu gehen. Aerik schimpft vor Überraschung, Cole krächzt einen Fluch und bevor einer von ihnen richtig verarbeiten kann, was los ist, und sich befreien kann, haben sich meine Verbündeten in Wolfgestalt auf sie gestürzt.

August greift Ritzer an und wirft ihn rücklings zu Boden. Whitt stürzt sich auf Cole, die Fangzähne gebleckt und mit einer Miene, die geradezu erpicht auf eine Revanche aussieht. Mit einem Brüllen springt Sylas über seinen Kader-Gewählten, um auf Aerik zu landen, wodurch der andere Lord ausgestreckt auf dem Boden aufschlägt, als er gerade den wahren Namen ausspuckt, um die Bronzefessel zu lockern.

Ich bin zur Rückseite des Käfigs gekrabbelt. Meine Hand liegt auf dem Riegel der Tür und eine Mischung aus Entsetzen und Aufregung summt jetzt durch meine Adern hindurch. Ich habe es geschafft – aber das hier ist noch nicht vorbei.

Während sie miteinander ringen, nehmen unsere Feinde ihre Wolfgestalt an, knurren und schnappen. Whitt und Cole rollen über das Gras und schlagen mit ihren Krallen nacheinander, bis es Whitt gelingt, den Wolf mit dem weißen Fell fester nach unten zu stoßen und seinen Kiefer um die Kehle des Biestes zu schließen. Cole schlägt trotzdem wie wild um sich.

Auf der anderen Seite der Lichtung rammt Ritzer eine riesige Pfote gegen die Seite von Augusts Kopf. Meine Hände ballen sich vor Furcht zu Fäusten, doch der rötliche Wolf schüttelt sich nur und rammt seinen Gegner härter ins Gras.

Er schlitzt Ritzers Kiefer auf, zieht seine Krallen über die Unterseite seines Kinns und durchtrennt beinahe seine Kehle.

Zwischen ihnen kämpfen Sylas' dunkler Wolf und Aeriks beiger miteinander. Sylas ragt noch immer über dem anderen Wesen auf, wird jedoch von zappelnden Gliedern verprügelt. Knurrend packt er eine dieser fiesen Tatzen mit den Zähnen und reißt so heftig daran, dass das Knacken eines Knochens durch meine Ohren hallt. Blut spritzt aufs Gras, dieses Mal stört mich der Anblick allerdings nicht.

Indem er sich in eine bessere Position hievt, schlägt Sylas so hart auf Aeriks Maul, dass der andere Wolf ein schmerzerfülltes Schnauben von sich gibt. Mein Retter drückt seine Krallen an den verwundbarsten Teil der Kehle seines Feindes. Anschließend setzt er den Rest seines Körpers auf Aeriks Schenkel, um dessen Beine zu fixieren, und drückt seine andere Vorderpfote auf das unversehrte Handgelenk des anderen Lords. Dann bellt er einen Laut, der nicht ganz ein Wort ist, den jedoch sogar ich verstehen kann. *Kapituliere.*

Aerik windet sich vergeblich unter ihm. Seine Augen rollen in ihren Höhlen und suchen nach seinem Kader – und finden diesen genauso fixiert vor. Ein wütendes Geräusch strömt zischend aus seinem Maul, denn er muss gesehen haben, dass er besiegt ist. Er sackt auf dem Boden zusammen und nimmt zugleich die Gestalt eines Mannes an.

Sylas verwandelt sich ebenfalls, wobei er seine Krallen behält, die aus seinen breiten Fingern hervorragen. Er funkelt finster auf Aerik hinab. „Kapitulierst du?"

Aerik starrt ihn wütend an. Seine osterglockengelben Haare stehen wie Strohhalme im Gras ab und sein rechter Arm liegt schlaff in einem unnatürlichen Winkel da. „Wirst du mich wirklich umbringen, wenn ich es nicht tue? Es wird schrecklich viele Fragen dazu geben, wie genau diese Konfrontation abgelaufen ist."

Ein harsches Grinsen krümmt Sylas' Lippen. „Wir haben unsere Vereinbarung gehalten. Mein Kader und ich schworen, nicht den ersten Schlag auszuführen, und das haben wir nicht getan. Unserer war der zweite."

„Du kannst doch wohl nicht erwarten, dass ich glaube, dass der *Stinkling* den wahren Namen selbst gewirkt hat."

„Das erwarte ich, denn genau das ist passiert. Wir hätten uns einem Schwur *nicht* widersetzen können – zweifelst du wirklich an deiner Fähigkeit, zu beurteilen, welche Magie gewirkt wurde? Aber wenn du gewillt bist, das alles für das Hirngespinst zu riskieren, dass ich dich irgendwie mit unserem Schwur getäuscht habe, reiße ich dir gerne den Kopf ab und zeige jedem, der fragt, dass dein Seelenstein glaubhaft schimmert."

Aeriks Blick gleitet zu mir, während ich noch im Käfig kauere. Bei seinem kalten Blick durchläuft mich ein Zittern, doch ich schaffe es, ihm ein angespanntes, schmales Lächeln zu schenken. „Ich gehöre keinem anderen als *mir*."

Um diese Ankündigung zu betonen, greife ich nach hinten und öffne die Käfigtür. Ein Gefühl der Leichtigkeit durchströmt mich, als ich ins Freie klettere.

„Aber …"

Sylas packt Aeriks Kiefer und reißt sein Gesicht von mir weg. „Mach dir um sie keine Sorgen. Tatsächlich ist das die Hauptbedingung deiner Kapitulation. Ich werde dich mit deinem elenden Leben gehen lassen und du wirst keine weiteren Versuche unternehmen, die Kontrolle über diese Menschenfrau zu erringen. Genauso wenig wirst du durch Worte oder Taten auch nur *andeuten*, dass ihr jemand besondere Beachtung schenken sollte. Du wirst keine der besonderen Eigenschaften erwähnen, die sie besitzt, oder diesen Kampf hier. Und du wirst mir und meinem Rudel weitere Feindseligkeiten ersparen. Angesichts der Jahre der Folter, die du ihr angetan hast, würde ich sagen, dass du glimpflich davonkommst. Also bitte gib mir einen Grund, diese Lichtung stattdessen mit deinem Blut zu tränken."

Die Stimme des Fae-Lords ist so ruhig wie immer, doch brutal in ihrer Kraft. Als Aerik seinem Blick begegnet, weicht jegliche Farbe aus seinem Gesicht. Aus diesem Winkel kann ich nicht sehen, welcher Zorn sich auf Sylas' Gesicht abzeichnet, aber ich bezweifle, dass ich diesem ausgesetzt werden möchte. Er meint jedes Wort dieser Drohung ernst.

„Wenn du wirklich denkst, dass dies reicht, um dir Berühmtheit zu erkaufen", beginnt Aerik, allerdings ist seine Stimme zu schwach, als dass die Verachtung irgendeine Wirkung hätte. Er kann jetzt nicht einmal mehr richtig spöttisch grinsen.

„Ich habe es satt, auf deine Antwort zu warten", knurrt Sylas. „Was schätzt du, wie viele Sekunden noch vergehen müssen, bevor ich deinen Aufschub als direkte Weigerung auffassen kann? Im Mausoleum deiner Familie wirst du überhaupt keine Berühmtheit haben."

„Na schön", knurrt Aerik. Ein magisches Summen tritt in seine Stimme. „Ich akzeptiere deine Bedingungen und kapituliere. Ich werde das Mädchen, dich und dein Rudel in Ruhe lassen. Jetzt nimm deine räudigen Tatzen von mir."

Sylas zieht seine Krallen zurück, lässt seine Hand jedoch auf dem Schlüsselbein des anderen Mannes liegen und drückt ihn nach unten. „Hmm. Noch nicht ganz. Sag deinem Kader, dass sie den gleichen Handel abschließen sollen, oder du wirst ein paar Unterstützer weniger haben."

Aerik neigt den Kopf, um den anderen zuzurufen: „Ihr habt ihn gehört. Kapituliert. Wir sind ohne das kriecherische Ding super zurechtgekommen. Wir brauchen sie nicht."

Meine Hände ballen sich aufgrund der Art und Weise, wie er mich beschreibt, zu Fäusten, doch er blickt nicht einmal in meine Richtung. Es ist besser für uns alle, wenn sie kapitulieren und Sylas nicht mit den forschenden Fragen bedrängt wird, die aufkommen würden, wenn er sie einfach töten würde. Dennoch wünsche ich mir in diesem Moment, dass Aerik eine falsche Bewegung macht, die seinen Tod sicherstellt.

Die anderen Männer haben sich verwandelt, während Sylas und Aerik diskutiert haben. Cole verzieht das Gesicht und verkündet seine Kapitulation in einem scharfen, abfälligen Tonfall. Ritzer stimmt der Kapitulation stumpf zu, während Blut aus seiner Nase tröpfelt. Daraufhin stoßen sich meine drei Männer von meinen ehemaligen Peinigern ab und ziehen sich zurück, um mich zu umringen.

Er mag nicht tot sein, es ist jedoch unglaublich befriedigend, zu beobachten, wie sich Aerik taumelnd aufrappelt, wobei er ein Knie entlastet, das während des Kampfes anscheinend verletzt wurde. Außerdem drückt er seinen gebrochenen Arm vorsichtig an seinen Bauch. Schmutz verunstaltet sein Lord-Gesicht und seine gelben Haare leuchten nicht mehr ganz so hell. Er reckt das Kinn, kann jedoch das traurige Herabsacken seiner Schultern nicht ganz überspielen.

„Kommt", blafft er seinen Kader an. „Wir haben mit diesen Außenseitern nichts mehr zu tun."

Sie kehren uns ihre Rücken zu und schlurfen in den Wald davon. Als ihre Gestalten zwischen den Schatten verschwinden, wallt süße Erleichterung in mir auf. Zum zweiten Mal heute kribbeln Tränen in meinen Augen, diese brennen jedoch kaum.

Es ist vorbei. Ich bin frei von ihnen. Sie werden meine Träume zwar wahrscheinlich noch lange Zeit heimsuchen, aber sie können mir kein echtes Leid mehr zufügen.

Sylas drückt meine Schulter. „Du warst perfekt, Talia. Ich weiß, wie schwer das für dich gewesen sein muss, doch du hast ihnen gezeigt, aus welchem Holz du wirklich geschnitzt bist. Dann wollen wir dich nach Hause bringen."

Ja. Nach Hause. Das Zuhause, das Aerik mir jetzt nie wegnehmen kann.

Sylas spricht den wahren Namen, um die Materialien des Käfigs wieder mit der Erde zu verschmelzen, da wir keinen Nutzen mehr dafür haben. Als wir uns in die Richtung unseres Gefährts wenden, schiebe ich meine Hand auf einer Seite um seine und auf der anderen um Augusts.

Entschlossenheit steigt zusammen mit Freude in mir auf. Diese Männer haben gerade gezeigt, wie weit *sie* um meinetwillen zu gehen bereit sind. Ich werde es nicht richtig verdienen, ihr Haus mit ihnen zu teilen, bis ich einen Weg finde, genauso erbittert für sie zu kämpfen.

25

August

Unser Gefährt hat gerade die Grenze zu unseren Ländereien überquert, als Talia den Kopf hebt. Sie hat den Großteil der Reise in dankbarem Schweigen zwischen Sylas und mich gekuschelt verbracht. Sie fest an mich zu drücken und mich sowie sie daran zu erinnern, dass wir die Konfrontation mit Aerik unversehrt überstanden hatten, fühlte sich viel wichtiger an als alles, was ich hätte sagen können.

Es gibt jedoch andere wichtige Angelegenheiten, mit denen wir uns noch nicht befasst haben, und irgendwie denkt Talia bereits an andere Dinge als die Freiheit, die sie gerade gewonnen hat.

„Werden wir jetzt zurück zur Grenze gehen?", fragt sie und blickt zu Sylas auf. „Ich schätze, ihr müsstet euer Haus wieder aufbauen, aber wenigstens müssten wir uns keine

Sorgen darum machen, ob ich Glamour an mir habe, oder darüber, was Aerik tun könnte."

Sylas runzelt die Stirn und meine Laune sinkt. Wir wissen beide, dass wir dort draußen viel weniger erreicht haben, als wir gehofft hatten.

„Ich werde darüber nachdenken müssen", antwortet mein Lord. „Die anderen Lords – und Repräsentanten der Erzlords – waren nicht sonderlich offen für unsere Hilfsangebote. Ich bin mir nicht sicher, ob wir mehr erreicht haben, als inkompetent auszusehen, weil wir uns nicht nützlicher machen *konnten*."

Whitt dreht sich auf der Bank um, auf der er gesessen und den vorbeiziehenden Wald beobachtet hat. „Der Vollmond ist jetzt nur noch drei Nächte entfernt. Wir sollten nicht planen, während diesem unterwegs zu sein."

Sylas nickt. „Wir können das Rudel in Oakmeet nicht ohne Führung lassen, aber wir besitzen mehr Flexibilität, da wir weniger zu verbergen haben."

Talia richtet sich auf. „Wir können ihnen mein Blut geben. Den Rudelmitgliedern in Oakmeet, unserem Geschwader an der Grenze – *allen* Rudeln. Wir können so ein Elixier wie Aerik herstellen, damit wir es verteilen können, ohne dass wir mir zu viel abzapfen müssen. Niemand sollte unter dem Fluch leiden müssen, wenn wir es verhindern können."

Sie spricht das Angebot so lässig aus, dass mir das Herz aufgeht, wie es in ihrer Gegenwart so oft passiert. Natürlich ist das ihr erster Gedanke, wenn sie an den Vollmond erinnert wird. Natürlich will sie dieses Problem lösen, wie nur sie es tun kann, indem sie von ihrem eigenen Körper gibt. Diese Großzügigkeit und das Mitgefühl sind das, was Talia ausmachen.

Dass Sylas' Miene sanftere Züge annimmt, verrät mir, dass er ebenfalls gerührt ist, doch er schüttelt den Kopf. „Ich denke nicht, dass wir bereits in einer Position sind, diesen Sprung zu wagen. Ich bin mir nicht einmal sicher, ob es der richtige Sprung für uns ist.“

„Aber wenn mich Aerik nicht mehr angreifen kann, müssen wir es nicht geheim halten, oder?“, fragt sie. „Deswegen konnten wir es zuvor nicht riskieren, unserem Rudel zu helfen.“

„Ja, aber … Wir müssen auch die gleichen Möglichkeiten in Erwägung ziehen, die Aerik dazu bewegt haben, dich geheim zu halten. Wenn ich mich plötzlich als Hersteller des Elixiers präsentiere, wird es viele Fragen geben. Die Erzlords werden eine Erklärung verlangen und wenn sie herausfinden, woher das Elixier kommt, ist es sehr wahrscheinlich, dass sie dich für sich selbst haben wollen. Wir können sie nicht so leicht abwehren, wie wir es bei Aerik tun konnten.“

Ich lache rau. „Ich weiß nicht, ob ich das, was wir gerade getan haben, unbedingt *leicht* nennen würde.“

Sylas lächelt schief. „In der Tat. Und darüber hinaus meinte ich ernst, was ich zuvor darüber sagte, dass wir eine dauerhaftere Lösung für den Fluch finden müssen. Sich auf Aeriks Elixier zu verlassen, wiegte zu viele der Seelie in einem falschen Gefühl der Sicherheit.“

Talia verschränkt die Hände vor sich. „Aber wenn ich allen wenigstens die Gewalt und den Kontrollverlust ersparen kann, während ihr nach einer richtigen Lösung sucht …“

Sylas berührt ihre Wange und streichelt mit der Rückseite seiner Finger darüber. „Ich weiß dein Engagement für mein Volk zu schätzen, Talia. Wenn wir wieder in der Gunst der Erzlords stehen, könnte ich mich vielleicht darauf verlassen, dass sie mir zutrauen, eine solche … Ressource zu verwalten.“ Er verzieht das Gesicht wegen der Formulierung. „Bis dahin werde ich ihre Aufmerksamkeit nicht auf dich lenken.“

Mit einem resignierten Seufzen sackt sie zurück gegen die Sitzlehne. „Irgendwann."

„Irgendwann."

Ich drücke ihre Hand kurz. „Du hast jetzt trotzdem so viel mehr Freiheit als zuvor. Kein Glamour mehr – wir können dem Rudel erzählen, dass wir deine Verletzung verborgen haben, bis du sie besser kennengelernt hast, weil du dich dafür geschämt hast. Du musst dich nicht mehr die ganze Zeit in der Nähe des Bergfrieds aufhalten."

Talias Laune hebt sich, wie ich es gehofft hatte. „Ich weiß. Ich freue mich darauf, einfach … *sein* zu können, ohne dass mich all diese Sorgen plagen."

Whitt summt vor sich hin und streckt seine Beine in Richtung der gegenüberliegenden Bank aus. „Weißt du, die Erzlords sind halb so einschüchternd, wenn du erst einmal in einer Position warst, in der du ihre merkwürdigen kleinen Macken kennenlernen konntest. Sie sind ein Haufen Verrückte, würde ich sagen."

Sylas schnaubt. „Zum Glück weiß ich, dass *du* es besser weißt, als das in Hörweite anderer zu sagen."

Als Whitt zur Antwort grinst, blickt Talia durch den Wagen zu ihm. Ihr Lächeln verblasst. Plötzlich bin ich mir der Trennung zwischen uns bewusst. Mein ältester Bruder sitzt getrennt von uns dreien – und nach seiner Reaktion neulich morgens zu urteilen, liegt das dieses Mal nicht an uns, sondern an ihm. Ich mag die unerwartete Trennung nicht, die sich innerhalb unserer ursprünglichen Einheit aufgetan hat, aber wenn es das ist, was er will, was kann ich dagegen tun?

Meine Liebste scheint ihre eigenen Ideen zu haben. Nach einem Augenblick des Zögerns erhebt sie sich und humpelt auf die andere Seite, um sich neben Whitt auf die Bank zu setzen, behutsam, jedoch entschlossen. Sie lässt einen halben Meter Platz zwischen ihnen und kuschelt nicht mit ihm, wie sie es bei Sylas und mir getan hat. Außerdem ist ihre Haltung vorsichtig und dennoch bebt ein Anflug von Besitzgier durch meine Brust hindurch.

Ich habe ihr gesagt, dass es für mich in Ordnung ist, dass sie ihn ebenfalls will, und dass ich mir wünsche, dass sie jedes Glück der Welt hat – wie sich herausstellt, würde ein Teil von mir sie jedoch lieber in die Arme heben und an einem Ort nur für mich verstecken, jetzt da ich mit der Realität konfrontiert werde.

Es ist ein egoistischer Drang, besonders nachdem ich die Wonne selbst gesehen habe, die Sylas und ich ihr gemeinsam verschaffen konnten. Und es fühlt sich sogar noch egoistischer an, als ich den verblüfften Ausdruck bemerke, der jetzt über Whitts Gesicht huscht und zu so etwas wie Freude wird, bevor er wieder zu seiner üblichen Lässigkeit zurückfindet.

„Ich will *all* die verrückten Erzlord-Geschichten hören, die du auf Lager hast", informiert ihn Talia und lehnt sich nach hinten an ihre Seite des Gefährts. „Über sie zu lachen, klingt sehr viel besser, als Angst vor ihnen zu haben."

Whitt entspannt sich und legt seinen Arm so vorsichtig nur einen Zentimeter entfernt von ihrer Schulter ab, dass mich dieses Mal ein Anflug brüderlicher Zuneigung anstatt Eifersucht überkommt. Whitt und ich sind nicht immer einer Meinung und ich verstehe seine Launen häufig nicht, doch ich habe nie an seiner Loyalität unserer Familie und dem Rudel gegenüber gezweifelt. Und ich kann diese gleiche Hingabe in seinen Augen schimmern sehen, als er sich bereit macht, Talia eine Geschichte zu erzählen.

Er hat genauso angestrengt für sie gekämpft wie jeder von uns. Wenn er ihr Dinge anbieten kann, zu denen ich nicht in der Lage bin, warum sollte sie sich entscheiden müssen?

Nach allem, was ihr genommen wurde, und nach all den

Misshandlungen, die sie ertragen musste, verdient sie jedes bisschen Liebe, das sie annehmen möchte.

„Meiner Meinung nach läuft Ambrose herum, als hätte er einen Stock im Arsch", verkündet Whitt in seinem typisch sarkastischen Tonfall, „und das könnte an all dem Knorpelgewebe liegen, das er zu sich nimmt. Ich habe von einem Mitglied seines Hauspersonals gehört, dass er beim Arbeiten gerne an den alten Knochen der Braten und Eintöpfe nagt, als wäre er eine Art trauriger Mischling anstatt eines majestätischen Wolfs. Er lässt die zerkauten Stücke auch noch auf dem Boden herumliegen, sodass die Bediensteten hinter ihm aufräumen müssen." Er macht eine wegwerfende Handbewegung, als würde er einen Knochen durch unser Gefährt werfen.

Talia verzieht das Gesicht. „Er ist derjenige, der mit Tristan verwandt ist, stimmt's?"

„Ja. Arschlöcher, die ganze Familie. Oh, und Celia, unsere Erzlord-Lady? Wie ich höre, hat sie so große Angst vor stinkenden Füßen, dass sie sich von ihren Kammerzofen jede Nacht vor dem Schlafen Rosenblütenpaste auf die Fußsohlen streichen lässt. Um ehrlich zu sein, würde sie besser damit fahren, wenn sie die auf ihr sauertöpfisches Gesicht schmieren würde."

Sogar Sylas lacht schallend über diese Bemerkung. Talia rutscht etwas näher, sodass ihre Schulter an Whitts Ellenbogen ruht. „Was ist mit dem dritten?"

Whitt gibt eine Geschichte über Donovans Unsicherheiten, weil er der jüngste der Erzlords ist, zum Besten und Talia beobachtet ihn mit gespannter Aufmerksamkeit, während ich die beiden beobachte.

Nein, gewitzte Geschichten sind nicht meine Stärke. Aber ich habe andere Talente. Wenn ich sicherstellen will, dass ich ihrer würdig bleibe, werde ich auf diese zurückgreifen müssen.

Mein Blick wandert an ihnen vorbei zu dem fernen Horizont, der jetzt dort in Sicht kommt, wo die Bäume spärlicher stehen. Da fällt mir etwas ein. Wir sind an der Grenze noch nicht fertig, nicht auf lange Sicht. Und vielleicht kann ich mich auf diese Weise auch Sylas gegenüber beweisen.

Als das Gefährt am Waldrand anhält, der dem Bergfried am nächsten ist, steigen wir aus und Sylas entlässt die Materialien, aus der es bestand, woraufhin ein Wacholderbusch dort aufgeht, wo zuvor unser Transportmittel stand. Whitt lässt seine Schultern kreisen.

„Ich werde eine Runde drehen und mich mit den Wachen besprechen", verkündet er.

Sylas neigt den Kopf, um das zur Kenntnis zu nehmen, und geht mit Talia zum Bergfried. Ich lasse mich kurz zurückfallen und hebe die Hand, um Whitt zu bedeuten, dass er warten soll.

Er zieht fragend eine Augenbraue hoch. „Wo drückt der Schuh, Auggie?"

Es liegt genügend Zuneigung in dem neckenden Spitznamen, dass ich ihn von mir abprallen lassen kann. „Ich wollte nur sagen, für den Fall, dass das nicht klar war – was Sylas neulich über Talia und das Teilen gesagt hat – er hat auch für mich gesprochen. Wenn du etwas mit ihr anfangen willst, egal wann, werde ich dir das nicht übelnehmen. Ich will einfach nur, dass sie glücklich ist."

Whitt betrachtet mich einen Moment lang – so lange, dass es in meinem Nacken zu kribbeln beginnt, weil ich das Gefühl bekomme, ich hätte mich womöglich nicht schlüssig genug ausgedrückt oder zumindest nicht nach seinen Standards. Dann huscht ein kleines Lächeln über seine Lippen, das gedämpfter als sein übliches Grinsen ist. „Ich weiß deine Unterstützung zu schätzen, kleiner Bruder."

Ohne ein weiteres Wort springt er davon und verwandelt

sich mitten im Sprung in seine Wolfgestalt. Als er davontrottet, um eine Runde durch unser Revier zu drehen, wende ich mich dem Bergfried zu.

Sylas ist auf dem Weg dorthin stehen geblieben, um sich mit ein paar unserer Rudelmitglieder zu unterhalten, und Talia ist bereits im Bergfried verschwunden. Ich halte inne, fange den Blick meines Lords auf und als er fertig ist, kommt er zu mir. Ich warte, bis wir die Privatsphäre der Eingangshalle erreicht haben, bevor ich spreche.

„Ich habe eine Idee, wie wir mit unserem Vorhaben an der Grenze vielleicht bei den Erzlords weiterkommen können.“

Mein Lord verschränkt die Arme vor der Brust. „Dann lass hören.“

Ein Anflug von Nervosität lässt mich zögern, allerdings nur kurz. Er hat mir zuvor schon größere Aufgaben anvertraut, wenn auch nichts *ganz* so Bedeutendes.

„Ich könnte jetzt allein an die Grenze zurückkehren und die Mission ausführen, die die Erzlords abgelehnt haben. Sie wollten nicht erlauben, dass sich jemand ins Winterreich schleicht und versucht, einen Krieger zu überrumpeln, der die Pläne der Unseelie verraten könnte. Also werden wir nicht noch einmal um ihre Zustimmung bitten. Wenn etwas schiefgeht, können sie es auf unsere Missachtung ihrer Befehle schieben. Doch wenn es gut geht, erhalte ich womöglich die Information, die wir brauchen, um den Angriff abzuwehren, mit dem sie rechnen.“

Sylas mustert mich mit noch größerer Intensität als Whitt vorhin. Er hat mich beim Training beobachtet – er hat einen Teil dieses Trainings selbst angeleitet. Er weiß, dass ich so fähig wie jeder andere Fae-Krieger dort draußen bin. *Ich* weiß, dass ich es bin. Wofür war all dieses Training gut, wenn ich es nicht im Kampf nutze, wo es am meisten zählt?

„Du wirst deine Distanz zu den Unseelie wahren und nur

vordringen, wenn du einen allein erwischen kannst?", sagt er. „Ich will nicht, dass du dein Leben in einem Kampf gegen mehr als einen von ihnen aufs Spiel setzt, obwohl ich mir sicher bin, dass du zwei oder sogar drei von ihnen einen guten Kampf liefern könntest."

Ich nicke vehement. „Nur einer, nur wenn ich es außer Sichtweite von anderen tun kann. Dazu werde ich vielleicht eine Weile an der Grenze entlanglaufen müssen – deswegen halte ich es für das Beste, wenn ich jetzt losziehe, damit ich heute Nacht anfangen kann."

Sylas' Kiefer mahlt und lockert sich. „In Ordnung. Du kennst dich mittlerweile in dieser Gegend aus und wusstest schon immer, wie du dich in einer Schlacht verhalten musst. Mach mich stolz und sieh zu, dass du gesund und unversehrt zurückkehrst – um meinetwillen und um unserer Lady willen, hmm?"

Meine Lippen dehnen sich trotz meiner Versuche, cool und professionell zu bleiben, zu einem Grinsen. „Darauf kannst du dich verlassen."

Mehrere Stunden später, als ich durch den Nebel stapfe, der die Grenze zwischen dem Sommer- und Winterreich markiert, beginne ich zu denken, dass ich zwar unversehrt nach Oakmeet zurückkehren werde, jedoch ein unversehrter Mann sein könnte, der zu einem Eisklotz gefroren ist.

Auf der Winterseite heult der Wind so laut, dass ich ihn hören konnte, bevor ich in den heißen Dunst auf der sommerlichen Seite der Grenze trat. Schnee wirbelt durch die Luft, ein Teil der Schneeflocken schwebt auf den schmalen Streifen der Grenze und bringt eiskalte Luft mit sich. Mein Wolfsfell kann das Schlimmste abwehren, doch die Kälte beginnt, zu meiner Haut durchzudringen.

Ich mag es nicht. Kälte ist dazu da, um in einen kühlen Teich zu springen und einer Hitzewelle zu entfliehen. Dieser ständige, eisige Sturm ist die reinste Folter. Wie kann es ein Fae ertragen, in diesem Wetter zu leben?

Ich schätze, das könnte erklären, warum sie versuchen, in unsere Ländereien zu ziehen. Es erklärt allerdings nicht, warum sie das *jetzt* tun, nachdem sie das Winterwetter so lange ausgehalten haben.

Obwohl ich den wahren Namen für Schnee nicht kenne, war Wasser zum Glück einer der ersten Namen, die ich lernte, und die kalten Flocken sind nichts anderes als gefrorenes Wasser. Mit etwas Überredungskunst habe ich eine Barriere aus Schnee um meinen Körper versammelt, die den schlimmsten Wind abwehrt und mich vor den Blicken aller verbirgt, die an der Grenze des Unseelie-Reichs patrouillieren.

Ich brauche die Tarnung. Obwohl es mitten in der Nacht ist, wird das Licht des beinahe vollen Mondes so kräftig von dem eisigen Untergrund reflektiert, dass mein dunkles Fell im Kontrast dazu nicht zu übersehen wäre.

An dem Abend, als ich mich das erste Mal hierherschlich, wurde ich beinahe entdeckt. Ich erschien in Sichtweite des Winterreichs gerade, als eine Truppe von fünf Unseelie-Kriegern vorbeimarschierte. Wenn meine gut ausgebildeten Instinkte mich nicht dazu gebracht hätten, mich nach dem ersten Blick auf sie zurückzuziehen, hätten sie mich innerhalb von Sekunden angegriffen und einen ganzen Haufen ihrer Brüder herbeigerufen, damit sie sich ihrer Patrouille anschließen, selbst wenn sie mich nicht erwischt hätten. Ich hätte meine Chance verloren und möglicherweise mein Leben, bevor ich richtig angefangen hatte. Und dabei ist die Blamage für das Rudel noch nicht miteingerechnet, falls die Erzlords herausgefunden hätten, dass wir ihre Befehle missachtet und versagt hatten.

Seitdem bin ich an einer anderen kleinen Gruppe vorbeigekommen und habe einige einsame Wachen in der Ferne über das funkelnde Flachland hinweg gesehen. Sie waren zu weit weg, als dass ich es hätte riskieren können, ihnen zu folgen. Meine Pfoten beginnen wegen der Eissplitter zu schmerzen, die sich in dem Fell um meine Zehen herum angesammelt haben.

Ich kann nicht eher ruhen, bis ich mein Ziel erreicht habe. Ich habe mich nicht umsonst zum zweiten Mal in diesem Monat von Talia verabschiedet.

Endlich nähert sich vor mir die dünne Gestalt einer Wache der Grenze. Wie alle Unseelie-Krieger, die ich gesehen habe, trägt er einen silbernen Helm und einen ähnlich hellen Brustpanzer und lockere Panzerungen, die an seinen Schenkeln hängen, damit er sich leichter bewegen kann. Seine gepolsterte Jacke und Hose sind in einem helleren Grau gefärbt und verschmelzen mit der Landschaft. Er späht in den Grenzdunst, dann dreht er sich um und stapft in meine Richtung.

Perfekt.

Ich schleiche mich etwas näher, denn es mangelt mir an der Geduld, einfach da zu sitzen und zu warten. Meine Muskeln spannen sich erwartungsvoll an. Dieser Mistkerl ist einer der verfluchten Winter-Fae, die im Verlauf der letzten drei Jahrzehnte meine Rudelkollegen und so viele andere getötet haben. Soweit ich weiß, hat er manche von ihnen persönlich abgeschlachtet.

Ich habe zu viel Zeit damit verbracht, mich zurückzuhalten und darauf zu warten, dass etwas passiert, als wir hier zuvor Wache hielten. Es ist an der Zeit, einen Teil des Kampfes zu den Raben zurückzubringen.

Als er bloß noch wenige Meter entfernt ist, halte ich inne und lasse meine Gestalt mit dem Dunst und den Schneeböen verschmelzen. Die Wache schlendert einige

Schritte entfernt vorbei. Ich sammle mich – und mache einen Satz.

Eines muss ich ihm lassen: Er reagiert schnell und rollt sich in dem Moment zur Seite, in dem er auf dem Boden aufschlägt, den Dolch bereits in der Hand. Doch das verschafft mir die Gelegenheit, mehr von meiner angestauten Aggression rauszulassen. Ich schlage ihm den Dolch mit einem schnellen Pfotenhieb aus der Hand, wobei ich meine Krallen über seine Handfläche und Handgelenk ziehe, und prügle ihn härter in die eiskalte Erde. Mit einem weiteren Schlag fliegt sein Helm kreiselnd in den Dunst.

Sein Körper zuckt, als wollte er sich verwandeln. *Oh nein, das wirst du nicht tun.* Ich schließe meinen Kiefer fest um seinen Hals und ein Rinnsal seines Unseelie-Blutes tröpfelt über meine Zunge. Eine Warnung, dass ich, wenn er versucht, in seine Rabengestalt zu schrumpfen, ihm den Vogelkopf von den Schultern reißen werde, bevor er auch nur protestierend krächzen kann.

Als die Wache einen wirkungslosen Schlag gegen meine Brust platziert, zerre ich ihn in den Dunst, wo uns seine Kollegen nicht entdecken werden. Dann verwandle ich mich so schnell, dass ich ein Schwert an Stelle meiner Krallen an seine Kehle halte, bevor er mehr tun kann, als zu erschaudern.

„Warum tötest du mich nicht einfach und bringst es hinter dich, Köter?", flucht die Wache. „Oder spielen Wölfe seit neuestem gerne mit ihrem Essen?"

Ich blecke die Zähne und lasse meine nach wie vor ausgefahrenen Fangzähne aufblitzen. „So ein dürres Federhirn würde wohl kaum eine Mahlzeit abgeben. Und wenn du schnell sprichst, wirst du dein Leben womöglich behalten. Erzähl mir von dem nächsten Angriff, den dein Volk gegen uns plant."

Der Mann bringt ein ersticktes Lachen zustande. „Du

denkst, ich würde mein Volk verraten, um meine Haut zu retten? Mach schon und töte mich. Ich rede nicht."

Ich hätte damit rechnen sollen, dass er die Gelegenheit auf eine Kapitulation ablehnen würde, aber ich habe noch nie zuvor jemanden für eine Befragung gefangen genommen und ich habe noch nie unter Umständen gekämpft, in denen die Zukunft eines gesamten Volkes auf dem Spiel stehen könnte. Ich presse meine Klinge eine Spur härter an seine Kehle und beobachte, wie Blut entlang der funkelnden Kante hervorquillt. Mein Gehirn versucht unterdessen, sich meinen nächsten Zug zu überlegen.

Wenn er lieber sterben als sprechen würde, kann ich die Information nicht aus ihm herausprügeln. Ich werde mich auf meinen Verstand anstatt auf meine Muskeln verlassen müssen. Beim Herzen, wie sehr ich mir doch wünsche, Whitt wäre jetzt hier, um mich anzuleiten.

Nun, was würde mein ältester Bruder tun, falls er sich so einem Problem gegenüberfände? Ich habe schon viele Male beobachtet, wie er seine Strategien in die Tat umgesetzt hat.

Er würde womöglich eine Art Glamour in seine Worte weben. Er würde eine Illusion schaffen, die dem anderen die Antwort entlocken würde, die er braucht. Er würde so tun, als bräuchte er sie nicht so dringend, damit seine Zielperson weniger stark dagegen ankämpft.

Was meine ich, bereits zu wissen, sodass ich diesen Schuft dazu bringen kann, es einfach zu bestätigen – und vielleicht noch etwas mehr als Bonus hinzuzufügen?

Ich wähle meine Worte mit Bedacht und lüge nur durch Andeutungen. „Du bist zu loyal für dein eigenes Wohl – loyaler als andere, die ich überrumpelt habe und denen ihr Leben mehr wert war." Diese anderen waren Seelie-Fae, gegen die ich aus ganz anderen Gründen kämpfte, er muss das allerdings nicht wissen. „Wenn du mir nichts über den bevorstehenden Angriff entlang dieses Bereichs der Grenze verraten willst, wirst du dein Leben verlieren und ich werde einfach ein oder zwei Stunden verlieren, in denen ich mir jemanden suche, der gesprächiger ist. Und dann werden wir ja sehen, wie viele weitere Rabenhälse ich umdrehen muss."

„Meinen Informationen zufolge wirst du gar keine umdrehen", erwidert die Wache. „Wenn der Vollmond aufsteigt, ist die Wahrscheinlichkeit, dass ihr euch gegenseitig zerfleischt, genauso groß wie, dass ihr einen von uns erwischt, nicht wahr?"

Die Frage trifft mich wie ein Speer aus Eis in den Magen. Ich setze einen harten Gesichtsausdruck auf, bevor sich zu viel von meinem Schock auf meinem Gesicht abzeichnen kann. „Das ist der Moment, in dem dein Volk hier angreifen wird, oder?", knurre ich.

Das Zusammenzucken der Wache, als ihm klar wird, was er verraten hat, ist Antwort genug. Er hat auch nicht geleugnet, dass sie *hier* angreifen werden, sondern hingenommen, was ich gesagt habe, anstatt mich damit zu ärgern, dass ich mich irre. Vielleicht kann ich noch etwas mehr aus ihm herausprügeln, während ich die Gelegenheit dazu habe …

Doch diese Gelegenheit gibt er mir nicht. Mit einem Ruck seines Körpers beginnt er, zu schrumpfen. Seine Arme entgleiten meinem Griff, als sie sich zu Flügeln formen und seine Rüstung zu elfenbeinfarbenen Federn wird.

Nein. Wenn er es zurück zu seinen Leuten schafft, wird er sie vor dem warnen, was ich entdeckt habe, und sie werden ihre Pläne ändern.

Ich lasse mein Schwert nach unten sausen und ein geschrumpfter Kopf – teils Vogel, teils Mensch – rollt zur Seite, während Blut aus dem durchtrennten Hals spritzt.

Ich trete von dem zerstörten Körper weg und wische meine Klinge an dem gefrorenen Gras in der Mitte der Grenze ab. Seine Brüder werden ihn womöglich tagelang nicht finden – und wenn sie es tun, werden sie lediglich sehen, dass er unserem Gebiet zu nahe kam und seinem erwarteten Schicksal begegnet ist. Diese Tatsache tröstet mich allerdings nicht.

Unsere Feinde wissen Bescheid. Nach all dieser Zeit haben die Raben von unserem Fluch erfahren. Und sie wollen ihn bei der erstbesten Gelegenheit gegen uns verwenden.

Falls die Unseelie angreifen, während die Grenzgeschwader den Verstand an die Wildheit verloren haben, wird das Blut, das die Felder als nächstes tränkt, ausnahmslos unseres sein.

Talia

ie Eingangstür des Bergfrieds knallt so laut ins Schloss, dass ich aus dem Schlaf schrecke. Ich zucke unter der Decke zusammen und erstarre. Es braucht einige Sekunden, in denen ich angestrengt über das Donnern meines Pulses hinweg auf Geräusche lausche, bevor mein Verstand so weit aus dem träumerischen Nebel auftaucht, dass mir die offensichtliche Erklärung einfällt.

August ist zurück.

Ich schlage die Decke zurück und krabble so schnell aus dem Bett, dass mein krummer Fuß in einem blöden Winkel über die Dielenbretter schabt. Das Gesicht verziehend, greife ich hastig nach meiner Orthese. Ich mache mir nicht die Mühe, meine Tageskleidung anzuziehen, die Haarbürste auf meinem Nachttisch zu nutzen oder irgendetwas anderes zu tun, als so schnell wie möglich zu ihm zu gelangen.

Wenn er zurück ist, dann geht es ihm gut. Nun, ihm

geht es jedenfalls so gut, dass er zurückkommen konnte. Ralyn hat es von der Grenze zum Bergfried geschafft, obwohl er so schlimm verletzt war, dass er Tage mit der Genesung verbringen musste.

Als ich die Treppe erreiche, dringen bereits zwei gedämpfte Stimmen vom Gang zu mir herauf. Sylas war schon wach und hat womöglich auf August gewartet. Vielleicht hat der andere Mann irgendeine magische Nachricht geschickt, um ihm mitzuteilen, dass er kommen würde.

Ich eile die Treppe hinab, wobei ich mich nicht damit aufhalte, das Klopfen der Holzbrettchen der Orthese zu verbergen. Der Saum meines Nachthemdes schwingt in meiner Eile um meine Knie. Als ich den Fuß der Treppe erreiche, sind August und Sylas verstummt und beobachten meine Ankunft.

In diesem ersten Moment sind ihre Mienen so grimmig, dass mir das Herz sinkt. Dann breitet sich ein Lächeln auf Augusts Gesicht aus. Er marschiert zu mir, zieht mich in die Arme und stiehlt sich einen Kuss, den ich gerne erwidere.

Danach steckt er seine Nase in meine Haare. „Konntest du es nicht erwarten, mich zu sehen, Süße?"

Er scheint definitiv nicht stark zu bluten und ihm fehlen auch keine Glieder. Ich strahle ihn an. „Ich musste mich vergewissern, dass du in einem Stück hier angekommen bist. Und ich wollte die Neuigkeiten erfahren. Wenn du schon so früh zurück bist, bedeutet das, dass du es geschafft hast, einen der Unseelie-Krieger zu befragen?"

Augusts Lächeln verblasst. Er stellt mich sachte auf meine Füße und blickt zu Sylas, der so ernst wie zuvor aussieht.

„Was?", frage ich, als die Stille beginnt, sich unangenehm in die Länge zu ziehen. „Ihr könnt es mir nicht einfach *nicht* erzählen."

Sylas' Mund verzieht sich, als würde er es vorziehen,

wenn er diese Taktik wählen könnte, doch er deutet auf August.

„Erzähl ihr, was du mir bereits berichtet hast, und dann komm zum Rest."

Als mich August ansieht, ist sein Gesichtsausdruck so jämmerlich, dass ich ihn erneut küssen will, nur um zu schauen, ob es das Licht in seine goldenen Augen zurückbringt. Meine Hände ballen sich an meinen Seiten zu Fäusten und ich wappne mich für die offenkundig schlechten Nachrichten.

„Ich habe eine der Wachen der Raben gefangen", erzählt er. „Und ich fand so viel heraus, dass ich jetzt weiß, warum sich die Erzlords solche Sorgen machen, falls sie auch nur halb so viel wissen wie ich. Die Unseelie haben von unserem Fluch erfahren. Sie wissen, dass die Krieger an der Grenze in der Nacht des Vollmonds zu verrückt sind, um unsere Ländereien vernünftig zu verteidigen. Deswegen wollen sie zu diesem Zeitpunkt einen Angriff starten, vermutlich einen großen."

Er wendet sich an Sylas. „Die Wache bestätigte im Grunde genommen, dass sie den nördlichen Teil des Grenzgebietes ins Auge fassen werden. Ich tippe darauf, dass sie trotzdem nicht darauf vertrauen, dass die Schlacht ein Kinderspiel werden wird. Deshalb halten sie es wahrscheinlich für sinnvoller, alle Ressourcen, die sie guten Gewissens entbehren können, geballt an einen Ort zu schicken, anstatt im ganzen Reich anzugreifen."

Sylas nickt. „Das würden wir tun, wenn die Lage umgekehrt wäre. Ich frage mich, wie sie es nach all dieser Zeit herausgefunden haben – und wie viel die Erzlords wissen. Meines Wissens haben sie niemanden speziell vor dem Vollmond gewarnt."

„Nein, nichts, was über die üblichen Vorbereitungen hinausging. Sie haben nicht gesagt, dass die zusätzlichen

Schutzmaßnahmen, über die sie sich gestritten haben, für einen bestimmten Zeitpunkt oder Grund sind." August schnaubt laut. „Die Unseelie könnten genug Fuß fassen, dass wir Probleme haben werden, sie auf ihre Seite der Grenze zurückzudrängen, selbst wenn wir wieder bei Verstand sind. Und dabei ist noch nicht berücksichtigt, wie viele Seelie fallen werden, während wir uns nicht anständig verteidigen können. Was können wir tun? Noch mehr Truppen an die Grenze zu schicken, wird das Chaos nur verschlimmern."

Kälte hat sich in meiner Magengrube gesammelt. Die Unseelie kennen die größte Schwäche der Sommer-Fae und sind bereits darauf aus, sie auszunutzen. Morgen Nacht könnte ein Blutbad werden. Mein Entsetzen geht jedoch mit einem Anflug der Verwirrung einher.

Ich trete zu Sylas, damit ich seine Aufmerksamkeit auf mich lenken kann. „Es muss überhaupt kein Chaos geben. Ihr habt das Heilmittel gleich hier. Wir stellen einfach das Elixier her und sorgen dafür, dass es alle Krieger entlang der Grenze kriegen – und diejenigen, die die Lords noch erübrigen können. Der Vollmond ist erst morgen. Es ist noch genügend Zeit."

Ich hätte nicht gedacht, dass es möglich wäre, dass Sylas' Miene noch ernster wird, doch ich habe mich geirrt. Er lässt seine Finger in einer behutsamen Liebkosung über meinen Kopf wandern. „So sehr ich deine Selbstlosigkeit zu schätzen weiß, Talia, wir können uns nicht einfach auf diese Lösung stürzen. Wir hätten es immer noch mit den gleichen Problemen zu tun. Wir könnten nicht garantieren, dass wir dich bei uns behalten und beschützen können, wenn deine Kräfte erst einmal offenbart wurden. Falls es irgendeine andere Möglichkeit …"

„Wie kann es eine andere Möglichkeit geben? Ihr versucht seit Jahrzehnten, ein anderes Heilmittel zu finden.

Wie groß ist die Wahrscheinlichkeit, dass euch in den nächsten vierundzwanzig Stunden etwas einfällt?"

Sein ganzes Gesicht spannt sich an und Kummer gräbt sich in seine Züge. „Wir haben nicht all diese Mühen auf uns genommen, nur um dich jetzt den Wölfen als eine Art Opfer zum Fraß vorzuwerfen."

Spannung strahlt aus jeder seiner Poren. Ich kann mir nur ausmalen, wie hin und her gerissen er sich fühlt. Er hat am Anfang, als ich in seine Obhut geriet, schon genug mit sich gerungen, ob er mich beschützen soll trotz der Vorteile, die er womöglich für sein Rudel gewonnen hätte, wenn er mich den Erzlords angeboten hätte. Und das war, bevor er mir so viele Versprechen gemacht hat. Bevor nicht nur sein Rudel, sondern seine ganze Gemeinschaft in unmittelbare, schreckliche Gefahr geraten ist.

Er wird Probleme haben, damit zu leben, ganz gleich, was er entscheidet.

Na schön. Dann sollte es meine Entscheidung sein. *Ich* könnte nicht damit leben, wenn ich mich wie ein Feigling verstecken würde, während so viele Leben auf dem Spiel stehen, die ich mühelos retten könnte.

Ich recke das Kinn. „Dann wirf mich ihnen nicht zum Fraß vor. Konzentriere all deine Gedanken darauf, dir zu überlegen, wie du mich beschützen und ihnen zugleich mein Blut anbieten kannst. Es ist *meines* und ich will nicht, dass irgendjemand stirbt, damit ich an all meinem Blut festhalten kann."

Sylas fegt mit seinem Arm durch die Luft. „Es sollte nicht deine Aufgabe sein, dieses Problem zu lösen. Wir sind nicht einmal dein Volk. Du hättest eigentlich nie hier sein sollen."

„Aber ich bin hier. Und es *ist* mein Problem, denn egal, woher ich kam, ihr seid jetzt alle meine Familie. Ich bin Teil dieses Rudels. Ihr habt mich gerettet – lasst mich euch ebenfalls retten."

Widerstand zeichnet sich nach wie vor in Sylas' gesamter Haltung ab. Neben ihm schaut August von seinem Lord zu mir und wieder zurück. Er zögert eindeutig, sich über Sylas hinwegzusetzen, ist jedoch auch nicht gewillt, sich dafür auszusprechen, die Grenze aufzugeben.

Als läge hier eine echte Entscheidung vor. Wir könnten den ganzen Tag diskutieren und am Ende wäre die einzige richtige Antwort immer noch, mich zu benutzen. Sie wollen es nur nicht wahrhaben.

Ich blicke zu der Wand, die in Richtung des Rudeldorfes zeigt. Plötzlich habe ich eine Idee und Entschlossenheit packt mich. Ich kann diesen Streit jetzt sofort beenden und die Entscheidung so endgültig treffen, dass Sylas sie mir nicht mehr absprechen kann.

Ich wende mich von ihnen ab und der Küche zu, ehe ich zur Tür auf der gegenüberliegenden Seite marschiere, wobei meine Orthese im Takt mit meinen ungleichen Schritten auf den Boden klopft. „Talia?", fragt August erschrocken. Als ich höre, dass er und Sylas mir folgen, beschleunige ich meine Schritte und laufe so schnell, ich kann, ohne zu rennen.

Sie haben die Ausgänge nicht mehr vor mir verschlossen. Ich schiebe mich durch die Tür und eile zwischen dem Kräutergarten und dem Obstgarten hinaus. Wegen des humpelnden Joggens bildet sich ein pochender Schmerz in meinem Fuß, doch ich eile um die Seite des Bergfrieds zu den abgedrehten Baumstumpf-Häusern, wo der Rest des Rudels lebt.

Die Schritte meiner Liebhaber erklingen hinter mir. Sie wissen allerdings nicht, was ich aushecke, weshalb sie nicht genug Geschwindigkeit einsetzen, um mich aufzuhalten. Bald werden sie es nicht mehr können.

Einige der Fae sind bereits im fahlen Licht der frühen Morgensonne auf den Beinen und werkeln an ihren Häusern herum. Es sind noch nicht genug, damit diese Taktik wirklich funktioniert. Als ich die letzten Meter um den Rand des Bergfrieds herum laufe und aufs Dorf zugehe, hebe ich meine Stimme, damit sie weit zu hören ist. „Hey! Alle im Rudel! Steht auf und kommt raus – es gibt etwas, was ihr hören müsst."

Hinter mir zischt Sylas' Atem vor Entgeisterung zwischen seinen Zähnen hindurch. Doch ich bin bereits auf das Feld und in Sichtweite der Häuser getreten. Die Rudelmitglieder, die schon draußen waren, starren in meine Richtung, und andere erscheinen in ihren Türen oder spähen aus ihren Fenstern, um herauszufinden, worum es bei dem Rummel geht. Ich baue mich vor ihren verdutzten Augen auf. Mein Herz hämmert wie wild in meiner Brust und ich verlasse mich darauf, dass Sylas sie nicht noch mehr erschrecken will, indem er dazwischengeht und mich wegzerrt. Dennoch bin ich bereit, weiter zu schreien, falls er es tut.

Ich beginne sofort mit dem wichtigsten Teil der Angelegenheit. „*Ich* bin die Hauptzutat des Elixiers, das den Vollmondfluch heilen kann. Beziehungsweise ist es mein Blut. Ich bin nicht gerade erst in der Fae-Welt angekommen. Ein anderer Lord hielt mich gefangen und benutzte mein Blut für das Elixier. Sylas ..." Ich stolpere kurz über meine Worte, da mir bewusst wird, dass ich sein Verbrechen vermutlich nicht einmal vor seinen Leuten zugeben sollte. „Als ich entkam, halfen mir Sylas und sein Kader. Und jetzt will ich euch allen helfen. Solange ich hier bin, möchte ich nicht, dass einer von euch erneut die Vollmond-Wildheit durchleiden muss."

Während ich meine Ankündigung gemacht habe, sind Sylas und August hinter mir stehen geblieben. Sylas packt meine Schulter, zerrt mich allerdings nicht weg. Zu viele Blicke liegen jetzt auf uns, zu viele staunende Fae lauschen meiner Ankündigung. Weitere treten aus ihren Häusern — ich sehe Harper mit ihren Eltern vor ihrem Haus stehen. Ihre erschrockenen Augen sind noch größer als üblich.

Als der Adrenalinrausch verfliegt, fällt mir auf, dass ich ziemlich lächerlich aussehen muss, während ich in nichts als meinem Nachthemd und vom Schlaf zerzausten Haaren dastehe. Röte wärmt meine Wangen, was jedoch nicht reicht, um mich daran zu hindern, aufrecht vor ihnen zu stehen und ihren forschenden Blicken standzuhalten.

Einer der älteren Männer beginnt, zu lachen. „Das ist absurd. Das Blut eines Menschen soll unseren Fluch heilen?"

„Es stimmt", beharre ich, wobei ich mit so lauter Stimme spreche, dass es alle hören können. „Wenn ihr einen Beweis braucht ... Jemand soll mir ein Messer geben. Ich muss mir nur in den Finger schneiden und ihr werdet riechen können, dass ..."

Als ich den Arm ausstrecke, spannt sich Sylas' Griff um meine Schulter an. Er tritt an mir vorbei und seine Haltung strahlt Autorität aus. „Das wird nicht nötig sein."

Ich wappne mich dafür, dass er versuchen wird, meine Geschichte irgendwie zu vertuschen, doch ich muss meine Karten gut genug ausgespielt haben. Zu viele Leute haben gehört, was ich gesagt habe — zu viele Leute, die die Geschichte womöglich wiederholen, selbst wenn sie sie nicht glauben, und zwar Fae gegenüber, die nicht zu seinem Rudel gehören und sie den Erzlords berichten könnten.

„Ich kann bestätigen, dass Talia die Wahrheit spricht", verkündet Sylas. „Und dank ihres Mitgefühls für unser Rudel werden wir dem Fluch beim morgigen Vollmond entfliehen. In diesem Sinne erwarte ich von euch, dass ihr sie doppelt so freundlich und respektvoll behandelt, als ihr es bereits getan habt." Er blickt auf mich herab und sein ungleicher Blick sieht geradezu finster aus. „Fürs Erste haben wir viel vorzubereiten."

Schuldgefühle stechen mir in den Magen, weil ich ihm keine Wahl gelassen habe, aber die hätte er so oder so nicht gehabt. Aufgrund dessen, wie er seine Bestätigung formuliert hat, denke ich, dass er mein Recht akzeptiert hat, diese Entscheidung zu treffen.

Aerik hat mein Blut immer wieder egoistisch zu seinem eigenen Vorteil genutzt. Dieses Mal kann ich es freiwillig für einen Zweck hergeben, der mir am Herzen liegt.

Egal, welche Konsequenzen diese Entscheidung nach sich ziehen wird, wenigstens habe ich sie mir selbst eingebrockt.

27

Whitt

„Weißt du", sage ich und strecke meine Hände über der Erde aus, „hätten wir vorausgedacht, hätten wir Aerik dazu bringen können, seinen Vorrat an Phiolen abzugeben, als er kapitulierte. Er muss einen recht großen Vorrat haben, für den er keinen Nutzen mehr hat."

Sylas, der in den Schatten des Türrahmens der Stube steht und meine Fortschritte überprüft, lacht. „Vielleicht werde ich anbieten, sie ihm nächsten Monat abzunehmen. Deine Magie scheint der Aufgabe heute gewachsen zu sein. Wir sollten nur noch einige Dutzend weitere brauchen."

„Bin schon dabei, oh glorreicher Anführer." Ich verlagere meine Konzentration von ihm auf den Boden unter mir und taste in der Dunkelheit des viel zu frühen Morgens mit meinem Verstand nach dem, was ich suche, anstatt es mit den Augen zu sehen. Daraufhin lasse ich den wahren Namen für Sand über meine Zunge rollen.

Mit absoluter Konzentration zwinge ich die Partikel gedanklich dazu, durch die Erde zu beben und zu winzigen Glasflaschen zu verschmelzen, die jeweils eine Dosis unseres Elixiers fassen können. Das Mal des wahren Namens juckt direkt unterhalb meines linken Schulterblatts wegen der Energiemenge, die ich hindurch leite.

Ich habe schon *größere* Konstrukte heraufbeschworen, allerdings nicht ganz so viele Gegenstände nacheinander. Die Arbeitsplatten der Küche stehen bereits voller Phiolen. Sylas hat Glück, dass ich mir überhaupt die Mühe gemacht habe, mit Sand zu kommunizieren, und ihn deswegen befehligen kann. Keine der Ländereien, die wir bisher bewohnt haben, waren besonders sandig, doch meine Vorliebe für Wettermagie führte mich dazu, einige ihrer unbedeutenderen Formen zu meistern. Ich kann einen fiesen Sandsturm heraufbeschwören, wenn nötig.

Hmm, vielleicht wäre das genau das, was ich eines Tages zu Aeriks Ländereien schicken sollte. Ich bin mir sicher, dass ich einen zustande bringen könnte, ohne dabei irgendwelche Hinweise hinterlassen, wer ihn dorthin gesendet hat. Sollen er und sein Rudel doch wochenlang Sand aus ihren Schubladen schütten und aus ihren Zähnen pulen.

Das kleine Trauma, das wir ihnen mit ihrer Kapitulation zufügen konnten, war definitiv nicht genug.

Sylas würde diesen Plan allerdings nicht gutheißen und ich habe im Moment drängendere Sorgen. Es sind nur noch ein paar Stunden bis zur Dämmerung und der Vollmond steht uns mit dem nächsten Sonnenuntergang bevor. Sylas will auf dem Weg sein, um mit den Erzlords zu verhandeln, bevor irgendeine Person gefrühstückt hat.

Als ich die letzten Phiolen forme, verstärkt sich das Jucken in dem Mal zu einer stechenden Empfindung. Ich verkneife mir eine Grimasse. Die Phiolen sind zwar klein, erfordern jedoch ziemlich viel Präzision. Mit der Menge, die ich erschuf, habe ich meine Magievorräte beinahe komplett geleert, die ohnehin nicht so groß wie einst sind, da wir so weit weg vom Herz der Nebelwelt wohnen. Wenn wir noch mehr brauchen, muss ich womöglich etwas von meinem Fleisch opfern.

Nun, das wäre es wert, wenn uns dieser Schachzug zurück nach Hearthshire führt, wo ich nach Belieben im tieferen Pochen der Energie des Herzens baden kann.

Ich hebe den Flechtkorb hoch, in den ich die Phiolen beschworen habe, und trage ihn in die Küche. In dem von Laternen beleuchteten Raum ist eine Menge los. Entlang der Kücheninseln gruppieren die Rudelmitglieder die existierenden Phiolen nach Geschwadern und gemäß meinen niedergeschriebenen Anweisungen mit meinen besten Schätzungen der Soldatenzahlen an der Grenze. Ein paar von ihnen sind mit den Vorräten beschäftigt, die Sylas verlangt hat – ein Eimer mit frischem Harz der Glisteiche und noch ein Krug mit Felsenwasser. Einige weitere haben sich August angeschlossen, der unser Elixier in seinen größten Töpfen braut. Er rührt in seiner aktuellen Portion und sie füllen leere Phiolen mit seinem vorherigen Gebräu.

Sylas steht bei Talia in der Ecke, die wie so häufig auf einem der Hocker sitzt, obwohl sie bei den Vorbereitungen nicht auf die gleiche Weise hilft, wie sie es bei einer Mahlzeit tun würde. Sie streckt ihren Arm aus, den Sylas sanft festhält, während er über diesem Worte raunt. Eine größere Phiole leuchtet scharlachrot von ihrem Blut auf dem Regal neben ihm.

Die wenigen Male, bei denen Aerik sich in der Vergangenheit dazu herabließ, uns sein Elixier anzubieten, studierten wir es gründlich und erhielten eine ziemlich genaue Vorstellung von den Hauptzutaten – die, wie uns damals nicht bewusst war, einfach nur dazu dienten, das einzige Element zu verdünnen und zu tarnen, das eine Rolle spielte. Wir ahmen die Formel so gut wie möglich nach, da wir wissen, dass die Zutaten zwar nicht essenziell sind, sie jedoch wenigstens die Wirkung von Talias Blut nicht beeinflussen. Wir sind uns allerdings nicht sicher, wie *stark* wir das Zeug verdünnen können, damit es noch funktioniert. Anscheinend hat mein Lord sie gerade gebeten, noch etwas mehr von dem Geschenk ihres Körpers zur Verfügung zu stellen.

Sie scheint das allerdings nicht zu stören. Sie hat schon die erste Blutabnahme mit gleicher Ruhe, gerader Haltung und entschlossener Miene über sich ergehen lassen. Warum sie so entschlossen ist, ihre Freiheit aufs Spiel zu setzen, um eine ganze Heerschar Fae zu retten, die größtenteils schrecklich zu ihr waren, kann ich nicht ganz begreifen, aber vielleicht sagt das mehr über mich als über sie aus.

Unsere sterbliche Lady ist ein reizender Anblick, während sie dort sitzt und beobachtet, wie die Ergebnisse ihres Opfers zusammenkommen. Ihre auffälligen Haare fallen über ihre Schultern, die noch dünn, aber nicht mehr spindeldürr sind, und ihre Augen sind hellwach. Sie weiß, was sie riskiert – und sie hat trotzdem darauf bestanden.

Ich hätte nicht gedacht, dass sie mich in noch größeres Staunen versetzen könnte als in dem Moment, in dem sie ihre unerklärliche Magie herbeirief, um die Männer zu fesseln, die sie einst eingesperrt hatten. Doch jetzt schlägt die Kombination aus Bewunderung und Sehnsucht wie ein Fausthieb in meinem Magen ein.

In genau diesem Augenblick sieht sie auf und fängt meinen Blick ein. Ein kleines, hoffnungsvolles Lächeln breitet sich auf ihrem Gesicht aus und ich kann es nicht ertragen, nichts anderes zu tun, als das Lächeln zu erwidern, obwohl sich mein Magen gerade doppelt so fest verkrampft hat.

Sie will mich. Sie will *mich*. Ich habe mir eingeredet, dass sie unerreichbar ist, doch jetzt, da sie gezeigt hat, dass das nicht stimmt, kann ich das Gefühl nicht abschütteln, dass ich mit einer Berührung, einer Kostprobe alles zerstören könnte, was mir wichtig ist. Wieso sollte es so einfach sein, sie zu haben, wie es August klingen ließ?

Und dennoch kann ein Teil von mir dieses Verlangen nicht aufgeben. Nein, seit dem Moment, in dem sie mir in unserem Haus an der Grenze in die Augen sah und sagte, dass sie das Gefühl erwidert, hat sich diese Begierde nur in einer Geschwindigkeit ausgedehnt, die zu schnell ist, als dass ich es hätte zügeln können. Nach dem Kuss neulich morgens konnte ich nur daran denken, sie keuchend und stöhnend unter mir zu haben.

Ich schiebe diese Erinnerungen von mir und reiche die neuen Phiolen den Rudelmitgliedern, die sie sortieren. Sylas gibt August den Behälter mit Blut und betrachtet meinen Beitrag.

„Es sieht so aus, als hätten wir genug – einschließlich zusätzlicher Dosen, falls wir uns verrechnet haben", stellt er fest. „Wenn wir das Elixier ebenfalls zu jedem Fae bringen könnten, der nicht an der Grenze ist …"

Ich deute auf das Zimmer um uns herum. „Angesichts dessen, dass wir diese Fertigungslinie vor weniger als einem Tag zusammengestellt haben, denke ich, dass wir eine unglaubliche Meisterleistung geschafft haben. Wenn sich irgendjemand beschwert, dass wir nicht genügend produziert haben, sollen sie an ihrer Phiole ersticken."

Sylas schnaubt und bedeutet mir, ihm zu folgen. „Ich würde gerne kurz mit dir sprechen."

Er will mit mir allein sprechen, wie es scheint. Wir durchqueren den Gang zum Esszimmer, dessen Tür er schließt. Zu meiner Verärgerung läuft ein nervöses Kribbeln über meine Haut.

Angesichts der Themen, die in den letzten Tagen zwischen uns angesprochen wurden, könnte es sein, dass mir die Richtung dieses Gesprächs nicht gefallen wird. Ich kann nicht entscheiden, ob es schlimmer wäre, wenn er mich rügt, weil ich Talias Annäherungsversuche abgelehnt habe, oder wenn er verkündet, dass er doch nicht so erpicht darauf ist, mir zu erlauben, eine Beziehung mit ihr anzustreben.

Er schaut zur Küche und richtet seinen Blick anschließend auf mich. „Ich bin der Meinung, dass es nicht sicher wäre, wenn Talia mit uns zum Herzen kommt. Es wird schwieriger für mich sein, ihre Sicherheit mit den Erzlords zu verhandeln, wenn sie neben mir steht und leicht zugänglich ist. Da wir uns den Kämpfen an der Grenze anschließen werden, sobald wir den Deal ausgehandelt haben, wird mich August begleiten. Ich bitte dich, dass du hierbleibst und auf sie aufpasst."

Meine Augenbrauen wölben sich automatisch. „Also bin ich der Babysitter?"

Sylas bedenkt mich mit einem unheilvollen Blick. „Ich denke, du weißt genauso gut wie ich, dass sie keinen Aufseher braucht. Es ist allerdings möglich, dass sie Schutz braucht. Wir werden die Wachen die Grenzen unserer Ländereien beobachten lassen, vor allem im Süden – ich vertraue darauf, dass du sicherstellen kannst, dass ihr zwei unauffindbar seid, wenn es auch nur den kleinsten Hinweis darauf gibt, dass die Erzlords Truppen geschickt haben, um sie für sich zu beanspruchen."

Das ist in Ordnung. Ich habe ein umfassendes Wissen über sämtliche Wege in dieses Revier und aus diesem hinaus, obwohl ich es hasste, dass wir hierher verbannt worden waren. Ich nicke. „Ich werde sie nicht einmal einen Blick auf sie werfen lassen."

„Wenn es das Herz so will, wird es erst gar nicht dazu kommen. Wir werden sehen, was für einen Empfang ich erhalte."

Er seufzt, packt meine Schulter fest und hält meinen Blick mit seinem dunklen Auge und dem toten, das mehr sieht, als es sollte. „Ich vertraue *dir*, Whitt. Als mein Bruder, als mein Kader-Gewählter. Ich weiß, dass du ihr gut dienen wirst, in dieser Sache und auf jede Art, zu der du dich entscheidest. Für den Fall, dass irgendein Zweifel übrigblieb, als ich darüber sprach, ihre Zuneigung zu teilen, möchte ich noch einmal betonen, dass ich keinerlei Vorbehalte dagegen habe. Ich werde ihr Herz genauso wenig einsperren wie den Rest von ihr und mir fällt niemand ein, der ihrer Zuneigung würdiger wäre als mein eigener Kader."

Ich starre ihn sprachlos an. Sylas war nie kalt – wir sind immerhin Sommer-Fae – aber ich weiß nicht, ob ich jemals gehört habe, dass er *seine* Zuneigung für mich so aufrichtig ausgedrückt hat. Es war eher eine Sache, die selbstverständlich war, da ich in den Kader einberufen wurde, und aufgrund der Verantwortung, die er mir seitdem übertragen hat. Und es gab Zeiten, in denen ich mir nicht sicher war, ob sein volles Vertrauen überhaupt eine Gewissheit war und nicht nur eine Gunst, die ich mir wieder verdienen musste.

Die Ankündigung fühlt sich wie ein Friedensangebot an – oder vielleicht einfach wie Vergebung für die Dinge, über die wir nie gesprochen haben. Erleichterung fegt scharf und süß durch mich hindurch. Was auch immer ich dachte, zerbrochen zu haben, es war nie kaputt oder wurde jetzt repariert.

„Das weiß ich zu schätzen, mein Lord", erwidere ich und verfalle wieder in Förmlichkeiten, während ich unerwartet nach Worten ringe.

Sylas betrachtet mich mit größerer Aufmerksamkeit. „Ich

bin immer noch dein Bruder und dein Lord. Und ich möchte nicht die Art von Lord sein, die sich über Kritik erhaben hält, wie du hoffentlich weißt. Falls dich die Art und Weise, wie ich das Thema zuvor angesprochen habe, auf irgendeine Art beleidigt hat, würde ich wollen, dass du mir das sagst. Das war nicht meine Absicht."

Er macht sich Sorgen …, dass *er mich* beleidigt hat. Ich kann mir das Lachen nicht verkneifen, schaffe es jedoch, mich schnell davon zu erholen. Ich lege meine Hand kurz auf seine und drücke sie fest. „Ich war nicht beleidigt. Ich entschuldige mich, falls es den Anschein machte. Ich war nur überrascht. Es gab einige Dinge, die ich für mich klären musste, aber mein Verstand ist jetzt klarer. Dankeschön. Für dein Vertrauen und deine Sorge."

Selbst so aufrichtig zu sprechen, sorgt dafür, dass sich meine Brust verkrampft, jedoch nicht so stark, dass es all das Gute in diesem Moment aufwiegen würde. Sylas schenkt mir ein dezentes, aber warmes Lächeln, packt meine Schulter noch einmal und dreht sich wieder zur Küche um. Und ich realisiere, dass jetzt nichts mehr in meinem Weg steht.

Wenn sogar unser glorreicher Anführer mit all seiner lordhaften Erfahrung und Weisheit an mich glaubt, wer in aller Ländereien bin ich, dass ich es nicht tue?

28

Talia

Das Licht der Dämmerung gleitet gerade erst über die Felder, die den Bergfried umgeben, als Sylas und August ihr Gefährt beladen. Ich beobachte sie aus kurzer Entfernung von der Eingangstür des Bergfrieds aus. Die Arme habe ich zum Schutz vor der Kälte der Nacht, die noch in der Brise liegt, vor der Brust verschränkt – und vor der Furcht, die sich durch meine Rippen windet wegen der Mission, zu der sie aufbrechen.

Nur zwei von ihnen gehen, da sie annehmen, dass genügend Fae anwesend sein werden, die beim Verteilen des Elixiers helfen können, wenn – *falls* – die Erzlords ihren Bedingungen zustimmen. Sie wollen Oakmeet nicht komplett schutzlos zurücklassen. Sylas versicherte mir, das Fae-Gesetz würde sie davor schützen, dass ihnen ein Leid durch die Hände der Erzlords widerfährt, aber ich komme nicht umhin, mir zu wünschen, sie hätten mehr Verbündete zu ihrem eigenen Schutz dabei.

Natürlich sind es nicht nur die Erzlords, wegen denen wir uns Sorgen machen müssen. Selbst, wenn beim Herzen alles gut geht, haben die Männer, die ich liebe, immer noch vor, sich den Kriegern entlang der Grenze in der Schlacht anzuschließen. Es wird *einfacher* sein, gegen die Unseelie zu kämpfen, wenn sie sich nicht in den Fängen des Fluchs befinden, was jedoch nicht heißt, dass es *einfach* sein wird. Krieger aus unserem Rudel sind in der letzten Schlacht gestorben.

Damit er die vielen Körbe mit Phiolen transportieren kann, hat Sylas ein Gefährt heraufbeschworen, das doppelt so lang ist wie die, die uns zuvor befördert haben. Die Magie hat einen leichten Wacholderduft in der Luft hinterlassen. Das Ding sieht wie ein riesiges Kanu mit einem hölzernen Schirm aus, der sich über den mittleren Bereich spannt. Allerdings ist es ein riesiges Kanu, das einen halben Meter über dem Boden schwebt.

Als die Körbe alle in ihren Fächern verstaut sind, kommen die zwei Fae-Männer zu mir zurück. August zieht mich in eine innige Umarmung. Seine Hitze und sein herber Duft legen sich um mich. „Wir werden morgen zurück sein, Süße. Ich habe meine Versprechen zuvor stets gehalten."

Aufgrund des Kloßes, der in meiner Kehle aufsteigt, und der Benommenheit vom Schlafmangel, die meinen Kopf füllt, weiß ich nicht, was ich erwidern soll, weshalb ich ihn einfach so fest wie möglich umarme. Er weicht gerade so weit zurück, dass er meinen Mund finden kann, den er mit einem so zärtlichen und langen Kuss verschließt, dass mein Körper bis hinab in meine Zehenspitzen kribbelt, als er fertig ist. Er lächelt. Anscheinend macht er sich keine Gedanken wegen unseres Publikums – der Großteil des Rudels ist ebenfalls erschienen, um sich von ihnen zu verabschieden. Sie haben sich in einer lockeren Gruppe am Dorfrand versammelt.

Sylas streicht bloß eine Haarsträhne von meiner Wange nach hinten und drückt mir einen Kuss auf die Stirn, aber ich kann die Zuneigung in dieser zurückhaltenden Geste spüren. „Die Raben ahnen ja nicht, dass eine einzige Menschenfrau ihr Untergang sein wird. Ruh dich aus und versuch, dir keine allzu großen Sorgen zu machen."

Er blickt zu Whitt, der hinter mir im Türrahmen lehnt, und nickt seinem Kader-Gewählten zuversichtlich zu. Welche Anweisungen er für den anderen Mann auch hatte, er hat sie ihm eindeutig bereits erteilt. Dann wendet er sich an das versammelte Rudel.

„Dankeschön euch allen noch einmal für eure Hilfe bei der Zubereitung des Elixiers. Genießt diesen Vollmond frei von der Wildheit und lasst uns hoffen, dass wir sicherstellen können, dass wir uns dieser nie wieder stellen müssen. Ich freue mich darauf, morgen mit guten Neuigkeiten zu euch zurückzukehren."

Ein begeistertes Raunen geht durch die Menge. Sie verbeugen sich, rufen „Dankeschön, mein Lord!" und „Sichere Reise!" und von Astrid, die an der Seite steht, kommt ein „Sorgt dafür, dass es diese Federhirne bereuen!". Sylas hebt die Hand zum Abschied, woraufhin er und August in das Gefährt steigen.

Ich stehe da und beobachte, wie es zum südöstlichen Horizont gleitet. Das Rudel kehrt zu seinen Häusern zurück, doch Harper zögert. Als das Gefährt zwischen den Bäumen und felsigen Türmen außer Sichtweite verschwunden ist, reiße ich meinen Blick davon los und sie schlendert zu mir.

„Hey", sagt sie. „Wie geht es dir?" Ihre Aufmerksamkeit landet auf meinem Arm, auf dem sich oberhalb meines Handgelenks ein schwacher Bluterguss abzeichnet. Sylas versiegelte den Schnitt, nachdem ich mein Blut gespendet hatte, doch Wunden verschwinden nicht sofort.

Harper und ich haben nicht miteinander gesprochen, seit ich gestern Morgen meine dramatische Ankündigung vor dem Rudel gemacht habe. In der Hektik all der Aktivitäten, die daraufhin folgten, gab es dazu keine Zeit. Die Vorsicht in ihren weit aufgerissenen Augen, durchbohrt meinen Magen mit Schuldgefühlen.

„Mir geht es gut. Sie mussten mir nicht so viel abzapfen." Ich schaue zu Boden und wieder zu ihr. „Es tut mir leid, dass ich dich darüber angelogen habe, wie ich hierhergekommen bin. Wir … wir haben uns nur Sorgen gemacht, dass mich der Lord, der mich ins Reich der Fae gebracht hatte, finden würde, und er … war nicht annähernd so freundlich, wie es Sylas ist."

Harper blinzelt und ihre Lippen teilen sich vor Überraschung. „Ich bin nicht aufgebracht, ganz und gar nicht! Natürlich musstest du vorsichtig sein. Du musst eine Menge durchgemacht haben." Sie verzieht das Gesicht. „Es tut mir leid, dass ich dich so viel über dein Zuhause außerhalb der Nebelwelt gefragt habe und alles … Wenn sie dich gegen deinen Willen mitgenommen und dann gefangen gehalten haben, muss es schmerzhaft gewesen sein, daran zu denken, was du verloren hast."

„Das ist nicht deine Schuld. Du wusstest es nicht." Ich betrachte die Häuser hinter ihr und das Gelände, das sich um den gesamten Bergfried erstreckt und mit dem ich jeden Tag vertrauter werde. „Das hier ist jetzt mein Zuhause. Und du hast mir geholfen, dass ich das Gefühl habe, ich könnte hierhergehören. Und jetzt, da Sylas sich um den Lord gekümmert hat, der mich entführt hat, ist es sicher für mich, auf Erkundungstour zu gehen. Du kannst mir die interessantesten Orte im Reich zeigen, die weiter weg vom Bergfried sind."

Ein Lächeln erhellt Harpers Gesicht. „Perfekt. Und ... Die Leute sagen, dass Lord Sylas womöglich *unser* echtes Zuhause in Hearthshire zurückverlangen kann, indem er das Elixier zur Verfügung stellt, um bei dieser Schlacht zu helfen. Es befindet sich in der Mitte von allem anstatt hier draußen an den Rändern der Nebelwelt und wenn wir die Gnade der Erzlords erhalten, werden die anderen Rudel wieder freundlicher sein." Sie legt die Arme so schnell um mich, dass ich kaum Zeit habe, die Umarmung zu erwidern, bevor sie wieder zurückgetreten ist. Sie strahlt jetzt geradezu. „Wenn das stimmt, dann hast du uns so viel mehr gegeben, als wenn du mein Kleid vor den anderen Lords und Ladys angepriesen hättest."

Ich grinse ebenfalls. „Ich hoffe, dass sich alles fügt. Aber ich werde das Kleid immer noch anpreisen, falls jemand fragt. Es ist das wunderschönste Kleid, das ich jemals getragen habe."

Sie legt den Kopf schief und betrachtet meinen Fuß, der in seiner Orthese steckt. „Die Fae, die dich entführt haben, taten dir das an. Kann es niemand heilen?"

„Nein. August hat es sich angeschaut und gesagt, dass die Knochen schon zu lange so miteinander verwachsen sind." Ich zucke mit den Achseln. „Ich bin mittlerweile daran gewöhnt. Ich kann mich nicht beschweren, dass ich humpeln muss, wenn es Jahre gab, in denen ich überhaupt nichts tun konnte. Diese Orthese, die Sylas für mich gemacht hat, erleichtert mir das Laufen ungemein, weshalb es ohnehin nicht so schlimm ist."

Harper tippt sich an die Lippen. „Wenn du ... frag ihn, ob er noch eine machen würde, die ich mir genauer anschauen kann? Ich habe ein paar Ideen ... Ich müsste daran arbeiten, um zu schauen, ob ich es durchziehen kann."

„Ich sehe nicht, warum er das nicht tun sollte." Vorausgesetzt Sylas schafft es zurück. Ein Schauder durchfährt meine Nerven und verpasst meiner guten Laune, in die mich das Gespräch versetzt hat, einen Dämpfer.

Vielleicht falle ich etwas in mich zusammen, denn Whitt regt sich in der Tür, von wo aus er mich anscheinend die ganze Zeit im Auge behalten hat. „Ich denke, dieser allkräftige Mensch sollte sich nun ausruhen, wie es Sylas befohlen hat", verkündet er, verwuschelt mir von hinten die Haare und gähnt. „Ich habe Ruhe jedenfalls nötig."

Dagegen kann ich nichts einwenden. Meine Augenlider werden schwerer und der Nebel um meine Gedanken dichter. Harper nickt und schlendert davon, während ich Whitt in den Bergfried folge.

Trotz meiner Sorgen, die kein Lord wegbefehlen kann, bin ich so müde, dass ich in dem Moment einschlafe, in dem mein Kopf das Kissen berührt. Ich wache zu der grellen Sonne des frühen Nachmittags auf, zumindest vermute ich das. Mein Verstand ist immer noch etwas benommen, aber es windet sich zu viel Ruhelosigkeit durch meine Brust, als dass jetzt noch irgendeine Hoffnung auf mehr Schlaf bestünde.

Mein Magen knurrt unzufrieden, da ein Sandwich, das August hastig in den frühen Morgenstunden zwischen dem Kochen des Elixiers zusammengestellt hat, das einzige Essen ist, das er heute bisher bekommen hat. Ich stemme mich aus dem Bett und verziehe das Gesicht wegen der Kleider, die ich seit gestern anhabe und die nun verknittert sind, weil ich auch noch in ihnen geschlafen habe.

Nachdem ich den Schrank geöffnet habe, will ich nach meinen üblichen Jeans und einem kurzärmligen T-Shirt greifen, als mein Blick an dem schlichten Kleid neben Harpers Gewand hängen bleibt. Das himmelblaue Kleid in dem Stil, den viele Rudelfrauen tragen, und das ich für unser Abendessen mit Aerik und seinem Kader angezogen hatte.

Damals trug ich es, damit es so aussah, als sei ich im Rudel integriert. Warum sollte ich es jetzt nicht tragen, da ich bewiesen habe, wie viel mir das Rudel bedeutet, und ich mir keine Sorgen mehr machen muss, ob mich Aerik oder ein anderer Fae als die sehen, die ich wirklich bin? Es ist keine Tarnung – das bin einfach nur ich. Ich sollte die Kleidung meines alten Menschenlebens irgendwann hinter mir lassen.

Das hier *ist* jetzt mein Zuhause. Ich kenne die Leute hier bereits besser als jeden, der in der Menschenwelt noch am Leben ist. Im Fae-Reich gibt es alle möglichen Gefahren, doch wenigstens muss ich mich ihnen nicht allein stellen.

Ich wasche mich schnell im Bad und ziehe das Kleid über meinen Kopf. Der weiche Stoff fließt über meinen Körper und schmiegt sich an die wenigen Kurven, die ich jetzt habe, da meine Rippen nicht mehr wie die Sprossen einer Leiter an meinem Oberkörper herausragen. Als ich an mir hinabblicke, fühle ich mich mehr wie die Lady dieses Bergfrieds als jemals zuvor.

Die Küche ist noch immer ein Saustall. Die Töpfe, die August zum Mischen des Elixiers benutzt hat, sind neben einem der Spülbecken gestapelt und Stücke getrockneten Schilfrohrs von den Körben sind auf dem Boden verstreut. Ich gehe zur Vorratskammer und trete mit einem Kanten Körnerbrot heraus, der, soweit ich weiß, für keine bevorstehenden Mahlzeiten aufgehoben wurde.

Als ich dastehe und an dem Brot nage, schlendert Whitt in den Raum und sieht schockierend wach für jemanden aus, der nicht mehr Schlaf bekommen hat als ich. Er betrachtet, das Essen, das ich mir besorgt habe, und schenkt mir ein breites Grinsen. „Ich denke, wir können unserer Allkräftigen etwas Besseres als das beschaffen. Dann wollen wir mal schauen, was wir auftreiben können."

Er schiebt die Bündchen seiner lockeren Ärmel über seine Ellenbogen und enthüllt die Wahre-Namen-Tattoos, die sich um seine muskulösen Unterarme winden.

Anschließend holt er einen der kleineren Töpfe, der noch sauber ist. „Eintopf. Jeder kann einen halbwegs vernünftigen Eintopf kochen. Zumindest habe ich das gehört. Du hast dir bestimmt einen Teil von Augusts kulinarischer Weisheit angeeignet. Gemeinsam sollten wir beide in der Lage sein, etwas absolut Fantastisches zu produzieren."

„Du steckst dir wohl gerne hohe Ziele?", frage ich und kann mir ein Lächeln nicht verkneifen.

Whitt schnalzt mit der Zunge. „Es gibt keine andere Art, zu leben." Er fügt dem Topf zischend Wasser aus dem Wasserhahn hinzu und stellt ihn auf den Herd. „Lass uns nachschauen, was uns der Welpe in der Kühlkammer dagelassen hat."

Die Kühlkammer ist im Grunde genommen ein eigenständiges Zimmer. Es ist ein schrankähnlicher Raum voller Regale und Luft, die durch Magie gekühlt wird. Die Kammer ist ungefähr doppelt so groß wie jeder Kühlschrank, den ich jemals in meinem vorherigen Leben gesehen habe. Whitt nimmt ein in Papier geschlagenes Bündel, von dem ich glaube, dass es übriggebliebene Wurstküchlein enthält, eine Schüssel mit winzigen blauen Wachteleiern und das wenige Gemüse, das während Augusts vergangener Kochgelage nicht benutzt wurde.

„Hole einige Kräuter und Gewürze aus der Vorratskammer", trägt er mir auf. „Was auch immer dir zusagt."

Ich betrete den dämmrigen Raum vorsichtig, denn ich habe keine Ahnung, was gut zu den Zutaten passt, die Whitt bereits ausgewählt hat. Andererseits ist das irgendwie der Sinn der Sache, oder? Wir werden einfach einen Haufen Zutaten in den Topf werfen, Spaß haben und schauen, was passiert. Selbst wenn es ein Desaster ist, wird es dafür sorgen, dass ich an andere Dinge denke als daran, was Sylas und August gerade tun.

Ich ziehe Zweige aus einem Bündel mit Kräutern, deren Geruch ich mag, und hole ein paar Gläser mit einem pudrigen Pulver aus den Regalen. Am Herd hat Whitt das Fleisch und die Eier in den Topf geworfen und bereits die Hälfte des Gemüses mit einem von Augusts verzauberten Messern geschnitten, das durch alles Essbare wie durch Butter gleitet. Ich ziehe mir einen der Hocker auf die andere Seite des Herds und kratze die Blättchen mit den Fingernägeln von den Zweigen, um sie in den Topf zu streuen.

„Was fügst du hinzu?", erkundigt sich Whitt.

„Spindelslip, Zimt und ein Haufen Kräuter, deren Namen ich nicht kenne, die ich aber mag." Ich streue eine Prise Zimt und etwas von dem hellorangenen Pulver, das ich mitgenommen habe, nach den Kräutern in den Topf.

„Das ist die richtige Einstellung." Whitt schenkt mir noch ein Lächeln und fügt der Mischung das geschnittene Gemüse bei. Die Flüssigkeit blubbert bereits. Er rührt sie um und späht in den Topf. „Ich habe das Gefühl, als würde uns noch etwas fehlen. Ein Eintopf sollte dicker sein. Was haben wir dafür, Krümel?"

Meine Gedanken reisen beinahe ein Jahrzehnt zurück zu meiner Mum, die vor sich hin murrte, als sie versuchte, die Soße für das Thanksgiving-Essen einzudicken. „Mehl?" Ich springe auf die Füße, da ich plötzlich eine Eingebung habe. „Wir könnten Fahlwurzelmehl ausprobieren." Ich hatte das Zeug zuvor nur in Gebäck und Pfannkuchen, aber bei dem Gedanken an sein kräftiges, nussiges Aroma läuft mir das Wasser im Mund zusammen.

Whitt nickt begeistert. „Alles ist besser mit Fahlwurzeln."

Ich hole den kleinen Sack Mehl aus der Vorratskammer und schütte einige Löffel voll in den Topf, während Whitt umrührt, bis wir uns einig sind, dass die Suppenbasis dick genug aussieht. Anschließend werfe ich einfach so und mit

Whitts energischer Zustimmung noch eine Handvoll getrockneter Beeren hinein. Er geht zurück zur Kühlkammer und kehrt mit etwas Sahne zurück – „Denn alles ist besser mit Sahne" – die innerhalb von Sekunden in der köchelnden Mischung zerfließt.

Whitt nimmt einen Schluck von der Brühe, runzelt die Stirn und schnippt mit den Fingern. „Pfeffer." Mit einer weiteren Handbewegung spricht er einige unbekannte Silben, die ein wahrer Name sein müssen, und ein Glas mit grauem Puder fliegt aus der Vorratskammer in seine Hand. Nachdem er das über dem Eintopf verstreut und alles noch einmal umgerührt hat, bietet er mir den Löffel zum Probieren an.

Ich lecke nur ein wenig ab, da ich mir kurz Sorgen wegen des Geschmacks mache. Die Aromen, die meinen Mund fluten, sind ungewöhnlich, jedoch so verführerisch, dass ich den ganzen Löffel abschlecke. Nussig und herzhaft mit etwas Schärfe und einer pikanten Note, die, glaube ich, von den Eigelben kommt. „Es ist *gut*."

Whitt reißt den Löffel wieder an sich und wedelt damit vor mir herum. „Kein Grund, so überrascht zu klingen. Ich glaube, die Caulderims brauchen noch ein paar Minuten, wenn wir nicht tagelang auf ihnen herumkauen wollen. Und dann haben wir eine Mahlzeit."

Als er den Eintopf für fertig erklärt, hole ich zwei Schüsseln und er schöpft die Mischung mit offenkundiger Hingabe in diese, wobei es ihm gelingt, nichts zu verschütten. Wir tragen sie zum Esszimmer.

Whitt mustert den majestätischen Stuhl am Kopfende des Tisches mit einem unerwarteten Zögern. Ich treffe die Entscheidung für uns beide, indem ich zu dem gegenüberliegenden Ende humple, an dem normalerweise keiner von uns sitzt, weshalb sich keiner fehl am Platz fühlen kann. Unser Küchenexperiment hat mich erfolgreich von meinen Sorgen um die Männer abgelenkt, die nicht hier sind. Je länger ich diese Sorgen verdrängen kann, desto besser.

Ich lasse mich auf den Stuhl direkt am Ende des Tisches fallen. Whitt folgt mir und nimmt den Stuhl schräg gegenüber von mir. Er löffelt einen Klecks Eintopf auf und schiebt ihn sich in den Mund, um mit nachdenklicher Miene darauf herum zu kauen.

„Nun, August würde ich es wahrscheinlich nicht servieren, damit er mir nicht all die Dinge aufzählt, die wir falsch gemacht haben, aber ich persönlich würde uns Bestnoten geben."

Ich lache und haue rein. Es stimmt, dass die Kombination der Aromen merkwürdig ist, und vielleicht beißen sich manche von ihnen auf eine Weise, die nicht so gut ist, aber unsere Kreation schmeckt definitiv besser als mein Kanten Brot. Und es ist noch besser, wenn es mit der Erinnerung daran verknüpft ist, nach Lust und Laune Sachen in den Topf zu werfen. August würde so eine planlose Technik vermutlich nicht gutheißen, aber es *war* ein Spaß.

Nach einem weiteren Mundvoll deutet Whitt auf mich. „Also, Allkräftige, ich schätze, du schmiedest bereits Pläne, uns zu verlassen."

Mein Herz macht einen Satz bei dem Gedanken, irgendwo anders als hier zu sein. Ich stottere und verschlucke mich beinahe an einem Wurststück, bevor ich das verschmitzte Funkeln in seinen Augen bemerke. Ich schneide ihm eine Grimasse. „Wovon sprichst du?"

„Ich stand direkt hinter euch, als du zukünftige Reisen mit deiner schneidernden Fae-Freundin besprochen hast", erinnert er mich feixend.

Mittlerweile bin ich bei ihm so mutig, dass ich das Feixen als Erlaubnis auffasse, ihn unter dem Tisch zu treten. „Ich habe nur darüber gesprochen, andere Teile des Reviers zu erkunden, so etwas wie ein Tagesausflug, und ich denke, du weißt das."

„Ah, aber warum willst du dich so einschränken? Die Fae-Welt ist voller Wunder, die alles übersteigen, was du dort hättest entdecken können, wo du herkamst. Ich dachte, du wärst eine begeisterte Reisende?"

Ich hatte keine richtige Gelegenheit, mehr zu tun, als vom Reisen zu träumen, aber mich daran zu erinnern, sorgt dafür, dass sich meine Brust auf eine Weise zusammenzieht, die ich lieber meiden würde. „Was sollte ich mir hier nicht entgehen lassen?", frage ich stattdessen und ziehe die Augenbrauen hoch, um ihn zu einer seiner Geschichten zu ermutigen. „Bei all deinen Spionage-Aktivitäten musst du die besten Orte kennen, oder?"

„Hmm, du kennst mich bereits so gut." Whitts Tonfall ist noch immer neckend, sein Feixen ist jedoch sanfter geworden. Er isst noch einen Löffelvoll von dem Eintopf und lehnt sich auf seinem Stuhl zurück.

„Lass mal überlegen ... Wenn du einfach nur an atemberaubenden Spektakeln interessiert bist, gibt es die Schimmerfälle unweit des Herzens. Das Wasser fällt über eine Klippe, die heller funkelt als die meisten fein geschliffenen Diamanten. Die Vegetation um den Teich an dessen Fuß besteht aus Blättern und Blumen, deren Farben doppelt so kräftig sind wie überall sonst im Land. Es ist einer von Augusts liebsten Picknickorten – oder war es, als wir in der Nähe lebten und die Erzlords nichts dagegen hatten, wenn wir nach Belieben durch ihre Ländereien reisten."

Bei dieser Bemerkung sinkt mir das Herz, denn ich denke an August und Sylas, die jetzt genau durch diese Ländereien reisen. „Dann warst du seit einer Weile nicht mehr dort."

Whitt macht eine arglose Handbewegung. „Sieh es nicht so. Es bedeutet nur, dass wir es beinahe genauso sehr genießen werden wie du, wenn wir das nächste Mal dorthin gelangen. Mal schauen, was noch? Wenn du in der Stimmung für mehr Abenteuer bist, habe ich gehört, dass die Wanderdünen recht aufregend sind, auch wenn du natürlich auf Sandhaie aufpassen musst …"

Zwischen Löffeln mit Eintopf malt er mit seinen Worten Bilder von Dutzenden anderen fantastischen Orten, von denen ich mir kaum vorstellen kann, dass sie real sind. Außerdem beantwortet er meine staunenden Fragen, wie sie mir einfallen. Als ich schließlich über den Boden meiner Schüssel kratze, ist mein Magen befriedigend voll und ich habe ein beachtliches mentales Album erstellt, das der Fae-Welt gewidmet ist. Whitt erzählt das alles so locker, dass eine kribbelnde Hoffnung in meiner Brust aufgestiegen ist.

Wenn *er* glaubt, dass ich all diese Orte zu sehen kriegen werde, dass Sylas und August erfolgreich einen Deal mit den Erzlords aushandeln werden und ich meine Freiheit behalten werde, dann muss ich mir vielleicht doch keine Sorgen machen.

Whitt hält inne, um seinen Löffel abzulecken. „Was ist mit deiner Welt? Welche Wunder wolltest du dort besuchen? Ich muss zugeben, dass meine Erkundungen auf dieser Seite viel weniger umfangreich waren."

Trotzdem bestimmt umfangreicher als meine. Ich reibe mir über den Mund. „Es gab eine Reihe Bergseen über dem Dschungel irgendwo in … Tansania? Tunesien? Ich erinnere mich nicht mehr. Die Fotos sahen so toll aus. Und die Pyramiden in Ägypten … all diese Wüste … Der Regenwald in Ecuador …"

Mein Magen verkrampft sich unerwartet. Zu versuchen, diese Träume in Worte zu fassen, sorgt dafür, dass sie sich so fadenscheinig im Vergleich zu den Beschreibungen anfühlen, die mir Whitt gerade gegeben hat.

Ich ziehe den Kopf ein. „Ich habe mir früher die ganze

Zeit Orte wie diese vorgestellt, als Aerik mich hatte. Ich schwebte in meinem Kopf davon. Jetzt, da ich sie mir so oft vorgestellt habe, weiß ich nicht, ob die Realität all diesen Hoffnungen standhalten könnte. Aber ... ich erhalte nun die Gelegenheit, mich auf neue Träume zu konzentrieren."

Whitts Augen haben sich bei der Erwähnung meiner vergangenen Gefangenschaft verdunkelt, doch er klopft mit Begeisterung auf den Tisch. „Ja. Ja die kriegst du."

Er löffelt die Reste seines Eintopfes auf und schluckt sie. Dann deutet er auf meine Schüssel. Bevor ich sie zu ihm schieben kann, hat er bereits einen wahren Namen gesprochen, den ich aufgrund vergangener Erfahrungen als *Lehm* erkenne. Unsere Schüsseln heben sich von der Tischplatte und sausen in die Küche, als würden sie von einem Magneten angezogen werden.

Ich starre ihnen hinterher und richte meine Aufmerksamkeit wieder auf Whitt. „Du tust das so mühelos." Keiner der Männer des Bergfrieds hat zuvor so beiläufig Magie vor mir gewirkt. Wegen des erfreuten Ausdrucks, der Whitts Gesicht erhellt, vermute ich, dass er die Show absichtlich abgezogen hat.

„Jahrhunderte der Übung. Allerdings sollte ich mir mehr als kleine Gesten wie diese verkneifen, bis ich mich von meiner Phiolen-Herstellung der letzten Nacht vollständig erholt habe." Er stellt die Ellenbogen auf den Tisch und beugt sich nach vorne, um mich zu mustern. „Wie weit bist du mit *deinem* magischen Training?"

Meine Finger krümmen sich instinktiv und erinnern sich daran, wie sich der Bronzelöffel anfühlte, den ich noch vor einer Minute in der Hand hielt. „Nun, du hast gesehen, was ich jetzt mit Bronze tun kann. Ich muss noch immer aufgebracht sein, bevor es funktioniert. Ich vermute jedoch, dass jedes Mal, wenn ich das Wort dringend benutzen muss, die Wahrscheinlichkeit groß ist, dass ich aufgebracht bin, ohne dass ich es mir einreden muss."

„August hat daran gearbeitet, dir weitere wahre Namen beizubringen, stimmt's?"

„Bisher haben wir uns nur auf Licht konzentriert. Dabei habe ich noch keine großen Sprünge gemacht. Es funktioniert nicht auf die gleiche Art."

Whitt legt den Kopf schief. „Was meinst du damit?"

Ich mache eine unbestimmte Handbewegung. „Ich scheine die Energie nur richtig hinzukriegen, wenn ich wirklich glücklich bin. Und irgendwie ist es schwieriger, mich dazu zu *zwingen*, so zu empfinden, als Furcht oder Wut aus meinen Erinnerungen heraufzubeschwören."

„Hmm. Ich denke nicht, dass das merkwürdig ist. Es gibt so viele Dinge, vor denen man Angst haben oder wegen denen man wütend sein kann, vor allem wenn man so viel durchgemacht hat wie du. Wahre Freude ist schwieriger zu finden."

Meine Stimme erklingt leise. „Ja." Doch als ich wieder zu ihm schaue, strahlt das seltene, jedoch nicht mehr unvertraute Glühen der Freude durch mich hindurch.

Das hier hat mich glücklich gemacht: mit Whitt herumzualbern, seinen Geschichten zu lauschen und einfach die Gesellschaft des anderen zu genießen. Mich packt die Sehnsucht, ihm das zu zeigen und ihn sehen zu lassen, dass er nichts ruiniert hat. An diesem Tag, der qualvoll sein sollte, ist er derjenige, der ihn besser gemacht hat.

Ihm nach wie vor in die Augen blickend, hebe ich die Hände über den Tisch und kanalisiere diese Emotion in dem Wort. „*Sole-un-straw.*"

Licht blitzt zwischen meinen Handflächen auf und blendet mich wenige Sekunden lang, bevor es verblasst. Als ich wieder etwas sehen kann, starrt mich Whitt an. Seine Miene ist angespannt, allerdings ansonsten unleserlich.

Vielleicht war es so kurz, dass es eher wie eine Beleidigung wirkte. Meine Wangen brennen. „Ich … ich habe noch kaum Kontrolle darüber, selbst wenn ich glücklich *bin*. Ich schaffe nicht mehr als das.“

Als Whitt spricht, ist seine Stimme ungewöhnlich sanft und eine raue Note schwingt darin mit. „Talia, das war reizend. Es gibt keinen anderen Menschen auf der Welt, der auch nur einen Funken heraufbeschwören könnte, weißt du.“

Ein Lächeln breitet sich auf meinem Gesicht aus und bevor ich an dem Impuls zweifeln kann, ertappe ich mich dabei, wie ich sage: „Sie haben wohl nicht die richtige Inspiration gehabt.“

In seinen Augen flackert es und er befeuchtet seine Lippen. Dann schiebt er den Stuhl vom Tisch zurück und winkt mich zu sich. „Kommst du her?“

Mein Herz hämmert plötzlich wie wild, als ich aufstehe und die wenigen Schritte an seine Seite laufe. Whitt streckt seine Hand aus, um meine zu ergreifen und vorsichtig zu umschließen. Er betrachtet unsere ineinander verschränkten Finger, als würde er in der Form, die sie bilden, nach etwas suchen. Seine Handfläche ruht warm an meiner.

„Je mehr ich mich in deiner Nähe aufhalte“, sagt er, „desto mehr sehe ich, wie mutig und lebhaft und *gut* du bist. Ich möchte, dass du weißt, dass ich jegliche Angst begraben habe, dass du irgendetwas ruinieren wirst, nicht einmal unbeabsichtigt. Das bedeutet allerdings nicht, dass *ich* es nicht tun werde.“

Ich schlucke schwer. „Whitt …“

Er schüttelt den Kopf wegen dem, was er denkt, dass ich sagen werde. „Ich lüge nicht, aber ich habe die Angewohnheit, um schwierige Themen herumzureden, anstatt sie direkt anzusprechen. Ich bin die halbe Nacht lang wach und ich bin reizbar, wenn ich aus irgendeinem anderen

Grund als einer Apokalypse aufgeweckt werde. Ich weiß nicht, ob ich jemals jemandem vollständig vertrauen werde, einschließlich mir selbst. Ich besitze viele herausragende Eigenschaften, aber du wirst Schwierigkeiten haben, Freundlichkeit, Geduld oder Großzügigkeit unter ihnen zu finden."

Er rattert diese Aussagen in einem flapsigen Tonfall herunter, spricht jedoch zu unseren Händen anstatt in mein Gesicht. Als er zu mir aufsieht, hebe ich die Augenbrauen. „Versuchst du, mir auszureden, mit dir zusammen sein zu wollen?"

Sein Mundwinkel zuckt so kurz, dass ich nicht erkennen kann, in welche Richtung er sich bewegt hat. „Ich stelle nur sicher, dass du weißt, worauf du dich einlässt."

Lasse ich mich auf etwas ein? Auf *ihn*? Mein Herz hämmert heftiger. Hier, am Abgrund fühlt sich meine Position plötzlich gefährlich an. Ich habe den Männern dieses Bergfrieds bereits so viel von mir angeboten.

Doch ich will mehr. Ich will alles, was dieses unerwartete Arrangement mit allen dreien bringen kann. Vielleicht ist es keine Romantik, wie ich sie mir vorgestellt habe, als ich noch keine Ahnung von der Realität hatte, anhand der ich es beurteilen konnte. Womöglich habe ich keinen blassen Schimmer, wohin es führen wird, und obgleich ich nicht zu ihnen gehöre oder sie zu mir, bin ich mir sicherer denn je, dass wir alle zusammengehören. Mit diesem einen Stück, das noch nicht ganz an Ort und Stelle war, passen wir zusammen – ein Lord, der Kader eines Lords und ihre Lady.

Ich habe vor so vielem in der Zukunft Angst, vor dem Mann vor mir fürchte ich mich allerdings nicht, kein bisschen. Das hier ist genauso meine Entscheidung wie das Blutspenden und ich werde die Konsequenzen tragen, die sich daraus ergeben könnten.

Das hier ist ein Traum, den ich bereits wahr werden lassen kann.

Ich drücke Whitts Hand und ringe nach den richtigen Worten, um die Zweifel auszulöschen, an denen er noch festhält. „Du findest immer die richtigen Worte, die mir glauben macht, dass alles in Ordnung ist, ganz gleich, wie aufgebracht ich noch vor einer Sekunde war. Du bleibst lange wach, damit du deinen Rudelkollegen etwas zum Feiern geben kannst, obwohl keiner von euch wirklich hier sein will. Du vertraust mir vielleicht nicht immer, doch wenn du merkst, dass deine Annahmen falsch sind, machst du deinen Fehler auf jede erdenkliche Art wieder gut. Und ich weiß nicht, wie du Freundlichkeit, Geduld oder Großzügigkeit definierst, aber ich habe mit eigenen Augen gesehen, wie weit du für Sylas und August und das ganze Rudel gehst – und für mich. Mehr könnte ich von dir gar nicht verlangen. Das würde ich nicht tun. Ich will dich genau so.“

Ich halte inne, weil ich mir Sorgen mache, dass ich zu viel geplappert habe, doch Whitts Gesichtsausdruck fegt meine Zweifel hinfort. Es ist, als wäre hinter seinen Augen etwas weggefallen und durch die Flächen seines atemberaubenden Gesichts – es ist, als würde ich ihn *wirklich* sehen, ohne die gerissene Berechnung und die vorgetäuschte Lässigkeit. Er ist nur noch ein Mann, der nie erwartet hat, jemanden so liebevoll über sich sprechen zu hören. Ein Mann, den das in eine so große Freude versetzt, dass er sie nicht verbergen kann und es auch nicht versucht.

Ist das die offene, freudige Version von Whitt, die ich mir in der Nacht der Feier vorstellte, als er darüber sprach, dass er immer auf der Hut ist? Vielleicht nicht ganz; vielleicht hat er noch nicht seine ganze Rüstung abgelegt. Ich bin dem jedoch näher als jemals zuvor.

So nahe, dass ich mich nicht davon abhalten kann, mich vorzubeugen und ihn zu küssen.

Talia

Kurz bevor meine Lippen seine streifen, hebt Whitt seine freie Hand, um meine Wange zu umfangen – er hält mich nicht auf, sondern spornt mich an. Unsere Münder treffen mit mehr Kraft aufeinander, als ich erwartet habe.

Doch es ist gut – so gut. Seine Finger wandern von meiner Wange in meine Haare und streicheln über meine Kopfhaut. Er senkt meine Hand, um seinen anderen Arm um meine Taille zu legen, und sein Mund gleitet heiß, fest und dennoch weich mit einem Hauch Grobheit über meinen. Jede Bewegung unserer Lippen sendet ein Kribbeln durch meine Brust hindurch.

Er zieht den Kuss in die Länge, öffnet meine Lippen leicht, fährt sie mit seiner Zungenspitze nach und neigt den Kopf, um den Kuss zu vertiefen. Es ist nicht wie Augusts verehrender Eifer oder Sylas' beherrschende Leidenschaft.

Das Gefühl, dass Whitt in mir *schwelgt*, jedes bisschen Freude aus unserer Nähe zieht und mich wie das köstlichste Dessert genießt, steigt wie ein Flattern um mein Herz herum auf.

Ich könnte genauso gut aus Zuckerwatte bestehen, wenn er mich so berührt. Ein Kuss und ich schmelze an ihm dahin.

Er weicht mit einem Glucksen zurück, das meine Wange mit der Hitze seines Atems streift. Seine Stimme ist rau. „Ich könnte von dir betrunken werden."

Ich fahre mit den Fingern über seine Wange und in seine Haare, wie er es bei mir getan hat. „Warum tust du es dann nicht?"

Ich weiß nicht, wer die Distanz zwischen uns überwindet, doch einen Augenblick später küssen wir uns erneut. Whitt verschlingt mich und weckt die Sehnsucht nach mehr in mir, nach Dingen, die ich nicht in Worte fassen kann. Mit jedem Druck seiner Lippen wird mein Atem zittriger. Meine Knie wackeln unter mir und ich besitze die Geistesgegenwart, eines an seinen Beinen an der Sitzfläche des Stuhls zu stützen und das andere über seinen Schoß zu schwingen, sodass ich rittlings auf ihm sitze.

Der Rock meines Kleides rutscht meine Schenkel hinauf. Whitt raunt anerkennend wegen des intensiveren Kontakts und drückt seinen Mund noch fester auf meinen. Seine Finger vergraben sich in meinen Haaren und ziehen an ihnen, was einen schwachen Schmerz erzeugt, der irgendwie ein elektrisches Pulsieren der Lust entlang meiner Wirbelsäule auslöst. Seine andere Hand streichelt meine Seite hinauf, um meinen Busen zu umfangen.

Er scheint genau zu wissen, wie er mich berühren muss, um mir die schwindelerregendsten Wogen der Wonne zu entlocken. Sein Daumen findet meinen Nippel und stimuliert ihn mit einer geschickten Drehbewegung zu einer Spitze. Unterdessen drängt seine Zunge meine, seinen Mund zu erkunden. Ich kann bloß den Kuss erwidern, mich an sein Hemd klammern und festhalten.

Er war zuvor schon mit Frauen zusammen – vielen anderen Frauen Sylas' Erzählungen zufolge. Er weiß aus Erfahrung, was er tut. Dieser Gedanke ruft nur einen schwachen Anflug von Eifersucht in mir hervor, der von der Lust weggespült wird, die er in meinem gesamten Körper heraufbeschwört.

Ich bin diejenige, mit der er jetzt zusammen ist. Ich bin es, die er jetzt *will*. Er nimmt sich Zeit, genießt mich, saugt meine Reaktionen in sich auf und folgt dem, was mich vor Verlangen wimmern lässt.

Ich ahme seine Bewegungen nach und will das gleiche Verlangen in ihm entzünden, das er in mir auslöst. Daher vergrabe ich meine Finger in seinen verwuschelten Haaren, schmiege meine Lippen auf seine und fahre mit der Hand durch sein Hemd hindurch über seine durchtrainierte Brust. Das Stöhnen, das ihm entwischt, deutet darauf hin, dass ich etwas richtig mache.

Er zieht seinen Mund von meinem, um einen Pfad aus Küssen entlang der Seite meines Halses zu verteilen, bevor er sein Gesicht in meiner Schulterbeuge vergräbt. Sein Atem versengt meine Haut, während seine Lippen und Zunge den empfindlichen Hautbereich stimulieren. Er streift diese Stelle mit seinen Zähnen und als ich erschaudere und keuche, knabbert er mit schärferer Intensität an mir.

Er tut das nicht so stark, dass er die Haut durchbricht, doch die Empfindung verwandelt sich so plötzlich von berauschend zu nervenaufreibend, dass sich mein ganzer Körper versteift. Eine Erinnerung an Mäuler flackert in meinem Gedächtnis auf. Mäuler, die mein Fleisch zerreißen, Fangzähne, die durch diese Schulter kratzen …

Whitt zuckt zurück. Er hält mein Gesicht nahe an seines

und streichelt mit dem Daumen über meine Schläfe, bis ich mich wieder entspanne.

„Es tut mir leid", murmelt er. Er senkt eine Hand und streichelt liebevoll an meinem Hals entlang zu meiner vernarbten Schulter. Seine Fingerspitzen gleiten ganz sanft über die fleckigen Erhebungen. „Du schmeckst so gut, Allkräftige. Aber ich werde meine Zähne *niemals* bei dir einsetzen, wo sie nicht erwünscht sind. Die, die dich so zerfleischt haben, verdienen es, Stück für Stück zerrissen und verbrannt zu werden, um auf Nummer Sicher zu gehen."

Auf diese Worte lässt er einen zarten Kuss auf jede erhobene Narbenwulst folgen, bis jegliche Erinnerung an vergangenen Schmerz in dem Verlangen verloren geht, das durch mich hindurch zittert. Instinktiv neige ich den Kopf nach hinten und er lässt seine Zunge über meine Kehle gleiten, bevor er eine Spur zu meinem Schlüsselbein zieht, wobei er ganz sachte an der Haut knabbert.

Langsam und auf mein ermutigendes Summen wartend, schiebt er den Träger meines Kleides meinen Arm hinab. Seine Küsse wandern tiefer und folgen dem Stoff, bis der Ausschnitt meinen Nippel streift und ein vorfreudiges Beben entzündet.

Während Whitt immer mehr von meiner Haut entblößt, bleibt er frustrierenderweise angezogen. Ich schlucke einen bedürftigen Laut, der beinahe ein Jammern ist, und konzentriere mich so weit, dass ich an seinem Hemd mit dem hohen Kragen zerren kann.

„Wenn meine Kleider runterkommen, dann deine auch", informiere ich ihn. Es ist ein Befehl, der vermutlich bestimmter klingen würde, wäre meine Stimme nicht so atemlos.

Er grinst zu mir hoch. „Das ist nur gerecht. Ich weiß eine Frau zu schätzen, die weiß, was sie will."

Er lockert die Schnürung unterhalb des Kragens und

zieht sich das Hemd über den Kopf, wodurch seine Haare noch mehr zerzaust werden als zuvor. Neulich morgens habe ich einen guten Blick auf seine muskulöse Gestalt in seinem Bett erhalten, doch ich hatte nicht so viel Freiheit, sie zu erkunden. Als ich auf ihn hinabblicke, streichelt er mit den Fingern bloß am Rand meiner Kleiderträger entlang und lenkt mich nicht von meiner Inspektion ab.

Ihn mit den Augen zu erfassen, reicht nicht. Ich lasse meine Hände von seinen Schultern hinab zu den harten Muskeln seines Bauches wandern, wo ich innehalte und die Wirbel und Kanten seiner Tattoos nachfahre. Seine glatte Haut brennt unter meinen Fingern. Ich lasse sie seine Seiten entlanggleiten und finde eine Stelle, die seiner Brust ein Grollen entlockt. Daraufhin gebe ich dem Impuls nach, so von ihm zu kosten, wie er von mir gekostet hat.

Ich beuge mich vor und presse meine Lippen auf ein spiralförmiges Mal an seinem Hals, ein gezacktes Windrad an seiner Schulter, eine astähnliche Form mit Krallen auf seinem Brustbein. Whitt vergräbt seine Hand erneut in meinen Haaren und verfolgt meine Fortschritte, wobei sich ein leichtes Krächzen in seinen Atem schleicht. Ich schnalze mit der Zunge gegen einen seiner harten Nippel und freue mich darüber, dass ihm der Atem stockt. Anschließend küsse ich einen Pfad über die kraftvolle Ausdehnung zu seinem Gegenstück.

Während ich seinen sommerlichen, sonnigen Duft in mich aufsauge, kriechen meine Finger tiefer. An seinem Bauchnabel vorbei, über den Bund seiner Hose, wo sich mein Kleid bauscht, bis mein Handballen die steife Beule direkt darunter berührt.

Whitt knurrt und zieht meinen Mund wieder auf seinen. Er markiert mich mit einem Kuss, der so sengend ist, dass er jeden Nerv in meinem Körper vor Verlangen zum Beben bringt.

Meine Berührung hat etwas Animalisches in ihm geweckt. Seine Zunge tanzt mit plötzlicher Dringlichkeit mit meiner. Seine Hände wandern in den Ausschnitt meines Kleides, um meine Brüste zu berühren, ehe sie den Stoff von ihnen reißen. Indem er mich höher auf sich hebt, saugt er einen Nippel mit einer Wildheit in die sengende Hitze seines Mundes, die einen Blitz schärferer Wonne durch mich hindurch jagt.

Ein Schrei entschlüpft meinen Lippen. Ich packe seinen Kopf, seine Schulter und bin gefangen im Strom der Empfindungen. Jeder Zungenschlag und jedes Streifen seiner Zähne flutet mich mit einer Gier nach mehr. Der mittlerweile vertraute Schmerz baut sich zwischen meinen Beinen auf. Meine Hüften beginnen wie von selbst, sich an ihm zu wiegen und die Reibung zu suchen, die mich zum Höhepunkt bringen kann.

Mit einem weiteren Knurren hebt mich Whitt vom Stuhl, setzt mich auf die Tischkante und stellt sich zwischen meine gespreizten Beine. Er zieht mich eng an sich und fängt meinen Mund erneut ein, wodurch er mich von seiner höheren Position aus beinahe verschlingt. Dann küsst er meine Wange und meinen Kiefer mit größerer Zurückhaltung. Er betastet meine nackten Brüste und massiert sie, bis mich das Pulsieren der Wonne erneut zum Keuchen bringt.

Während mich seine Hände weiterhin mit neckenden Bewegungen stimulieren, blickt er auf mich herab. Seine Stimme kommt leise und abgehackt heraus. „Darf ich dir eine Frage stellen, Talia?"

Sein Tonfall und dass er meinen Namen anstatt seiner neckenden Spitznamen benutzt, ziehen mich aus meinem begierigen Nebel. Ich spähe zu ihm hoch und zwinge mich, mich trotz der köstlichen Bewegungen seiner Finger und Handfläche auf meiner Brust zu konzentrieren. „Natürlich."

Whitt schenkt mir ein schiefes Lächeln, Hitze brennt in seinen Augen, deren Blau jetzt feuriger als ozeanisch ist. „Was hat dich dazu bewogen, mit Sylas darüber zu sprechen, etwas mit mir anzufangen, anstatt direkt zu mir zu kommen?"

Er verleiht der Frage einen beiläufigen Klang, doch sein Blick hält meinen eindringlich fest. Genauso wie vorhin, als er mich beobachtete, um meine Reaktion auf seine Liste an Makeln zu sehen. Denkt er, ich hätte aus Misstrauen oder Angst gezögert – dass mich etwas an ihm abgeschreckt hätte?

Ich küsse ihn, als könnte der zärtliche Druck meiner Lippen die Sorgen auslöschen, die diese Frage provoziert haben. Anschließend lehne ich meinen Kopf an seinen Hals, um meine Verlegenheit zu verbergen. „Ich wollte nicht, dass es so geschieht. Ich wusste nicht, dass du Interesse hast, und ich … ich hatte noch nicht einmal richtig realisiert, dass *ich* auf diese Weise interessiert war. Und dann sah Sylas nach mir, als ich einen … intensiven Traum hatte, und so wurde das Thema angesprochen."

Whitt lacht leise, seine Schultern entspannen sich und er reibt seine Nase an meiner Schläfe. „Ein Traum, hmm? Und was ist in diesem Traum passiert, in dem ich, wie ich annehme, mitgespielt habe? Erzähl."

Hitze flammt in meinen Wangen auf, allerdings ist es nicht so, als wären wir nicht bereits intimer miteinander gewesen als alles, was sich in meinem Unterbewusstsein abgespielt hat. „Du … hast vor mir gekniet wie damals, als du das Glamour an meiner Orthese überprüft hast, und du hast angefangen, mein Bein zu küssen. Bis ganz nach oben."

„*Ganz* nach oben?", fragt Whitt, dessen Stimme so anzüglich klingt, dass ich beinahe in Flammen aufgehe.

„Nun, ich wachte auf, bevor … bevor es so weit gehen konnte."

„Hmm. Du Arme. Aber so eine inspirierende

Vorstellungskraft. Ich werde einfach zusehen müssen, dass ich dich hier in der Realität umfassend befriedige."

Er hat seinen Satz kaum beendet, als er von mir zurückweicht, um auf die Knie zu sinken. Ich starre von meinem Platz auf dem Tisch auf ihn hinab und mein Puls rast mit einer schwindelerregenden Mischung aus Vorfreude und Unsicherheit. „Ich meinte nicht ... du musst nicht ..."

Das verschwörerische Funkeln in seinen Augen ist nichts als eifrig. „Ich habe noch nicht einmal annähernd genug von dir."

Whitt öffnet die Bänder an meiner Orthese und zieht sie von meinem Fuß, um sie beiseitezustellen. Dann küsst er so ehrfürchtig die krumme Wölbung unterhalb meines Knöchels entlang, wo die Knochen falsch miteinander verwachsen sind, dass in meinem Herzen eine andere Art von Sehnsucht anschwillt.

Was ich zu Harper gesagt habe, stimmt – ich kann mit einem beschädigten Fuß leben – es ist jedoch trotzdem ein Hindernis, das umgangen werden muss, eine Schwäche, die ich ausgleichen muss. Die Verehrung in Whitts Lippen sorgt dafür, dass sich mein Fuß besonders anstatt kaputt anfühlt. Anders, jedoch alles andere als falsch.

Sein Mund wandert meine Wade hinauf und sein Daumen gleitet sanft über die unförmigen Hubbel. Kuss für zärtlichen Kuss arbeitet er sich zu meinem Knie hoch und leckt neckend mit der Zunge über das Gelenk, als er es erreicht.

Als er seine Reise an meinem Innenschenkel entlang fortsetzt, verstärkt sich der Druck seines Mundes und jeder Kuss verweilt etwas länger. Auf halbem Weg nach oben hält er inne, um den Rock meines Kleides höher zu schieben und seine Lippen so leidenschaftlich auf die empfindliche Haut zu drücken, dass mir der Atem stockt. Ein berauschendes Kribbeln rast über meine Haut zu meiner Mitte.

Ich packe die Tischkante, um das Gleichgewicht zu halten, beobachte seine Fortschritte und frage mich mit einem leichten Schwindelgefühl, wie weit er gehen wird. Der Schmerz zwischen meinen Beinen hat sich zu einem pochenden Verlangen verstärkt. Sein Atem weht heiß über die empfindliche Stelle unterhalb dieser Verbindung, wo er meine Beine noch weiter auseinanderschieben muss, um mir seinen nächsten Kuss zu geben. Meine Finger krümmen sich fester …

Und mit einem verschmitzten Grinsen beugt er sich nach hinten, um an dem gegenüberliegenden Knie zu knabbern.

Ich unterdrücke ein Stöhnen vor allem, weil er jetzt einen passenden Pfad auf der Innenseite meines linken Schenkels zeichnet. Ihn auch nur ein bisschen abzulenken, ist das Letzte, was ich tun will. Begehren verknotet sich in meiner Mitte und strömt durch meine Adern hindurch. Jeder Muskel hat sich voller Vorfreude angespannt, obwohl ich mir nicht sicher bin, wofür ich mich bereit mache. Das hier ist bereits so viel aufregender, als es mein Traum darzustellen vermochte.

Als er mit diesem geschickten Mund näher kommt, schiebt Whitt seine Hände unter mein hochgeschobenes Kleid und hakt seine Finger in den Bund meines Höschens. Er hebt den Kopf gerade so lange, dass er es meine Beine hinabziehen kann. Dann drückt er einen Kuss auf die Haut nur Zentimeter entfernt von meiner Mitte, und noch einen und noch einen.

Während er meine Hüften streichelt, zieht er mich immer näher und atmet genießerisch ein. Er muss die Erregung riechen können, die ich zwischen meinen Falten spüre. Neuerliche Hitze verbrennt meine Wangen, doch bevor mich die Scham wirklich packen kann, senkt er den Mund, um dort von mir zu kosten, und alle anderen

Gedanken verschwinden aus meinem Kopf, als die Wonne in mir anschwillt.

„Whitt", murmle ich teils wimmernd, teils stöhnend und er summt vor Freude.

„Ab jetzt möchte ich, dass du meinen Namen nur noch so sagst", raunt er. Sein Atem allein jagt alle möglichen schwindelerregenden Beben durch mich hindurch, ehe er sich vorbeugt, um mit seiner Zunge über meine Spalte zu lecken.

Er plündert meine Mitte mit den Lippen und seiner Zunge und setzt gelegentlich seine Zähne ein. Wenn ich zuvor das Dessert war, behandelt er mich jetzt wie ein Bankett, von dem er jeden Krümel zu genießen beabsichtigt.

Während ich mein Gewicht auf dem Tisch verlagere, schwanke ich und ertappe mich dabei, dass ich mich mit einer Hand an seine Haare klammere. Ich weiß nicht, ob ich ihn anfeuere oder um eine Pause von dieser exquisiten Folter flehe. Ich keuche und zittere von Kopf bis Fuß. Die Wonne schwappt unaufhörlich durch mich hindurch, bis sie so gewaltig wie der Ozean in seinen Augen ist.

Whitt saugt an meiner empfindlichsten Stelle, die das berauschendste Paradies hervorrufen kann, und taucht mit seiner Zunge in mich hinein. Ich verkrampfe mich um ihn herum – meine Mitte, Schenkel, sogar meine Finger in seinen sonnenverwöhnten Locken. Die Woge der Ekstase schleudert mich bis zu meinem Höhepunkt, fegt durch mich hindurch und schwemmt mich davon, sodass ich um Luft ringe.

Mein Körper erschlafft. Whitts Küsse werden sanfter, aber er bleibt, wo er ist, schnalzt mit der Zunge gegen die empfindliche Perle und gleitet mit dem Mund über meine Falten, bis der Rausch an Empfindungen erneut in mir anschwillt. Dann plündert er mich ernsthaft und markiert mich mit einer Wonne, wie es noch kein anderer jemals getan hat. Ich beuge mich über ihn, da ich zu überwältigt bin, um mehr zu tun, als mich an ihn zu klammern und die Welle zu reiten, die mich ein weiteres Mal und noch schneller als zuvor zu meinem Gipfel befördert.

Ein abgehackter Schrei entreißt sich meiner Kehle – und ich falle über die Klippe in ein Flammenmeer, das jede andere Empfindung verzehrt.

Als ich zum zweiten Mal in das Nachglühen hinabsinke, tüpfelt Whitt meine Innenschenkel mit weiteren Küssen. Allmählich lockert sich mein fester Griff um seine Haare. Ich streichle mit den Fingern durch die dichten Strähnen und er strahlt zu mir auf, bevor er sich die Lippen so übertrieben ableckt, dass mein ganzes Gesicht knallrot sein muss. „Eine perfekte Mahlzeit.“

Er steht auf und zieht mich in seine Arme. Daraufhin setzt er sich wieder auf seinen Stuhl und drückt mich an sich. Jeder Teil von ihm, der mich berührt, fühlt sich so fiebrig wie meine Haut an.

Ich winde mich näher an ihn, sauge seine Hitze in mich auf und hebe die Finger an seine Wange. Meine andere Hand wandert erneut über seinen Bauch. „Ich will ... Du hast nicht ...“

Er fängt meine Hand ein, bevor ich es zu der steifen Beule an meiner Hüfte schaffe, und küsst stattdessen meine Fingerknöchel. Sein Blick ist ebenfalls fiebrig, doch die Umarmung, in die er mich hüllt, ist reine kontrollierte Kraft.

„Wir haben noch so viel Zeit vor uns“, sagt er leise. „Dieses erste Intermezzo ... Ich möchte nicht, dass auch nur die geringste Chance besteht, dass du zurückschaust und das Gefühl hast, ich hätte mehr genommen, als ich gegeben habe.“

Ich glaube nicht, dass diese Chance besteht nach den Höhen, zu denen er mich gerade befördert hat, doch anhand der Entschlossenheit in seiner Stimme erkenne ich, wie wichtig ihm das Prinzip ist. Ich entscheide mich dafür, meine Hand über seinen Hals wandern zu lassen und seinen Kiefer zu küssen, bevor ich meinen Kopf an seine Schulter lege.

Der Schmerz des Verlangens ist verschwunden, doch die schmerzhafte Empfindung, die sich um mein Herz gelegt hat, schimmert weiter.

Ist es möglich, *drei* Männer gleichzeitig zu lieben? Ich hätte es nie für möglich gehalten, doch wie kann ich der Emotion widersprechen, die sich in mir entfaltet, noch während ich mir diese Frage stelle?

Es gibt genügend Liebe in meinem Herzen, um sie alle zu umfassen – und ich kann nur hoffen, dass es reicht, damit morgen alle drei wieder gesund und munter bei mir im Bergfried sind.

Sylas

Es heißt, dass sich das gesamte Reich der Fae nach oben neigt, um das Herz der Nebelwelt zu umarmen. In den meisten Ländereien, einschließlich Oakmeet und Hearthshire, würde man auf den Feldern und in den Wäldern keine bedeutenden Anstiege bemerken. Doch an den Grenzen der Reviere der drei Erzlords, die die Sommerseite des Herzens umringen, steigt das Land scharf an und smaragdgrüne Felder wölben sich hoch zu dem weitläufigen Plateau aus goldgeadertem Sandstein und Schlingpflanzen, auf dem ihre Burgen und unsere Bastion des Herzens stehen.

Kein anderer Bergfried oder Festung im Reich kann der Bastion das Wasser reichen. Sie erhebt sich vom Boden, als wäre sie aus dem gleichen Stein gewachsen – was sie gewissermaßen ist, auch wenn sie vor unzähligen Jahrhunderten mithilfe von Magie heraufbeschworen wurde.

Die goldenen Adern schimmern in dem warmen Beige der Steine. Da ich schon einmal nachts hier war, kann ich bestätigen, dass sie sogar im Dunkeln eines Neumondes glänzen.

Über dem mit Blumen übersäten, grasigen Terrain um sie herum ragen die massiven Mauern auf und erheben sich zu vier zerklüfteten Gipfeln wie eine Miniatur-Bergkette – drei kleinere Gipfel, die um einen größeren und breiteren in der Mitte stehen. Vögel sitzen in den Rundbogenfenstern und fliegen an diesen vorbei, während Hasen auf dem Rasen Klee mümmeln. Das Pochen der Energie des Herzens ruft sogar diese geringeren Wesen zu sich.

Als August und ich auf dem Pfad zwischen Donovans und Celias Revier die letzte kurze Distanz überwinden, schwappt die Magie des Herzens über meine Haut hinweg und dröhnt durch meinen Körper hindurch. Meine Brust öffnet sich und mein Puls singt durch meine Adern, um sie willkommen zu heißen. Trotz der lebensnotwendigen, jedoch gefährlichen Mission, die uns hierherführt, breitet sich ein Lächeln auf meinem Gesicht aus.

Bei den Himmeln, es ist viel zu lange her, seit ich in der vollen Kraft unserer Welt gebadet habe.

Diese Empfindung spricht deutlicher für das Herz als alles andere, was wir sehen können. Hinter der Bastion verdichtet sich der schimmernde Dunst der Grenze zu einem pulsierenden Leuchten, das mit dem Untergang der Sonne zu einem Licht verblassen wird, das dem der Sterne ähnelt. Ich gehe davon aus, dass nur wenige Schritte hinter dieser Grenze die Unseelie-Erzlords ebenfalls aus einer vergoldeten Festung heraus herrschen.

Es ist beunruhigend, sich vorzustellen, dass unsere Feinde in solcher Nähe lauern. Doch vor tausenden von Jahren arbeiteten unsere Völker zusammen, um ein Versprechen einzugehen und einen Zauber zu wirken, der durch die

Grenze entlang der Ländereien der Erzlords sowie einiger benachbarter Ländereien fließt. Niemand hat es bisher auch nur annähernd geschafft, diese Magie zu brechen, da sie so mit den Prinzipien der Harmonie und des Wachstums verwoben ist, die mit dem Herzen harmonieren.

Um die Grenze innerhalb dieses Gebiets zu überqueren, muss man schwören, dass man den Fae auf der anderen Seite kein Leid zufügt – das ist ein Schwur, der jemandes Willen bindet, sodass man niemanden reinlegen kann. Ein Reisender erhält allerdings keine derartige Garantie auf Wohlwollen von den Gastgebern, die ihn erwarten. Wenig überraschend, entscheiden sich nur wenige dafür, die Reise zu unternehmen, vor allem in den jüngsten Jahren, in denen Krieg herrschte.

August bleibt kurz stehen, um die Energie des Herzens aufzusaugen und sich den Schweiß von der Stirn zu wischen. „Ich habe vergessen, was für ein anstrengender Fußmarsch es ist", sagt er mit einem verlegenen Lächeln. „Ich werde meinem Trainingsplan noch etwas Bergsteigen hinzufügen müssen."

Ich klopfe ihm gutmütig auf die Schulter. „Hättest du den Pfad noch schneller erklommen, hätte ich dich zu meinem eigenen Wohl zügeln müssen. Komm schon. Mittlerweile warten sie zweifellos auf uns. Lass uns keine Ungeduld und Frust schüren, bevor wir eine Gelegenheit hatten, unseren Fall darzulegen."

Es gibt noch andere Regeln für den Frieden in den Ländereien, die das Herz umgeben, zumindest auf der Sommerseite der Grenze. Jeder Fae darf ungehindert und ungefragt auf den Routen zwischen den Ländereien der Erzlords reisen, um unsere Herrscher in der Bastion aufzusuchen. Allerdings wird von uns verlangt, dass wir die Reise zu Fuß fortsetzen, wenn wir den steileren Anstieg erreichen.

Der öffentlich bekanntgegebene Grund dafür ist, dass die körperliche Anstrengung unser Engagement zeigt und uns als würdig erweist, angehört zu werden. Ich vermute, dass der unausgesprochene Grund darin besteht, dass es den Erzlords und ihren Rudeln genügend Zeit gibt, diejenigen zu beobachten, die sich nähern, und zu entscheiden, wie sie sie begrüßen wollen.

Wir überqueren die Blumenwiese zum Eingang der Bastion, die keine Tür hat, sondern nur ein paar Stufen, die zu einer gewaltigen Öffnung in der Steinmauer führen, die wie die Fenster gewölbt ist. Als wir hindurchtreten, verstummen das Zwitschern der Vögel und das Rascheln der Blätter in den nahegelegenen Bäumen. Die Luft legt sich reglos und kühl um uns, als wären wir in eine Höhle getreten.

Es ist jedoch eine helle Höhle, auf deren Boden aus allen Richtungen durch die Fenster Sonnenlicht fällt und die Goldadern glitzern genauso entlang der Innenwände, wie sie es außen tun. Der Strom der Energie des Herzens pulsiert weiterhin über uns hinweg und verströmt ein schwaches, silbriges Summen, während er durch das Gebäude fließt.

Wenn man an diesem Ort steht, ist es nicht schwer, zu glauben, dass eine Handvoll Fae mit großen Hoffnungen für ein friedliches Nebeneinander eine Barriere zwischen den Reichen errichtet haben könnten, die über Generationen gehalten hat. Magie durchdringt hier die Atmosphäre.

Niemand lebt in der Bastion oder im Umkreis von einem Kilometer. Wenn man sich zu viele Wochen am Stück in dieser Art von Macht aufhält, kann man verrückt werden. Man sagt, dass mindestens einer der ersten Erzlords übereifrig wurde und diesem Schicksal erlag.

Wir laufen durch die luftige Eingangshalle in einen noch gewaltigeren Raum. Die goldgeaderten, gewölbten Decken glänzen mehrere Stockwerke über uns. Das Licht, das durch die Fensterreihen entlang der Wände fällt, bildet eine Form wie eine Blume, deren Blütenblätter in einer Spirale auf dem geaderten Boden darum herum liegen. An den Rändern dieses Lichts befinden sich drei goldene Throne, die erhellt werden, jedoch nicht direkt in den Strahlen gefangen sind und mit gleich großem Abstand um den kreisrunden Raum stehen.

Wie ich es erwartet habe, sitzen die Erzlords bereits auf ihren jeweiligen Plätzen. Ihre Kader-Gewählten flankieren ihre Throne – zumindest diejenigen aus ihrem Kader, die nicht anderweitig beschäftigt sind. Jeder von ihnen hat noch immer mindestens einen Kader-Gewählten draußen am nördlichen Ende der Grenze.

Anhand der Gesellschaft, in der sie sich befinden, und wie viele Fae sie um sich herum versammeln, kann man viel über einen Lord erfahren. Celia, die so alt ist, dass sie bereits einen Teil ihres Kaders sterben sah, und die es überdrüssig geworden ist, ihren Kader zu vergrößern, hat nur eine Gestalt an ihrer Seite. Ambrose, dem es zwar schwerfällt zu vertrauen, der jedoch noch größere Angst vor mangelndem Schutz hat, stehen drei Fae zur Verfügung. Donovan, der aufgrund seiner Jugend entweder übereifrig oder übervorsichtig ist – oder vielleicht ein bisschen von beidem – hat sechs Fae mitgebracht.

Obwohl ich Ambrose' Einstellung nicht mag, muss ich zugeben, dass er die beste Anzahl hat. Wenn man einen zu großen Kader hat, verringert sich die Wahrscheinlichkeit, dass alle ausreichend engagiert sind, wenn es darauf ankommt. Donovan wurde noch nicht genug auf die Probe gestellt, um herauszufinden, auf welch wackligen Beinen so manche Loyalität steht. Andererseits passiert es bei einer kleinen Gruppe schnell, dass man seine Autorität und Ressourcen zu stark überfordert.

Kellan war zwar ein Mistkerl, aber er erledigte viele

Aufgaben für mich. Vor unserer Verbannung hatte ich den Vorteil, Isleens Kader sowie meinen zu haben. Ich habe nicht annähernd so viel Autorität oder Aufgaben, die überwacht werden müssen, wie Celia, aber in der Mitte der Erzlords spüre ich meinen Mangel an Kader-Gewählten.

Ambrose lehnt mit einem Gesichtsausdruck an der Armlehne seines Throns, der andeutet, dass er sich eine Grimasse verkneift. Sein Aussehen als Mann ähnelt eher einer Bulldogge als einem Wolf, als er über die Hängebacken seines runden Gesichts reibt. Die neuen grauen Strähnen in seinem Bart heben sich von seiner gebräunten Haut ab. Die kurz geschnittenen, bronze-braunen Locken mit ihrem Patina-ähnlichem Grünschimmer, die seinen Kopf zieren, enthalten ebenfalls einen Hauch von Grau. Er richtet seine dunklen, wachsamen Augen auf mich.

„Am Tag des Vollmonds kommen Sie den ganzen Weg vom Randgebiet zu uns, Lord Sylas?", fragt er nüchtern. „Sollten Sie nicht Ihr Rudel vorbereiten? Oder sind Sie dort draußen so sehr an die Unzivilisiertheit gewöhnt, dass Sie es sich angewöhnt haben, sie sich selbst zu überlassen?"

August nimmt eine drohende Haltung ein, schafft es jedoch, den Mund zu halten. Guter Mann.

Ich ignoriere Ambrose' Seitenhieb und lasse meinen Blick von ihm zu Celia und Donovan gleiten. Ich nehme jeden von ihnen mit einem respektvollen, jedoch nicht übertrieben ehrerbietigen Nicken zur Kenntnis. „Meine Erzlords, ich bin *wegen* des Vollmondes vor Sie getreten. Mein Kader-Gewählter August hat eine entscheidende Entdeckung bezüglich der Pläne der Unseelie gemacht – möglicherweise eine, von der Sie bereits wissen – und ich habe Ihnen auch die Lösung für diese potenzielle Katastrophe mitgebracht."

Celias Augenbrauen heben sich zu ihrem dünnen Pony. Ihre restlichen Haare, die eine Farbe wie reines Elfenbeinweiß mit einem kristallinen Schimmer aufweisen, fallen glatt um ihr schmales, ebenholzfarbenes Gesicht. Wenn Ambrose eine Bulldogge sein könnte, wäre sie ein Reh mit ihrer steil geschwungenen Nase und den Augen mit den halb gesenkten Lidern. Ihre hochgewachsene Gestalt ist zwar schlank, füllt ihr knöchellanges Kleid jedoch mit unfassbar breiten Schultern. Niemand würde sie mit Beute verwechseln.

„Nun, ich denke, dann sollten wir uns das besser anhören. Doch zuerst möchte ich genau wissen, wie Ihr Mann diese Entdeckung gemacht hat."

August neigt seinen Kopf tiefer, als ich es tat. Auf meine Geste hin, spricht er. „Uns wurde gesagt, dass es zu große Risiken bergen würde, wenn einer von Ihnen einen heimlichen Vorstoß ins Unseelie-Territorium erlauben würde. Also gab mir mein Lord *seine* Zustimmung, damit ich allein losziehen konnte und Sie nicht dafür beschuldigt werden würden, falls unsere Pläne schief gingen. Doch das taten sie nicht. Niemand abgesehen von der Wache, die ich gefangen nahm, sah mich. Ich konnte dem Raben nicht viel entlocken, doch er krächzte genug, um zu bestätigen, was wir vermuteten, und noch Schlimmeres zu enthüllen."

Donovan beugt sich auf seinem Thron nach vorne. Obwohl ihn das Sonnenlicht nicht direkt trifft, scheinen seine Haarbüschel wie Flammen zu tanzen, da sich strahlendes Rot und Orange miteinander vermischen. Seine Mutter hatte die gleichen Haare.

Von ihr hatte er nur wenige Monate, bevor ich in Ungnade fiel, den Thron geerbt. Ihr Tod war brutal und unerwartet und wurde von den Mäulern eines Paars Chimären herbeigeführt, die sie bändigen wollte und die irgendwie die Oberhand erlangten. Das erste Mal, als ich hier vor ihm stand und darauf wartete, vom Schicksal meines Rudels zu erfahren, war er noch zu grün hinter den Ohren, um zwischen Ambrose' autoritärem Gehabe und Celias scharfer Schroffheit viel sagen zu können. Doch er erwischte mich auf dem Weg zu meinem Gefährt, um sich zu entschuldigen und mir mitzuteilen, dass er nicht mit der Strafe einverstanden sei und dass er sich für mich einsetzen würde, wenn er es irgendwann in der Zukunft tun könnte. Diese Freundlichkeit habe ich nicht vergessen.

Leider bin ich mir nicht sicher, ob die vergangenen Jahrzehnte ihn so sehr abgehärtet haben, dass er für sich eintreten kann. Trotz all seiner feurigen Haare und muskulösen Statur ist da eine Weichheit in seinem Kiefer und seiner Haltung, die durchschimmert. Er hat noch keine echte Feuerprobe erlebt. Das Herz allein weiß, wie er von der Erfahrung gemäßigt oder zerstört werden wird, wenn sie kommt.

„Was ist mit dieser Wache geschehen, nachdem du sie befragt hast?", will er wissen.

August lächelt grimmig. „Ich habe ihr noch an der Grenze den Kopf abgeschlagen. Sollte man den Vogel finden, könnte niemand behaupten, dass sein Tod einen anderen Grund hatte als seine eigene Achtlosigkeit, dass er unserer Seite zu nahe gekommen ist. Außerdem war er so nicht in der Lage, jemandem zu erzählen, was er mir verraten hat."

Ambrose streicht mit der Hand über den Brustpanzer, den er so gerne trägt, selbst wenn er nicht auf dem Schlachtfeld ist, als wollte er andeuten, dass er jede Interaktion als eine mögliche Bedrohung sieht. Das leise metallische Klirren ist leicht unheilvoll. „Und was genau hat er verraten?"

Ich übernehme, um meinem jüngeren Bruder die forschenden Fragen zu ersparen, die unsere Nachricht provozieren wird. „Die Unseelie haben von unserem Fluch erfahren – genug, um zu wissen, dass wir heute Nacht in keinem Zustand sein werden, die Grenze zu verteidigen, wenn uns die Wildheit packt. Sie haben vor, entlang des nördlichen Teils der Grenze anzugreifen, wo Sie jeweils einen Ihrer Kader-Gewählten stationiert haben. Aufgrund Ihrer Präsenz dort nehme ich an, dass Sie bereits eine Ahnung hatten, dass dieses Gebiet problemträchtig ist."

Ambrose' Mund verzieht sich zu einem säuerlichen Strich. Celia hat sich ebenfalls angespannt, doch ihr Blick ist viel mehr forschend als anschuldigend. „Die Wache hat dir all das erzählt?"

„Ich habe so getan, als würde ich den Standort ihres nächsten Angriffs bereits kennen, und er hat es nicht geleugnet", antwortet August. „Dann machte er sich über mich lustig, weil ich der Meinung war, wir könnten unsere Ländereien verteidigen, während wir wild sind. Die Bedeutung seiner Worte war unmissverständlich."

Donovan lacht kurz und rau auf und schüttelt den Kopf. „Also war doch alles wahr."

Sie wussten, dass unser Fluch enthüllt worden war, aber zweifelten daran? Ich wende mich an ihn. „Wie haben Sie davon erfahren?"

Ambrose wirft Donovan einen scharfen Blick zu, doch der jüngere Erzlord hat wenigstens genug Selbstvertrauen erlangt, um seine eigene Entscheidung zu treffen und zu antworten: „Die Unseelie griffen das letzte Mal am Morgen nach dem Vollmond an. Ein paar Tage später erschien hier im Gras kurz hinter der Grenze ein Brief, als wäre derjenige, der ihn überbracht hat, nur so lange hierhergekommen, um ihn abzulegen. Es war eine Warnung, dass unsere Feinde beabsichtigen, unser Leiden auszunutzen, und wo sie das tun wollen."

„Der Brief *behauptete* eine Warnung zu sein", fällt ihm Ambrose ins Wort. „Warum sollte uns einer der stinkenden Raben helfen? Wir mussten es wie eine mögliche Falle behandeln – möglicherweise nicht einmal von ihrer Seite, sondern von einem Intriganten unter den Seelie."

Donovans Hand senkt sich, um sich auf die goldene Brosche zu legen, die an seinem gepolsterten Wams befestigt ist. Sie wurde kunstvoll in der Form eines Wolfs geschnitzt, der sich in den Schwanz beißt. Es ist ein Erbstück, das er von seiner Mutter erhalten hat, die es wiederum von ihrem Vorgänger vererbt bekam. Man erzählt sich, dass die Familie angeblich irgendeinen geheimen Zauber kennt, um einen Teil des Geistes jedes gefallenen Verwandten aus dessen Seelenstein auf die Brosche zu übertragen, sodass all die Stücke ihrer Macht am Leben bleiben.

Ich bin nie einem Zauber begegnet, durch den diese Wirkung erzielt werden könnte, doch ich glaube, dass der Brosche eine Art von Magie innewohnt. Ein zuverlässiger Krieger aus dem Rudel meines Vaters berichtete einmal, dass er gesehen hätte, wie Donovans Mutter einen Hagel aus Sternschnuppen heraufbeschwor, indem sie auf die Kraft der Brosche zugriff. Vielleicht zieht ihr Sohn etwas Trost aus dem Gedanken, diese Vorfahren bei sich zu haben. Oder vielleicht träumt er davon, Flammenblitze auf den ergrauten Kopf seines Kollegen regnen zu lassen.

Als ich ihre Worte im Kopf durchgehe, fügen sich die Puzzleteile zusammen. „Sie haben nur für den Fall Ihre Kader-Gewählten an diesen Bereich der Grenze geschickt, um alles zu beobachten und, wo es möglich war, den Schutz zu verstärken, aber Sie haben die Nachricht nicht weitergegeben – aus Angst vor einer Massenpanik?"

Celia sinkt auf ihrem Thron nach hinten und sieht müde aus. „Sie sind eindeutig versiert genug in der Kriegskunst, um es zu verstehen, Lord Sylas. Selbst wenn wir uns sicher waren, dass die Nachricht von der Winterseite kam, und demzufolge mindestens einige der Raben von dem Fluch wussten, gab es wenig, was wir diesbezüglich unternehmen konnten, nachdem wir Lord Aeriks Heilmittel verloren hatten. Was die Stärkung unserer Abwehr angeht und wie diese vonstattengehen soll, ohne dass es die Raben mitbekommen und ihre Pläne dementsprechend anpassen, so ist es uns schwergefallen, uns einig zu werden.“

„Es ist allerdings gut, dass wir es jetzt wissen“, sagt Donovan. „Den Rest des Tages und Abends können wir all unsere Kräfte darauf konzentrieren, unsere magische Abwehr entlang der Grenze noch mehr zu stärken und die nächsten Städte so gut wie möglich zu sichern. Es wird womöglich nicht genug sein, um sie vollkommen abzuwehren …“

Ambrose’ Lachen ist düster. „Diese armen Welpen an der vordersten Front können von Glück sprechen, wenn sie *einander* nicht in Stücke reißen, sobald der Mond aufgeht.“

„Wir werden sie wie im letzten Monat zurückziehen und unsere Selbstzerstörung so gut, wir können, begrenzen“, sagt Celia bestimmt. „Wir müssen jeden Schritt unternehmen …“

Ich räuspere mich und unterbreche die dringenden, jedoch unnötigen Verhandlungen, damit ich meine eigene beginnen kann. „Das werden Sie nicht tun müssen. Keines der Geschwader entlang irgendeines Teils der Grenze muss heute Nacht dem Fluch zum Opfer fallen. Wir haben das Heilmittel mitgebracht.“

Alle drei starren mich in schockiertem Schweigen an. „Wo?“, will Ambrose sofort wissen.

„In unserem Gefährt an einer Stelle, zu der ich Ihr Rudel führen werde, wenn wir zu einer Vereinbarung gelangen, mit der ich zufrieden bin.“

Er richtet sich hochmütig und mit blitzenden Augen auf. „Sie wollen diesbezüglich verhandeln, während die Unseelie ihre Kräfte versammeln und der Vollmond beinahe …“

„Lasst uns zuerst anhören, was er zu sagen hat“, rügt ihn Celia. Ihre Stirn hat sich in Falten gelegt. „Wie ist das möglich? Man hat uns glauben gemacht, dass eine essenzielle Ressource, die Lord Aerik zur Anwendung bringen konnte und von der er jetzt mehr zu erlangen versucht, nur innerhalb seiner Ländereien gefunden werden kann. Wir wussten, dass er seine Suche ausgedehnt hat, doch ich hätte nicht gedacht, dass er seine Methoden so freimütig preisgegeben hat, dass sich andere seiner Bemühungen bemächtigen konnten."

Mein Mund verzieht sich. Das ist der Punkt, an dem ich Talias Existenz enthüllen muss.

Jede Sehne in meinem Körper sträubt sich bei dem Gedanken. Ich hatte vor, ihr ein so normales Leben zu geben, wie nur möglich. Ein Leben frei von den Forderungen, die meine Art an sie stellen würde nach allem, was sie bereits unfreiwillig für uns geopfert hat. Sobald unsere Herrscher von ihrer Existenz und der Macht ihres Blutes wissen, kann ich nichts davon garantieren.

Doch vielleicht konnte ich das nie. Wie kann ich ihr so etwas wie *Normalität* geben angesichts dessen, wer sie ist und wie sie hierherkam? Ich kann noch immer hoffen, ihr Freiheit und Glück anzubieten, wie auch immer diese aussehen werden.

Und Talia bestand auf die Freiheit, noch ein Opfer um unseretwillen zu machen. Wenn ich ihr dieses Recht verwehrt hätte, würde ich sie dann nicht auf eine andere Art einsperren?

Ich könnte um den Sachverhalt herumreden, wie es Aerik getan hat, und die Entdeckung zurückhalten, doch wenn erst einmal klar ist, dass er die Wahrheit verschleiert hat, werden die Erzlords nicht ruhen, bis sie die ganze Geschichte kennen. Ich werde nur Zeit verschwenden, die besser damit verbracht wäre, Talias Schutz zu sichern.

Ich hole tief Luft. „Aerik hat Sie in die Irre geführt. Die einzige Ressource, die für das Heilmittel notwendig ist, wurde nicht aufgebraucht, sondern ist aus freien Stücken … umgezogen, um in meinem Revier zu residieren. Was meiner

Meinung nach zum Besten ist angesichts der Behandlung, die ihr in Aeriks ‚Obhut' widerfahren ist."

August regt sich neben mir und seine Haltung spannt sich allein bei der vagen Erwähnung von Talias Misshandlung an.

Ambrose fährt in einer ungeduldigen Bewegung mit der Hand durch die Luft. „Bei allem, was Staub ist, wovon plappern Sie? Spucken Sie es endlich aus, sonst können wir den Teil mit dem Sprechen einfach überspringen."

Um mir das Heilmittel gewaltsam zu entreißen, meint er damit. Ich werde wütend, erzähle jedoch mit ruhiger Stimme: „Die einzige Substanz, die nötig ist, um die Wildheit abzuwenden oder umzukehren, ist das Blut einer bestimmten Menschenfrau. Meinen Informationen zufolge, hat Aerik ihre Existenz vor allen außer seinen zwei Kader-Gewählten geheim gehalten. Er versteckte sie in all den Jahren, in denen er sein Heilmittel produzierte, in dem schrecklichsten Gefängnis von allen. Er gab ihr gerade so viel Nahrung, dass sie am Leben blieb. Als sie zu uns kam, war sie dem Hungertod nahe, misshandelt, vernarbt und dauerhaft entstellt von den Wunden, die er ihr zugefügt hat."

Ambrose stottert, als würde ihn die Vorstellung, dass er unbewusst Menschenblut getrunken hat, um seine Leiden zu kurieren, so sehr anwidern, dass es ihm die Sprache verschlagen hat. „Eine Menschenfrau? Und wie haben Sie das entdeckt? Wie ist sie in Ihrem Rudel gelandet?"

Auf dem Weg hierher habe ich gründlich darüber nachgedacht, wie ich die Geschichte innerhalb der Grenzen der Wahrheit präsentieren kann, ohne ein Verbrechen zu gestehen. Das Herz könnte mich sichtbar angreifen, wenn ich versuche, in seiner Gegenwart zu lügen.

„Sie müssen nachlässig geworden sein", sage ich. „Eines Tages konnte sie ihren Käfig entriegeln, um zu fliehen. Wir fanden sie und wussten zuerst nicht, wozu sie in der Lage war. Wir sahen nur ein Wesen in Not. Als wir verstanden, wie sie in Aeriks Pläne passt – und nachdem wir sahen, wie er sie behandelt hatte – schien es unklug zu sein, sie zurückzugeben. Er misshandelte eine wertvolle Ressource. Wir hielten es für klüger, einen solchen Preis zu hegen."

Von Talia als eine Sache zu sprechen, die benutzt werden kann, und nicht als Person, sorgt dafür, dass sich mein Magen verkrampft, doch es ist die Sprache, die die Erzlords in dieser Situation erwarten. Celia nickt und eine dünne Falte gräbt sich in ihre hohe Stirn. „Haben Sie irgendwelche Schritte unternommen, um festzustellen, was an diesem Menschen so eine machtvolle Wirkung in ihrem Blut erzeugt?"

„Ich habe viele Versuche unternommen. Ich habe ihre Haut, Haare und ihr Blut mit den offensichtlichsten Methoden und anderen getestet. Ich konnte keinen Faktor in ihrem Erbgut oder ihrer körperlichen Zusammensetzung finden, der so eine Wirkung erzeugen würde. Ich werde zusätzliche Möglichkeiten ausprobieren, wenn ich die Gelegenheit dazu erhalte. Aktuell bedurften andere Angelegenheiten jedoch dringender meiner Aufmerksamkeit."

Wenn das hier vorbei ist und falls wir zu einer Vereinbarung kommen, die Talia von Gefahren fernhält, werde ich mit Talias Segen vielleicht dazu in der Lage sein, diese Antworten zu finden. Dafür zu sorgen, dass sie und meine Brüder unversehrt bleiben, hat jedoch Vorrang.

Ambrose fand sogar meine praktische Formulierung in Bezug auf Talia zu nachsichtig. Er brütet noch immer über meiner vorherigen Erklärung. „Ein Mensch, der uns alle heilen kann … und Sie haben sich um ihr Wohlbefinden gesorgt. Was ist mit dem Rest von uns?"

Es kostet mich mehr Anstrengung als zuvor, die Schärfe aus meiner Stimme zu halten. „Der Rest von uns kann an dem Elixier teilhaben, das wir mit ihrem Blut hergestellt haben, wie es notwendig ist. Es wirkt nur, wenn es eingenommen wird, während das Blut noch relativ frisch ist. Sie wollen doch sicherlich nicht vorschlagen, dass wir das vernachlässigen, worauf wir uns so stark zu verlassen begonnen haben, selbst wenn es sich um einen Menschen handelt?"

„Ich würde vorschlagen, dass der Mensch am besten unserem Gewahrsam übergeben wird, damit wir sie und ihre Beiträge für unser Volk überwachen können, wie wir es für das Beste halten", erwidert Ambrose.

Genau, wie ich es befürchtet habe, er kommt sofort zu dem Punkt, vor dem es mir graut. Meine Fangzähne jucken in meinem Zahnfleisch. Mir gefällt die Vorstellung, Ambrose die Kehle aufzuschlitzen, bereits seit dem Moment vor Jahrzehnten, als er mir schmunzelnd das zerrissene Fleisch zeigte, das der einzige Überrest meiner seelenverbundenen Gefährtin war, nachdem seine Krieger mit ihr fertig waren. Jetzt werde ich seine Rippen und Gedärme der Liste von Körperteilen hinzufügen, die ich ihm gerne gewaltsam entreißen würde.

„Ich habe meine Bedingungen noch nicht gestellt." Ich lasse meinen Blick von ihm zu den zwei gemäßigteren Erzlords gleiten. „Ich habe genug Phiolen des Elixiers für jeden Krieger entlang der Grenze und für weitere Fae, damit Sie aus den nahegelegenen Ländereien zusätzliche Truppen herbeirufen können. Angesichts der großen Gefahr, der wir uns heute Nacht gegenüber finden, halte ich meine Bedingungen nicht für besonders extrem.

Mein Rudel hat seine Verbannung an die Ränder der Nebelwelt mittlerweile seit mehreren Jahrzehnten ertragen, während wir Ihnen und dem Herzen nichts als absolute Loyalität angeboten haben. Kein einziger von uns, der auf diese Weise verbannt wurde, wurde jemals als Mittäter bei dem Verrat überführt, für den wir bestraft wurden. Trotz unserer schwindenden Mitgliederzahlen haben wir an der Seite jedes anderen Rudels an der Grenze gekämpft. Mein Kader-Gewählter hat sein Leben und unsere Ehre für euch aufs Spiel gesetzt, um die Gefahr durch die Unseelie zu bestätigen. Außerdem haben wir die wahre Natur des Elixiers aufgedeckt und euch offenbart."

„Mehr als wir von Aerik behaupten können, wie ich zugeben muss", bemerkt Donovan mit hochgezogenen Augenbrauen, was sich vielversprechend anfühlt.

„In der Tat. Und er hat viele Belohnungen für das erhalten, was er angeboten hat. Sie haben keine Kontrolle über seine Operationen verlangt, als Sie der Meinung waren, sie wären unverrückbar." Ich recke den Kiefer und drücke mein Rückgrat durch, um meine Größe zu betonen. „Ich verlange, dass ich und mein Rudel die Ländereien von Hearthshire zurückerhalten. Dass wir von dem fortwährenden Verdacht des Verrats freigesprochen werden. Und dass uns erlaubt wird, weiterhin über die Menschenfrau zu wachen, wie wir es für richtig halten, außer es ergibt sich eine Situation, in der wir nicht mehr in der Lage sind, das Heilmittel zu produzieren, während sie sich in unserer Obhut befindet."

Ich kann keine Versprechen an Talia halten, wenn das Ansehen meines Rudels nicht wiederhergestellt wird. Die Erzlords könnten niemals rechtfertigen, ein so wertvolles Wesen in den Händen eines Lords zu lassen, dem sie offiziell noch immer misstrauen. Jedes Stück meiner Forderung hängt zusammen.

Ambrose schnaubt, doch Donovan nickt zugleich vorsichtig. Zwischen ihnen legt Celia die Hände auf ihrem Schoß ineinander. Ihr Gesichtsausdruck ist unleserlich.

„Sie verlangen sehr viel, Lord Sylas", sagt sie. „Aber Sie

bieten auch eine Menge an. Sie würden das Leben unseres Volks riskieren, um auf diese Bedingungen zu beharren?"

Ich richte meine Aufmerksamkeit ausnahmslos auf sie. Ich brauche Ambrose' Zustimmung nicht. Donovan habe ich bereits für mich gewonnen und wenn ich Celia auf meiner Seite habe, werden ihre Stimmen seine überwiegen. Allerdings glaube ich nicht, dass ich sie bereits überzeugt habe.

„Ich habe Vertrauen, dass die Erzlords Gerechtigkeit verüben werden, und ich muss den Bedürfnissen meines Rudels sowie all meiner Brüder dienen. Was für ein Lord wäre ich, wenn ich nicht für sie sprechen würde, wenn ich es kann?"

„Hmm." Ihr Blick wendet sich von mir ab und richtet sich in die Ferne. Unbehagen schlängelt sich durch meinen Magen. Habe ich die besten Argumente vorgebracht, die ich habe?

Ein trübes Bild formt sich vor meinem toten Auge: eine Erinnerung von einer lang vergangenen Zeit, als ich vor ihr stand. Das Echo ihres vergangenen Selbsts schnellt aus ihrem Thron. Ihre Hände sind an ihren Seiten zu Fäusten geballt und sie macht eine Ankündigung, die meine mystische Vision nicht heraufbeschwören kann, doch ich kann von ihren Lippen ablesen. *Wir müssen das Herz und all seine Grundsätze respektieren!*

Das Bild schwebt davon, hinterlässt jedoch ein verlässliches Gefühl der Gewissheit. Ich weiß, wie ich auf ihr Zartgefühl appellieren kann.

„Und wenn ich hinzufügen darf", sage ich leise und ruhig, „ich bitte um nicht mehr, als dass die Prinzipien des Herzens eingehalten werden. Es herrscht kein Gleichgewicht, wenn man ein Rudel an die Ränder der Nebelwelt verbannt, das einem gut dienen würde. Es herrscht keine Harmonie darin, ein lebendes, fühlendes Wesen aus dem einen Zuhause zu vertreiben, in dem es zum ersten Mal seit Jahren mit Mitgefühl behandelt wurde."

Celias Augen huschen zurück zu mir. Sie setzt sich aufrechter hin. Ich weiß nicht, ob ich sie überzeugt habe – oder ob ich zu weit gegangen bin.

„Das ist eine zu wichtige Angelegenheit, um sofort darüber abzustimmen", verkündet sie. „Ich schlage vor, dass wir uns beratschlagen – schnell angesichts der Umstände. Wenn meine Kollegen nichts dagegen einzuwenden haben, möchte ich Sie und Ihren Kader-Gewählten bitten, sich nach draußen zurückzuziehen, bis Sie gerufen werden."

Weder Ambrose noch Donovan erheben einen Einwand, obwohl Ambrose' Gesicht noch säuerlicher geworden ist. Ich nicke, während sich August tief verbeugt, und wir treten allein aus der Bastion.

Die strahlende Sonne, die auf uns herabscheint, spendet nur wenig Trost. August tritt ruhelos von einem Fuß auf den anderen. „Was tun wir, wenn sie …"

Ich halte die Hand hoch. „Die Entscheidung wird so oder so getroffen. Ich werde mich darum kümmern, egal wie sie ausfällt."

Es kann nicht mehr als eine viertel Stunde vergangen sein, als ein Mann aus Donovans Kader den Kopf durch die Tür steckt und uns wieder hereinruft. Dennoch habe ich das Gefühl, als hätte ich tagelang dort gestanden. Mir wird erst leichter ums Herz, als wir den Audienzsaal betreten und ich den Schatten eines Lächelns auf Celias Lippen entdecke. Ambrose macht ein finsteres Gesicht, hält allerdings den Mund.

Donovan verkneift sich sein Lächeln nicht. „Es ist mir eine Freude, für uns alle drei zu sprechen und Ihnen mitzuteilen, dass wir Ihre Bedingungen akzeptieren", verkündet er und eine magische Strömung bebt in seiner Stimme mit. „Hearthshire wird an Lord Sylas und sein Rudel zurückgegeben. Sie werden von jeglichem Fehlverhalten an dem Verrat freigesprochen, der vom Thistlegrove-Rudel angeführt wurde. Und wir werden keinen direkten Anspruch auf die Menschenfrau erheben, die zu dem Heilmittel beiträgt, solange Sie weiterhin alle, die es brauchen, mit dem Elixier versorgen."

Er hat kaum zu Ende gesprochen, als sich Ambrose bereits mit einem scharfen Klirren seines Brustpanzers erhebt. „Wenn Sie zufrieden sind, dann geben Sie uns endlich das Elixier. Niemand sollte vergessen, dass uns heute Nacht eine schreckliche Schlacht bevorsteht."

Ich senke zustimmend den Kopf, doch obwohl ich das weiß, bin ich bester Laune. Wir müssen uns zwar noch der Unseelie erwehren, aber ich habe die Schlacht gewonnen, die meine Leute über mehr Jahrzehnte hinweg stillschweigend und ohne eine Beschwerde gekämpft haben, als ich zählen möchte.

Mein gesamtes Rudel hat heute eine Art von Freiheit erlangt. Ich werde tausenden Raben die Hälse brechen, bevor ich ihnen erlaube, mir das wieder zu stehlen.

Der Abend bricht herein, als August und ich unsere Krieger in der Nähe des Flusses versammeln. Ich blicke vom einen zum anderen und dann zu den Köpfen der Geschwader in der Nähe, die ihre Befehle erhalten haben — und die Nachricht, dass Lord Sylas seine Loyalität bewiesen hat und das Gleiche von ihnen verlangen kann. Einige der Krieger schenken mir ein grimmiges Lächeln, um das zur Kenntnis zu nehmen.

„Habt ihr alle euer Elixier erhalten?", frage ich meine Rudelmitglieder und ernte von allen ein Nicken. „Gut. Wenn wir uns an die besprochene Strategie halten, werden die Raben nicht wissen, wie ihnen geschieht, bevor ihre Federn auf den Feldern verstreut werden. Zeigt ihnen eine leichte Beute, bis sie in ihrer Wachsamkeit nachlassen – und dann werden sie diejenigen sein, die um Gnade winseln."

Ich laufe an ihnen vorbei, wobei ich jedem einen aufmunternden Klaps auf die Schulter oder einen Stoß mit dem Ellenbogen gebe. Anschließend trete ich beiseite und lasse meinen Wolf frei.

Etwas daran, meine bestialische Gestalt mit absoluter Kontrolle in einer Nacht anzunehmen, in der ich so viele Male zuvor wahrhaftig zu einer Bestie wurde, ist so perfekt. Das Bewusstsein jedes Muskels und Gliedes kribbelt durch meinen geschmeidigen Körper.

Ich drehe mich im Kreis, um mich zu vergewissern, dass sich der Rest meiner Rudelmitglieder auf meine Führung hin verwandelt hat. Auf mein forsches Bellen hin, zerstreut sich das Geschwader und August wandert nach Süden, während ich gen Norden laufe.

Ich torkle unberechenbar vorwärts und rückwärts, schüttle den Kopf, knurre das Gras an und schnappe nach jedem anderen Wolf, der mir über den Weg läuft. Ich gebe mir den Anschein, in der Wildnis verloren zu sein. Sollen die Raben doch kommen. Sollen sie das Chaos sehen, mit dem sie gerechnet haben.

Der Himmel wird schwarz. Das runde, weiße Gesicht des Mondes scheint auf uns herab. Die magische Abwehr entlang der Grenze erzittert und schickt ein zunehmend gewaltsames Beben durch die Luft. Dann zerbricht sie und hunderte dunkel gefiederter Körper fegen durch den Dunst.

Manche kreisen über uns und beobachten alles. Andere segeln weiter nach Westen zu den nächsten Städten, wo andere Geschwader und Dutzende frisch herbeigerufene Krieger aus den nahegelegenen Rudeln darauf warten, das gleiche Schicksal auszuteilen.

So viel mehr von uns warten auf die Unseelie-Truppen, als sie erwartet haben. Das wird sie allerdings nicht beunruhigen, nicht während sie noch in der Freude über unseren offenkundig schwachen Geisteszustand gefangen sind.

Vorfreude pocht durch meine Adern hindurch wie die Magie des Herzens. Sollen sie doch kommen. Sollen sie kommen und …

Die riesigen Vögel fallen herab und verwandeln sich in gepanzerte, geflügelte Männer, die Schwerter und Speere schwingen, während sie sich auf uns stürzen. Einige von ihnen *lachen* und genießen ihr scheinbares Wissen uns einfach ausschalten zu können, so sehr wie Whitt Fae-Wein genießt. Ich erlaube mir ein wölfisches Grinsen.

Wie ein Wesen treten die Wölfe des Sommers in Aktion und stürzen sich auf unsere Feinde.

Wir pflücken diese ahnungslosen Federhirne aus der Luft und knallen sie auf den Boden, die Krallen bereits ausgefahren und die Fangzähne gebleckt. Schreie und Ächzen hallen über die mondbeschienenen Flächen. Es ist zu spät, um sich gegenseitig zu warnen. Sie sind gemeinsam über uns hergefallen in dem Glauben, sie könnten uns alle in einem schnellen Schlag abschlachten, und wir haben den Spieß umgedreht.

Ich zerreiße einem Angreifer die Kehle knapp über dem Ausschnitt seiner Rüstung und schlitze eine andere auf. Wölfische Schmerzensschreie hallen ebenfalls durch die Nacht, aber nicht so viele wie das Gurgeln unserer Feinde. Überall drehen sich haarige Körper, springen und zerfleischen, bis das Gras scharlachrot gesprenkelt und die Erde darunter rot von Rabenblut ist und die Nachzügler in den Dunst fliehen.

Während ich sie beobachte und der metallische Geschmack meinen Mund durchzieht, hebe ich den Kopf zum Mond, der uns so viele Jahre lang heimgesucht hat, und stoße ein Siegesjaulen aus. Einer nach dem anderen fallen meine Rudelmitglieder und meine Brüder mit ein, bis der Wind unter den Neuigkeiten unseres Triumphes erzittert.

Mögen die Raben es bis in ihre eisigen Ländereien hören und Entsetzen in ihren Herzen verspüren.

Talia

Als das Gefährt Oakmeet zurücklässt und ich die vertrauten Wälder, Hügel und knorrigen Felstürme in der Ferne verblassen sehe, sticht mir Melancholie in die Brust.

An diesem Ort fand ich Frieden. Ich fand – vielleicht nicht alles – jedoch eine ganze Menge darüber heraus, wer ich jetzt bin und was ich will. Und ich denke nicht, dass Sylas oder sein Rudel irgendein Interesse daran haben, jemals wieder in das Revier ihrer Schande zurückzukehren.

Doch ich kann unsere Abreise nicht bereuen. Ich bin zwar kein Fae, aber ich kann die Veränderung in der Atmosphäre spüren, je weiter wir uns von unserem ehemaligen Zuhause entfernen. Eine sanftere Wärme fließt durch die Luft mit jedem Kilometer, den wir näher zum Herzen reisen. Die Vegetation um uns herum wird heller und wohlduftender. Sie füllt meine Lunge mit blumiger Süße und dem Duft immergrüner Pflanzen. Hoffnung erhellt die Gesichter meiner drei Liebhaber und des Rudels, das in anderen Gefährten sitzt, die eine Karawane hinter unserem bilden.

Wir entfernen uns von dem ersten richtigen Zuhause, das ich im Reich der Fae hatte, doch wir fahren zu dem, das sie alle so lange vermisst haben.

Ich sitze neben August auf einer der mit Moos gepolsterten Bänke und mein Kopf ruht an seiner Schulter, während seine Finger träge mit meinen Haaren spielen. Solange wir in Sichtweite des restlichen Rudels sind, führe ich nach wie vor nur mit ihm eine Beziehung. Doch ab und zu, wenn Whitt das Gefährt der Länge nach durchquert, schenkt er mir ein verschmitztes Grinsen mit dem Versprechen, was an unserem Ziel hinter geschlossenen Türen geschehen könnte. Sylas steht am Bug wie der Kapitän eines Schiffes. Als er jedoch vor zwei Morgen zurückkehrte und verkündete, dass die Erzlords eingewilligt hätten, dass er mich ‚behalten' darf, nahm er mich anschließend so fest in die Arme, dass das Echo der Umarmung nach wie vor durch mich hindurch kribbelt, wenn ich daran denke.

Wir fahren am Rand eines Tals entlang, das ein Fluss mit lavendelfarbigem Wasser durchströmt, und dann schlängeln wir uns durch rötliche Felsen, die wie Finger aus Gras hervorragen, das so fein wie ein Spinnennetz ist. Als ein weiterer Wald vor uns aufragt, tritt Sylas zurück, um gegenüber von August und mir auf die Bank zu sinken.

„Das ist die Grenze unseres Reviers", erklärt er und neigt den Kopf zu den Bäumen. Als wir auf diese zurasen, geht mir vor Staunen das Herz auf. Aus der Nähe ist offensichtlich, dass die Bäume doppelt so groß wie die größten gewöhnlichen Bäume sind, die ich jemals gesehen habe: Baumstämme so dick wie Türme, Blätter so breit, dass ich auf einem liegen könnte, ohne dass ein Zentimeter von mir über den Rand ragen würde.

„Hat niemand eure Ländereien übernommen, während ihr verbannt wart?", frage ich. Er hat nicht erwähnt, dass wir ein anderes Rudel vertreiben.

Er schüttelt den Kopf. „Anscheinend war keiner der zwei neuen Lords, die loszogen, um getrennte Rudel zu formen, mutig genug, Anspruch darauf zu erheben. Und keiner von denen, die bereits ihr eigenes Revier hatten, wollte hierher umziehen." Er schenkt mir ein seltenes breites Lächeln. „Ich würde mir gerne einbilden, dass alle wussten, dass ich schon bald zurückkehren würde."

„Hätte es irgendwelche Revierbesetzer gegeben, hätten die Erzlords ihnen einfach ein neues Revier suchen müssen", erklärt Whitt. „Die Sommerlande sind nicht überfüllt mit Rudeln. Wir genießen hier viel Platz zum Umherwandern."

Er sieht ebenfalls auf eine entspanntere Art zufrieden aus, als es für ihn üblich ist. Ich kuschle mich dichter an August und Vorfreude kitzelt durch mich hindurch. „Ich kann es nicht erwarten, es zu sehen."

Sylas richtet seinen Blick wieder auf den Bug. „Sehr bald."

Das Gefährt schwebt zwischen den gigantischen Bäumen hindurch. Sie gleiten zu schnell an mir vorbei, als dass ich viele Einzelheiten erkennen könnte. Doch ich glaube, dass ich eine blumige Schlingpflanze sehe, die sich wie eine Schlange um einen Baumstamm windet – oder vielleicht ist es eine Schlange, die eine sehr gute Imitation einer Schlingpflanze abgibt – und eine Klippe, die wie feuchtes Kupfer glänzt. Dann teilen sich die Bäume, um eine Art Allee zu zwei der großen Kiefern zu bilden, die ungefähr sechs Meter auseinanderstehen und deren obere Äste sich ausstrecken und über uns miteinander verflechten, um einen natürlichen Torbogen zu formen.

Nachdem wir diesen durchquert haben, erhalte ich den ersten Blick auf den Bergfried von Hearthshire. Doch es ist kein Bergfried – irgendwie hatte ich angenommen, dass es einer sein würde, obwohl Sylas es mindestens einmal als Burg bezeichnet hat.

Es sieht dem Gebäude, das wir in Oakmeet zurückgelassen haben, ziemlich ähnlich: eine Ansammlung polierter Baumstämme, die so dicht nebeneinander gewachsen sind, dass sie zu einem Konstrukt verschmolzen sind. Das Gebäude ist jedoch mindestens doppelt so breit und hoch, wie es der Bergfried war. Einige der Baumstämme erheben sich höher zu echten Türmen und die blattlosen Äste, die auf dem gesamten Dach wachsen, verdrehen sich zu Formen, die die Wahre-Namen-Male spiegeln, die auf die Körper der Fae tätowiert sind.

Flecken aus Moos haften an dem glatten Holz und spindeldürre Kletterpflanzen winden sich kreuz und quer um die Seiten und Rückseite der Burg – es sind mehr, als ich auf die Schnelle zählen kann. Über fünfzig, wenn ich raten müsste. Ein Stich durchfährt meine Brust bei dem Gedanken daran, wie viele von seinem ehemaligen Rudel Sylas verloren hat, seit sie diesen Ort ihr Zuhause nannten.

Als ich zu dem Fae-Lord schaue, glüht sein Gesicht praktisch und sein Blick ist auf seine Burg geheftet. „Da ist sie", murmelt er.

„Sie ist wunderschön", sage ich, wobei ich genauso über die Freude staune, die er ausstrahlt, wie über das Gebäude an sich.

Sein Blick zuckt zu mir und sein Lächeln wird leicht verlegen, als würde er sich schämen, dass er seine Freude so offen gezeigt hat. „Es wird spektakulär sein, wenn wir Zeit hatten, alles in Ordnung zu bringen. Der Wald ist bis an das Burggelände gewachsen. Unkraut hat zweifellos die Gärten verschluckt. Dafür ist jedoch genügend Zeit."

August seufzt erleichtert. „Es ist schön, zu Hause zu sein.“

Sylas hat über seine Familie und deren Rudel gesprochen, als wären sie getrennt von seinem, doch zum ersten Mal verstehe ich es richtig. „Du hast dieses Revier nicht geerbt. Du hast *alles* hier allein von Grund auf aufgebaut.“

„Mit Hilfe meines Rudels“, sagt Sylas. „Aber ja. Mein Vater herrscht nach wie vor über Thundervale. Es ist nicht unüblich, dass reinblütige Fae allein losziehen, anstatt in ihrem Zuhause zu bleiben in der Hoffnung, dass ihre Ältesten ein frühes Ende finden, um ihnen einen Platz zu geben, dem sie ihren eigenen Stempel aufdrücken können.“

Ich weiß, dass seine Gefühle für seine Familie viel komplizierter sind, als es seine trockene Bemerkung andeutet. Ihn dazu zu treiben, daran zu denken, warum er sein allererstes Zuhause verlassen hat, ist das Letzte, was ich in diesem Moment der Freude tun möchte. Also stelle ich keine weiteren Fragen, sondern sauge nur die Anblicke, Geräusche und Gerüche in mir auf, als das Gefährt am Fuß der Burg stehen bleibt.

Sylas steigt als Erster aus und dreht sich zu seinem Rudel um. Ich entdecke Harper, die beinahe über die Seite ihres Gefährts fällt und deren Augen größer denn je sind.

„Wenn ihr euer altes Haus wieder beziehen möchtet, betrachtet es als eures“, verkündet Sylas. „Wenn ihr es lieber gegen eines austauschen möchtet, das nun verlassen ist, tut das. Keine Streitereien bitte. Wir haben genügend Platz für alle. Jeder, der Hilfe dabei braucht, sein Zuhause wieder in Ordnung zu bringen, kann jederzeit auf mich oder meinen Kader zukommen. Gemeinsam werden wir dafür sorgen, dass Hearthshire im Nu wieder so gut wie neu ist.“

Er lässt das Gefährt, in dem sich unser Gepäck befindet, fürs Erste zurück und marschiert zur Burg. August hilft mir beim Aussteigen. Whitt ist direkt hinter mir und gemeinsam folgen wir drei dem Fae-Lord in sein geliebtes Zuhause.

Die Eingangshalle erinnert mich ebenfalls an die von Oakmeet. Die Decke ist allerdings ein wenig höher und der Raum etwas länger und es sind keine Kugeln vorhanden, die den Raum in Licht tauchen können. Die Blätter an den Ranken, die über die Wände gekrochen sind, erbeben, als Sylas vorbeigeht, als würden sie seine Autorität anerkennen.

Hinter der Eingangshalle biegt Sylas vom Gang nach links zu einer Tür ab. Wir folgen ihm und urplötzlich sehe ich, wie dieses Revier seinen Namen erhalten hat.

Ausgebleichte Teppiche liegen zwischen gepolsterten Sofas und Sesseln, die im Lauf der Jahre zusammengefallen sind. Sie sind alle so aufgestellt worden, dass sie einem steinernen Kamin zugewandt sind, der so gigantisch ist, dass ich hineintreten könnte, ohne mir den Kopf anzuschlagen. Ich denke, sogar Sylas könnte eventuell bequem hineinpassen.

Sylas spricht leise ein Wort und Flammen entzünden sich am Boden des Kamins. Der Geruch von warmem Holz und versengten Steinen füllt die Luft. Wir treten näher an das flackernde Feuer und dabei dichter aneinander.

Sylas winkt mich zu sich, legt eine Hand auf meine Schulter und vergräbt die andere in meinen Haaren, bevor er meinen Hinterkopf küsst. August umschließt meine Hand mit seiner. Whitt hält sich kurz zurück, bis ich zu ihm blicke. Als er sich uns anschließt, lege ich meine Hand um seinen Ellenbogen.

Wir bleiben dort stehen und genießen mehrere Minuten lang das behagliche Schweigen in der Hitze des Kamins. Ich sollte ihnen vermutlich sagen, dass sie sich an das Putzen und Organisieren machen können, das offensichtlich erledigt werden muss – und ich werde ihnen dabei helfen – doch ich bin so zufrieden, dass ich mich nicht dazu überwinden kann, die Worte auszusprechen. Meine drei Fae-Männer scheinen es auch nicht eilig zu haben, den Zauber des Moments zu brechen.

Wir haben es alle gemeinsam hierhergeschafft. Während ich dort zwischen ihnen stehe, zweifelt kein einziger Teil von mir daran, dass ich an diesen Ort gehöre.

Aus heiterem Himmel hallt ein lautes Klopfen von der Eingangshalle zu uns. Sylas gibt einen verärgerten Laut von sich, löst sich jedoch von mir und geht zum Flur.

„Keine Pause für unseren glorreichen Anführer", bemerkt Whitt. „Lasst uns nachschauen, welche Probleme sich das Rudel bereits eingebrockt hat."

Es ist allerdings nicht unser Rudel. Sylas öffnet die Tür, um eine unbekannte Frau in einer adretten blauen Jacke und Hose, die beide mit Gold gesäumt sind, zu enthüllen. Sie neigt den Kopf, reicht Sylas ein Stück aufgerolltes Papier und sagt: „Mit Grüßen von Erzlord Ambrose."

Anscheinend wurde sie nicht angewiesen, auf eine Antwort zu warten. Sie marschiert über den Rasen zu einem eleganten weißen Pferd, das auf sie wartet, springt auf dessen Sattel und lässt es davongaloppieren, bevor Sylas den Brief aufgerollt hat.

Ambrose. Er ist der Erzlord, der Sylas am meisten zugesetzt hat und ihm die Schuld für die Taten seiner Gefährtin gibt. Der, bei dem er die größte Sorge hatte, dass er Einwände gegen seine Forderungen erheben würde. Während ich darauf warte, dass Sylas den Brief liest, versteift sich mein Körper. Als der Fae-Lord knurrt, zucke ich zusammen.

Er reißt das Blatt Papier so schnell in Stücke, dass ich nicht einmal sehe, wie seine Krallen erscheinen, und schleuderte die Fetzen beiseite. Eine dunkle Wolke hat sich über die Freude geschoben, die auf seinem Gesicht leuchtete. August spannt sich neben mir an.

Whitt schenkt uns ein kränklich aussehendes Lächeln. „Ich nehme an, er hat uns nicht einfach nur freundliche Grüße geschickt.“

Sylas' Hände zucken neben seinen Schenkeln. „Womöglich ist es gar nichts. Aber es ist vermutlich das, wofür ich es halte. Ich hätte es besser wissen sollen. Dieser räudige Scheißkerl.“

„Was hat er gesagt?“, frage ich vorsichtig.

„Er ‚bittet‘ darum, dass ich ihn in drei Tagen besuche. Was in der Welt der Erzlords eine Forderung ist.“ Sylas dreht sich zu uns um. Sein unversehrtes Auge ist so ernst, dass die Iris beinahe schwarz geworden ist, als es sich auf mich heftet. „Und er besteht darauf, dass ich dich mitbringe.“

Whitt spuckt eine schlimme Beleidigung aus. „Ich dachte, der Deal wäre beschlossene Sache.“

„Vielleicht ist er das. Vielleicht sollte ich in meinen Annahmen großzügiger sein und er will sich Talia nur anschauen. Aber so, wie ich Ambrose kenne, wird er versuchen, einen Weg zu finden, unsere Vereinbarung zu umgehen und Talia in seinen Gewahrsam zu nehmen.“ Sylas finstere Miene verdüstert sich noch mehr. Er berührt meine Wange. „Das werde ich nicht zulassen.“

Augusts Arme wölben sich, als würde er sich darauf vorbereiten, zu den Ländereien des Erzlords zu rennen und ihn zu verprügeln. Doch ich kann weder sprechen noch mich rühren. Sylas' Worte vibrieren durch mich hindurch und befördern die letzte Frage zu Tage, an die ich denken will.

Ambrose ist ein Erzlord, die höchste Instanz in der ganzen Fae-Welt. Wenn er vorhat, mich an sich zu nehmen …, wie kann ihn da einer dieser Männer aufhalten?